UGLIES

L'auteur

Scott Westerfeld est né au Texas. Auteur établi de science-fiction, il a également écrit des romans jeunes adultes comme les séries *Midnighters*, *Léviathan* et *Uglies*, vendue à 4 millions d'exemplaires dans le monde. Il vit aujourd'hui entre New York et Sydney.

La série *Uglies*

1. *Uglies*
2. *Pretties*
3. *Specials*
4. *Extras*
5. *Secrets*

La série *Léviathan*

1. *Léviathan*
2. *Béhémoth*
3. *Goliath*

Retrouvez l'auteur sur son site :
www.scottwesterfeld.com

UGLIES

SCOTT WESTERFELD

Traduit de l'anglais (États-Unis)
par Guillaume Fournier

POCKET JEUNESSE
PKJ·

Ce roman a pris forme à la suite de nombreux échanges d'e-mails entre Ted Chiang et moi-même à propos de son récit *Liking What You See: A Documentary*. Son regard sur mon manuscrit m'a également été d'une aide inestimable.

L'auteur

Titre original :
Uglies

Publié pour la première fois en 2005 par Simon Pulse,
département de Simon & Schuster
Children's Publishing Division, New York

Loi n° 49956 du 16 juillet 1949 sur les publications
destinées à la jeunesse : mars 2015

Designed by Russell Gordon

ISBN : 978-2-266-25567-7

Première partie

LE VIRAGE DE LA BEAUTÉ

Est-ce mal de produire une société
pleine de gens beaux ?

Yang Yuan, cité dans le *New York Times*

NEW PRETTY TOWN

En ce début d'été, le ciel avait une couleur de vomi de chat.

Bien sûr, se dit Tally, *il faudrait gaver le chat de croquettes au saumon pendant un bout de temps avant d'obtenir ces teintes rosées.*

Les nuages qui filaient dans le ciel offraient d'ailleurs un aspect poissonneux, comme s'ils étaient martelés d'écailles par le vent de haute altitude. À mesure que la lumière baissait, des taches bleu foncé s'y étendaient tel un océan à l'envers, abyssal et froid.

Avant, un semblable coucher de soleil lui aurait paru beau. Mais plus rien n'était beau depuis que Peris avait viré Pretty. Perdre son meilleur ami, c'est nul, même quand ce n'est que pour trois mois et deux jours.

Tally Youngblood attendait l'obscurité.

Elle apercevait New Pretty Town par sa fenêtre ouverte. Les tours de fête étaient déjà illuminées, et des torches enflammées dessinaient des sentiers vacillants à travers les jardins de plaisir. Dans le ciel rose qui s'assombrissait, quelques montgolfières tiraient sur leurs câbles tendus à l'extrême ; et les passagers s'amusaient à lancer des fusées de détresse vers d'autres ballons ou des parapentes qui passaient non loin. Des rires mêlés à de la musique ricochaient sur l'eau, pareils à des pierres plates aux bords tranchants, ébranlant les nerfs de Tally.

Les faubourgs de la ville, coupés de la cité par le bras noir du fleuve, se trouvaient plongés dans la pénombre. Les Uglies étaient tous au lit à présent.

Tally ôta sa bague d'interface et lâcha à l'obscurité :

— Bonne nuit !

— Fais de beaux rêves, Tally, lui répondit la chambre.

Elle mâcha une pilule dentifrice, fit gonfler ses oreillers et glissa un vieux radiateur portable – de ceux qui produisent à peu près autant de chaleur qu'une fille en train de dormir – sous les draps.

Puis elle se faufila par la fenêtre.

Dehors, la nuit avait tourné au noir charbon et Tally se sentit instantanément ragaillardie. Son plan était peut-être stupide, mais tout valait mieux qu'une nuit de plus à se morfondre dans son lit. Sur le sentier qui descendait jusqu'au fleuve, elle s'imaginait au côté de Peris, se voyant passer la soirée à espionner les jeunes Pretties.

Peris et elle n'avaient que douze ans quand ils avaient découvert comment tromper le surveillant de la maison. Leur différence d'âge de trois mois était sans importance à l'époque.

— Amis pour la vie, murmura Tally en massant la petite cicatrice dans sa paume droite.

L'eau scintillait à travers les arbres, et le sillage d'un glisseur fit clapoter une série de vaguelettes contre la berge. Elle s'accroupit dans les roseaux. L'été représentait la meilleure saison pour les expéditions d'espionnage. L'herbe était haute, il ne faisait pas froid et on n'était pas obligé de rester éveillé pendant la classe le lendemain.

Évidemment, Peris pouvait se coucher aussi tard qu'il en avait envie maintenant. L'un des avantages des Pretties.

Amas de ferraille noir, le vieux pont tendait sa silhouette imposante au-dessus de l'eau. Sa construction remontait à si loin qu'il supportait l'intégralité de son poids, sans le soutien d'aucun pilier magnétique. Dans un million d'années, quand le reste de la ville aurait disparu, il serait sans doute encore là, tel un fossile.

À la différence des autres ponts de New Pretty Town, celui-ci ne pouvait pas parler – ni signaler les intrus, par voie de conséquence. Mais même muet, le pont avait toujours eu l'air d'un vieux sage aux yeux de Tally ; savant et vénérable, comme un arbre pluricentenaire.

Ses yeux avaient eu le temps de s'habituer à l'obscurité, et il ne lui fallut que quelques secondes pour trouver le fil de pêche entortillé autour de sa pierre. Elle tira dessus d'un coup sec et entendit le bruit d'éclaboussures quand la corde tomba de sa cachette, entre les poutrelles de soutènement. Elle continua à tendre le fil jusqu'à ce qu'il cède la place à une corde à nœuds ruisselante. L'autre extrémité restait attachée à la charpente métallique du pont. Tally noua la corde autour de l'arbre habituel.

Au passage d'un autre glisseur, elle dut se coucher dans les herbes une fois de plus. Les jeunes Pretties qui dansaient sur le pont ne virent pas la corde reliant le pont à la berge. Ils ne la voyaient jamais : ils s'amusaient trop pour remarquer ce genre de bizarrerie.

Quand les lumières du glisseur se furent estompées, Tally tira à nouveau sur la corde, en y mettant tout son poids. Une fois, l'attache s'était défaite et Peris et elle s'étaient retrouvés en mauvaise posture au-dessus de la rivière avant de lâcher prise et de plonger dans l'eau froide. Elle sourit à ce souvenir. Elle aurait préféré revivre cette expédition – trempée jusqu'aux os, dans le froid, avec Peris – plutôt que d'être au sec et au chaud comme cette nuit, mais seule.

Suspendue à la corde par les mains et les jambes, Tally se hissa en s'aidant des nœuds jusqu'à la charpente sombre du pont, puis se faufila entre les poutrelles en direction de New Pretty Town.

Elle savait où habitait Peris grâce au seul message qu'il avait pris la peine de lui envoyer depuis son opération. Il n'avait pas indiqué son adresse, mais Tally connaissait l'astuce pour décoder la série de chiffres pseudo-aléatoires au bas du code signalétique. Ils renvoyaient à la résidence Garbo, sur les hauteurs de la ville.

Parvenir là-bas serait délicat. Durant leurs expéditions, Peris et Tally ne s'éloignaient guère de la berge où la végétation et l'obscurité d'Uglyville en toile de fond leur permettaient de se cacher facilement. Mais Tally se dirigeait maintenant vers le centre de l'île, où les rues restaient la nuit entière peuplées de chars et de fêtards. Les nouveaux Pretties comme Peris habitaient là où les réjouissances étaient les plus animées.

Tally avait mémorisé la carte, mais une seule erreur de parcours et elle serait perdue. Sans sa bague d'interface, elle devenait invisible aux véhicules. Ils lui rouleraient dessus comme un rien.

Bien sûr, Tally *n'était* personne ici.

Pire, elle était Ugly. Mais elle espérait que Peris ne verrait pas les choses de cette façon. Ne *la* verrait pas de cette façon.

Tally n'avait aucune idée de ce qu'elle risquait si elle se faisait coincer. Ce n'était pas comme d'être arrêtée pour avoir « oublié » sa bague, séché les cours ou trafiqué sa maison afin de lui faire jouer de la musique trop fort. Tout le monde commettait ce genre de trucs, et tout le monde s'était déjà vu attraper pour cette raison. Mais Peris et elle avaient toujours montré la plus grande prudence lors de leurs expéditions. On ne plaisantait pas avec ceux qui franchissaient le fleuve.

Il était trop tard pour s'en inquiéter maintenant. Que pouvait-il lui arriver, de toute façon ? D'ici à trois mois, elle deviendrait Pretty à son tour.

Tally se faufila le long de la berge jusqu'à un jardin de plaisir. Elle se glissa dans l'ombre parmi une rangée de saules pleureurs.

Puis, restant à couvert, elle longea un sentier éclairé par des torches.

Un couple de Pretties s'avançait vers elle. Tally se figea mais ils ne s'aperçurent pas un instant de sa présence. Elle attendit qu'ils s'éloignent, envahie par cette sensation de chaleur qu'elle éprouvait chaque fois qu'elle était confrontée à un beau visage. Même lorsque Peris et elle les espionnaient dans l'ombre, en gloussant à cause de toutes les bêtises que les Pretties faisaient ou disaient, ils ne pouvaient s'empêcher de les observer avec fascination. Il y avait quelque chose de magique dans leurs grands yeux parfaits, une chose qui vous donnait envie de prêter attention à tout ce qu'ils disaient, de les protéger du moindre danger, de les rendre heureux. Ils étaient si beaux !

Le couple disparut et Tally se ressaisit : elle devait lutter contre cette sensiblerie qui la caractérisait. Et elle n'était pas ici pour jouer les voyeuses. Elle était une intruse, une espionne, une Ugly.

Et elle avait une mission.

Le jardin, telle une rivière noire, s'enfonçait dans la ville en sinuant entre les tours de fête et les maisons illuminées. Après quelques minutes, elle surprit un autre couple dissimulé parmi les arbres (c'était un jardin de *plaisir*, après tout), mais dans l'obscurité, les Pretties ne distinguèrent pas son visage, ils se contentèrent de se moquer d'elle en la voyant bredouiller des excuses et prendre la fuite. Elle n'avait pas discerné non plus grand-chose d'eux, hormis un enchevêtrement de bras et de jambes parfaites.

Le jardin se terminait à quelques pâtés de maisons de l'endroit où logeait Peris.

Tally jeta un coup d'œil à travers un rideau de plantes grimpantes. Peris et elle ne s'étaient jamais aventurés si loin, et elle n'avait pas établi de plans au-delà de cette zone. Il n'existait aucun moyen de se cacher dans ces rues animées et bien éclairées. Portant les mains à son visage, elle palpa son gros nez, ses lèvres minces, son front trop large et la masse emmêlée de ses cheveux frisottés. Un seul pas hors des buissons et elle serait aussitôt repérée. Son visage la brûlait aux endroits où la lumière l'effleurait. Que fichait-elle ici ? À cette heure-ci, elle aurait dû se trouver dans les ténèbres d'Uglyville en train d'attendre son tour.

Mais il fallait qu'elle voie Peris, qu'elle lui parle. Elle était trop lasse d'imaginer mille conversations avec lui avant de s'endormir. Ils avaient passé chaque journée ensemble depuis qu'ils étaient gosses et désormais… toute communication était rompue. Si elle avait la possibilité de discuter avec lui quelques instants seulement, son cerveau cesserait peut-être de s'adresser à un Peris imaginaire. Trois minutes lui suffiraient pour tenir les trois mois qui restaient…

Tally balaya la rue du regard en quête de cours latérales où se glisser, de porches obscurs où se cacher. Elle se sentait dans la peau de l'alpiniste qui, au pied d'une falaise, mémorise fissures et prises.

La circulation commença à se relâcher et Tally marqua une pause, en frottant la cicatrice dans sa paume droite. Puis elle soupira, murmura « amis pour la vie », et fit un pas dans la lumière.

Une explosion retentit à sa droite et Tally bondit se réfugier dans l'obscurité. Trébuchant sur diverses plantes grimpantes, elle tomba à genoux dans la terre meuble. Pendant quelques secondes, elle fut convaincue d'avoir été repérée.

Mais la cacophonie s'organisa en grondement rythmique. C'était une machine-tambour qui descendait la rue d'un pas pesant. Large comme une maison, elle scintillait sous les mouvements de dizaines de bras mécaniques qui martelaient d'innombrables tambours. Derrière elle, une foule dansait en suivant la cadence, buvait abondamment, jetait des bouteilles vides qui se fracassaient sur l'énorme machine indifférente.

Les fêtards portaient des masques.

Ces masques étaient distribués par l'arrière de la machine pour attirer toujours plus de monde dans cette parade improvisée :

représentations de diables ou d'horribles clowns, de monstres verdâtres ou d'extraterrestres aux yeux ovales, de chats, de chiens ou de vaches, de visages grimaçants au nez gigantesque.

La procession s'écoulait avec lenteur, et Tally recula au plus profond de la végétation. Quelques noceurs passèrent si près que l'odeur douceâtre de leur boisson parvint jusqu'à ses narines. Plus tard, quand la machine se fut éloignée d'un demi-pâté de maisons, Tally bondit à découvert et ramassa un masque abandonné dans la rue. La matière plastique parut douce et chaude entre ses doigts, tout droit sortie du moule de la machine.

De la même couleur de vomi que le crépuscule, il était orné d'un long groin et de deux petites oreilles roses. Quand Tally mit le masque, des adhésifs se fixèrent automatiquement à sa peau et il se coula sur ses traits.

La jeune fille s'enfonça dans la foule des danseurs ivres. Elle parvint de l'autre côté de la procession et s'élança vers la résidence Garbo, affublée d'une face de cochon.

AMIS POUR LA VIE

La résidence était un lieu baroque, lumineux, et bruyant.

Elle comblait le vide entre deux tours de fête, pareille à une théière ventrue coincée entre deux flûtes à champagne. Ces tours reposaient chacune sur une unique colonne guère plus large qu'un ascenseur et leur sommet s'élargissait en cinq balcons circulaires où se pressaient de jeunes Pretties. Tally grimpa la colline vers les trois bâtiments en essayant de profiter de la vue malgré son masque.

Soudain, quelqu'un sauta ou fut projeté du haut d'une des tours, hurlant et agitant les bras. Tally déglutit et s'obligea à regarder la chute de l'individu jusqu'à ce que son gilet de sustentation le ramène loin du sol, quelques secondes avant qu'il ne s'y s'écrase. Il rebondit deux ou trois fois dans les sangles, riant aux éclats, avant d'être déposé doucement sur la terre ferme, assez près de Tally pour qu'elle discerne quelques hoquets nerveux dans ses gloussements. Elle n'était pas seule à avoir eu peur.

À vrai dire, sauter ainsi n'était pas plus dangereux que le simple fait de se trouver là entre les tours. Le gilet de sustentation utilisait la même technologie que les piliers magnétiques qui soutenaient ces constructions arachnéennes. Si tous ces joujoux cessaient brusquement de fonctionner, la quasi-totalité de New Pretty Town s'écroulerait sur elle-même.

La résidence était remplie de nouveaux Pretties – les pires, comme Peris avait coutume de le dire. Ils vivaient à la façon des Uglies, entassés à une centaine dans un vaste dortoir. Mais ce dortoir ne connaissait aucune règle. À moins que celle-là ne soit : « Faites les idiots, amusez-vous, et que ça s'entende ! »

Une bande de filles en robes de bal occupaient le toit. Criant à pleins poumons, elles se balançaient au bord en tirant des fusées de détresse sur les passants. Une boule de feu orangée rebondit près de Tally, repoussant les ténèbres environnantes.

— Hé, il y a une cochonne là, en bas ! vociféra quelqu'un sur un balcon.

Tout le monde rit, et Tally pressa le pas vers la porte béante de la résidence. Elle s'engouffra à l'intérieur, ignorant les regards surpris de deux Pretties qui sortaient.

C'était la fête partout, ainsi qu'on le leur promettait depuis toujours. Les gens étaient habillés en robes du soir ou queues-de-pie noires. Tous semblaient trouver le masque de Tally très amusant. On la montrait du doigt en riant et elle passait sans ralentir, pour ne pas leur donner le temps de réagir autrement. Bien entendu, tout le monde riait en permanence ; contrairement à une fête entre Uglies, il n'y aurait ni bagarre ni dispute.

Elle passa en revue toutes les pièces, tâchant de scruter les visages sans se laisser distraire par ces yeux immenses ni envahir par la sensation qu'elle n'avait pas sa place ici. Elle se sentait de plus en plus moche.

Et voir s'esclaffer tous ceux qui la croisaient ne faisait rien pour arranger les choses. Mais c'était moins grave que s'ils avaient découvert son vrai visage.

Tally se demanda si elle saurait reconnaître Peris. Elle ne l'avait vu qu'une fois depuis son opération, à sa sortie d'hôpital, avant que la boursouflure de sa figure ne se soit résorbée. Mais elle connaissait si bien son visage… Malgré ce que prétendait Peris, tous les Pretties n'avaient pas *exactement* la même tête.

Au cours de leurs expéditions, Peris et elle en avaient parfois repéré certains dont la physionomie leur était familière, car ils ressemblaient à des Uglies qu'ils avaient connus. Comme des sortes de frères ou sœurs – mais plus âgés, plus sûrs d'eux, et *beaucoup* plus beaux. Le genre dont vous auriez été jaloux pour le reste de votre vie, si vous étiez né cent ans plus tôt.

Peris n'avait pas pu changer à ce point.

— Vous n'avez pas croisé la cochonne ?

— La quoi ?

— Il y a une cochonne en liberté !

Les voix et les gloussements parvenaient de l'étage inférieur. Tally fit une pause pour tendre l'oreille. Elle était seule dans l'escalier. Apparemment, les Pretties préféraient prendre l'ascenseur.

— Comment ose-t-elle venir à notre fête avec un déguisement pareil ! On avait bien dit « soirée habillée » !

— Elle s'est trompée de fête.

— Elle est gonflée de s'amener comme ça !

Tally s'étrangla. Son masque ne valait guère mieux que son propre visage. La plaisanterie tournait au vinaigre.

Elle monta quatre à quatre l'escalier, laissant les voix derrière elle. On l'oublierait peut-être si elle continuait à se déplacer. Il ne lui restait plus que deux étages avant d'atteindre le toit de la résidence. Peris était forcément quelque part. À moins qu'il ne soit en bas sur la pelouse, dans les airs, porté par un ballon, ou bien dans une tour de fête. Ou encore dans un jardin de plaisir, en compagnie d'une autre. Tally secoua la tête pour chasser cette dernière image et traversa un couloir au pas de course, ignorant les sarcasmes répétés à propos de son masque, jetant un coup d'œil au passage dans les chambres.

Elle ne rencontra que des expressions de surprise, des doigts pointés vers elle et de beaux visages. Mais aucun qui lui rappelle quelqu'un. Peris demeurait introuvable.

— Tiens, mais c'est notre petite cochonne ! Hé, elle est là !

Tally détala en direction du dernier étage, avalant les marches. Son souffle précipité chauffait l'intérieur de son masque, que l'adhésif avait toutes les peines du monde à maintenir sur son front en sueur. Un groupe entier la suivait maintenant, qui s'esclaffait en se bousculant dans l'escalier.

Elle n'avait plus le temps de fouiller cet étage. Tally embrassa du regard l'ensemble du couloir. On ne voyait personne là-haut. Les portes étaient closes. Peut-être y avait-il quelques Pretties qui se couchaient bel et bien avant minuit.

Si elle montait sur le toit vérifier que Peris ne s'y trouvait pas, elle serait acculée.

— Ohé, Piggy, Piggy !

Il était temps qu'elle reparte. Tally fila jusqu'à l'ascenseur et s'arrêta en dérapant dans la cabine.

— Rez-de-chaussée ! ordonna-t-elle.

Elle attendit, les yeux plissés vers l'autre bout du couloir, haletant sous le plastique chaud de son masque.

— Rez-de-chaussée, répéta-t-elle. Ferme les portes !

Il ne se passa rien.

Elle soupira et ferma les yeux. Sans sa bague d'interface, elle n'était personne. L'ascenseur ne l'écouterait pas.

Tally savait comment trafiquer un ascenseur, mais cela réclamait du temps et un canif. Elle n'avait ni l'un ni l'autre.

Les premiers poursuivants émergeaient de l'escalier et se répandaient dans le couloir.

La jeune fille se rejeta en arrière contre la cloison de l'ascenseur, debout sur la pointe des pieds, tâchant de s'aplatir au maximum pour ne pas se faire repérer. D'autres Pretties arrivèrent encore, soufflant fort à cause de la médiocre condition physique qui leur était propre. Tally pouvait les voir dans le miroir, au fond de l'ascenseur.

Ce qui voulait dire qu'ils pouvaient *la* voir s'il leur venait l'idée de regarder dans sa direction.

— Où est passée la cochonne ?

— Aux pieds, Piggy !

— Sur le toit, peut-être ?

Quelqu'un entra dans l'ascenseur, en regardant le groupe de poursuivants d'un air perplexe. Lorsqu'il découvrit Tally, il sursauta.

— Bon sang, tu m'as fichu une de ces frousses ! (Il battit des cils, qu'il avait longs, en contemplant le masque de Tally, puis baissa les yeux sur sa propre queue-de-pie.) Oh, mon Dieu ! On n'avait pas dit : soirée habillée ?

Tally retint son souffle ; sa gorge se noua.

— Peris ? chuchota-t-elle.

Il l'étudia de plus près.

— Est-ce qu'on se…

Elle fit mine de tendre la main, mais se souvint qu'elle devait rester collée à la cloison.

— C'est moi, Peris.

— Ohé, Piggy, par ici ! clamèrent les autres.

Il se tourna vers les voix dans le couloir, haussa les sourcils, puis se retourna vers elle.

— Ferme les portes. Bloque la cabine, ordonna-t-il à l'ascenseur.

La porte glissa enfin, faisant trébucher Tally en avant. Elle ôta son masque afin de pouvoir mieux le regarder. C'était bien Peris : sa voix, ses yeux bruns, sa façon de plisser le front quand il ne savait quoi penser.

Sauf que maintenant il était si *beau*.

À l'école, on apprenait qu'il existait un certain genre de beauté que chacun était en mesure de constater. De grands yeux et des lèvres pleines comme chez un enfant ; une peau claire et lisse ; des traits symétriques ; ainsi que mille autres petits détails. Des éléments caractéristiques très recherchés, qu'on ne pouvait s'empêcher de voir. Au terme d'un million d'années d'évolution, le cerveau humain les avait assimilés en tant que normes esthétiques.

Les grands yeux et les lèvres pleines proclamaient : *Je suis jeune et vulnérable, il n'y a rien à craindre de moi et vous avez envie de me protéger.* Le reste du corps disait : *Je suis sain, je ne risque pas de vous transmettre une maladie.* Et quels que soient les sentiments ressentis à l'égard d'un Pretty, une part de chacun pensait toujours : *Si nous avions des enfants, eux aussi seraient sains. Je veux cette belle personne…*

C'était biologique, assurait-on à l'école. On ne pouvait qu'y croire lorsqu'on voyait un visage comme celui-là. Un beau visage.

Un visage comme celui de Peris.

— C'est moi, dit Tally.

Peris recula d'un pas, haussant les sourcils. Il contempla les vêtements de la jeune fille.

Tally portait une combinaison de toile noire toute boueuse à force de s'être hissée le long des cordes, de ramper dans les jardins et de tomber au milieu des plantes grimpantes. Peris, quant à lui, portait une queue-de-pie de velours noir sur une chemise, un gilet et une cravate d'une blancheur étincelante.

Elle s'écarta.

— Oh, désolée. Je ne voudrais pas te salir.

— Que fiches-tu ici, Tally ?

— Je voulais juste… bredouilla-t-elle. J'avais besoin de savoir si nous étions toujours…

Maintenant qu'elle se retrouvait en face de lui, elle ne savait plus quoi dire. Toutes les conversations qu'elle s'était imaginées avec lui s'étaient fondues dans les grands yeux adorables de Peris.

Tally leva la main droite, exposant sa cicatrice ainsi que la crasse qui noircissait les lignes de sa paume.

Peris soupira. Il ne regarda ni la main de Tally ni ses yeux ; ses yeux trop rapprochés, affligés d'un léger strabisme, et d'un marron des plus banals. Ses yeux d'anonyme.

— Ouais, fit-il. Mais, je veux dire… tu ne pouvais pas attendre un peu, Bigleuse ?

Son surnom de Ugly sonnait bizarrement dans sa bouche de Pretty. Tally aurait trouvé encore plus bizarre de continuer à l'appeler Gros-Pif, comme elle le faisait auparavant à longueur de journée. Elle avala sa salive.

— Pourquoi tu ne m'as pas écrit ?

— J'ai essayé. Mais ça faisait drôle. Je suis tellement différent, maintenant.

— Mais nous étions…

Elle indiqua sa cicatrice.

— Regarde, Tally.

Il lui montra sa propre main.

Sa paume était lisse et sans défaut. C'était une main qui proclamait : *Je n'ai pas besoin de travailler dur, et je suis trop malin pour avoir des accidents.*

La cicatrice qu'ils s'étaient faite ensemble avait disparu.

— Ils te l'ont effacée.

— Bien sûr, Bigleuse. Ma peau est entièrement neuve.

Tally cligna des paupières ; elle n'avait pas songé à cela.

Il secoua la tête.

— Quel bébé tu fais.

— On m'appelle, fit savoir l'ascenseur. Vous montez ou vous descendez ?

Tally sursauta en entendant la voix de la machine.

— Continue à bloquer la cabine, s'il te plaît, répondit calmement Peris.

Tally déglutit et ferma le poing.

— Ils ne t'ont quand même pas changé le sang. Nous avons partagé ça, au moins.

Peris la regarda enfin en face, sans grimacer, contrairement à ce qu'elle avait craint. Il lui fit un sourire magnifique.

— Non, ils n'ont pas été jusque-là. Une nouvelle peau, ce n'est rien. Dans trois mois, nous en rigolerons tous les deux. Sauf si…

— Sauf si quoi ?

Elle s'immergea dans ses grands yeux bruns remplis de sollicitude.

— Jure-moi simplement d'arrêter tes bêtises, lui dit Peris. Comme de venir ici. De commettre quelque chose qui risque de t'attirer des ennuis. Je veux te voir belle.

— Bien sûr.

— Alors, donne-moi ta parole.

Peris n'avait que trois mois de plus que Tally. Pourtant, elle baissa les yeux sur ses chaussures en se faisant l'effet d'être une gamine.

— Très bien, tu as ma parole. Plus de bêtises. Et je ne me ferai pas prendre cette nuit non plus.

— O.K., remets ton masque et…

Sa voix s'éteignit.

Elle tourna son regard vers l'endroit où elle avait jeté son masque. Abandonné, le visage de cochon s'était recyclé automatiquement : changé en poudre rose, il était en train d'être absorbé par la moquette de l'ascenseur.

Tous deux se dévisagèrent en silence.

— On m'appelle, répéta l'ascenseur. Vous montez ou vous descendez ?

— Peris, je te jure qu'ils ne m'auront pas. Je cours plus vite que n'importe quel Pretty. Fais-moi simplement descendre au…

Peris secoua la tête.

— Je monte. Sur le toit.

L'ascenseur se mit en branle.

— Sur le toit ? Peris, comment veux-tu que je…

— Juste à côté de la porte, dans un grand râtelier – des gilets de sustentation. Il y en a toute une série, en cas d'incendie.

— Tu veux dire, sauter ?

Tally déglutit. Son estomac fit un tour complet sur lui-même tandis que l'ascenseur s'immobilisait.

Peris haussa les épaules.

— Je le fais sans arrêt, Bigleuse. (Il lui adressa un clin d'œil.) Tu vas adorer.

Son expression le rendit encore plus beau, et Tally bondit pour le prendre dans ses bras. Au moins le corps du garçon était-il toujours le même ; peut-être un peu plus grand et plus mince, mais il était chaud et ferme, et c'était toujours Peris.

— Tally !

Alors que les portes s'ouvraient, elle trébucha en arrière et macula de boue son gilet tout blanc.

— Oh, non ! Je suis vraiment… commença-t-elle en guise d'excuse.

— Fiche-moi le camp !

Le désastre qu'elle venait d'occasionner emplissait Peris de colère. Du coup, Tally eut envie de le serrer dans ses bras une fois de plus. Elle aurait voulu rester, l'aider à se nettoyer, s'assurer qu'il serait impeccable pour sa soirée. Elle tendit la main vers lui.

— Je…

— Allez ! la coupa-t-il.

— Mais nous sommes toujours amis, pas vrai ?

Il soupira en tamponnant une tache brunâtre.

— Sûr, pour la vie. À dans trois mois.

Elle se détourna et partit en courant. Les portes se refermèrent derrière elle.

Au début, personne ne la remarqua. Tous ceux qui se trouvaient sur le toit regardaient en bas. Il faisait noir ; seuls quelques feux de Bengale trouaient l'obscurité de loin en loin.

Tally dénicha le râtelier et saisit un gilet. Il était fixé au cadre par des clips. Ses doigts tâtonnèrent maladroitement, à la recherche du système d'ouverture. Elle aurait bien voulu avoir sa bague d'interface pour lui donner des instructions.

Puis elle aperçut le bouton : PRESSER EN CAS D'INCENDIE.

— Oh, mince ! dit-elle.

Son ombre sautilla et tremblota. Deux Pretties arrivaient dans sa direction, tenant des feux de Bengale.

— Qui est-ce ? fit l'un d'eux. Qu'est-ce que c'est que ces loques ?

— Eh, toi ! C'est une soirée habillée ! enchaîna l'autre.

— Vise un peu sa tête...

— Oh, mince ! répéta Tally, avant d'appuyer sur le bouton.

Une sirène assourdissante fendit l'air, et le gilet sauta directement du râtelier pour atterrir dans sa main. Elle se glissa dans le harnais, se retournant face aux Pretties. Ils bondirent en arrière comme si elle venait de se changer en loup-garou. L'un d'eux lâcha sa pièce d'artifice, qui s'éteignit aussitôt.

— Simple exercice ! leur jeta Tally en courant vers le bord du toit.

Une fois le gilet sur ses épaules, sangles et boucles s'entortillèrent automatiquement autour d'elle jusqu'à ce que le plastique l'enserre avec fermeté à la taille et aux cuisses. Une lumière verte s'alluma sur le col, à un endroit où elle ne pouvait manquer de la voir.

— Brave gilet, dit-elle.

L'équipement n'était pas assez intelligent pour lui répondre, apparemment.

Les Pretties qui jouaient sur le toit s'étaient tus et piétinaient en se demandant s'il y avait pour de bon un incendie. Ils la montraient du doigt, et Tally lut le mot « Ugly » sur leurs lèvres.

Quel est le pire à New Pretty Town ? se demanda-t-elle. *Voir brûler son immeuble, ou voir une Ugly s'inviter à la fête ?*

Tally atteignit le bord du toit, sauta sur la rambarde et chancela un moment. En contrebas, les Pretties se déversaient hors de la résidence pour se répandre sur la pelouse et vers le bas de la colline. Ils levaient la tête, cherchant des flammes ou de la fumée. Et ils ne voyaient qu'elle.

Cela faisait une sacrée hauteur jusqu'en bas. Tally sentit son estomac se nouer, comme si elle était déjà en chute libre. Mais c'était très excitant également : le hurlement de la sirène, la foule qui la fixait des yeux, les lumières de New Pretty Town qui s'étalaient sous elle, pareilles à un million de chandelles.

Tally prit une grande inspiration et ploya les genoux, prête à sauter.

Pendant une fraction de seconde, elle se demanda si le gilet fonctionnerait bien alors qu'elle ne portait pas sa bague d'interface. Se déclencherait-il pour une anonyme ? Ou Tally allait-elle s'écraser sur la pelouse ?

Mais elle avait promis à Peris de ne pas se faire prendre. Et puis c'était un gilet destiné aux urgences, et la lumière verte était allumée…

— Attention, là-dessous ! cria Tally.

Elle se jeta dans le vide.

SHAY

La sirène s'estompa derrière Tally. Pendant sa chute, qui lui sembla durer des heures, les visages stupéfaits des Pretties grossissaient de plus en plus.

Le sol se ruait à sa rencontre ; un espace s'ouvrit sous elle dans la foule en proie à la panique. Pendant un moment, elle eut l'impression de voler – un rêve silencieux et merveilleux. Puis la réalité la rattrapa sèchement aux épaules et aux cuisses, quand les sangles de son harnais lui entrèrent dans les chairs. Elle se savait grande selon les standards des Pretties ; le gilet ne s'attendait probablement pas à un poids pareil.

Tally tournoya sur elle-même. Un instant, bref et terrifiant, elle se retrouva tête en bas, le visage si près du sol qu'elle put distinguer une capsule de bouteille dans l'herbe. Puis elle monta comme une flèche vers le haut, de sorte que le ciel se remit en place au-dessus d'elle. Enfin, elle redescendit plus lentement vers la foule qui s'écartait à son approche.

Parfait. Elle avait manœuvré de telle façon qu'elle rebondissait au bas de la colline, loin de la résidence Garbo, vers les ombres et la sécurité des jardins.

Tally effectua encore deux tours complets sur elle-même, puis le gilet la déposa sur la pelouse. Elle tira au hasard sur les sangles jusqu'à ce que le harnais émette un sifflement et tombe par terre.

La sensation de vertige qu'elle éprouvait mit un moment à se dissiper.

— Elle est... moche, non ? demanda quelqu'un à l'orée de la foule.

Dans le hululement assourdissant des sirènes, les formes noires de deux aérocars de pompiers grossirent au-dessus de sa tête, gyrophares rouges en action.

— Super-idée, Peris, marmonna-t-elle. Une fausse alerte.

Elle aurait de sérieux ennuis si elle se faisait prendre, maintenant. À sa connaissance, personne n'avait jamais commis une bêtise aussi grave.

Tally courut vers les jardins.

Une obscurité réconfortante régnait sous les saules.

Là-dessous, à mi-chemin du fleuve, on s'apercevait à peine qu'une alerte anti-incendie de grande envergure agitait le centre de la ville. Par contre, Tally voyait bien qu'une recherche était en cours. En l'air, il y avait plus d'aérocars que d'habitude, et le fleuve semblait particulièrement illuminé. Ce n'était peut-être qu'une coïncidence.

Tally se faufila avec prudence entre les arbres. Peris et elle n'étaient jamais restés aussi tard à New Pretty Town. Les jardins de plaisir y étaient plus fréquentés, surtout dans les coins sombres. Et maintenant que l'excitation de son évasion s'épuisait, la jeune fille commençait à réaliser à quel point elle s'était montrée stupide.

Normal que Peris n'ait plus sa cicatrice. Ils ne s'étaient servis que d'un canif pour s'entailler la main. Les médecins employaient des lames autrement plus longues et plus tranchantes pour l'opération. Ils vous écorchaient entièrement et vous faisaient pousser une peau bien neuve, nette et propre. Toutes vos anciennes traces d'accidents, de mauvaise alimentation et de maladies infantiles disparaissaient. Vous repartiez d'un bon pied.

Mais Tally avait gâché les débuts de Peris en venant l'importuner comme une gamine, en lui laissant un sale goût de mocheté dans la bouche – sans oublier qu'elle l'avait couvert de boue. Elle espérait qu'il avait une autre veste pour se changer.

Au moins Peris lui avait-il promis qu'ils redeviendraient amis dès qu'elle serait Pretty. Mais quel regard il lui avait jeté... peut-être était-ce pour cette raison qu'on séparait les Uglies des Pretties. Ce devait être affreux de contempler un visage moche lorsqu'on était entouré en permanence de personnes aussi belles. Peut-être avait-elle tout fichu en l'air ? Et si Peris la voyait toujours avec son strabisme et ses cheveux frisottés, même après l'opération ?

Un aérocar passa au-dessus d'elle, et Tally baissa la tête. Elle allait sans doute se faire prendre ce soir, et jamais on ne la rendrait belle.

Voilà tout ce qu'elle méritait.

Tally se souvint alors de sa promesse à Peris. Elle n'allait *pas* se faire prendre ; il fallait qu'elle devienne Pretty pour lui.

Une lumière flamboya à la limite de son champ de vision. Elle s'accroupit et jeta un coup d'œil à travers le rideau des branches de saule.

Une gardienne marchait dans le parc. C'était une grande Pretty, pas une jeune. À la lueur de sa torche, les traits caractéristiques de la deuxième opération apparaissaient flagrants : épaules larges, mâchoire volontaire, nez droit et pommettes hautes. La femme dégageait la même autorité, indiscutable, que les professeurs de Tally à Uglyville.

Tally déglutit. Les jeunes Pretties avaient leurs propres gardiens. Il n'y avait qu'une seule explication à la présence d'une grande Pretty ce soir, à New Pretty Town : les gardiens cherchaient quelqu'un, et ils étaient bien décidés à ne pas rentrer bredouilles.

La femme promena le pinceau de sa torche sur deux Pretties assis sur un banc, qu'elle illumina un instant. Le couple sursauta mais la gardienne rit doucement et s'excusa, la voix grave et assurée. Tally vit le couple se détendre. Tout allait bien, puisque la grande Pretty le disait.

Tally aurait voulu se rendre, s'en remettre à la sage indulgence de la gardienne. Si elle lui expliquait, celle-ci comprendrait et arrangerait tout. Les grands Pretties savaient toujours quoi faire.

Mais elle avait donné sa parole à Peris.

Tally se recula dans le noir, tâchant d'ignorer l'horrible sensation qu'elle avait d'être une espionne, une intruse, pour ne pas se livrer à l'autorité de la femme. Elle s'éloigna dans les fourrés aussi vite qu'elle put.

En arrivant au bord du fleuve, Tally entendit un petit bruit devant elle. Une forme sombre se découpait dans les lumières de la berge. Pas un couple – une silhouette solitaire dans l'obscurité.

C'était certainement la gardienne qui la guettait dans les buissons.

Tally osait à peine respirer. Elle s'était figée à quatre pattes, tout son poids sur un genou et une main boueuse. La gardienne ne l'avait pas encore aperçue. Si Tally patientait suffisamment, elle finirait peut-être par s'en aller.

Elle attendit donc sans bouger pendant de longues minutes. La silhouette ne fit pas un geste. Il était connu que les jardins constituaient le seul point d'entrée ou de sortie mal éclairé de New Pretty Town.

À force de rester immobile, le bras de Tally se mit à trembler ; ses muscles étaient gagnés par une crampe. Mais elle n'osait pas transférer son poids sur l'autre bras. Le moindre craquement de brindille risquait de révéler sa présence.

Elle conserva donc la même position, jusqu'à ce que tous ses muscles lui donnent envie de crier. Peut-être que la gardienne était un simple effet de lumière ; peut-être qu'elle existait dans sa seule imagination.

Tally cligna ses paupières, dans l'espoir de faire disparaître la silhouette.

Mais elle était toujours là, clairement soulignée par les reflets lumineux du fleuve.

Une brindille craqua sous son genou – les muscles douloureux de Tally avaient fini par la trahir. La forme sombre n'esquissait toujours pas le moindre geste. Pourtant, elle avait dû l'entendre, à coup sûr…

La gardienne voulait-elle simplement être gentille, attendre qu'elle se dénonce ? La laisser se livrer d'elle-même ? Les professeurs agissaient ainsi à l'école, parfois. Pour vous faire comprendre que vous n'aviez pas d'échappatoire, et pour que vous finissiez par tout avouer.

Tally s'éclaircit la gorge avec un petit bruit pathétique.

— Je suis désolée, dit-elle.

La silhouette soupira.

— Pfff… Bah, ce n'est rien. J'imagine que j'ai dû te faire peur, moi aussi.

C'était une fille. Elle se pencha en avant, avec une grimace, comme si elle avait mal partout à force d'être restée si longtemps sans bouger.

Elle aussi était moche.

Elle se prénommait Shay. Elle avait natté ses longs cheveux bruns. Ses yeux étaient trop écartés. Bien que ses lèvres soient suffisamment charnues, Shay était encore plus squelettique qu'une jeune Pretty. De même que Tally, elle était venue en expédition à New Pretty Town, et se cachait au bord du fleuve depuis une heure.

— Je n'avais jamais rien vu de pareil, murmura-t-elle. Il y a des gardiens et des aérocars partout !

Tally s'éclaircit la gorge.

— Je crois que c'est à cause de moi.

Shay parut dubitative.

— Comment ça ?

— Eh bien, je me trouvais dans une fête, au centre de la ville.

— Tu t'es incrustée dans une fête ? C'est dingue ! s'exclama Shay. (Sa voix se réduisit à un murmure.) Mes respects ! Comment es-tu entrée ?

— Je portais un masque.

— Waouh. Un joli masque ?

— Heu, plutôt un masque de cochon. C'est une longue histoire.

Shay cligna des paupières.

— Un masque de cochon. O.K. Laisse-moi deviner, quelqu'un t'a percée à jour ?

— Hein ? Non. J'allais me faire prendre, alors j'ai… déclenché une alerte anti-incendie.

— Bien joué !

Tally sourit. L'histoire devenait plutôt chouette, maintenant qu'elle avait quelqu'un à qui la raconter.

— Et comme j'étais piégée sur le toit, j'ai attrapé un gilet de sustentation et j'ai sauté. J'ai rebondi sur la moitié du chemin jusqu'ici.

— Non ! Arrête !

— Enfin, une bonne partie du chemin, disons.

— La classe !

Shay sourit, puis son visage devint grave. Elle se mordilla un ongle – l'une de ces mauvaises habitudes dont l'opération vous guérissait.

— Dis-moi, Tally, étais-tu à cette fête pour… voir quelqu'un ?

Ce fut au tour de Tally d'être impressionnée.

— Comment as-tu deviné ?

Shay soupira, baissant la tête sur ses ongles mordillés.

— J'ai des amis là-dedans, moi aussi. Je veux dire, d'*anciens* amis. Parfois, je viens les regarder de loin. (Elle leva la tête.) C'était moi la plus jeune, tu comprends ? Alors maintenant…

— Tu te retrouves seule.

Shay acquiesça.

— J'ai l'impression que tu ne t'es pas contentée de regarder, en ce qui te concerne.

— Exact. Je lui ai fait un petit coucou.

— Waouh, c'est dingue. C'était ton petit ami, ou quoi ?

Tally secoua la tête. Peris était sorti avec d'autres filles, et Tally en avait pris son parti – elle avait même essayé de faire pareil de son côté –, mais leur amitié avait toujours tenu une place centrale dans leur vie à tous deux. Plus maintenant, apparemment.

— Si ç'avait été mon petit ami, je ne crois pas que j'aurais pu faire ça, tu comprends ? Je n'aurais pas voulu qu'il voie mon visage. Mais comme nous étions amis, j'avais cru que, peut-être…

— Ouais. Comment ça c'est passé ?

Tally réfléchit une seconde, le regard fixé sur les eaux ondulantes. Peris était si beau, avait l'air si mûr ; et il lui avait promis qu'ils seraient toujours amis. Dès qu'elle serait devenue Pretty à son tour…

— En fait, c'était nul, avoua-t-elle.

— Je m'en doutais.

— Sauf l'évasion. Cette partie-là était plutôt cool.

— Ça en a l'air. (Tally perçut le sourire dans la voix de Shay.) J'ai l'impression que tu as eu chaud.

Elles se turent un moment pendant qu'un aérocar passait au-dessus d'elles.

— Mais tu sais, nous ne sommes pas encore tirées d'affaire, prévint Shay. La prochaine fois que tu as l'intention de déclencher une alarme, préviens-moi à l'avance.

— Désolée que tu sois restée coincée ici.

Shay la regarda en fronçant les sourcils.

— Mais non. Je veux simplement dire que si je dois m'enfuir avec toi, autant que j'aie ma part de rigolade, moi aussi.

Tally pouffa.

— O.K. La prochaine fois, je te préviendrai.

— C'est gentil. (Shay examina le fleuve.) On dirait que ça se dégage un peu. Où est ta planche ?

— Ma quoi ?

Shay tira une planche magnétique de sous un buisson.

— Tu as bien une planche, non ? Ne me dis pas que tu es venue à la nage ?

— Non, j'ai… Attends une minute. Tu as traversé en planche magnétique ? Tout ce qui vole est truffé de mouchards.

Shay s'esclaffa.

— Je t'en prie ! C'est un truc vieux comme le monde. Tu ne sais pas les court-circuiter ?

Tally haussa les épaules.

— Je fais rarement de la planche.

— Bon, nous n'avons qu'à monter à deux.

— Attends, chut…

Un autre aérocar s'approcha, survolant le fleuve à petite vitesse au ras des ponts.

Tally attendit qu'il ait disparu et compta jusqu'à dix avant de reprendre :

— Je ne crois pas que ce soit une bonne idée, de rentrer en volant.

— Très bien, alors comment es-tu venue ?

— Suis-moi.

Tally se mit à quatre pattes et commença à ramper. Elle jeta un coup d'œil en arrière.

— Tu peux porter ta planche ?

— Bien sûr. Elle ne pèse pas grand-chose. (Shay claqua des doigts, et la planche s'avança en flottant.) En fait, elle ne pèse rien du tout, sauf si je le lui demande.

— Pratique.

Shay se mit à ramper à son tour. Sa planche la suivit comme un ballon de gamine. Sauf que Tally ne voyait pas de ficelle.

— Alors, où va-t-on ? demanda Shay.

— Je connais un pont.

— Il va nous signaler aux autres.

— Pas celui-là. C'est un vieil ami.

LESSIVAGE

Tally tomba dans le vide. Encore.

La culbute fut moins douloureuse, cette fois. À l'instant où ses pieds avaient glissé de la planche, elle s'était détendue, ainsi que Shay le lui avait appris. Partir en vrille n'était pas pire que lorsque votre père vous faisait tournoyer en vous tenant par les poignets quand vous étiez gamine.

Si votre père était une espèce de monstre surhumain qui cherchait à vous arracher les bras.

Mais l'énergie cinétique devait bien s'exercer quelque part, avait expliqué Shay. Mieux valait la disperser en tournant sur soi-même qu'en s'écrasant contre un arbre. Et les arbres ne manquaient pas ici, au parc Cléopâtre.

Après quelques rotations, Tally fut déposée sur la pelouse par les poignets. La tête lui tournait un peu, mais elle était en un seul morceau.

Shay vint s'arrêter devant elle en décrivant une courbe gracieuse, comme si elle était née sur une planche.

— J'ai l'impression que ça commence à rentrer.

— Pas moi.

Tally arracha l'un de ces bracelets anticrash et se frotta le poignet. Il était tout rouge, et elle ne sentait plus ses doigts.

Le bracelet était dur et massif au creux de sa main. Les bracelets anticrash devaient contenir du métal parce qu'ils fonctionnaient par aimantation, comme les planches magnétiques. Chaque fois que Tally glissait, le sien s'activait et la rattrapait au vol, tel un géant débonnaire, pour la déposer en sûreté.

Par les poignets. Encore.

Tally détacha son autre bracelet et frotta sa peau.

— N'abandonne pas maintenant. Tu as failli réussir.

Sa planche s'approcha d'elle-même et vint buter doucement contre ses chevilles, comme un chien penaud. Tally croisa les bras et se massa les épaules.

— J'ai failli me faire couper en deux, oui.

— Ça ne m'est jamais arrivé. Pourtant, j'ai versé plus souvent qu'un verre de lait sur des montagnes russes.

— Sur quoi ?

— Laisse tomber. Allez, réessaie.

Tally soupira. Ce n'était pas juste ses poignets. Ses genoux lui faisaient mal également à force de compenser, d'absorber des virages si serrés qu'elle avait l'impression de peser une tonne. Shay appelait ça « la force centrifuge », qui se manifestait chaque fois qu'un objet en mouvement changeait de direction.

— Faire de la planche a l'air tellement amusant, de même que se prendre pour un oiseau. Mais en réalité, ça demande un sacré boulot.

Shay haussa les épaules.

— Être un oiseau ne doit pas être évident non plus. Battre des ailes toute la journée, tu sais…

— Peut-être. Est-ce que ça s'améliore avec le temps ?

— Pour les oiseaux ? Aucune idée. Sur une planche, c'est sûr.

— J'espère.

Tally remit ses bracelets et remonta sur sa planche. Cette dernière rebondit légèrement, comme un plongeoir, le temps de s'adapter à son poids.

— Vérifie ton capteur.

Tally palpa son anneau ventral, auquel Shay avait agrafé le petit appareil. Il indiquait à la planche où se trouvait le centre de gravité de Tally, et dans quelle direction elle était tournée. Il surveillait même les muscles abdominaux que, semblait-il, les planchistes serraient par anticipation dans les virages. La planche était assez intelligente pour identifier graduellement sa façon de bouger. Plus Tally monterait dessus, plus la planche apprendrait à rester sous ses pieds.

Bien sûr, Tally aussi devait apprendre. Shay disait que si vos pieds n'étaient pas à leur place, la meilleure planche du monde ne réussirait pas à vous porter. La surface portante avait beau être bosselée pour assurer une meilleure adhérence, il était surprenant de constater avec quelle facilité on glissait dessus.

Tally claqua des doigts, plia les genoux en s'élevant dans les airs et se pencha en avant pour prendre de la vitesse.

Shay vint se placer juste à la verticale, un petit peu en retrait.

Les arbres se mirent à défiler.

— Étends les bras ! Garde les pieds bien écartés ! lui hurla-t-elle.

Tally avança le pied gauche avec nervosité. Au bout du parc, la planche entama un long virage incliné.

Tally fonça vers les drapeaux de slalom. Le vent lui séchait les lèvres, soulevait sa queue-de-cheval.

— Oh, zut, murmura-t-elle.

La planche passa le premier drapeau et Tally se pencha sur sa droite, les bras très écartés pour conserver l'équilibre.

— Bascule ! lui cria Shay.

Tally inversa le mouvement de manière à faire passer sa planche sous elle et de l'autre côté, afin de contourner le drapeau suivant. Mais elle avait les pieds trop rapprochés. Pas encore ! Ses semelles commencèrent à déraper.

— Ah, non ! s'écria-t-elle.

Elle crispa les orteils, fit tout son possible pour rester sur la planche : inutile ! sa chaussure droite glissa vers le bord.

Les arbres !

Le drapeau de slalom grossit, puis se retrouva brusquement derrière elle. La planche se redressa sous Tally tandis que la jeune fille corrigeait sa trajectoire.

Son virage était bouclé !

Elle se retourna vers Shay.

— J'ai réussi ! s'écria-t-elle.

Puis elle tomba.

Trompée par son geste, la planche avait tenté d'exécuter un virage et l'avait désarçonnée. Tally se fit toute molle, laissant ses bras se tendre brutalement et le monde tournoyer autour d'elle. Elle riait en descendant vers la pelouse, pendue par ses bracelets.

Shay riait également.

— Disons : *presque* réussi.

— Non ! Je suis passée entre les drapeaux. Tu m'as vue !

— O.K., O.K. Tu as réussi. (Shay gloussa en posant le pied sur l'herbe.) Mais ce n'est pas une raison pour sautiller partout comme ça. Reste cool, Bigleuse.

Tally lui tira la langue. Au cours de la semaine passée, elle s'était aperçue que Shay n'employait son surnom de Ugly que pour la critiquer. La plupart du temps, elle insistait pour qu'elles s'appellent par leurs vrais noms, ce à quoi Tally s'était rapidement habituée. Elle aimait plutôt ça, en fait. Hormis Sol et Ellie – ses parents – ainsi que quelques professeurs un peu snobs, personne ne l'avait jamais appelée Tally auparavant.

— Si tu veux, Maigrichonne. En tout cas, c'était super.

Tally s'écroula dans l'herbe. Elle avait mal partout, jusque dans le moindre de ses muscles.

— Merci pour la leçon. Voler, il n'y a rien de mieux.

Shay s'assit à côté d'elle.

— On ne s'ennuie jamais sur une planche.

— Je ne m'étais jamais sentie aussi bien depuis…

Tally ne prononça pas son nom. Elle leva les yeux vers le ciel, d'un bleu magnifique. Un ciel parfait. Elles n'avaient commencé la leçon qu'en fin d'après-midi. Au-dessus de leurs têtes, quelques nuages de haute altitude se teintaient déjà de nuances rosées, bien que le soleil ne dût pas se coucher avant plusieurs heures.

— Ouais, admit Shay. Moi aussi. Je commençais à en avoir assez de traîner toute seule.

— Combien de temps te reste-t-il?

Shay répondit instantanément.

— Deux mois et vingt-six jours.

Tally en resta ébahie.

— Tu en es sûre?

— Sûre et certaine.

Tally sentit un large sourire s'étaler lentement sur son visage. Elle se renversa dans l'herbe en riant.

— Tu te fiches de moi. On est toutes les deux nées le même jour!

— Non!

— Eh si. C'est génial: on va virer Pretties ensemble!

Shay demeura silencieuse un moment.

— Ouais, j'imagine.

— Le neuf septembre, c'est ça?

Shay opina de la tête.

— C'est trop cool. Je veux dire, je n'aurais pas supporté de perdre encore une amie, tu vois? Comme ça, aucune de nous n'abandonnera l'autre. Même pas pour une journée.

Shay se redressa en position assise. Son sourire l'avait quittée.

— Je ne ferais jamais ça, de toute manière.

Tally cligna des paupières.

— Je ne dis pas que tu l'aurais fait, mais…

— Mais quoi?

— Mais après l'opération, tu déménages à New Pretty Town.

— Et alors ? Les Pretties ont bien le droit de revenir ici, tu sais. Ou d'écrire.

Tally ricana.

— Sauf qu'ils ne le font pas.

— Moi, je le ferai.

Shay regarda les tours de fête au-delà de la rivière, mordillant fermement l'ongle de son pouce.

— Moi aussi, Shay. Je reviendrai te voir.

— Tu en es sûre ?

— Ouais. Tout à fait.

Shay haussa les épaules et s'allongea sur le dos pour contempler les nuages.

— O.K. Mais tu n'es pas la première à faire cette promesse, tu sais.

— Oui, je le sais, maintenant.

Elles ne dirent plus rien pendant un moment. Les nuages roulèrent lentement devant le soleil, et le temps fraîchit. Tally songeait à Peris, essayant d'évoquer ses traits à l'époque où il était encore Gros-Pif. Elle ne parvenait plus à se rappeler son visage moche. Comme si ces quelques minutes durant lesquelles elle l'avait vu Pretty avaient effacé les souvenirs d'une vie entière. Elle ne voyait plus que le beau Peris, ces yeux, ce sourire.

— Je me demande pourquoi ils ne reviennent jamais, dit Shay. Même pour une simple visite.

Tally déglutit.

— Parce qu'on est des Uglies, Maigrichonne, voilà pourquoi.

IMAGE DE SOI

— Voici l'option numéro deux.

Tally effleura sa bague d'interface et l'écran mural se transforma.

Cette Tally-ci était plus soignée, avec des pommettes hautes, de grands yeux verts comme ceux d'un chat et une large bouche incurvée en un sourire entendu.

— Ça te change, heu... joliment, commenta Shay.

— Oui. Je ne sais même pas si c'est légal.

Tally modifia les paramètres des yeux, ramenant la courbure des sourcils à des proportions plus normales. Certaines cités admettaient les opérations exotiques – uniquement pour les jeunes Pretties – mais le conservatisme des autorités locales était notoire. Aucun médecin n'accorderait sans doute un second coup d'œil à ce morpho, même si c'était amusant de pousser le logiciel dans ses retranchements.

— Tu trouves que ça me donne un air effrayant ?

— Non. Plutôt un air de chat sauvage, gloussa Shay. On s'attend à te voir bondir sur une souris.

— O.K., passons à la suite.

La Tally suivante était un modèle beaucoup plus standard, avec des yeux bruns en amandes, des cheveux noirs et lisses à longue frange, des lèvres sombres ourlées au maximum.

— C'est banal, Tally.

— Allez, quoi ! Tu sais combien de temps j'ai travaillé sur celui-ci ? Je trouve que ça m'irait drôlement bien. Il me donne un petit air de Cléopâtre.

— Tu sais, observa Shay, j'ai lu que la vraie Cléopâtre n'était pas si belle que ça. Elle séduisait tout le monde par son intelligence.

— Tu as raison. Tu as vu une photo d'elle ?

— Les appareils n'existaient pas à cette époque, Bigleuse.

— Pff. Alors, comment sais-tu qu'elle était moche ?

— C'est ce que racontent les historiens de l'époque.

Tally haussa les épaules.

— Si ça se trouve, c'était une beauté classique et ils ne le savaient même pas. À l'époque, ils avaient de drôles d'idées en matière de beauté. Ils n'avaient aucune notion de biologie.

— Les veinards, soupira Shay en regardant par la fenêtre.

— Puisque tous mes visages sont si mauvais, pourquoi ne pas me montrer quelques-uns des tiens ?

Tally effaça l'écran et se laissa tomber en arrière sur son lit.

— Impossible.

— Tu sais critiquer, mais pas encaisser, hein ?

— Non, je veux dire que c'est vraiment impossible. Je n'en ai jamais fait.

Tally en resta bouche bée. Tout le monde faisait des morphos, même les gamins, dont la structure faciale n'était pas encore fixée. Il n'y avait pas meilleure manière de tuer le temps que d'imaginer quel aspect on aurait lorsqu'on serait enfin Pretty.

— Pas un seul ?

— Quand j'étais gamine, peut-être. Mais mes amis et moi avons cessé ce genre de trucs depuis longtemps.

— Bon. (Tally se redressa.) On va arranger ça tout de suite.

— Je préférerais aller faire de la planche.

Shay tripotait quelque chose sous sa tunique. Elle devait dormir avec son capteur ventral, en faisant de la planche jusque dans ses rêves.

— Tout à l'heure, Shay. Je n'arrive pas à croire que tu ne possèdes pas un seul morpho. Je t'en prie.

— Je trouve ça débile. De toute façon, les médecins font comme ils veulent quoi que tu leur demandes.

— Je sais, mais c'est marrant.

Shay roula des yeux, puis finit par acquiescer. Elle s'arracha du lit et se laissa tomber devant l'écran, repoussant ses cheveux en arrière.

Tally ricana.

— Je vois que tu as de la pratique.

— Comme je te l'ai dit, j'ai fait ça quand j'étais gamine.

— Tu parles.

Tally tourna sa bague d'interface pour faire apparaître un menu sur l'écran mural, et valida plusieurs choix successifs par clignements de souris oculaire. Un laser scintilla à l'écran et une grille verte vint quadriller le visage de Shay – un champ de petits carreaux en surimpression sur ses pommettes, son nez, ses lèvres et son front.

Quelques secondes plus tard, deux visages apparurent à l'écran. Les deux ressemblaient à Shay, mais avec des différences marquées : l'un lui donnait un air féroce, légèrement furieux ; l'autre affichait une expression distante, comme si elle était perdue dans ses pensées.

— Ça fait une drôle d'impression, non ? dit Tally. On dirait deux personnes différentes.

Shay acquiesça.

— Ça fiche les jetons.

Les visages moches étaient presque toujours asymétriques : aucune de leurs deux moitiés n'était identique à l'autre. Alors, la première chose que faisait le logiciel morphologique consistait à prendre chaque moitié du visage et à la doubler, de manière à créer deux exemples de symétrie parfaite. Les deux Shay symétriques semblaient déjà plus belles que l'originale.

— Eh bien, Shay, lequel est ton meilleur côté selon toi ?

— Pourquoi faut-il que je sois symétrique ? Je préfère avoir un visage avec deux côtés différents.

Tally grogna.

— C'est un symptôme de stress enfantin. Personne ne tient à avoir cet air-là.

— Tu as raison, je ne voudrais pas avoir l'air stressé, renifla Shay avant de désigner son visage le plus féroce. O.K., si tu le dis. Le côté droit passe mieux, non ?

— Je déteste mon côté droit. Je commence toujours par le gauche.

— Ah ouais ? Moi, j'aime bien mon côté droit. Il a l'air moins tarte.

— O.K. C'est toi le boss.

Tally cligna des paupières, et le visage de droite emplit l'écran.

— D'abord, les bases.

Le logiciel entra en action : les yeux s'agrandirent progressivement, réduisant la taille du nez qui les séparait. Les pommettes de Shay remontèrent, et ses lèvres s'épaissirent un brin (elles étaient déjà presque aussi charnues que celles d'une Pretty). Toutes les imperfections furent gommées, et sa peau devint parfaitement lisse. Le crâne se modifia de façon subtile, inclinant quelque peu son front en arrière, lui dessinant un menton plus volontaire, une mâchoire plus forte.

Quand ce fut terminé, Tally siffla.

— Waouh, c'est déjà drôlement chouette !

— Super, grommela Shay. Je ressemble à n'importe quelle autre Pretty.

— Oui, bon, on vient de commencer. Et si on passait aux cheveux ?

Tally fit défiler très vite plusieurs menus et choisit un style au hasard.

En voyant son image à l'écran, Shay fut prise d'une crise de fou rire et bascula à la renverse. Sa coiffure en hauteur surmontait son visage mince à la manière d'un bonnet d'âne, et d'une blondeur incongrue au regard de son teint olivâtre.

Tally réussit à peine à parler entre deux gloussements.

— Ce n'était peut-être pas le bon choix. Terminons d'abord le visage.

Elle parcourut différents styles et finit par se décider pour des cheveux plus classiques, bruns et courts.

Elle accentua les sourcils, pour leur donner une courbe plus photogénique, puis ajouta de la rondeur aux joues. Shay demeurait encore un rien trop fine, même après que le logiciel morphologique l'eut tirée vers la normale.

— On éclaircit un peu la peau, peut-être ? suggéra Tally en ramenant la pigmentation de la peau vers la coloration de base.

— Hé, Bigleuse, s'indigna Shay. C'est ton visage, ou le mien ?

— Je rigolais. Tu veux en imprimer un exemplaire ?

— Non, je veux sortir faire de la planche.

— D'accord. Mais avant, finissons ça bien.

— Qu'est-ce que tu veux dire par « bien », Tally ? Et si je trouvais mon visage parfait comme il est ?

— Oui, il est super. (Tally roula les yeux.) Pour une Ugly.

Shay fronça les sourcils.

— Alors, tu me trouves tellement répugnante ? Tu as besoin de te construire une image mentale pour la superposer à mon visage ?

— Shay ! Allez, on s'amuse.

— Se sentir moche n'a rien d'amusant.

— On *est* moches !

— Ce foutu jeu a été conçu pour nous conduire à nous détester.

Tally grommela et se renversa sur son lit, fixant le plafond. Shay se montrait parfois très bizarre. Elle râlait toujours contre l'opération, comme si quelqu'un la forçait à avoir seize ans.

— C'est vrai que la vie était tellement bien quand tout le monde était moche. Tu as oublié tes cours d'histoire ?

— Ouais, ouais, je sais, récita Shay. Chacun jugeait les autres selon leurs apparences. Les plus grands décrochaient les meilleurs boulots, et les gens votaient pour des politiciens uniquement parce qu'ils étaient un peu moins moches que les autres. Blablabla.

— Et les gens s'entretuaient pour de simples questions de couleur de peau. Alors, qu'est-ce que ça peut faire si tout le monde se ressemble ? C'est la seule manière de rendre les gens égaux.

— Il ne vaudrait mieux pas les rendre plus malins ?

Tally rit.

— Aucune chance. De toute façon, il s'agit seulement de regarder de quoi nous aurons l'air, toi et moi, dans… deux mois et quinze jours.

— Pourquoi ne pas attendre jusque-là, tout simplement ?

Tally ferma les yeux en soupirant.

— Parfois, ça me paraît une éternité.

— Alors, autant profiter du temps qui nous reste, non ? On peut aller faire de la planche, maintenant ? S'il te plaît…

Tally ouvrit les yeux et vit son amie qui lui souriait.

— O.K. Allons-y.

Elle s'assit et jeta un coup d'œil à l'écran. Même avec des retouches mineures, le visage de Shay lui paraissait déjà amical, vulnérable, sain… beau.

— Tu ne trouves pas que tu es belle, Shay ?

Celle-ci haussa les épaules sans regarder l'image.

— Ce n'est pas moi. C'est juste l'idée qu'un logiciel se fait de moi.

Tally sourit et la prit dans ses bras.

— Ce sera toi, un jour. Vraiment toi. Bientôt.

JOLIMENT RASOIR

— J'ai l'impression que tu es prête.

Tally s'arrêta net – pied droit vers le bas, pied gauche vers le haut, genoux pliés.

— Prête à quoi ?

Shay la dépassa lentement, en se laissant emporter par la brise. Elles se trouvaient aussi haut que leurs planches voulaient bien aller, juste au-dessus de la crête des arbres, à la lisière de la ville. Il était stupéfiant de constater à quelle vitesse Tally s'était habituée à évoluer en altitude.

La vue qu'on avait de là-haut était fantastique. Derrière elles, les tours de New Pretty Town se dressaient au centre de la ville, et une ceinture de verdure les enserrait de toute part – une bande de forêt qui séparait les grands et les anciens Pretties des jeunes. Les générations précédentes de Pretties vivaient dans la banlieue, dissimulées par les collines, habitant de grandes maisons dotées de jardins clos où leurs gamins pouvaient jouer.

Shay sourit.

— Prête pour une expédition nocturne.

— Écoute, je ne sais pas si j'ai tellement envie de passer le fleuve encore une fois, dit Tally en se rappelant sa promesse à Peris. (Shay et elle avaient commis toutes sortes de bêtises ces trois dernières semaines, mais n'étaient plus retournées à New Pretty Town depuis la nuit de leur rencontre.) Pas avant l'opération, bien sûr. Après ce qui s'est passé la dernière fois, les gardiens risquent d'être…

— Je ne pensais pas à New Pretty Town, l'interrompit Shay. Il n'y a rien à faire là-bas, de toute façon. On passerait la nuit à se planquer.

— Tu parlais juste de faire un tour au-dessus d'Uglyville ?

Shay secoua la tête, continuant à dériver au vent.

Tally déplaça son poids sur la planche, mal à l'aise.

— Quoi, il y a autre chose ?

Shay enfonça les mains dans ses poches et écarta les bras, transformant son blouson en voile. Le vent l'éloigna encore de Tally. Par réflexe, celle-ci avança les orteils sur sa planche afin de rejoindre son amie.

— Eh bien, il y a là-bas, indiqua Shay en pointant le menton vers le terrain dégagé devant elles.

— La banlieue ? C'est mortel.

— Pas la banlieue. Plus loin.

Shay fit glisser ses pieds dans deux directions opposées, jusqu'aux bords mêmes de sa planche. Sa jupe accrocha le vent frais du soir, qui l'entraîna encore plus vite. Elle se laissait emporter vers l'extérieur de la ceinture de verdure. Hors limites.

Tally planta ses pieds et fit plonger sa planche, rattrapant son amie.

— Qu'est-ce que tu veux dire ? Complètement en dehors de la ville ?

— Ouais.

— C'est dingue. Il n'y a rien, dehors.

— Si, on trouve plein de trucs. De vrais arbres, vieux de plusieurs centaines d'années. Des montagnes. Et des ruines. Partout. Tu n'as jamais été là-bas ?

Tally cligna les paupières.

— Bien sûr que si.

— Je ne te parle pas d'une excursion scolaire, Tally. As-tu déjà été là-bas de nuit ?

Tally s'immobilisa d'un coup sur sa planche. Les Ruines rouillées étaient les vestiges d'une ancienne cité, l'imposant témoignage du temps jadis où il existait beaucoup trop de gens, tous incroyablement stupides. Et moches.

— Tu rigoles. Ne me dis pas que tu y es allée.

Shay fit « si » de la tête.

Tally en resta bouche bée.

— C'est impossible.

— Tu penses être la seule à faire des trucs cool ?

— O.K., admettons que je te croie, dit Tally. (Shay avait cette expression dont Tally avait appris à se méfier.) Et si on se fait prendre ?

Shay rit.

— Tally, il n'y a rien là dehors, tu l'as dit toi-même. Rien, ni personne pour nous attraper.

— Est-ce que les planches magnétiques fonctionnent là-bas ? Est-ce que quelque chose fonctionne ?

— Certaines planches spéciales, oui, si tu arrives à les trafiquer et sais par où passer. Sortir de la banlieue n'est pas difficile, il suffit de remonter le fleuve. En amont, ça devient de l'eau vive, ça secoue trop pour les glisseurs.

Tally n'en revenait pas.

— Tu l'as vraiment fait.

Une rafale de vent s'engouffra dans le blouson de Shay et elle se déporta plus loin, souriant toujours. Tally dut remettre sa planche en mouvement pour se rapprocher à portée d'oreille. La crête d'un arbre lui effleura les chevilles alors que le sol en contrebas commençait à s'élever.

— On va s'amuser, lui lança Shay.

— C'est trop risqué.

— Allez. J'ai envie de te montrer ça depuis qu'on s'est rencontrées. Depuis que tu m'as raconté que tu t'étais incrustée dans une soirée de Pretties, pour enfin déclencher l'alerte anti-incendie !

Tally avala sa salive, regrettant de ne pas avoir dit toute la vérité ce soir-là – comment les événements s'étaient simplement enchaînés malgré elle. Shay la prenait pour la plus grande casse-cou du monde, maintenant.

— Tu sais, en réalité, ce truc de l'alarme n'était pas seulement accidentel.

— Ouais, tu parles.

— Je veux dire que nous ferions peut-être mieux d'attendre. Il n'y en a plus que pour deux mois.

— Oh, c'est vrai, admit Shay. D'ici deux mois, nous serons coincées de l'autre côté du fleuve. Pretties, et « rasoir » comme la pluie.

Tally renifla dédaigneusement.

— Je ne crois pas que ce soit tout à fait rasoir, Shay.

— Faire ce qu'on attend de vous est toujours rasoir. Je ne vois pas ce qu'il peut y avoir de pire qu'être obligé de s'amuser.

— Moi si, fit doucement Tally. Ne jamais s'amuser.

— Écoute, Tally, ces deux mois représentent notre dernière chance de nous éclater pour de bon. D'être nous-mêmes. Après l'opération, ce sera jeunes Pretties, grandes Pretties, anciennes Pretties. (Shay laissa tomber les bras, et sa planche cessa de dériver.) Puis Pretties mortes.

— Ça vaut toujours mieux que mourir Uglies.

Shay haussa les épaules et ouvrit de nouveau son blouson pour s'en servir comme d'une voile. Elles se trouvaient presque à la limite de la ceinture de verdure désormais. Bientôt, Shay recevrait un avertissement. Après quoi, sa planche la signalerait.

— En plus, fit valoir Tally, l'opération ne signifie pas qu'on doive forcément arrêter les bêtises.

— Sauf que les Pretties n'en commettent jamais, Tally. Jamais.

Tally soupira, inclinant de nouveau les pieds pour la suivre.

— C'est peut-être parce qu'ils ont mieux à se proposer que des trucs de gosses. Peut-être qu'ils s'amusent plus à faire la fête en ville qu'à traîner au milieu de vieilles ruines.

Les yeux de Shay étincelèrent.

— Ou peut-être qu'après l'opération – après qu'on vous a écrasé et allongé les os pour leur donner la bonne forme, raclé le visage et arraché toute la peau, et collé des pommettes en plastique pour vous donner exactement la même tête qu'à n'importe qui –, peut-être qu'après avoir subi tout ça, vous n'êtes plus très intéressant.

Tally grimaça. Elle n'avait jamais entendu décrire l'opération en ces termes. Même en classe de bio, lorsqu'on entrait dans les détails, cela n'avait pas l'air aussi terrible.

— Arrête, nous n'aurons même pas conscience de ce qu'on nous fera. Ça passera comme un beau rêve du début à la fin.

— Ouais, tu parles.

Une voix résonna sous le crâne de Tally :

Attention, territoire interdit.

Le vent fraîchissait tandis que le soleil se couchait.

— Allez, Shay, on ferait mieux de rentrer. C'est bientôt l'heure du dîner.

Shay sourit, secoua la tête et ôta sa bague d'interface. Désormais, elle ne pouvait plus entendre les avertissements.

— Allons-y ce soir. Tu voles presque aussi bien que moi maintenant.

— Shay...

— Viens avec moi. Je te montrerai des montagnes russes.

— C'est quoi, des...

Deuxième avertissement. Territoire interdit.

Tally immobilisa sa planche.

— Si tu continues, Shay, on va se faire prendre et on n'ira nulle part ce soir.

Shay haussa les épaules en se laissant emporter par le vent.

— Je veux juste te montrer comment moi, je m'amuse, Tally. Avant qu'on ne devienne Pretties toutes les deux et qu'on ne sache plus jamais s'amuser comme aujourd'hui.

Tally secoua la tête. Elle aurait voulu dire que Shay lui avait enseigné le truc le plus cool qu'elle ait jamais appris – faire de la planche. En moins d'un mois, elles étaient devenues les meilleures amies du monde.

— Shay…

— Je t'en prie ?

Tally soupira.

— O.K.

Shay laissa retomber ses bras et crispa ses orteils pour arrêter sa planche.

— Vraiment ? Ce soir ?

— Sûr. Va pour les Ruines rouillées.

Tally fit un effort afin de se détendre. Ce n'était pas si grave, au fond. Elle enfreignait les règles continuellement, et tout le monde visitait les Ruines une fois par an avec sa classe. Cela ne pouvait pas être dangereux.

Shay s'éloigna de la forêt, virant pour remonter vers Tally et l'attraper par la taille.

— Attends d'avoir vu le fleuve.

— Tu disais qu'il se transforme en eau vive ?

— Ouais.

— Qu'est-ce que c'est ?

Shay sourit.

— C'est de l'eau. En beaucoup, beaucoup mieux.

RAPIDES

— Bonne nuit.

— Dors bien, répondit la chambre.

Tally enfila un blouson, agrafa son capteur à son anneau ventral, et ouvrit la fenêtre. La nuit était calme, le fleuve si lisse que la ville s'y reflétait dans les moindres détails. Apparemment, les Pretties célébraient quelque chose : le rugissement d'une foule immense flottait par-dessus les eaux, et mille acclamations s'élevaient et retombaient en chœur. Les tours de fête étaient sombres sous la lune presque pleine, et les feux d'artifice, tout en scintillements bleutés, montaient si haut qu'ils explosaient en silence.

La ville n'avait jamais paru si éloignée.

— Il n'y en a plus pour longtemps, Peris, murmura-t-elle.

La pluie tombée dans la soirée rendait les tuiles glissantes. Tally rampa avec prudence jusqu'au vieux sycomore qui effleurait le toit du dortoir. Elle trouva les bonnes prises le long de ses branches, solides et familières, et descendit rapidement à l'ombre d'un recycleur.

Une fois hors de l'enceinte du bâtiment, Tally jeta un coup d'œil en arrière. La disposition des ombres qui partaient du dortoir était en sa faveur : comme pour aider les Uglies à faire le mur de temps à autre.

Tally secoua la tête. Voilà qu'elle se mettait à penser de la même façon que Shay.

Elles se retrouvèrent au barrage, à l'endroit où le fleuve se scindait en deux pour encercler New Pretty Town. Cette nuit-là, il n'y avait aucun glisseur qui trouble l'obscurité. Shay impulsait divers mouvements à sa planche quand Tally la rejoignit à pied.

— Tu es sûre qu'on ne craint rien à s'entraîner ici, en ville ? cria Tally à cause du grondement des eaux.

Shay dansait sur sa planche, faisant passer son poids d'avant en arrière, esquivant des obstacles imaginaires.

— Je vérifiais simplement que ça fonctionne.

Tally baissa les yeux sur sa propre planche. Shay en avait trafiqué le dispositif de sécurité afin que rien ne les signale quand elles voleraient de nuit ou franchiraient les limites de la ville. Tally craignait moins de la voir moucharder que refuser de voler. Ou qu'elle ne s'écrase contre un arbre. Cependant, celle de Shay semblait se comporter à merveille.

— Je suis venue jusqu'ici en volant, et personne ne m'a arrêtée, dit Shay.

Tally laissa tomber sa planche par terre.

— Merci d'avoir vérifié. Je suis désolée de me montrer aussi poule mouillée.

— Tu n'es pas une poule mouillée.

— Mais si. Écoute, il faut que je te dise quelque chose. La nuit où l'on s'est rencontrées, j'avais plus ou moins promis à mon ami Peris d'arrêter mes bêtises. De peur de m'attirer de sérieux ennuis et que les grands ne se fâchent.

— Quelle importance, s'ils sont fâchés ? Tu as presque seize ans.

— Mais s'ils l'étaient au point de ne pas me rendre belle ?

Shay cessa de se balancer.

— Je n'ai jamais entendu parler d'un truc pareil.

— Moi non plus, à vrai dire. Mais c'est sans doute le genre de choses qu'ils n'ébruitent pas. De toute façon, Peris m'a fait promettre d'y aller mollo.

— Tally, as-tu réfléchi qu'il te disait peut-être ça parce qu'il n'avait pas envie de te revoir ?

— Hein ?

— Et s'il t'avait arraché cette promesse pour être certain que tu ne reviendrais plus le déranger ? Que tu n'oserais plus remettre les pieds à New Pretty Town ?

Tally voulut répondre, mais elle avait soudain la gorge sèche.

— Écoute, si tu ne veux pas venir, ce n'est pas grave, reprit Shay. Sérieusement, Bigleuse. Mais crois-moi ! on ne se fera pas arrêter. Et même si c'était le cas, je dirais que tout est de ma faute. (Elle rit.) Je raconterais que je t'ai enlevée.

Tally grimpa sur sa planche et claqua des doigts. Quand elle fut à la hauteur de Shay, elle déclara :

— D'accord, je viens. Je t'avais dit que je le ferais.

Shay sourit et lui donna une brève poignée de main.

— Super. On va bien s'amuser. Pas comme des jeunes Pretties – s'amuser vraiment. Enfile ça.

— Qu'est-ce que c'est ? Des amplificateurs de lumière ?

— Non. Seulement des lunettes de protection. Tu vas adorer l'eau vive.

Elles parvinrent aux rapides dix minutes plus tard.

Tally avait eu le fleuve sous les yeux toute sa vie. Lent et digne, il délimitait la ville, marquait la frontière entre les mondes. Mais Tally n'avait jamais réalisé qu'à quelques kilomètres en amont du barrage, le ruban argenté au cours majestueux se changeait en monstre rugissant.

L'eau vive était blanchie par l'écume. Elle explosait contre les rochers, s'engouffrait dans d'étroits canaux, giclait en gerbes, bouillonnait comme un chaudron au pied de chutes vertigineuses.

Les premières minutes, ce fut la terreur absolue. Mais progressivement, Tally s'accoutuma à l'obscurité, au rugissement des eaux en contrebas, à la gifle des embruns. Jamais encore elle n'avait volé si vite ou si loin. Le fleuve s'enfonçait dans la forêt sombre, taillant une route sinueuse vers l'inconnu.

Shay filait au ras du courant, si bas qu'elle traçait un sillage chaque fois qu'elle virait. Tally la suivait prudemment à distance, espérant que sa planche trafiquée rechignerait à s'écraser contre les rochers et les branches masquées par l'obscurité. La forêt les encadrait de part et d'autre, un néant empli d'arbres anciens, sans commune mesure avec les absorbeurs de gaz carbonique qui décoraient la ville. Les nuages illuminés par la lune brillaient à travers les branchages, comme un plafond de nacre.

À chaque hurlement de Shay, Tally savait qu'elle était sur le point de suivre son amie à travers un rideau d'écume produit par des tourbillons. Certains scintillaient comme des rideaux de dentelle, mais d'autres surgissaient dans le noir sans crier gare. Parfois aussi, Tally traversait le panache d'eau froide soulevé par la planche de Shay lorsqu'elle plongeait ou virait.

Enfin, Shay agita les mains et s'arrêta en laissant traîner l'arrière de sa planche dans l'eau. Tally la contourna pour éviter son sillage, puis décrivit un virage serré avant de s'immobiliser en souplesse.

— On y est ?

— Pas tout à fait. Regarde, dit Shay en indiquant le chemin qu'elles venaient d'emprunter.

Tally poussa un hoquet de surprise en découvrant la vue. La ville lointaine n'était plus qu'un coin lumineux fiché dans les ténèbres, que les feux d'artifice de New Pretty Town éclairaient d'un scintillement froid et bleuté. Elles avaient dû prendre pas mal d'altitude ; sous les yeux de Tally, des taches de lune balayaient les collines basses qui entouraient la ville, poussées par la brise légère qui étirait les nuages.

C'était la première fois qu'elle franchissait les limites de la ville à la nuit tombée, qu'elle la voyait illuminée ainsi dans le lointain.

Tally repoussa ses lunettes tout éclaboussées et inspira profondément. L'air regorgeait de senteurs : odeurs de sapin et de fleurs sauvages, mêlées à l'effluve électrique des eaux bouillonnantes.

— Chouette, hein ?

— Oui, souffla Tally. C'est autre chose que de s'introduire en douce à New Pretty Town.

Shay sourit.

— Je suis bien contente que tu sois de cet avis. J'avais envie de revenir ici depuis longtemps, mais pas toute seule.

Tally contempla la forêt environnante, essayant de percer les ténèbres entre les arbres. Elles étaient bel et bien en pleine nature, dans un monde qui pouvait dissimuler n'importe quoi, certainement pas fait pour les humains. L'idée qu'elle aurait pu être ici toute seule la fit frissonner.

— Et maintenant ?

— Maintenant, on marche.

— On *marche* ?

Shay mena sa planche jusqu'à la berge et en descendit.

— Ouais, il y a un gisement de fer à environ cinq cents mètres dans cette direction. Mais rien de plus proche.

— De quoi parles-tu ?

— Tally, les planches fonctionnent par lévitation magnétique, d'accord ? Elles ont besoin d'avoir du métal à proximité, sans quoi elles ne peuvent plus planer.

— J'imagine. Mais en ville…

— En ville, où que tu ailles, il y a une grille en acier encastrée dans le sol. Mais par ici, il faut faire attention.

— Que se passe-t-il quand une planche s'arrête de planer ?

— Elle tombe. Et tes bracelets anticrash ne fonctionnent pas non plus.

— Oh !

Tally descendit de sa planche et la prit sous son bras. Tous ses muscles étaient endoloris par le trajet. C'était bon de fouler à nouveau la terre ferme.

Après quelques minutes de marche, cependant, la planche commença à lui sembler pesante. Le temps que le fracas du fleuve s'estompe derrière elles en un grondement lointain, elle eut l'impression de transporter un lourd bloc de chêne.

— Je ne savais pas que ces trucs pesaient autant.

— Quand les planches ne sont pas en train de planer, c'est leur poids normal. Par ici, on apprend que la ville nourrit toutes sortes d'idées fausses sur le vrai fonctionnement des choses.

Le ciel se couvrait et, dans l'obscurité, le froid paraissait plus intense. Tally se demanda s'il allait pleuvoir. Elle était assez trempée comme cela depuis leur équipée dans les rapides.

— Il y a parfois du bon dans certaines idées fausses.

À l'issue d'une longue escalade à travers les rochers, Shay rompit le silence.

— C'est par là. Il y a un gisement de fer naturel dans le sous-sol. Tu vas le sentir dans tes bracelets anticrash.

Tally tendit une main et fronça les sourcils, guère convaincue. Mais une minute plus tard, elle perçut un léger tiraillement dans son bracelet, comme un fantôme qui la tirerait par le bras. Sa planche se fit plus légère, et bientôt, toutes deux purent reprendre leur vol. Elles franchirent alors une crête et basculèrent dans une vallée obscure.

Une fois en l'air, Tally eut le temps de souffler et de poser une question qui la tracassait depuis un petit moment.

— Si les planches ont besoin de métal, comment se fait-il qu'elles fonctionnent au-dessus du fleuve ?

— Grâce à l'or.

— Quoi ?

— Les rivières proviennent de sources à l'intérieur des montagnes. Leurs eaux charrient des minéraux issus du sous-sol. Voilà pourquoi on trouve toujours des métaux dans le lit des cours d'eau.

— Comme les chercheurs d'or, hein ?

— Exactement. Mais en fait, les planches préfèrent le fer. Tout ce qui brille ne permet pas de léviter.

Tally fronça les sourcils. Shay avait parfois une drôle de façon de s'exprimer, comme si elle citait les paroles des anciens, que personne n'écoutait plus.

Elle faillit l'interroger là-dessus, mais Shay s'arrêta brusquement et pointa le doigt vers le bas.

Les nuages s'écartèrent, et la lune s'infiltra dans la trouée pour éclairer le fond de la vallée. Des tours massives apparurent, projetant des ombres torturées. Leurs silhouettes quasi humaines se découpaient clairement parmi les cimes ondulant sous le vent.

Les Ruines rouillées.

LES RUINES ROUILLÉES

Quelques fenêtres béantes les fixaient depuis la masse énorme des immeubles. Le verre des vitres était brisé de longue date, le bois des cadres avait pourri, et il ne restait plus que les poutrelles métalliques, le béton et la pierre qui se fissuraient sous les assauts de la végétation. Avisant les entrées noirâtres et désertes, Tally eut la chair de poule à l'idée de descendre jeter un œil à l'intérieur des sombres bâtisses.

Les deux amies s'enfoncèrent entre les bâtiments en ruine, volant haut et sans dire un mot, comme pour ne pas déranger les fantômes de la ville morte. Les rues en contrebas étaient jonchées de carcasses de voitures incendiées, pressées les unes contre les autres. Quelle que soit la cause de cette destruction, les gens avaient tenté de fuir. En se rappelant sa dernière excursion scolaire dans les ruines, Tally se souvint que ces voitures ne volaient pas. Elles devaient se contenter de rouler sur des roues en caoutchouc. Les Rouillés s'étaient retrouvés piégés au fond des rues comme une horde de rats dans un labyrinthe en flammes.

— Heu… Shay, tu es sûre que nos planches ne risquent pas de s'arrêter d'un seul coup ? demanda Tally à mi-voix.

— Ne t'en fais pas. Ceux qui ont construit cette ville adoraient gaspiller le métal. Ce n'est pas pour rien qu'on appelle cet endroit les Ruines rouillées, tu sais ?

Tally dut en convenir. Des bouts de métal tordus dépassaient de chaque mur brisé, comme les ossements de la carcasse d'un animal mort depuis longtemps. Elle se souvint que les Rouillés n'utilisaient pas de piliers magnétiques ; leurs immeubles étaient tous cubiques, massifs et grossiers, et avaient besoin d'un squelette en acier pour tenir debout.

Certains étaient véritablement gigantesques. Les Rouillés n'enterraient pas leurs usines, et ils travaillaient tous ensemble comme des abeilles dans une ruche, au lieu de rester chez eux. La plus modeste de ces ruines était plus vaste que le plus grand dortoir d'Uglyville, ou même que la résidence Garbo.

Vues ainsi, de nuit, les ruines semblaient beaucoup plus réelles aux yeux de Tally. Lors des visites scolaires, les professeurs présentaient toujours les Rouillés sous un jour ridicule. Ainsi avait-on peine à croire que des gens aient pu vivre de cette manière, couper des arbres pour libérer de l'espace, brûler du pétrole pour se chauffer et s'éclairer, et embraser l'atmosphère avec leurs armes. Mais à la lueur de la lune, Tally imaginait sans mal ces gens en train d'escalader leurs voitures en flammes, au milieu des immeubles qui s'effondraient, dans une fuite panique qui les éloignait des décombres d'acier et de béton.

La voix de Shay tira Tally de sa rêverie.

— Viens, je veux te montrer quelque chose.

Shay se dirigea jusqu'à l'orée des bâtiments, puis s'avança au-dessus des arbres.

— Tu es sûre qu'on peut…

— Regarde en dessous.

Baissant les yeux, Tally aperçut un scintillement de métal à travers les branches.

— Les ruines sont beaucoup plus vastes qu'on ne le croit, dit Shay. On garde cette partie dégagée pour les excursions scolaires et la recherche archéologique. Mais elles se prolongent à perte de vue.

— Avec du métal partout ?

— À la tonne. Ne t'en fais pas, je les ai survolées de long en large.

Tally déglutit, un œil sur les ruines en contrebas, bien contente que Shay ait choisi d'avancer à une allure tranquille et sans risques.

Une forme émergea de la forêt, une longue épine dorsale qui s'élevait et redescendait, pareille à une vague gelée. Elle s'enfonçait dans l'obscurité.

— Et voilà.

— Qu'est-ce que c'est ? demanda Tally.

— Des montagnes russes. Tu te souviens ? Je t'avais dit que je t'en montrerais.

— C'est joli, mais à quoi ça sert ?

— À s'amuser, tiens !

— Tu rigoles...

— Je t'assure. Apparemment, les Rouillés savaient aussi s'amuser. C'est une sorte de piste. Ils y collaient des véhicules à roulettes et fonçaient dessus à toute allure. En haut, en bas, en cercles... Un peu comme avec la planche magnétique, mais sans possibilité de lévitation. Ils fabriquaient ça dans une espèce d'acier inoxydable – pour des questions de sécurité, j'imagine.

Tally fronça les sourcils. Elle avait imaginé les Rouillés au travail dans leurs immenses ruches de pierre, ou s'efforçant désespérément de s'enfuir lors de ce dernier jour épouvantable. Mais pas en train de s'amuser.

— Allons-y, proposa Shay. Faisons un tour de montagnes russes.

— Comment ?

— Sur ta planche. (Shay se tourna vers Tally et poursuivit sur un ton plus sérieux :) Mais il va falloir foncer. Ça peut être dangereux, si tu ne vas pas assez vite.

— Pourquoi ?

— Tu verras.

Shay se détourna et prit de la vitesse sur les montagnes russes, volant au ras de la piste. Tally soupira et fonça derrière elle. Au moins, ce truc était en métal.

Ce fut fantastique. On aurait dit un parcours de planche sous forme solide, complété par des virages serrés, des montées très raides suivies de chutes vertigineuses, et même des loopings où Tally se retrouvait la tête en bas, maintenue par ses bracelets anticrash. La piste était étonnamment bien conservée. Les Rouillés avaient dû la construire dans un matériau spécial, comme le disait Shay.

Les montagnes russes montaient bien au-delà de l'altitude normale à laquelle une planche pouvait accéder. Là-dessus, l'impression était la même qu'en plein vol.

La piste décrivit une large courbe, les ramenant vers leur point de départ. L'approche finale se terminait par une immense montée.

— Ne ralentis surtout pas ! lui cria Shay.

Tally la suivit à fond de train. Elle pouvait distinguer les ruines à distance : des flèches noires brisées qui se dressaient au-dessus des arbres. Et au-delà, une surface scintillante sous la lune qui pouvait être la mer. Elles se trouvaient vraiment très haut !

Elle entendit un hurlement de plaisir en arrivant au sommet. Shay avait disparu. Tally se pencha pour accélérer encore.

Soudain, la planche se déroba sous elle – elle s'enfonça simplement sous ses pieds, la projetant dans le vide. Il n'y avait plus de piste.

Tally serra les poings, attendant que ses bracelets anticrash s'activent et la soulèvent par les poignets. Mais ils semblaient devenus aussi inertes que sa planche, telles de simples bandes métalliques qui l'entraînaient vers le sol.

— Shay ! hurla-t-elle en tombant dans le noir.

Puis Tally distingua la charpente des montagnes russes devant elle. Il en manquait un court segment.

D'un seul coup, ses bracelets anticrash la tirèrent vers le haut et elle sentit la surface dure de sa planche remonter sous ses pieds. Celle-ci avait dû planer juste sous ses semelles pendant les secondes terrifiantes de chute libre.

Son élan l'avait propulsée de l'autre côté de la brèche ! Elle dévala le reste du parcours, jusqu'à Shay qui l'attendait tout en bas.

— Tu es cinglée ! lui cria-t-elle.

— Plutôt cool, hein ?

— Non ! hurla Tally. Pourquoi ne m'as-tu pas prévenue que la piste était cassée ?

Shay haussa les épaules.

— Parce que c'était plus drôle comme ça !

— Plus drôle ? (Son cœur battait à tout rompre, pourtant sa vision était étrangement nette. Elle se sentait pleine de colère, de soulagement et... de joie.) Oui, d'accord. Mais tu es nulle !

Tally descendit de sa planche et fit quelques pas sur des jambes flageolantes. Elle trouva un bloc de pierre suffisamment gros pour s'asseoir et se laissa tomber dessus en tremblant.

Shay bondit de sa planche.

— Hé, je suis désolée.

— C'était horrible, Shay. J'ai eu l'impression de tomber.

— Pas longtemps. Quoi, cinq secondes ? Tu m'avais raconté que tu avais sauté d'un immeuble avec un gilet de sustentation. Alors ?

Tally lui décocha un regard noir.

— Je l'ai fait, sauf que je savais que je n'allais pas m'écraser.

— O.K. Mais tu comprends, la première fois qu'on m'a montré les montagnes russes, moi non plus on ne m'a pas prévenue. Et j'ai trouvé ça cool de le découvrir de cette manière. La première fois est toujours la meilleure. Je voulais que tu vives ça, toi aussi.

— Tu trouves ça cool de se sentir tomber ?

— Bon, c'est vrai qu'au début j'étais un peu en colère. Furieuse, en fait. (Shay eut un grand sourire.) Et puis ça m'a passé.

— Donne-moi une seconde, Maigrichonne.

— Prends ton temps.

Tally reprit son souffle, et son cœur cessa progressivement de lui fracasser les côtes. Mais elle gardait les idées aussi claires que pendant ces quelques secondes de chute libre. Elle en vint alors à s'interroger sur la première personne qui avait découvert les montagnes russes, le nombre de Uglies qui étaient déjà venus.

— Shay, qui t'a montré tout ça ?

— Des amis, plus âgés que moi. Des Uglies comme nous, qui essayaient de comprendre le fonctionnement du système. Et le moyen de le rouler.

Tally leva les yeux sur l'aspect antique et serpentin des montagnes russes, sur les plantes grimpantes qui escaladaient ses montants.

— Je me demande depuis combien de temps des Uglies viennent ici.

— Probablement très longtemps. Les choses se transmettent : une personne découvre comment trafiquer sa planche, une autre tombe sur les rapides, une troisième poursuit jusqu'aux ruines, ainsi de suite…

— ... et une dernière trouve le courage de sauter par-dessus la brèche. (Tally déglutit.) Ou saute accidentellement.

Shay hocha la tête.

— Mais en fin de compte, ils finissent tous par virer Pretty.

— L'histoire se termine bien, conclut Tally.

Shay haussa les épaules.

— Comment sais-tu que ça s'appelle des « montagnes russes », d'ailleurs ? Tu l'as lu quelque part ?

— Non, répondit Shay. Quelqu'un me l'a dit.

— Mais comment le savait-il ?

— Il connaît un tas de choses. Des astuces, des trucs à propos des ruines. Il est vraiment cool.

Quelque chose dans la voix de Shay poussa Tally à se retourner et à lui prendre la main.

— Il est devenu Pretty, maintenant, j'imagine.

Shay se dégagea et se mordilla un ongle.

— Non. Il ne l'est pas.

— Pourtant, je croyais que tous tes amis...

— Tally, veux-tu me faire une promesse ? Une vraie promesse ?

— Sûr. Quel genre de promesse ?

— Ne jamais parler à personne de ce que je vais te montrer.

— Pas une nouvelle histoire de chute libre, j'espère ?

— Non.

— O.K. Tu as ma parole. (Tally leva la main barrée par la cicatrice qu'elle s'était faite avec Peris.) Je n'en parlerai à personne.

Shay la regarda dans les yeux, longuement, puis opina de la tête.

— Très bien. Il y a quelqu'un que je voudrais te présenter. Ce soir.

— Ce soir ? Mais on ne sera pas de retour en ville avant...

— Il n'est pas en ville. (Shay sourit.) Il est là, quelque part.

EN ATTENDANT DAVID

— C'est une blague, hein ?

Shay ne répondit pas. Elles étaient revenues au cœur des ruines, à l'ombre du plus haut des immeubles. Shay étudiait l'édifice avec une expression perplexe.

— Il faut juste que je me rappelle comment faire, dit-elle.

— Faire quoi ? demanda Tally

— Grimper là-haut. Ouais, c'est par là.

Shay fit avancer sa planche, courbant la tête pour franchir une faille dans le mur lézardé.

— Je crois que j'ai eu mon compte d'initiations pour cette nuit, Shay.

— Ne t'en fais pas. Je suis déjà venue plusieurs fois.

Tally ne se sentait pas d'humeur pour une nouvelle bêtise. Elle était fatiguée, et une longue route les attendait jusqu'à la ville. Sans compter qu'elle était de corvée de nettoyage à son dortoir le lendemain. Le fait que ce soit l'été ne voulait pas dire qu'elle pouvait faire la grasse matinée.

Elle suivit pourtant Shay à travers la faille. Discuter lui aurait probablement pris plus de temps.

Grâce à leurs planches qui utilisaient la charpente métallique pour prendre de la hauteur, elles grimpèrent à l'intérieur de l'immeuble. Cela leur faisait une drôle d'impression de contempler les ruines alentour à travers les fenêtres béantes. Comme si elles étaient elles-mêmes des fantômes rouillés, en train de regarder leur ville se désagréger lentement au fil des siècles.

Le toit s'était écroulé, et quand elles émergèrent en haut, une vue spectaculaire s'offrit à leurs yeux. Les nuages avaient disparu ; la lune baignait les ruines dans une lumière contrastée, où les bâtiments ressemblaient à des chicots noircis. Tally put vérifier que c'était bien l'océan qu'elle avait aperçu depuis les montagnes russes. De là-haut, l'eau brillait comme un pâle ruban argenté sous la lune.

Shay sortit un tube en carton de son sac à dos et le déchira en deux.

La nuit s'embrasa.

— Hé ! Éblouis-moi, tant que tu y es ! s'écria Tally en se couvrant les yeux.

— Oh ! Pardon.

Shay tendit son feu de Bengale à bout de bras. Il crépita dans le silence des ruines, projetant des ombres vacillantes à l'intérieur de l'immeuble. Le visage de Shay prit un air monstrueux sous cet éclairage, tandis que des étincelles dégringolaient doucement dans les entrailles du bâtiment.

Quand le feu de Bengale s'éteignit, Tally cligna des paupières, dans l'espoir de chasser les points lumineux qui dansaient devant ses yeux. Sa vision nocturne temporairement perdue, elle ne distinguait plus rien à l'exception de la lune.

Elle avala sa salive, réalisant que le feu avait dû se voir d'un bout à l'autre de la vallée. Peut-être même jusqu'à la mer.

— C'était un signal ?

— Ouais, répondit Shay.

Tally baissa les yeux. En contrebas, les bâtiments sombres se remplissaient de paillettes lumineuses, échos fantomatiques des étincelles imprimées sur sa rétine. Prenant conscience qu'elle était complètement aveuglée, Tally sentit une goutte de sueur froide couler au creux de son dos.

— Qui attendons-nous, au juste ?

— Il s'appelle David.

— David ? Drôle de nom. (Aux oreilles de Tally, ce nom semblait inventé de toutes pièces. Elle décida une fois de plus que cette histoire n'était qu'une blague.) Donc, ton ami va s'amener comme ça ? Ne me dis pas qu'il habite dans les ruines, quand même ?

— Non. Il vit assez loin d'ici. Mais peut-être qu'il se trouve dans le coin. Il vient régulièrement.

— Tu veux dire qu'il est d'une autre ville ?

Shay la dévisagea, mais Tally ne parvint pas à déchiffrer son expression dans l'obscurité.

— Quelque chose dans ce genre.

Shay ramena son regard sur l'horizon, comme si elle guettait un signal en réponse au sien. Tally s'enveloppa dans son blouson : à rester ainsi immobile, elle réalisait que le temps s'était singulièrement rafraîchi. Elle se demanda quelle heure il pouvait être. Sans sa bague d'interface, elle n'avait aucun moyen de le savoir.

La lune quasi pleine descendait dans le ciel, il était donc minuit passé, estima Tally en se rappelant ses cours d'astronomie. C'était l'un des bons côtés d'une sortie hors de la ville : tous ces trucs concernant la nature qu'on apprenait à l'école devenaient d'un seul coup beaucoup plus utiles. Elle se souvint aussi comment la pluie tombait sur les montagnes et s'infiltrait dans le sol, avant d'en rejaillir chargée en minéraux. Elle s'écoulait ensuite jusqu'à la mer, taillant des rivières et des canyons sur son passage au fil des siècles. Quelqu'un qui vivrait là pourrait circuler en planche en suivant les rivières, comme à cette époque très ancienne où les ancêtres des Rouillés, moins fous que leurs enfants, se déplaçaient grâce à de petites embarcations taillées dans des arbres.

Elle récupéra peu à peu sa vision nocturne et parcourut l'horizon. Verrait-on vraiment un autre embrasement dans la nuit, répondant à celui de Shay ? Tally espérait que non. Elle n'avait jamais rencontré personne d'une autre ville. À l'école, elle avait appris que dans certaines agglomérations, on parlait une autre langue, on ne devenait Pretty qu'à l'âge de dix-huit ans, ou autres bizarreries de ce genre.

— Shay, on devrait peut-être rentrer, non ?

— Attendons encore un peu.

Tally se mordit la lèvre.

— Écoute, peut-être que ton David n'est pas dans le coin cette nuit.

— Ouais, peut-être. Mais j'espérais qu'il serait là. (Elle fit face à Tally.) Ce serait vraiment cool que tu le connaisses. Il est... différent.

— À t'entendre, j'en ai l'impression.

— Je n'invente pas, tu sais.

— Hé, je te crois ! protesta Tally.

Avec Shay, elle ne savait jamais tout à fait à quoi s'en tenir.

Shay se retourna vers l'horizon en se rongeant les ongles.

— O.K., j'ai l'impression qu'il ne viendra plus. On n'a qu'à y aller, si tu veux.

— C'est juste qu'il se fait tard, et il nous reste une sacrée trotte. En plus, je suis de corvée de nettoyage demain.

— Moi aussi.

— Merci de m'avoir montré tout ça, Shay. C'était vraiment incroyable. Mais un truc cool de plus, et je vais mourir.

Shay s'esclaffa.

— Tu vas m'en vouloir longtemps ?

— Je te le ferai savoir, Maigrichonne.

Shay gloussa.

— O.K. Souviens-toi seulement de ne pas mentionner David à qui que ce soit.

— Hé, je t'ai donné ma parole. Tu peux me faire confiance, Shay. Sérieux.

— D'accord. Je te crois, Tally.

Elle plia les genoux, et sa planche entama la descente.

Tally fit un dernier tour d'horizon, embrassant les ruines étalées sous elles, la forêt obscure, la bande nacrée de la rivière qui serpentait en direction de la mer étincelante. Elle se demanda s'il y avait véritablement quelqu'un là dehors, ou si ce David n'était qu'une histoire que se racontaient les Uglies pour se faire peur.

Shay ne semblait pas effrayée, pourtant. Elle paraissait juste déçue que personne n'ait répondu à son signal. Qu'il existe ou non, se dit Tally, David avait l'air bien réel pour Shay.

Elles ressortirent par la faille du mur, volèrent jusqu'à la lisière des ruines puis quittèrent la vallée en remontant le gisement de fer. Alors qu'elles atteignaient la crête, leurs planches se mirent à plonger, par à-coups, et les deux amies durent poser pied à terre. Cette fois-ci, malgré la fatigue, Tally n'eut pas trop de difficulté à porter sa planche. Elle avait cessé de la considérer comme un jouet de gamin. La planche magnétique avait pris une dimension supplémentaire ; désormais, c'était un objet qui avait ses propres règles, et qui pouvait également se révéler dangereux.

Tally comprit que Shay avait raison : à vivre en ville en permanence, on perdait la notion de la réalité. Bâtiments, ponts soutenus par des piliers magnétiques, ou gilet de sustentation permettant de sauter du haut d'un toit : là-bas, rien de vraiment réel. Tally était heureuse que Shay lui ait montré les ruines. Les décombres laissés par les Rouillés révélaient à quel point les événements tournaient mal quand on ne faisait pas attention.

En approchant du fleuve, les planches s'allégèrent et les deux jeunes filles s'empressèrent de remonter dessus.

Shay poussa un gémissement en se mettant en position.

— Je ne sais pas ce que tu ressens, mais moi, je ne veux pas faire un pas de plus cette nuit.

— C'est sûr.

Shay se pencha en avant et dirigea sa planche au-dessus du fleuve, en resserrant son blouson autour de ses épaules pour se protéger des éclaboussures. Tally se retourna pour un dernier regard en arrière. Sans les nuages, la vue portait jusqu'aux ruines.

Elle cligna des paupières. Elle avait cru voir un bref éclat lumineux au niveau des montagnes russes. Peut-être s'agissait-il simplement d'un jeu de lumière, d'un reflet de la lune sur une pièce métallique épargnée par la rouille.

— Shay ? appela-t-elle d'une voix douce.

— Tu viens ou quoi ? lui cria Shay par-dessus le grondement des rapides.

Tally cligna de nouveau les paupières, mais ne revit pas le scintillement. De toute manière, elles étaient trop loin désormais. Si elle en parlait à Shay, celle-ci insisterait pour retourner là-bas. Et Tally n'avait aucune intention de refaire tout le trajet à pied.

Elle s'était probablement trompée.

Tally prit une grande inspiration et cria :

— J'arrive, Maigrichonne ! On fait la course !

Elle lança sa planche au-dessus du fleuve, fendit les éclaboussures et, l'espace d'un instant, laissa sur place une Shay hilare.

BAGARRE

— Mate cette bande de débiles.

— Tu crois qu'on avait l'air aussi idiot avant ?

— Possible. Mais ça ne les rend pas moins bêtes.

Tally hocha la tête, tâchant de se souvenir des sensations qu'elle avait éprouvées à douze ans en arrivant le premier jour dans le dortoir. Elle se rappela à quel point le bâtiment lui avait paru intimidant. Beaucoup plus vaste que la maison de Sol et d'Ellie, bien sûr, plus grand que les chalets dans lesquels les gamins avaient cours, par classes de dix élèves pour un professeur.

Désormais, le dortoir lui semblait petit, étriqué, puéril avec ses couleurs vives et ses escaliers capitonnés. Si ennuyeux pendant la journée, si facile à quitter à la nuit tombée.

Les nouveaux Uglies restaient agglutinés les uns aux autres, craignant de s'éloigner de leur guide. Leurs petits visages moches se levaient vers les quatre étages du bâtiment, les yeux emplis d'émerveillement et d'effroi.

Shay, penchée par la fenêtre, rentra la tête.

— On va se marrer.

— Ils ne seront pas près d'oublier cette séance d'orientation.

L'été s'achèverait dans deux semaines. La population du dortoir de Tally avait diminué régulièrement depuis l'année dernière, à mesure que les plus âgés atteignaient leurs seize ans. Il était temps qu'une nouvelle promotion prenne la place de l'ancienne.

Tally regarda les derniers Uglies pénétrer à l'intérieur, maladroits, nerveux et mal fagotés. Douze ans, c'était vraiment l'âge critique : celui de la métamorphose du gamin mignon que vous étiez en Ugly surdimensionné et sous-éduqué.

Voilà une période de sa vie qu'elle ne regrettait pas.

— Tu es sûre que ce truc va marcher ? demanda Shay.

Tally sourit. Ce n'était pas souvent que son amie se montrait la plus prudente des deux. Elle indiqua le col du gilet de sustentation.

— Tu vois cette lumière verte ? Ça veut dire qu'il fonctionne. Il est toujours prêt à marcher pour les cas d'urgence.

La main de Shay s'égara sous son gilet en direction de son capteur ventral, signe de nervosité chez elle.

— Et s'il sait qu'il ne s'agit pas d'un cas d'urgence ?

— Il n'est pas si intelligent. Tu tombes, il te rattrape. Pas la peine de le trafiquer.

Shay haussa les épaules et l'enfila.

Elles avaient emprunté le gilet à l'école d'art, le plus haut bâtiment d'Uglyville. Elles l'avaient trouvé au sous-sol dans un surplus, sans même avoir besoin de fracturer le râtelier pour le débloquer. Tally n'avait aucune envie de se faire prendre en train de jouer avec les alarmes anti-incendie, au cas où les gardiens établiraient le lien avec un certain incident à New Pretty Town, au début de l'été.

Shay enfila un maillot de basket trop grand pour elle par-dessus le gilet. Il était aux couleurs du dortoir ; quant à son visage, il ne serait pas familier aux professeurs.

— De quoi j'ai l'air ?

— On dirait que tu as pris du poids. Ça te va bien.

Shay fronça les sourcils. Elle détestait qu'on l'appelle Jambes-d'Allumettes, ou Yeux-de-Cochon, ou n'importe lequel de ces surnoms que les Uglies se donnaient entre eux. Elle prétendait parfois se moquer de bénéficier ou non de l'opération. Ridicule.

Shay n'était pas exactement un monstre, mais on ne pouvait pas dire qu'elle soit une beauté naturelle. Il n'y en avait guère eu qu'une petite dizaine dans toute l'Histoire, au fond.

— Tu veux sauter à ma place, Bigleuse ?

— J'ai déjà fait ça, Shay, avant même de te rencontrer. Et puis, c'est toi qui as eu cette brillante idée.

L'expression renfrognée de Shay céda la place à un sourire.

— C'est génial, non ?

— Ils ne sauront même pas ce qui leur arrive.

Elles attendirent que les nouveaux Uglies soient dans la bibliothèque, disséminés autour des tables de travail pour observer une vidéo d'orientation. Couchées à plat ventre sur le sol du dernier balcon, où l'on rangeait les vieux livres en papier poussiéreux, elles contemplaient le groupe à travers les barreaux de la rambarde. Elles patientèrent jusqu'à ce que le guide fasse taire les conversations.

— C'est presque trop facile, dit Shay en traçant au crayon une paire d'épais sourcils noirs au-dessus des siens.

— Parle pour toi. Tu auras franchi la porte avant que quiconque ait compris ce qui se passait. Alors que, moi, je vais devoir me taper tout le chemin jusqu'en bas par les escaliers.

— Et alors, Tally ? Que veux-tu qu'ils nous fassent s'ils nous attrapent ?

— C'est vrai, admit-elle en haussant les épaules.

Tally enfila tout de même sa perruque châtain.

Au fil de l'été, à mesure que les derniers élèves atteignaient les seize ans et devenaient gracieux, les bêtises empiraient. Mais personne ne semblait jamais puni, et la promesse que Tally avait faite à Peris lui parut remonter à des siècles. Une fois qu'elle serait jolie, rien de ce qu'elle commettrait au cours de ce dernier mois n'aurait d'importance. Elle avait hâte de laisser tout cela derrière elle, mais voulait terminer en apothéose.

Tally se colla un gros nez en plastique en songeant à Peris. La nuit précédente, elles avaient pillé la salle de théâtre pour se procurer leurs déguisements.

— Prête ? lança-t-elle.

Elle gloussa en entendant la voix nasillarde que lui donnait son faux nez.

— Une seconde. (Shay piocha un gros livre très lourd sur l'étagère.) O.K., en avant pour le spectacle.

Elles se levèrent.

— Donne-moi ce livre ! cria Tally à Shay. Il est à moi !

Elle entendit les nouveaux Uglies faire silence et dut résister à l'envie de regarder leurs visages.

— Pas question, Nez-de-Cochon ! Je l'ai consulté la première.

— Tu rigoles, la Baleine ? Tu ne sais même pas lire !

— Ah ouais ? Eh bien, lis un peu ça !

Shay balança le livre à la figure de Tally qui l'esquiva, le lui arracha des mains pour le renvoyer en plein sur ses avant-bras ; Shay recula sous l'impact, et bascula par-dessus la rambarde.

Tally se pencha aussitôt, les yeux écarquillés, et suivit la chute de Shay jusqu'au sol de la bibliothèque, trois étages plus bas. Hurlant à l'unisson, les nouveaux Uglies s'éparpillèrent en tous sens loin du corps qui leur tombait dessus.

Une seconde plus tard, le gilet de sustentation s'activait et Shay rebondit à mi-hauteur, en s'esclaffant dans un grand rire. Chez les Uglies, l'horreur se changea en confusion alors que Shay rebondissait de plus en plus bas, jusqu'à atterrir sur une table. Elle s'enfuyait par la porte de derrière.

Tally lâcha le gros livre et s'engouffra dans les escaliers, qu'elle descendit quatre à quatre avant de disparaître à son tour.

— Oh, c'était génial !

— Tu as vu leurs têtes ?

— En fait non, avoua Shay. J'étais trop occupée à regarder le sol se ruer vers moi.

— Ouais, comme quand j'ai sauté du toit. C'est le genre de choses qui retient l'attention !

— En parlant de tête, j'aime bien ton nouveau nez.

Tally le retira en gloussant.

— Tu as raison, pas la peine d'être encore plus moche que d'habitude.

Le visage de Shay s'assombrit. Elle s'essuya un sourcil, puis la dévisagea froidement.

— Tu n'es pas moche.

— Oh, ça va, Shay.

— Non, sérieux. (Elle tendit la main et toucha le vrai nez de Tally.) Tu as un profil magnifique.

— Ne recommence pas, Shay. Je suis moche, tu es moche. On va le rester encore deux semaines. Pas la peine d'en faire toute une histoire. (Elle rit.) Toi, par exemple, tu as un sourcil énorme et un autre minuscule.

Shay détourna les yeux et se débarrassa en silence des traces de son maquillage.

Elles se cachaient dans les vestiaires, le long de la plage, où elles avaient laissé leurs bagues d'interface et des vêtements de rechange. Si on les interrogeait, elles prétendraient qu'elles étaient allées nager. Nager constituait toujours un super-alibi. Cela masquait votre signature thermique, nécessitait de changer de vêtements et offrait un prétexte idéal pour ne pas porter votre bague d'interface. Le fleuve lavait tous les crimes.

Une minute plus tard, elles bondissaient joyeusement dans le courant et noyaient leurs déguisements. Elles remettraient le gilet de sustentation à sa place, au sous-sol de l'école d'art, cette nuit même.

— Je suis sérieuse, assura Shay alors qu'elles nageaient. Ton nez n'est pas moche. J'aime bien tes yeux, aussi.

— Mes yeux ? Là, je sais que tu es complètement folle. Ils sont beaucoup trop rapprochés.

— Qui dit ça ?

— La biologie.

Shay lui éclaboussa la figure.

— Tu ne crois tout de même pas à ces âneries – comme quoi il n'y aurait qu'une manière d'être beau, et que l'humanité serait programmée pour être d'accord avec cette idée ?

— Ce n'est pas une question de croyance, rétorqua Tally. C'est une chose qu'on sait. Tu as vu les Pretties. Ils ont l'air… merveilleux.

— Ils se ressemblent tous.

— Je le pensais moi aussi, avant. Mais à force de se faufiler en ville avec Peris, on en a vu beaucoup, et on a fini par réaliser qu'ils sont tous différents. Ils ont chacun leur personnalité. Simplement, elle s'exprime de manière plus subtile, parce que ce ne sont pas des monstres.

— Nous-mêmes, nous ne sommes pas des monstres, Tally. Nous sommes normales. Peut-être pas époustouflantes, mais au moins, nous n'avons rien de poupées Barbie refaites de partout.

— Des poupées quoi ?

Shay détourna les yeux.

— C'est un truc dont m'a parlé David.

— Oh, super. Encore David.

Tally fit quelques brasses puis se laissa flotter sur le dos, fixant le ciel avec le souhait que cette conversation se termine. Elles étaient retournées aux ruines à maintes reprises et, chaque fois, Shay avait insisté pour allumer un feu de Bengale. Mais David ne s'était jamais montré. Tally détestait attendre ainsi un inconnu fantôme, au cœur d'une cité morte. Elle adorait explorer les ruines, mais l'obsession de Shay pour David commençait à lui gâcher le plaisir.

— Il existe. Je l'ai rencontré plusieurs fois.

— O.K., Shay, David existe. Mais la mocheté aussi. Tu n'y changeras rien en te persuadant que tu es belle. C'est bien pour ça qu'on a inventé l'opération.

— Sauf que c'est une arnaque, Tally. On ne te montre que de beaux visages ta vie durant. Tes parents, tes professeurs, n'importe qui de plus de seize ans. Mais tu ne nais pas en pensant rencontrer ce genre de beauté chez tout le monde ; on te programme pour trouver les autres moches.

— Ce n'est pas de la programmation, juste une réaction naturelle. Et surtout, c'est équitable. Autrefois, l'apparence était complètement aléatoire – certaines personnes étaient plus ou moins belles, la plupart restaient moches à vie. Aujourd'hui, nous sommes moches… jusqu'au jour où nous devenons beaux. Personne n'est perdant.

Shay demeura silencieuse un moment, puis dit :

— Il y a des perdants.

Tally frissonna. Tout le monde avait entendu parler de Uglies pour la vie, quelques malheureux sur qui l'opération ne prenait pas. On les rencontrait rarement. Ils étaient autorisés à se montrer en public, mais la plupart préféraient se cloîtrer. Comment les en blâmer ? Les Uglies avaient peut-être l'air grotesque, mais au moins, ils étaient jeunes. L'idée de vieux moches avait quelque chose d'inconcevable.

— Alors c'est ça ? Tu as peur que l'opération ne prenne pas sur toi ? Ne sois pas ridicule, Shay. Tu n'es pas un monstre. Dans deux semaines, tu seras aussi belle que n'importe qui.

— Je ne tiens pas à être belle.

Tally soupira. Voilà que ça la reprenait.

— J'en ai marre de cette ville, continua Shay. J'en ai marre des règles, des frontières. Je n'ai aucune envie de devenir une espèce de belle prétentieuse qui passe la journée à faire la fête.

— Oh, je t'en prie, Shay. Ils s'occupent comme nous : sauter en gilet, voler, tirer des feux d'artifice. Sauf qu'ils n'ont pas besoin de se cacher.

— Ils n'auraient pas assez d'imagination pour ça.

— Écoute, Maigrichonne, je suis de ton côté, déclara sèchement Tally. J'adore les bêtises ! O.K. ? Enfreindre les règles, c'est super ! Mais tu ne peux pas rester ta vie entière une petite moche trop futée.

— Je dois devenir une belle peste insipide ?

— Non, une adulte. As-tu jamais réfléchi qu'une fois belle, tu n'aurais peut-être plus besoin de commettre des bêtises et de semer la pagaille ? Que le fait d'être moche était peut-être justement ce qui poussait les Uglies à se disputer, à se provoquer sans arrêt, parce qu'ils ne sont pas satisfaits de leur sort ? Moi, j'ai envie d'être heureuse, et la première étape vers le bonheur consiste à me donner figure humaine.

— Je n'ai pas peur d'avoir l'air de ce que je suis, Tally.

— C'est possible, mais tu as peur de grandir !

Shay ne répondit rien. Tally fit la planche en silence, regard fixé sur le ciel, à peine capable de distinguer les nuages tant elle était en colère. Elle tenait à devenir belle, à revoir Peris. Elle avait l'impression de ne plus avoir discuté avec lui – ni avec personne d'autre que Shay – depuis des siècles. Elle était fatiguée de toutes ces histoires de mocheté, et n'aspirait plus qu'à s'en dégager.

Une minute plus tard, elle entendit Shay nager jusqu'à la berge.

DERNIÈRE BÊTISE

Tally ne pouvait s'empêcher d'être un peu triste. La vue qu'elle avait de sa fenêtre allait lui manquer.

Elle avait passé les quatre dernières années à regarder en direction de New Pretty Town, souhaitant par-dessus tout franchir la rivière sans revenir en arrière. C'était probablement ce qui l'avait poussée à passer si souvent par cette même fenêtre, à chercher tous les moyens possibles de s'infiltrer au plus près des jeunes Pretties, à l'affût de l'existence qu'elle convoitait.

Mais à une semaine de l'opération, le temps lui semblait maintenant s'écouler trop vite. Parfois, Tally se prenait à rêver : on lui arrangerait d'abord son strabisme afin qu'elle puisse traverser le fleuve par étapes, puis ses lèvres.

Loin de Shay, la vie lui paraissait bien terne et Tally passait de plus en plus de temps dans sa chambre, assise sur son lit, à fixer New Pretty Town.

Il n'y avait pas grand-chose d'autre à faire ces jours-ci. Tous les occupants du dortoir étaient plus jeunes qu'elle, et elle leur avait déjà enseigné ses plus belles bêtises. Elle avait visionné une dizaine de fois tous les films que son écran mural avait mémorisés, y compris certains vieux films en noir et blanc, dans un anglais qu'elle parvenait à peine à comprendre. Il ne se trouvait plus personne pour l'accompagner aux concerts, et les rencontres sportives inter-dortoirs avaient perdu tout intérêt depuis qu'elle ne connaissait plus personne dans les équipes. Les autres Uglies la regardaient avec envie, mais aucun ne voyait l'utilité de s'en faire une amie.

Il aurait mieux valu qu'elle subisse l'opération d'un coup, en fin de compte. Que les médecins viennent l'enlever en pleine nuit et que tout soit réglé. On disait à l'école que l'opération pouvait fonctionner dès l'âge de quinze ans désormais ; attendre le seizième anniversaire n'était qu'une tradition stupide. Mais une tradition que nul ne remettait en question, sauf quelques Uglies de temps en temps. Ainsi donc, Tally avait encore une semaine à tuer, seule, à patienter.

Shay ne lui avait plus reparlé depuis leur grosse dispute. Tally avait tenté de lui écrire un message, mais le fait de se retrouver devant son écran vierge avait réveillé sa colère. Et cela ne rimait pas à grand-chose de vider son sac maintenant. Lorsqu'elles seraient jolies, le motif de leur dispute s'évanouirait. Et même si Shay la détestait, il restait Peris et leurs vieux amis qui l'attendaient de l'autre côté de la rivière, avec leurs grands yeux et leurs merveilleux sourires.

Malgré cela, Tally passait beaucoup de temps à se demander à quoi ressemblerait Shay une fois jolie, avec son corps maigre soigneusement rembourré, ses lèvres charnues refaites, et débarrassée à jamais de ses ongles rongés. On renforcerait sans doute la nuance verte de ses yeux. À moins qu'on ne leur donne une de ces nouvelles couleurs – violet, argent ou or.

— Hé, Bigleuse !

Tally sursauta. En se penchant dans l'obscurité, elle vit une silhouette ramper vers elle sur les tuiles du toit. Son visage s'illumina.

— Shay !

La silhouette marqua une pause.

— Ne reste pas plantée là. Entre, imbécile !

Shay se hissa par la fenêtre en gloussant. Tally l'étreignit aussitôt avec chaleur. Elles s'écartèrent enfin l'une de l'autre, sans se lâcher les mains. Un bref instant, le visage moche de Shay parut parfait.

— Je suis contente de te voir.

— Moi aussi, Tally.

— Tu m'as manqué. Je voulais te dire – je suis désolée, à propos de…

— Non, l'interrompit Shay. Tu avais raison. Tu m'as fait réfléchir. J'ai essayé de t'écrire, mais ça m'a paru…

Elle soupira.

Tally hocha la tête et lui pressa les mains.

— Ouais. Nul.

Elles restèrent silencieuses un moment, et Tally jeta un coup d'œil par la fenêtre derrière son amie. Soudain, la vue de New Pretty Town ne lui semblait plus aussi triste. Elle la trouvait au contraire lumineuse, attractive, comme si toute hésitation venait de la quitter.

— Shay ?

— Ouais ?

— Allons quelque part, ce soir. J'ai envie de faire un gros coup.

Shay s'esclaffa.

— J'espérais que tu dirais ça.

C'est alors que Tally remarqua la façon dont Shay était habillée. Son costume annonçait clairement ses intentions : habits noirs, cheveux noués en arrière, un sac à dos à l'épaule.

— Tu as déjà un plan, à ce que je vois. Super.

— Exact, admit Shay d'une voix douce. J'ai un plan.

Elle s'avança jusqu'au lit de Tally et laissa glisser le sac à dos de son épaule. Ses semelles grinçaient, et Tally sourit en voyant qu'elle portait ses chaussures antidérapantes. Tally n'était plus remontée sur une planche depuis des jours. Voler seule était aussi fatiguant qu'à deux, mais moins amusant.

Shay vida le contenu de son sac à dos sur le lit et désigna chaque objet tour à tour :

— Boussole. Briquet. Purificateur d'eau. (Elle souleva deux carrés de tissu rembourré, de la taille de deux sandwiches.) Une fois dépliés, ça fait deux sacs de couchage. Ils sont très chauds à l'intérieur.

— Des sacs de couchage ? Un purificateur d'eau ? s'exclama Tally. Tu nous prépares une méga-bêtise sur plusieurs jours, on dirait. Tu as l'intention d'aller jusqu'à la mer, ou quoi ?

Shay secoua la tête.

— Plus loin que ça.

— Heu… cool. (Tally continua à sourire.) Mais il ne nous reste plus que six jours avant l'opération.

— Je sais quel jour on est. (Shay ouvrit un sac étanche et en répandit le contenu avec le reste.) De la nourriture pour deux semaines – déshydratée. Il suffit de vider un de ces sachets dans le purificateur et d'ajouter de l'eau. N'importe quelle eau. (Elle gloussa.) Le purificateur marche si bien que tu peux même pisser dedans.

Tally s'assit sur le lit et se mit à lire les étiquettes collées sur les sachets.

— Deux semaines ?

— Pour deux personnes, précisa prudemment Shay. Quatre semaines pour une personne seule.

Tally ne dit rien. Soudain, elle fut incapable de regarder les objets sur le lit ou même Shay. Elle porta son regard au-delà de la fenêtre, vers New Pretty Town, où les feux d'artifice commençaient.

— Mais ça ne prendra pas deux semaines, Tally. Ce n'est pas si loin.

Un panache rouge s'éleva de la ville, avant de retomber en une pluie de filaments lumineux pareils aux branches d'un saule géant.

— Qu'est-ce qui ne prendra pas deux semaines ?

— Aller à l'endroit où vit David.

Tally acquiesça et ferma les yeux.

— Ce n'est pas comme ici. On n'y sépare pas tout le monde, les Uglies des Pretties, les jeunes des grands ou des anciens. Et tu peux en partir quand tu veux, pour aller où tu veux.

— Où ça, par exemple ?

— N'importe où. Dans les ruines, la forêt, la mer. Et... tu n'as pas besoin de subir l'opération.

— Quoi ?

Shay s'assit à côté d'elle et lui effleura la joue.

— Nous ne sommes pas obligées de ressembler à tout le monde, Tally, ni d'agir comme tout le monde. Nous avons le choix. Nous pouvons grandir de la manière que nous voulons.

Tally avala sa salive. Elle savait qu'elle devait dire quelque chose. Elle s'obligea à parler, malgré sa gorge sèche.

— Renoncer à devenir belles ? C'est dingue, Shay. Quand tu parlais de ça, je croyais que c'était seulement pour jouer l'idiote. Peris aussi disait ce genre de trucs.

— Je jouais l'idiote. Mais quand tu m'as accusée d'avoir peur de grandir, ça m'a fait réfléchir.

— Moi, je t'ai fait réfléchir ?

— Tu m'as ouvert les yeux. Tally, il faut que je t'avoue encore un secret.

Tally soupira.

— O.K. Au point où nous en sommes...

— Mes amis plus âgés, ceux avec lesquels je traînais avant de te rencontrer, ils ne sont pas tous devenus des Pretties.

— Que veux-tu dire ?

— Certains se sont enfuis, comme j'ai l'intention de le faire. Comme je voudrais que nous fassions.

Tally fixa Shay dans les yeux, pour trouver un signe indiquant que tout cela n'était qu'une plaisanterie. Mais son amie lui retourna son regard sans ciller. Elle était on ne peut plus sérieuse.

— Tu connais des fugitifs ?

Shay opina de la tête.

— J'étais supposée m'enfuir avec eux. Nous avions tout planifié, environ une semaine avant que le premier d'entre nous n'ait seize ans. Nous avions volé du matériel de survie et prévenu David de notre arrivée. L'affaire était réglée. C'était il y a quatre mois.

— Mais finalement, vous…

— Certains d'entre nous sont partis, mais je me suis dégonflée. (Shay se tourna vers la fenêtre.) Je n'ai pas été la seule. Deux autres sont restés et ce sont des Pretties maintenant. J'aurais probablement fait comme eux si je ne t'avais pas rencontrée.

— Moi ?

— Tout à coup, je n'étais plus seule. Je n'avais plus peur de retourner dans les ruines, de recommencer à chercher David.

— Mais on ne l'a jamais… (Tally cligna ses paupières.) Tu as fini par le retrouver, pas vrai ?

— Seulement avant-hier. J'y suis retournée toutes les nuits depuis… notre dispute. Quand tu m'as dit que j'avais peur de grandir, j'ai compris que tu avais raison. Je me suis dégonflée une fois, mais rien ne m'oblige à recommencer.

Shay prit Tally par la main et attendit qu'elle veuille bien croiser son regard.

— Je veux que tu viennes avec moi.

— Non, répondit Tally sans même réfléchir. (Puis elle secoua la tête.) Attends un peu. Comment expliquer que tu ne m'aies jamais parlé de tout ça ?

— Je voulais le faire, mais j'avais peur que tu me croies cinglée.

— Tu *es* cinglée !

— Peut-être. Mais pas comme tu le penses. Voilà pourquoi je voulais te faire rencontrer David. Pour que tu saches que tout ça est bien réel.

— Ça n'en a pas l'air. Je veux dire : qu'est-ce que c'est que cet endroit dont tu parles ?

— On l'appelle La Fumée. Ce n'est pas une ville. Là-bas, personne ne commande ; et personne n'est Pretty.

— Un cauchemar, quoi. Et comment s'y rend-on ? À pied ?

Shay s'esclaffa.

— Tu rigoles ? En planche, comme d'habitude. Il existe des planches longue-distance qui se rechargent à l'énergie solaire, et la route est conçue pour suivre le tracé des rivières. C'est ainsi que David vient jusqu'aux ruines. Il nous conduira à La Fumée.

— Mais comment vivent les gens là-bas, Shay ? Comme les Rouillés ? En brûlant des arbres pour se chauffer, en enfouissant leurs détritus partout ? C'est mal de vivre dans la nature. Sauf si tu as l'intention de te comporter comme un animal.

Shay secoua la tête en soupirant.

— Ça, c'est ce qu'on t'apprend à l'école, Tally. Et ces gens ne brûlent pas des arbres et tout ça. C'est juste qu'ils ne mettent pas une barrière entre eux et la nature.

— Et que tout le monde est moche.

— Ce qui veut dire que personne ne l'est.

Tally parvint à rire.

— Ce qui veut dire que personne n'est *beau*, oui.

Elles restèrent assises un moment sans rien ajouter. Tally observait les feux d'artifice, se sentant mille fois plus déprimée qu'avant l'apparition de Shay à sa fenêtre.

Finalement, celle-ci formula exactement ce que pensait Tally.

— On ne se verra plus, pas vrai ?

— C'est toi qui t'en vas.

Shay se frappa le genou avec le poing.

— C'est ma faute. J'aurais dû t'en parler plus tôt. Si tu avais eu plus de temps pour t'habituer à l'idée, peut-être que…

— Shay, je ne me serais jamais habituée à cette idée. Je ne veux pas rester moche toute ma vie. J'ai envie de ces yeux et de ces lèvres parfaites, et que tout le monde me regarde avec admiration. Que tous ceux qui me voient se demandent *Qui est-ce ?*, qu'ils aient envie de me connaître et d'écouter ce que j'ai à dire.

— Moi, je préférerais *avoir* quelque chose à dire.

— Comme quoi ? « Aujourd'hui, j'ai abattu un loup et je l'ai mangé » ?

Shay gloussa.

— On ne mange pas les loups, Tally. Les lapins, je crois, et les cerfs.

— Oh, super. Merci pour l'image.

— Ouais, je crois que je me contenterai de légumes et de poisson. Mais je ne m'en vais pas faire du camping. Je pars devenir ce que je veux être, pas ce qu'un comité de chirurgiens estime que je devrais être.

— Tu resterais toi-même à l'intérieur, Shay. La seule différence, c'est qu'une fois que tu es belle, les autres te prêtent davantage attention.

— Tout le monde n'est pas du même avis.

— Tu es sûre de pouvoir contrer l'évolution en étant intelligente ou intéressante ? Parce que si tu as tort… si tu ne reviens pas avant tes vingt ans, l'opération ne marchera plus. Tu resteras moche à vie.

— Je ne reviendrai pas. Jamais.

La voix de Tally se brisa, mais elle dit malgré tout :

— Et moi, je ne t'accompagnerai pas.

C'est devant le barrage qu'elles se dirent au revoir.

La planche longue-distance était plus épaisse et scintillait sous les facettes des panneaux solaires. Shay avait fourré un blouson et un chapeau chauffants dans un compartiment interne. Tally devina que les hivers à La Fumée devaient être froids et pénibles.

Elle ne parvenait pas à croire que son amie s'en allait vraiment.

— Tu pourras toujours revenir. Si c'est trop nul, là-bas.

Shay haussa les épaules.

— Aucun de mes amis ne l'a fait.

Ces paroles donnèrent le frisson à Tally. Elle imaginait toutes sortes de raisons abominables pour lesquelles aucun n'était revenu.

— Sois prudente, Shay.

— Toi aussi. Tu ne parleras de tout ça à personne, hein ?

— Jamais, Shay.

— Tu le jures ? Sous aucun prétexte ?

Tally leva sa paume avec la cicatrice.

— Je le jure.

Shay sourit.

— Je te crois. Il fallait que je te le demande, avant de…

Elle sortit un papier qu'elle tendit à Tally.

— Qu'est-ce que c'est ? (Tally déplia le papier et vit des lettres griffonnées à l'intérieur.) Quand as-tu appris à écrire à la main ?

— Nous avons tous appris, au moment où nous préparions notre départ. C'est une bonne idée quand on n'a pas envie que des surveillants viennent fouiner dans le journal qu'on rédige. Garde-le. Je ne suis pas censée laisser d'indications sur ma destination derrière moi, alors je l'ai rédigé en code, plus ou moins.

Tally fronça les sourcils en lisant la première ligne du texte.

— *Prends les montagnes et, après la brèche, continue sur ta lancée.*

— Tu saisis ? demanda Shay. Même si quelqu'un mettait la main dessus, tu serais la seule à y comprendre quelque chose. Au cas où tu voudrais me suivre, tu vois.

Tally voulut émettre un commentaire, mais en fut incapable.

— Juste au cas où… précisa Shay.

Puis elle bondit sur sa planche et claqua des doigts en ajustant son sac à dos sur ses épaules.

— Au revoir, Tally.

— Salut, Shay. J'aurais voulu…

Shay attendit, se balançant un peu dans la brise fraîche de septembre. Tally essaya de l'imaginer en train de vieillir, de se rider progressivement, sans jamais avoir été belle. Ni avoir appris à s'habiller de façon correcte, à se comporter selon les bonnes manières. Et sans que personne ait jamais été époustouflé à sa simple apparition.

— J'aurais bien aimé voir à quoi tu aurais ressemblé. Pretty, je veux dire.

— Tu devras te rappeler ce visage-là, dit Shay, celui que tu observes en ce moment.

Elle se détourna enfin et s'éloigna sur sa planche.

Les dernières paroles de Tally furent noyées dans le grondement du fleuve.

OPÉRATION

Quand le grand jour arriva, Tally attendit seule la voiture qui devait la mener jusqu'au bloc.

Une fois l'opération terminée, ses parents viendraient la chercher à la sortie de l'hôpital avec Peris et ses autres amis plus âgés. C'était la tradition. Mais il lui semblait curieux que personne n'assiste à son départ. Personne à qui dire au revoir, à l'exception de quelques Uglies qui passaient. Ils lui paraissaient si jeunes désormais, les nouveaux surtout, qui la dévisageaient comme si elle avait été un dinosaure.

Tally avait toujours apprécié son indépendance, mais là, elle se sentait telle une gamine abandonnée qui attend qu'on vienne la récupérer à l'école. Quelle fichue idée d'être née au mois de septembre !

— C'est toi, Tally ?

Elle leva les yeux et vit un jeune Ugly, embarrassé dans son grand corps monté en graine, tirant sur son uniforme de dortoir comme si ce dernier était déjà trop serré.

— Oui.

— C'est bien toi qu'on opère aujourd'hui ?

— C'est moi, Nabot.

— Alors, pourquoi as-tu l'air aussi triste ?

Tally haussa les épaules. Que pouvait bien comprendre ce

pauvre garçon tenaillé entre la gaminerie et la mocheté ? Elle songea à ce que Shay lui avait dit de l'opération.

La veille, on avait pris les dernières mensurations de Tally en la faisant passer à travers un tube d'imagerie médicale. Devait-elle répondre à ce jeune Ugly qu'on était sur le point de lui ouvrir le corps, de lui écraser les os pour leur donner la forme voulue, d'en rallonger certains ou en rembourrer d'autres, de remplacer cartilage du nez et pommettes par du plastique programmable, de lui poncer la peau et lui en semer une nouvelle comme on sème du gazon sur un terrain de foot au printemps ? Qu'on allait lui retoucher les yeux au laser pour lui garantir une vision parfaite toute sa vie, qu'on lui insérerait des implants réfléchissants sous l'iris pour mettre quelques paillettes dorées dans leur teinte brune et banale ? Que ses muscles seraient entraînés toute la nuit par impulsions électriques, et que sa graisse de bébé serait définitivement liposucée ? Qu'on lui remplacerait les dents par des céramiques aussi résistantes qu'une aile de navette suborbitale, et aussi blanches que le service en porcelaine du dortoir ?

On lui avait affirmé qu'elle ne sentirait rien, sauf que la peau la ferait souffrir pendant une ou deux semaines comme après un gros coup de soleil.

Alors que les détails de l'opération bourdonnaient sous son crâne, elle comprit ce qui avait poussé Shay à s'enfuir. Tout cela représentait beaucoup d'efforts, rien que pour bonifier une apparence. Si seulement Tally avait su trouver les arguments pour la convaincre de rester !

Ses conversations solitaires l'avaient reprise, c'était pire qu'après le départ de Peris. Shay avait tenu de longues discussions décousues à propos de la beauté, de la biologie, de la nécessité de grandir.

Elle lui avait souvent parlé des Uglies et des Pretties, de la vérité et des faux-semblants. Mais Tally n'avait jamais réalisé que son amie renoncerait vraiment à une vie dédiée à la beauté, le glamour et l'élégance. Et elle n'avait pas débattu du sujet avec son amie. À aucun moment.

Tally fixa le jeune Ugly dans les yeux.

— Pour résumer les choses : une vie entière à la recherche de la beauté vaut bien deux semaines de coup de soleil.

Le gosse se gratta la tête.

— Hein ?

— Juste un truc que j'aurais dû dire, et que je n'ai pas dit. C'est tout.

L'aérocar de l'hôpital arriva enfin. Il se posa sur le terrain de l'école avec une telle légèreté que la pelouse fraîchement tondue s'inclina à peine.

Le chauffeur était un grand Pretty, rayonnant d'assurance et d'autorité. Il ressemblait tellement à Sol que Tally faillit l'appeler par le nom de son père.

— Tally Youngblood ? demanda-t-il.

Bien que le pinceau lumineux ait pris son empreinte rétinienne, elle répondit :

— Oui, c'est moi.

Quelque chose dans les manières du grand Pretty imposait le respect. Grave et digne, il incarnait la sagesse au point que Tally se prit à regretter de ne pas être mieux habillée.

— Es-tu prête ? Tu n'emportes pas grand-chose.

Son sac de marin n'était qu'à moitié rempli. Chacun savait que les jeunes Pretties recyclaient presque tout ce qu'ils emportaient de l'autre côté du fleuve. Elle recevrait de nouveaux vêtements, bien sûr, ainsi que les beaux gadgets qu'elle désirerait. La seule chose qu'elle avait voulu conserver était la note de Shay, dissimulée au milieu de ses affaires.

— Je n'ai pas besoin de plus.

— Excellent, Tally. Tu fais preuve d'une belle maturité.

— C'est tout moi, monsieur.

La portière se referma, et la voiture décolla.

L'immense hôpital se dressait à l'extrémité de New Pretty Town. C'était là que tout le monde se rendait pour les opérations lourdes : les gamins, les Uglies, et même les anciens Pretties venus de Crumblyville recevoir leurs traitements de prolongement de la vie.

Le fleuve scintillait sous un ciel sans nuage, et Tally se laissa emporter par la beauté de New Pretty Town. Même sans les lumières et les feux d'artifice de la nuit, le verre et le métal étincelaient de partout, tandis que les pointes improbables des tours de fête jetaient des ombres minces sur l'île. Une vision tellement plus palpitante que celle des Ruines rouillées ! comprit soudain Tally. Pas aussi sombre ni mystérieuse, sans doute, mais beaucoup plus vivante.

Il était temps de cesser de broyer du noir à propos de Shay. À partir de maintenant, la vie ne serait plus qu'une longue fête, où elle ne rencontrerait que des gens magnifiques. À sa propre image.

L'aérocar atterrit sur l'un des grands X rouges du toit de l'hôpital. Le chauffeur l'accompagna à l'intérieur, jusqu'à la salle d'attente. Une infirmière nota son nom, lui éclaira l'œil une nouvelle fois, puis lui dit d'attendre.

— Ça va aller ? demanda le chauffeur.

Elle leva la tête vers ses yeux clairs et doux. Elle aurait bien voulu lui demander de rester, mais cela n'aurait pas témoigné d'une grande maturité.

— Bien sûr, répondit-elle. Sans problème.

Il sourit et partit.

Il n'y avait personne d'autre dans la salle d'attente. Tally s'assit en se penchant en arrière et se mit à compter les dalles du plafond. Pendant qu'elle attendait, ses conversations intérieures avec Shay reprirent, mais elles ne la troublaient plus autant. Il était trop tard pour tergiverser.

Elle regretta de ne pas avoir de fenêtre ouverte sur New Pretty Town. Elle en était si proche désormais. Elle se voyait déjà à sa première soirée de Pretty, portant de magnifiques habits neufs (après avoir jeté tous ses uniformes de dortoir dans le recycleur), contemplant la ville depuis la tour de fête la plus haute qui soit Elle regarderait les lumières s'éteindre de l'autre côté du fleuve – au lit, Uglyville ! – en sachant qu'il lui resterait la nuit entière pour faire la fête en compagnie de Peris et de ses nouveaux amis, de tous les gens splendides qu'elle allait rencontrer.

Elle soupira.

Seize ans. Enfin.

Elle attendit une bonne heure. Elle tambourina sur son accoudoir, se demandant si tous les Uglies devaient patienter aussi longtemps.

Puis l'homme vint la chercher.

Il avait un drôle d'air, différent des Pretties que Tally avait croisés. C'était incontestablement une grande personne, cependant celui qui avait effectué son opération avait gâché le travail. Il était beau, certes, mais d'une beauté terrible.

Au lieu de dégager une impression de sagesse et d'assurance, l'homme paraissait froid, autoritaire, intimidant, comme une sorte de prédateur. En le voyant s'avancer vers elle, Tally voulut lui poser une question, mais un seul regard du Pretty suffit à la faire taire.

Elle n'avait jamais rencontré aucun adulte qui lui fasse cet effet. Elle avait toujours éprouvé du respect face à un grand ou un ancien Pretty. Mais en présence de cet homme cruellement beau, elle ressentait un respect mêlé de crainte.

L'homme déclara :

— Il y a un problème avec ton opération. Suis-moi.

Elle lui emboîta le pas.

SPECIAL CIRCUMSTANCES

Cet aérocar était plus grand, mais pas aussi confortable.

Tally trouva ce deuxième trajet de la journée moins agréable que le premier. L'homme à l'aspect étrange pilotait avec impatience et hargne, se laissant tomber comme une pierre pour couper entre deux voies aériennes, et multipliant les virages serrés au cours desquels son véhicule s'inclinait telle une planche. Tally n'avait encore jamais eu le mal de l'air, mais là, elle se cramponnait à sa ceinture, les phalanges blanchies et les yeux fixés sur le sol en contrebas. Elle eut un dernier aperçu de New Pretty Town disparaissant derrière eux.

Ils passèrent le fleuve, Uglyville, survolèrent la barrière de verdure et parvinrent à la ceinture industrielle où les usines se dressaient. Près d'une haute colline de forme irrégulière, la voiture descendit vers un ensemble de bâtiments rectangulaires aussi laids que les dortoirs des Uglies, de la couleur de l'herbe sèche.

Ils se posèrent brutalement, puis l'homme conduisit Tally dans l'un des bâtiments, le long d'une enfilade de couloirs bruns ou jaunes. L'espace était peint dans des nuances de matières en putréfaction, comme si le bâtiment tout entier avait été conçu pour donner la nausée à ses occupants.

Ils croisèrent d'autres personnes pareilles à l'homme.

Toutes portaient des vêtements de soie écrue, noire ou grise, et leurs visages avaient les mêmes traits glacials, ceux d'oiseaux de proie. Hommes et femmes étaient grands pour des Pretties, plus charpentés, avec des yeux aussi pâles que ceux de certains Uglies. On voyait également quelques personnes normales, mais insignifiantes à côté des silhouettes prédatrices qui évoluaient dans les couloirs.

Tally se demanda s'il s'agissait d'un endroit où l'on conduisait les gens dont l'opération s'était mal déroulée. Dans ce cas, que faisait-elle là ? Elle n'avait pas encore subi son opération. Et si ces terribles Pretties avaient été façonnés ainsi, de manière intentionnelle ? Ceux qui avaient pris ses mesures la veille avaient-ils déterminé qu'elle ne rentrerait pas dans le moule de la Pretty vulnérable aux yeux de biche ? Peut-être l'avait-on déjà désignée pour être modelée en fonction de ce monde étrange ?

L'homme s'arrêta devant une porte métallique, et Tally s'immobilisa derrière lui. Elle se sentait comme une gamine, tirée par un surveillant au bout d'une laisse invisible. Toute son assurance de fille moche s'était évaporée à l'instant même où elle l'avait vu à l'hôpital. Quatre années de rigolade et d'indépendance – envolées.

La porte lui illumina l'œil, puis s'ouvrit. Il fit signe à Tally d'entrer. Elle réalisa qu'il ne lui avait pas adressé un seul mot depuis qu'il était passé la chercher à l'hôpital. Elle prit une grande inspiration, qui fit tressaillir douloureusement les muscles crispés de sa poitrine, puis réussit à articuler :

— Dites *s'il te plaît*.

— Entre, fut sa réponse.

Tally sourit, décidant que l'amener à parler constituait une petite victoire, mais fit néanmoins ce qu'on lui demandait.

— Je suis le docteur Cable.

— Tally Youngblood.

Le docteur Cable sourit.

— Oh, je sais qui tu es.

La femme était une cruelle Pretty. Elle avait un nez aquilin, de grandes dents, des yeux d'un gris profond. Elle parlait d'un ton mesuré, comme si elle lisait un livre à un enfant pour l'endormir. Mais Tally n'avait pas envie de dormir. Il y avait de l'acier dans cette voix, comme un crissement de métal sur du verre.

— Tu as un problème, Tally.

— J'avais deviné. Heu…

Cela lui faisait drôle de ne pas connaître le prénom de son interlocutrice.

— Appelle-moi docteur Cable.

Tally cligna ses paupières. Elle n'avait jamais appelé qui que ce soit par son nom de famille.

— O.K., docteur Cable. (Elle s'éclaircit la gorge et poursuivit tant bien que mal, d'une voix sèche :) Pour l'instant, mon problème, c'est que je ne sais pas ce qui se passe. Alors… pourquoi ne pas me le dire ?

— Que crois-tu qu'il se passe, Tally ?

Tally ferma les yeux pour ne plus voir les traits acérés de la femme.

— Écoutez, ce gilet de sustentation était dans les surplus, vous savez. En plus, on l'a remis sur la pile de rechargement.

— Il ne s'agit pas d'une bêtise de Ugly.

Elle ouvrit les yeux en soupirant.

— Je me disais aussi…

— Il s'agit d'une de tes amies. Quelqu'un qui a disparu.

Le dernier tour de Shay se retournait donc contre Tally.

— J'ignore où elle est.

Le docteur Cable sourit, dévoilant uniquement ses dents du haut.

— Mais tu sais quelque chose.

— Qui êtes-vous, de toute façon? bredouilla Tally. Et où sommes-nous?

— Je suis le docteur Cable, répondit la femme. Et nous sommes aux Special Circumstances.

Le docteur Cable commença par lui poser beaucoup de questions.

— Tu ne connais pas Shay depuis longtemps, n'est-ce pas?

— Non. Seulement depuis cet été. Nous étions dans deux dortoirs différents.

— Et connaissais-tu certains de ses amis?

— Non. Ils étaient tous plus âgés qu'elle. Ils ont déjà changé.

— Comme ton ami Peris?

Tally déglutit. Que savait au juste cette femme à son sujet?

— Oui. Comme Peris et moi.

— Mais tous les amis de Shay n'ont pas viré Pretties, n'est-ce pas?

Tally inspira longuement, se rappelant sa promesse à Shay. Elle ne voulait pas mentir, cependant. Le docteur Cable le saurait aussitôt, elle en était certaine. Elle avait assez d'ennuis comme cela.

— Pourquoi ne l'auraient-ils pas fait?

— T'a-t-elle parlé de ses amis?

— Nous ne parlions pas de ce genre de choses. On traînait, voilà. Parce que... c'est dur de se retrouver toute seule. On s'amusait à des bêtises.

— Savais-tu qu'elle avait fait partie d'une bande?

Tally leva la tête vers les yeux du docteur Cable. Presque aussi grands que des yeux de Pretty normale, ils remontaient légèrement vers le haut, comme ceux d'un loup.

— Une bande? Comment ça?

— Tally, Shay et toi avez-vous déjà été aux Ruines rouillées?

— Tout le monde le fait.

— Mais vous êtes-vous déjà rendues *clandestinement* dans les ruines ?

— Oui. Comme beaucoup d'autres.

— Avez-vous rencontré quelqu'un là-bas ?

Tally se mordit la lèvre.

— Qu'est-ce que c'est, les Special Circumstances ?

— Tally.

Le métal qui sous-tendait la voix se fit tranchant comme un rasoir.

— Expliquez-moi, et je vous répondrai.

Le docteur Cable se renfonça dans son fauteuil. Elle croisa les mains et hocha la tête.

— Cette ville est un paradis, Tally. Elle te fournit nourriture, éducation et protection. Elle te rend belle.

Tally ne put s'empêcher d'éprouver un frisson d'espérance à ces mots.

— Et qui plus est, elle t'autorise une grande marge de liberté. Elle laisse les plus jeunes commettre toutes sortes de bêtises, afin de développer leur créativité et leur indépendance. Mais de temps à autre, des éléments néfastes interviennent depuis *l'extérieur* de la ville.

Le docteur Cable plissa les yeux, ce qui renforça encore son air carnassier.

— Nous existons en équilibre avec notre environnement, Tally. Nous purifions l'eau que nous rejetons dans le fleuve ; nous recyclons la biomasse, nous employons exclusivement le courant de notre propre empreinte solaire. Mais nous ne parvenons pas toujours à purifier ce qui vient de l'extérieur. Parfois, nous devons affronter certaines menaces de notre environnement.

Elle sourit.

— Parfois, nous sommes confrontés à des circonstances spéciales.

— Si je comprends bien, vous êtes comme des surveillants, mais pour la ville entière.

Le docteur Cable acquiesça.

— Il arrive que nous ayons des soucis avec d'autres. Et parfois, les quelques vagabonds qui vivent en dehors des villes nous créent des difficultés.

Tally écarquilla les yeux. *En dehors* des villes ? Shay n'avait donc pas menti – des lieux comme La Fumée existaient bel et bien.

— À ton tour de répondre à ma question, Tally. As-tu rencontré quelqu'un dans les ruines ? Quelqu'un de l'extérieur ? Qui ne venait d'aucune ville ?

Tally sourit.

— Non. Jamais.

Le docteur Cable fronça les sourcils. Elle baissa les yeux une seconde, le temps de vérifier quelque chose. Quand elle les releva, ils étaient encore plus froids. Tally sourit à nouveau, désormais certaine que le docteur Cable savait qu'elle disait la vérité. La pièce devait enregistrer son pouls, sa sueur, la dilatation de ses pupilles. Mais Tally ne pouvait pas avouer ce qu'elle ignorait.

Le rasoir s'insinua de nouveau dans la voix de la femme.

— Ne joue pas ce petit jeu avec moi, Tally. Ton amie Shay ne t'en remerciera pas, car tu ne la reverras plus jamais.

Tally sentit l'excitation de sa petite victoire se dissiper et son sourire s'estomper.

— Six de ses amis ont disparu, Tally, d'un seul coup. On n'en a jamais revu aucun. Deux autres qui étaient censés les rejoindre ont choisi de ne pas jeter leur vie aux orties, cependant, et nous avons pu en apprendre un peu plus à propos des fugitifs. Ils ne se sont pas enfuis de leur propre chef. Ils ont été endoctrinés par quelqu'un de l'extérieur, quelqu'un qui cherche à nous voler nos meilleurs petits Uglies. Nous avons alors compris qu'il s'agissait d'une circonstance spéciale.

Un mot fit courir un frisson le long de l'échine de Tally. Shay avait-elle vraiment été *volée* ? Que savait-elle de La Fumée ?

— Nous suivions Shay depuis ce jour-là, dans l'espoir qu'elle nous conduise à ses amis.

— Alors, pourquoi est-ce que vous ne l'avez pas... bafouilla Tally... vous savez : empêchée de partir !

— À cause de toi, Tally.

— De moi ?

La voix du docteur Cable se radoucit.

— Nous pensions qu'elle avait trouvé une amie, une raison de rester ici, en ville. Nous pensions qu'elle ne risquait plus rien.

Tally ne put que fermer les yeux et secouer la tête.

— C'est alors qu'elle a disparu, continua le docteur Cable. Elle s'est révélée plus astucieuse que ses amis. Tu l'as bien formée.

— Moi, je l'ai formée ? protesta Tally. Je ne connais pas plus de ficelles que le premier Ugly venu.

— Tu te sous-estimes, dit le docteur Cable.

Tally se détourna de ces yeux semblables à ceux du renard, ferma ses oreilles à cette voix cruelle. Ce n'était pas sa faute. Elle avait choisi de rester en ville, après tout. Elle voulait devenir jolie. Elle avait même tenté de convaincre Shay.

Sans succès.

— Ce n'est pas ma faute.

— Aide-nous, Tally.

— Vous aider à quoi ?

— À la retrouver. À les retrouver, tous.

Elle prit une grande inspiration.

— Et s'ils ne tenaient pas à être retrouvés ?

— Et s'ils y tenaient, au contraire ? Si on leur avait menti ?

Tally s'efforça de se rappeler le visage de son amie cette dernière nuit, l'espoir qui se lisait sur ses traits. Elle aspirait à quitter la ville autant que Tally aspirait à être belle. Aussi stupide que paraisse son choix, Shay l'avait fait en pleine connaissance de cause. Et elle avait respecté le choix de Tally de rester.

Tally releva la tête vers la beauté cruelle du docteur Cable, vers le brun-jaune des murs, couleur de vomissure. Elle se souvint de toutes les ficelles employées contre elle par les Special Circumstances aujourd'hui – l'attente pénible à l'hôpital pendant une heure en lui laissant croire qu'elle serait bientôt belle, puis le vol brutal jusqu'ici, et tous ces visages cruels dans les couloirs – et elle prit sa décision.

— Je ne peux pas vous aider, déclara-t-elle. J'ai fait une promesse.

Le docteur Cable montra les dents. Cette fois, ce ne fut même pas une parodie de sourire. La femme n'était plus qu'un monstre, vengeur et inhumain.

— Alors, je vais t'en faire une moi aussi, Tally Youngblood. À moins que tu n'acceptes de nous aider au mieux de tes capacités, tu ne seras jamais belle.

Le docteur Cable se détourna.

— Selon moi, tu peux aussi bien mourir moche.

La porte s'ouvrit. L'homme effrayant se tenait derrière, où il avait patienté tout ce temps.

MOCHE POUR LA VIE

On avait dû prévenir les surveillants. Au retour de Tally, les autres Uglies étaient tous partis en excursion scolaire impromptue. Mais ils n'avaient pas été alertés à temps pour sauver ses affaires. En regagnant sa chambre, Tally la trouva entièrement recyclée. Ses vêtements, son lit, ses meubles, les photos sur l'écran mural – tout avait repris son apparence standard d'origine. Il semblait même qu'une autre personne ait emménagé un bref moment avant de repartir, en laissant une canette de boisson dans le réfrigérateur.

Tally s'assit sur le lit, trop abasourdie pour pleurer. Elle savait qu'elle se mettrait bientôt à brailler, probablement au pire moment et au plus mauvais endroit. Maintenant que son entrevue avec le docteur Cable s'était terminée, sa colère et sa méfiance retombaient. Elle ne pouvait désormais se raccrocher à rien. Toutes ses affaires avaient disparu, elle n'avait plus d'avenir, il lui restait juste la vue qu'elle avait de sa fenêtre.

Elle s'assit donc et contempla fixement le vide, en se rappelant à intervalles réguliers que tout cela lui était bel et bien arrivé : les cruels Pretties, les étranges bâtiments à la limite de la ville, le terrible ultimatum du docteur Cable. Tally avait la même sensation que lorsque l'une de ses bêtises avait mal tourné. Une réalité étrange et abominable était apparue devant elle, dévorant le monde qu'elle connaissait bien.

Ses seules affaires tenaient dans le sac de marin qu'elle avait emporté à l'hôpital. Elle ne se souvenait même pas de l'avoir ramené. Elle en sortit une poignée de vêtements, qu'elle fourra au hasard dans ses tiroirs, ainsi que la note de Shay.

Elle la lut, à la recherche d'indices.

Prends les montagnes et, après la brèche, continue sur ta lancée
Jusqu'à ce que tu en trouves une longue et plate.
La mer est froide, attention aux brisures.
À la deuxième, commets la pire erreur.
Quatre jours plus tard, suis le côté que tu détestes,
Et cherche dans les fleurs des yeux d'insectes de feu.
Quand tu les auras trouvés, profite de la balade,
Puis attends la lumière sur le mont chauve.

Elle n'y comprenait pas grand-chose, hormis quelques bribes par-ci, par-là. À l'évidence, Shay avait rédigé ses indications de manière volontairement obscure, en se servant de références que seule Tally pouvait saisir. Sa paranoïa se justifiait mieux désormais. Depuis qu'elle avait fait la connaissance du docteur Cable, Tally ne s'étonnait plus que David veuille garder le secret sur l'emplacement de sa ville – ou de son campement, ou de Dieu sait quoi.

Tally réalisa que c'était précisément ce que recherchait le docteur Cable. Elle avait gardé la note sur elle pendant tout l'entretien, mais on ne s'était pas donné la peine de la fouiller. Ce qui voulait dire qu'elle avait préservé le secret de Shay, et qu'elle avait encore les moyens de négocier.

Cela signifiait aussi que les Special Circumstances pouvaient commettre des erreurs.

Tally vit les autres Uglies revenir à l'heure du déjeuner. Tandis qu'ils se déversaient du véhicule scolaire, tous se dévissaient le cou en direction de sa fenêtre. Quelques-uns la montrèrent du doigt avant qu'elle ne se recule dans l'ombre. Peu après, elle les entendit avancer dans le couloir, pour se taire à mesure qu'ils passaient devant sa porte. Certains gloussèrent, comme le faisaient toujours les jeunes Uglies quand ils essayaient de rester silencieux.

Se moquaient-ils d'elle ?

Les gargouillements de son estomac rappelèrent à Tally qu'elle n'avait rien avalé au petit déjeuner, ni au dîner la veille au soir. On n'était pas supposé prendre la moindre nourriture ou la moindre boisson pendant les seize heures précédant l'opération. Elle mourait de faim.

Mais elle demeura dans sa chambre jusqu'à la fin du déjeuner. Elle se sentait incapable d'affronter la cafétéria où les Uglies guetteraient ses moindres mouvements, se demandant ce qu'elle avait pu faire pour mériter de rester moche. Lorsque la faim devint insupportable, Tally se faufila par l'escalier jusqu'au toit, où l'on déposait toujours les restes à l'intention de ceux qui les voulaient.

Quelques Uglies l'aperçurent dans le couloir et se collèrent les uns aux autres en s'écartant à son passage, comme si elle était contagieuse. *Que leur ont dit les surveillants ?* songea Tally. Qu'elle avait commis une bêtise de trop ? Qu'elle était inopérable, destinée à rester moche toute sa vie ? Ou simplement qu'elle constituait une circonstance spéciale ?

Partout où elle allait, les regards se détournaient. Pourtant, elle ne s'était jamais sentie aussi *visible.*

On avait laissé une assiette sur le toit à son intention, enveloppée dans un film alimentaire, son nom collé dessus. Quelqu'un avait remarqué qu'elle n'avait rien mangé.

La vue de cette assiette triste et solitaire lui fit venir les larmes aux yeux. Sa gorge la brûlait comme si elle avait avalé de l'acide, et elle eut toutes les peines du monde à regagner sa chambre avant d'éclater en longs sanglots douloureux.

Une fois de retour entre ses murs, Tally mangea en pleurant, goûtant le sel de ses larmes à chaque bouchée.

Ses parents arrivèrent une heure plus tard.

Ellie entra la première, et étreignit Tally jusqu'à lui faire décoller les deux pieds du sol.

— Tally, mon pauvre bébé !

— Vas-y doucement, Ellie. La petite a eu une rude journée.

Même sans oxygène, c'était bon d'être réconfortée ainsi. Ellie dégageait toujours le parfum maternel qu'il fallait, et Tally redevenait une gamine entre ses bras. Elle regarda ses parents d'un air penaud, inquiète de savoir ce qu'ils penseraient. Elle avait l'impression d'être une moins que rien, face à eux.

— J'ignorais que vous alliez venir.

— Bien sûr que nous sommes là, protesta Ellie.

Sol secoua la tête.

— Je n'ai jamais entendu parler d'une chose pareille. C'est ridicule. Nous irons jusqu'au bout de cette histoire, fais-moi confiance !

Tally sentit qu'on lui enlevait un poids des épaules. Enfin ! quelqu'un qui se plaçait de son côté. Les yeux de grand Pretty de son père pétillaient avec une assurance tranquille. Il allait tout régler, cela ne faisait aucun doute.

— Que vous a-t-on dit ? demanda Tally.

Sol fit un geste, et Tally s'assit sur le lit. Ellie s'installa près de sa fille tandis qu'il se mettait à faire les cent pas dans la petite chambre.

— Eh bien, on nous a parlé de cette Shay. On dirait qu'elle s'y entend pour semer la pagaille.

— Sol ! intervint Ellie. La pauvre petite a disparu.

— Il semblerait que c'est précisément ce qu'elle voulait.

La mère de Tally pinça les lèvres et ne dit rien.

— Ce n'est pas sa faute, Sol, dit Tally. Elle n'avait pas envie de devenir belle.

— Donc, c'est une libre penseuse. Très bien. Mais elle aurait pu avoir l'élégance de ne pas t'attirer dans cette affaire avec elle.

— Elle ne m'a attirée nulle part. Je suis là. (Tally regarda par la fenêtre la vue familière sur New Pretty Town.) Où je resterai à tout jamais, apparemment.

— Allons, allons, lui dit Ellie. On nous a promis qu'une fois que tu les aurais aidés à retrouver cette Shay, tout rentrerait dans l'ordre.

— Quelle différence si l'opération est retardée de quelques jours ? Ça te fera simplement une belle histoire à raconter plus tard, quand tu seras vieille, gloussa Sol.

Tally se mordit la lèvre.

— Je ne crois pas pouvoir les aider.

— Eh bien, fais de ton mieux, insista Ellie.

— Mais je ne peux pas. J'ai promis à Shay de ne rien dire à personne de ses plans.

Ils demeurèrent silencieux un moment.

Sol s'assit, prenant sa main dans les siennes. Il avait les mains chaudes et fortes, presque aussi ridées que celles d'un croulant à force de passer ses journées dans son atelier de menuiserie. Tally réalisa qu'elle n'avait pas rendu visite à ses parents depuis la semaine de vacances d'été, durant laquelle elle n'avait songé qu'à retrouver Shay pour traîner avec elle. Mais c'était bon de les voir maintenant.

— Tally, on formule tous des promesses quand on est petit. Ça fait partie du charme d'être moche – tout paraît excitant, intense, important. Mais un jour, il faut en sortir. Tu ne lui dois rien, à cette fille. Elle ne t'a valu que des ennuis.

Ellie lui prit l'autre main.

— Pense que tu lui rends service, Tally. Qui sait où elle se trouve en ce moment, et ce qui peut lui arriver ? Je suis surprise que tu l'aies laissée partir comme ça. Tu ignores à quel point c'est dangereux, là dehors ?

Tally se surprit à acquiescer. En regardant les visages de Sol et d'Ellie, tout lui parut soudain très clair. Peut-être que le fait de coopérer avec le docteur Cable aiderait Shay, en fin de compte, et rétablirait la situation en ce qui la concernait. Toutefois, le souvenir du docteur la fit grimacer.

— Vous auriez dû voir ces gens. Ceux qui enquêtent sur Shay ? Ils ont l'air de…

Sol s'esclaffa.

— J'imagine que ça doit être un choc à ton âge, Tally. Mais bien sûr, nous sommes au courant pour les Special Circumstances. Ils peuvent te sembler durs mais ils ne font que leur travail, tu sais. Le monde extérieur est impitoyable.

Tally soupira. Sa réticence s'expliquait peut-être simplement par la frousse que les cruels Pretties lui avaient flanquée.

— Vous en avez déjà rencontré ? Je n'en croyais pas mes yeux.

Ellie plissa le front.

— Ma foi, je ne peux pas dire que j'en ai *rencontré* un moi-même.

Sol fronça les sourcils, puis gloussa.

— Eh bien, ce n'est pas exactement le type de personnes qu'on a envie de connaître, Ellie. Et tu sais, Tally, si tu fais ce qu'il faut, tu n'en verras sans doute plus jamais. C'est le genre d'affaires dont tout le monde préfère se passer.

Tally regarda son père et, l'espace d'un instant, elle lut dans son expression autre chose que de la sagesse et de l'assurance. Sol montrait presque trop de désinvolture en écartant d'un revers de main les Special Circumstances et tout ce qui se déroulait hors de la ville. Pour la première fois de sa vie, Tally se retrouva en train d'écouter un grand Pretty sans être complètement rassurée, constat qui lui donna le vertige.

Sol ne savait rien du monde extérieur dans lequel Shay s'était enfuie. Peut-être que la plupart des gens voulaient rester dans l'ignorance. Tally avait suivi des cours à propos des Rouillés et de l'histoire ancienne, mais personne à l'école ne lui avait jamais dit que des gens vivaient hors des villes à l'heure actuelle – des gens comme David. Jusqu'à ce qu'elle fasse la connaissance de Shay, Tally n'y avait jamais réfléchi non plus.

Elle ne pouvait pas balayer cette histoire comme son père venait de le faire.

Et elle avait donné sa parole à Shay. Elle avait beau être moche, une promesse restait une promesse.

— Écoutez, il va falloir que j'y réfléchisse.

Pendant un moment, un silence gêné emplit la pièce. Ses parents ne s'attendaient pas à ce qu'elle dise cela.

Puis Ellie rit et lui tapota la main.

— Bien sûr, Tally. On va te laisser réfléchir.

Sol opina de la tête, de nouveau sûr de lui.

— Nous savons que tu prendras la bonne décision.

— D'accord. Mais en attendant, fit Tally, je pourrais peut-être rentrer à la maison avec vous ?

Ses parents échangèrent un autre regard surpris.

— Je veux dire, ça fait vraiment drôle de se retrouver ici maintenant. Tout le monde est au courant que... En plus, je ne suis plus inscrite à aucun cours, si bien que ce serait presque comme revenir pour les vacances d'automne. Seulement un peu plus tôt.

Sol fut le premier à se reprendre. Il lui tapota l'épaule.

— Allons, Tally, tu ne crois pas que tu te sentirais encore plus mal à l'aise à Crumblyville ? Je veux dire, il n'y a aucun enfant là-bas à cette période de l'année.

— Tu es beaucoup mieux ici avec les autres enfants, ma chérie, ajouta Ellie. Tu n'as que quelques mois de plus que certains. En plus, nous n'avons même pas préparé ta chambre !

— Je m'en fiche. Ça ne peut pas être pire qu'ici, dit Tally.

— Bah, commande-toi quelques vêtements et remets cet écran mural comme tu l'aimais, dit Sol.

— Je ne parlais pas de la chambre…

— Quoi qu'il en soit, l'interrompit Ellie, à quoi bon en faire un drame ? Tout va bientôt rentrer dans l'ordre. Appelle les Special Circumstances, raconte-leur ce qu'ils veulent savoir, et tu iras là où tu souhaites vraiment aller.

Ils regardèrent par la fenêtre les tours de New Pretty Town.

— Ma chérie, ajouta Ellie en lui tapotant la jambe, crois-tu avoir le choix ?

PERIS

Durant la journée, Tally demeurait cloîtrée dans sa chambre.

Sortir où que ce soit était une vraie torture pour elle. Les Uglies de son propre dortoir la traitaient comme une pestiférée, et les autres, quand ils la reconnaissaient, finissaient inévitablement par lui demander :

— Pourquoi n'es-tu pas belle ?

C'était étrange. Elle était restée moche quatre ans, mais c'était en demeurant quelques jours de plus qu'elle prenait conscience du sens de ce mot. Elle passait la journée à se regarder dans la glace, notant chaque défaut, chaque difformité. Ses lèvres minces se pinçaient sous la contrariété. Ses cheveux frisottaient d'autant plus qu'elle ne cessait de se passer les mains dedans. Trois boutons bourgeonnaient sur son front, comme pour marquer les jours écoulés depuis son seizième anniversaire. Ses yeux trop petits lui renvoyaient un regard plein de colère à travers les larmes.

Le soir, elle parvenait enfin à échapper à sa chambrette, aux regards des autres, à son propre visage moche.

Trompant la vigilance des surveillants, elle faisait le mur comme d'habitude, mais sans avoir de bêtise précise en tête. Elle n'avait plus personne à qui rendre visite, personne à qui jouer des tours, et l'idée de franchir le fleuve lui était trop pénible pour qu'elle l'envisage. Elle s'était procuré une vieille planche magnétique qu'elle avait trafiquée, comme Shay le lui avait montré, de sorte qu'elle pouvait au moins voler pendant la nuit.

Mais ce n'était plus la même chose. Tally était seule et quelle que soit la vitesse à laquelle elle allait, elle était piégée – et elle le savait.

La quatrième nuit de son exil, elle dirigea sa planche jusqu'à la lisière boisée de la ville. Elle virevolta entre les colonnes sombres des troncs, fila entre eux à toute allure, si vite qu'elle se fit des dizaines de griffures au visage et aux mains en frôlant les branches basses.

Au bout de quelques heures, quand elle eut évacué une partie de son angoisse, Tally réalisa avec plaisir qu'elle n'avait encore jamais volé si bien ; elle était presque aussi bonne que Shay, désormais. Pas une fois sa planche ne faillit la renverser pour s'être approchée trop près d'un arbre, et ses chaussures collaient littéralement à la surface antidérapante. En sueur, malgré la fraîcheur de l'automne, elle vola jusqu'à en avoir mal aux jambes et aux chevilles, jusqu'à ce que ses bras soient douloureux à force de les étendre comme des ailes pour se guider à travers la forêt obscure. Si elle continuait ainsi toute la nuit, se dit Tally, peut-être parviendrait-elle à dormir pendant les heures hideuses de la journée.

Elle vola jusqu'à ce que la fatigue l'oblige à rentrer.

À l'aube, quand elle se hissa par la fenêtre de sa chambre, quelqu'un l'attendait à l'intérieur.

— Peris !

Les traits de son ami s'éclairèrent en un sourire radieux. Ses grands yeux pétillaient dans la lumière matinale. Mais lorsqu'il l'examina de plus près, son expression se modifia.

— Que t'est-il arrivé à la figure, Bigleuse ?

Tally grimaça.

— Tu n'es pas au courant ? On n'a pas voulu me faire l'…

— Pas ça. (Peris allongea le bras et lui toucha la joue.) On dirait que tu as passé la nuit à jongler avec des chats.

— Oh, ouais.

Tally se passa les doigts dans les cheveux, puis fouilla dans un de ses tiroirs. Elle en sortit une bombe de produit cicatrisant, ferma les yeux, et s'en vaporisa le visage.

— Aïe ! glapit-elle avant que l'anesthésique ne fasse effet. (Elle se pulvérisa du produit sur les mains également.) Simple petite balade de minuit sur planche magnétique.

— Un peu plus tard que minuit, non ?

Par la fenêtre, on voyait le soleil commencer à parer de rose les tours de New Pretty Town. Rose vomi de chat. Tally regarda Peris, à la fois épuisée et perplexe.

— Tu m'attends depuis longtemps ?

Il s'agita sur sa chaise, mal à l'aise.

— Assez longtemps.

— Désolée. Je ne savais pas que tu viendrais.

Il haussa les sourcils avec une angoisse magnifique.

— Mais bien sûr que je suis venu ! À la minute où j'ai su où tu étais, j'ai accouru.

Tally se détourna. Elle entreprit de délacer ses chaussures antidérapantes pour se donner une contenance. Elle s'était sentie tellement abandonnée depuis son anniversaire qu'il ne lui était pas venu à l'esprit que Peris puisse avoir envie de la voir, surtout ici, à Uglyville. Il était là, pourtant. Inquiet, anxieux, adorable.

— Je suis bien contente de te voir, fit-elle en sentant les larmes lui venir aux yeux.

Elle avait presque toujours les yeux rouges et gonflés, ces derniers temps.

Il lui adressa un sourire rayonnant.

— Moi aussi.

Quand elle songea à sa mocheté, c'en fut trop. Tally s'écroula sur le lit, enfouit son visage entre ses mains puis éclata en sanglots. Peris s'assit à côté d'elle et la tint par l'épaule un moment, pendant qu'elle pleurait. Ensuite, il lui moucha le nez et l'aida à se redresser.

— Regarde-toi un peu, Tally Youngblood.

Elle secoua la tête.

— Je t'en prie, non.

— Vois dans quel état tu es.

Peris dénicha une brosse et entreprit de la coiffer. Incapable d'affronter son regard, Tally gardait les yeux fixés sur le sol.

— Tu sors souvent faire de la planche dans un mixeur ?

Elle secoua la tête, palpant prudemment les coupures qu'elle avait à la figure.

— C'est juste à cause des branches d'arbres. À grande vitesse.

— Oh, alors ton prochain projet consiste à te faire tuer. Ça sera encore plus fort que ton truc actuel.

— Quel truc ?

Peris roula les yeux.

— Ce coup fumant qui consiste à rester moche. Drôlement mystérieux.

— Ouais. Tu parles d'un coup fumant.

— Ne me dis pas que tu es devenue modeste, Bigleuse ? Tous les copains sont fascinés.

Elle tourna ses yeux gonflés de larmes vers son ami, cherchant à déterminer s'il se moquait d'elle ou non.

— J'avais déjà raconté à tout le monde tes exploits liés à l'alerte anti-incendie, mais maintenant, ils feraient n'importe quoi pour te connaître, poursuivit-il. On raconte même que les Special Circumstances seraient dans le coup.

Tally cligna ses paupières. Peris était sérieux.

— Eh bien, c'est vrai, avoua-t-elle. C'est à cause de ça que je suis toujours moche.

Les grands yeux de Peris s'écarquillèrent encore plus.

— Vraiment ? C'est dingue !

Elle s'assit en fronçant les sourcils.

— Est-ce que j'étais la seule à ne pas connaître les Specials ?

— En fait, je n'avais aucune idée de ce que ça pouvait être. À première vue, les Special Circumstances sont comme les gremlins ; on leur attribue tout ce qui se passe d'étrange. Certains pensent qu'ils sont totalement imaginaires, et je ne connais personne qui ait vu pour de bon un Special.

Tally soupira.

— C'est bien ma veine.

— Donc, ils existent ? (Peris baissa la voix et se mit à chuchoter.) Ont-ils vraiment l'air différent ? Tu sais, pas *tout à fait* beau.

— Je ne dirais pas qu'ils ne sont pas beaux, mais plutôt... (Elle contempla Peris : suspendu à ses lèvres, si parfait. C'était tellement agréable de se retrouver près de lui, de bavarder avec lui, le toucher, comme s'ils n'avaient jamais été séparés. Elle sourit.)... Disons juste qu'ils ne sont pas aussi beaux que toi.

Il s'esclaffa.

— Il va falloir que tu me racontes tout ça. Mais rien qu'à moi, hein ? À personne d'autre. Chacun meurt d'envie de savoir. Nous n'aurons qu'à organiser une grande fête quand tu seras enfin belle.

Elle s'efforça de sourire.

— Peris...

— Je sais, tu n'es pas supposée en parler. Mais quand tu auras franchi le fleuve, glisse simplement quelques allusions aux Specials par-ci, par-là, et tu te feras inviter partout ! N'oublie pas de m'emmener avec toi. (Il se pencha plus près.) On raconte même que les boulots les plus intéressants sont attribués à ceux qui ont, en tant que gosses, le casier disciplinaire le plus rempli. Mais ça, ce ne sera pas avant des années. Le principal pour l'instant est de te faire devenir Pretty.

— Peris, commença-t-elle avec un nœud à l'estomac, je ne crois pas que je serai un jour…

— Être Pretty, il n'y a rien de mieux. Tally, tu vas adorer ça. Et ce sera encore mille fois meilleur quand tu pourras en profiter avec moi.

— Je ne peux pas.

Il fronça les sourcils.

— Tu ne peux pas… quoi ?

Tally leva les yeux vers Peris en lui prenant la main.

— On me demande de dénoncer une amie, tu comprends. Quelqu'un dont je suis devenue très proche. Après ton départ.

— Ne me dis pas qu'il s'agit d'une bêtise de Uglies.

— En quelque sorte, si.

— Alors, balance ! Quelle importance ça peut avoir ?

Tally se détourna.

— Ça compte pour moi, Peris. Il n'est pas question d'une simple bêtise. J'ai promis à mon amie de garder son secret.

Il plissa les yeux et, pendant un moment, Tally crut revoir l'ancien Peris : sérieux, pensif, presque maussade.

— Moi aussi, tu m'avais promis quelque chose.

Elle avala sa salive et le dévisagea. Il avait les yeux brillants de larmes.

— Tu m'avais juré que tu arrêterais tes gamineries, Tally. Que tu me rejoindrais bientôt. Que nous serions beaux ensemble.

Elle caressa la cicatrice de sa paume, toujours là, même si celle de Peris avait été effacée. Il lui prit la main.

— Amis pour la vie, Tally.

Elle savait que si elle le regardait dans les yeux une fois de plus, sa résistance s'évaporerait.

— Amis pour la vie ? répéta-t-elle.

— Pour la vie.

Elle prit une grande inspiration et plongea ses yeux dans les siens. Il avait l'air triste, vulnérable et blessé. Et tellement parfait.

Tally s'imagina à son côté, aussi belle que lui, l'un avec l'autre passant leurs journées à ne rien faire hormis discuter, rire et prendre du bon temps.

— Tiendras-tu ta parole, Tally ?

Un frisson de fatigue et de soulagement la parcourut. Elle avait désormais une excuse pour revenir sur ce qu'elle avait dit. Elle avait fait une première promesse à Peris, tout aussi réelle, avant même de rencontrer Shay. Elle le connaissait depuis des années, alors que Shay n'était son amie que depuis quelques mois.

Et Peris se trouvait là, devant elle, pas quelque part en pleine nature. Et il la fixait avec ces yeux…

— Bien sûr.

— Vraiment ?

Il sourit, et son sourire illumina la pièce mieux que le jour qui se levait à l'extérieur.

— Je te rejoindrai aussi vite que possible. Je te le promets, répondit Tally.

Il soupira, la serra contre lui en se balançant doucement. Les larmes lui vinrent aux yeux de nouveau.

Peris finit par la relâcher. Il regarda la belle journée ensoleillée qui s'annonçait.

— Il faut que je parte. (Il fit un signe en direction de la porte.) Tu sais, avant que les… guignols… se réveillent.

— Je comprends.

— J'ai presque dépassé l'heure de me coucher, et tu as une longue journée qui t'attend.

Tally hocha la tête. Elle ne s'était jamais sentie aussi épuisée. Tous ses muscles lui faisaient mal, son visage et ses mains avaient recommencé à la picoter. Ce cauchemar avait commencé trois mois plus tôt, quand Peris avait franchi le fleuve. Il était sur le point de prendre fin.

— O.K., Peris. À très bientôt. Le plus vite possible.

Il la serra contre lui une dernière fois, embrassa ses joues griffées et lui glissa à l'oreille :

— Peut-être dans quelques jours à peine. Je suis impatient !

Il lui dit au revoir et sortit, non sans avoir jeté un coup d'œil dans le couloir. Tally se pencha par la fenêtre pour le voir s'éloigner et réalisa qu'un aérocar l'attendait en contrebas. Les Pretties obtenaient vraiment tout ce qu'ils voulaient.

Tally n'avait qu'une envie, dormir, mais sa décision était prise et elle se devait d'agir sans tarder. Peris une fois parti, ses doutes reviendraient la hanter. Elle ne supporterait pas une journée de plus sans savoir quand son purgatoire prendrait fin. Sans compter qu'elle avait promis à Peris de le rejoindre dès que possible.

— Désolée, Shay, fit-elle doucement.

Elle ramassa sa bague d'interface à l'endroit où elle l'avait laissée, sur la table de nuit, et l'enfila.

— Message pour le docteur Cable ou qui que ce soit, dit-elle. Je ferai ce que vous attendez de moi. Laissez-moi juste dormir un peu. Fin du message.

Tally soupira, puis se laissa tomber sur le lit. Elle savait qu'elle aurait dû désinfecter ses plaies une dernière fois avant de sombrer dans le sommeil, mais la seule idée de remuer lui était pénible. Ce n'était pas quelques égratignures qui l'empêcheraient de s'endormir. Aucune force au monde ne l'en empêcherait.

Quelques secondes plus tard, la chambre déclara :

— Réponse du docteur Cable : Nous vous envoyons une voiture. Elle sera là dans vingt minutes.

— Non, murmura-t-elle.

Mais il ne servirait à rien qu'elle discute. Les Special Circumstances viendraient, la réveilleraient, l'emmèneraient.

Tally décida de profiter de quelques minutes de sommeil. Ce serait mieux que rien.

Pourtant elle fut incapable de fermer l'œil.

INFILTRATION

Les cruels Pretties semblaient encore plus inhumains. Tally se sentait comme une souris dans la cage aux faucons, s'attendant à chaque instant qu'un rapace fonde sur elle et l'emporte dans ses serres. Le voyage en aérocar l'avait rendue encore plus malade cette fois-ci.

Elle se concentra sur la nausée qui lui soulevait l'estomac, pour tâcher d'oublier où elle se trouvait. Tout en suivant son guide dans le couloir, elle s'arrangea de son mieux – lissant sa chemise, ramenant ses cheveux en arrière.

Le docteur Cable ne donnait en rien l'impression d'avoir été tirée du lit. Tally tenta, vainement, de l'imaginer avec les cheveux en pagaille. Ses yeux perçants, d'un gris métallique, semblaient incapables de se fermer assez longtemps pour qu'elle s'endorme.

— Eh bien, Tally. Tu as donc changé d'avis.

— Oui.

— Vas-tu répondre à toutes nos questions à partir de maintenant ? Honnêtement, et de ton plein gré ?

Tally eut un ricanement de mépris.

— Vous ne me laissez pas beaucoup le choix.

— Nous avons toujours le choix, Tally. Tu as fait le tien.

— Super. Merci. Écoutez, posez-moi juste vos questions.

— Certainement. Avant tout, que diable t'es-tu fait à la figure ?

Tally soupira, portant une main à ses griffures.

— Ce sont des traces laissées par les arbres.

— Des arbres? fit le docteur Cable en haussant un sourcil. Très bien. Plus important maintenant: de quoi avez-vous parlé, Shay et toi, la dernière fois que tu l'as vue?

Tally ferma les yeux. Voilà: c'était l'instant précis où elle allait rompre sa promesse envers Shay. Mais une petite voix dans son cerveau fatigué lui rappela aussi qu'elle était en train d'en tenir une autre. Afin de pouvoir rejoindre Peris.

— Elle a parlé de s'enfuir. D'aller retrouver un certain David.

— Ah oui, le mystérieux David. (Le docteur Cable se renfonça dans son fauteuil.) A-t-elle mentionné où ce David et elle comptaient se rendre?

— Dans un endroit appelé La Fumée. Comme une ville, en plus petit. Où personne ne commande et où personne n'est beau.

— A-t-elle précisé où se trouvait cet endroit?

— Non, enfin, pas vraiment. (Avec un soupir, Tally sortit de sa poche la note de Shay – toute froissée.) Mais elle m'a laissé des indications.

Le docteur Cable n'accorda même pas un coup d'œil à la note. En revanche, elle poussa sur son bureau une feuille vers elle. Tally, le regard trouble, vit qu'il s'agissait d'une reproduction tridimensionnelle de la note, parfaite jusqu'aux légères incisions du crayon sur le papier.

— Nous avons pris la liberté d'en faire une copie lors de ta première visite.

Réalisant qu'elle avait été dupée, Tally jeta un regard noir au docteur Cable.

— Pourquoi avez-vous besoin de moi, alors? Je ne sais rien de plus. Je ne lui ai pas demandé d'autres détails. Et j'ai refusé de l'accompagner, parce que je voulais... simplement... être belle!

Tally sentit une grosse boule se former dans sa gorge mais décida qu'en aucune circonstance – spéciale ou non – elle ne se mettrait à pleurer devant le docteur Cable.

— Je crains que les instructions de ce billet ne nous paraissent un peu énigmatiques, Tally.

— Même chose pour moi.

Le docteur Cable plissa ses yeux de faucon.

— Elles semblent avoir été rédigées à l'intention de quelqu'un qui connaissait bien Shay. Toi, peut-être.

— Ouais, enfin, j'en comprends une partie. Mais après les deux premières lignes, je suis perdue.

— Je suis certaine que ce n'est pas facile. En particulier après une longue nuit… au-dessus des arbres. Je pense malgré tout que tu devrais être en mesure de nous aider.

Le docteur Cable ouvrit une petite mallette sur son bureau. Le cerveau fatigué de Tally dut faire un effort pour éclairer le sens des objets qu'il contenait. Un briquet, un sac de couchage froissé…

— Hé, on dirait le même matériel de survie que celui de Shay.

— C'est exact, Tally. Ces kits de survie en plein air ont une fâcheuse tendance à disparaître. En général au même moment que l'un de nos Uglies.

— Eh bien, le mystère est résolu. Shay s'était préparée au voyage jusqu'à La Fumée avec un équipement de ce genre.

— Qu'a-t-elle emporté d'autre ?

Tally haussa les épaules.

— Une planche magnétique. Un modèle spécial, avec panneaux solaires.

— Naturellement, une planche. Je me demande bien pourquoi tous nos fauteurs de troubles en possèdent une ? Et que pensait-elle manger, d'après toi ?

— Elle avait de la nourriture en sachets. Déshydratée.

— Comme ceci ?

Le docteur Cable brandit un sachet alimentaire argenté.

— Oui. Elle en avait prévu pour quatre semaines. (Tally prit une longue inspiration.) Deux semaines, si j'avais voulu venir. C'était plus que suffisant, selon elle.

— Deux semaines ? Alors, ce n'est pas si loin. (Le docteur Cable ramassa un sac à dos noir derrière son bureau et entreprit d'y fourrer les différents objets étalés devant elle.) Tu devrais pouvoir y arriver.

— Arriver à *quoi* ?

— À faire le voyage. Jusqu'à La Fumée.

— *Moi ?*

— Tally, tu es la seule à pouvoir comprendre ces indications.

— Je vous l'ai dit : elles sont aussi obscures pour moi que pour vous !

— Elles s'éclairciront probablement en chemin. Surtout avec une bonne… motivation.

— Mais je vous ai déjà dit tout ce que vous vouliez savoir. Je vous ai donné la note. Vous aviez promis !

Le docteur Cable secoua la tête.

— Ce que je t'ai promis, Tally, c'est que tu ne serais jamais belle avant de nous avoir aidés au mieux de tes capacités. Je ne doute pas une seconde que ceci soit dans la limite de tes capacités.

— Mais pourquoi moi ?

— Écoute-moi bien, Tally. Crois-tu vraiment que ce soit la première fois que nous entendons parler de David ? Ou de La Fumée ? Ou que nous trouvions des indications griffonnées sur la manière de se rendre là-bas ?

La voix cinglante du docteur fit tressaillir Tally. Elle se détourna pour ne pas voir la colère qui se lisait sur ses traits cruels.

— Je n'en sais rien.

— Chaque fois que nous tentons de remonter la piste nous-mêmes, la destination nous échappe. Comme un écran de fumée, c'est le mot.

Tally sentit la boule se former à nouveau dans sa gorge.

— Alors comment voulez-vous que je réussisse, moi ?

Le docteur Cable poussa la copie de la note de Shay dans sa direction.

— Cette dernière ligne où il est dit : « Attends la lumière sur le mont chauve » désigne clairement un point de rendez-vous. Tu te rends sur place, et tu attends. Tôt ou tard, on viendra te chercher. Si j'envoyais un aérocar rempli de Specials, tes amis risqueraient d'avoir des soupçons.

— Vous voulez dire que vous m'y envoyez *toute seule* ?

Le docteur Cable inspira longuement en lui jetant un regard de dégoût.

— Ça n'a rien de bien compliqué, Tally. Tu fais celle qui a changé d'avis : tu as décidé de t'enfuir sur les traces de ton amie Shay. Tu n'es rien qu'une Ugly de plus désireuse d'échapper à la tyrannie de la beauté.

Tally observa le visage cruel à travers le prisme de ses larmes.

— Et ensuite ?

Le docteur Cable sortit un autre objet de la mallette, un collier avec un petit pendentif en forme de cœur. Elle exerça une pression de part et d'autre du bijou, et le cœur s'ouvrit.

— Jette un coup d'œil à l'intérieur.

Tally éleva le cœur à la lumière.

— Je ne vois rien… aïe !

Le pendentif avait émis un flash, qui l'éblouit brièvement. Le cœur produisit un petit bip.

— Le signal de position ne réagira qu'à ton empreinte rétinienne, Tally. Une fois que tu l'auras activé, nous arriverons en quelques heures. Nous sommes en mesure de nous déplacer très vite. (Le docteur Cable laissa retomber le collier sur le bureau.) Mais ne le déclenche pas avant d'être vraiment parvenue à destination. Il nous a fallu du temps pour monter ça. Pas question de voir La Fumée nous échapper encore une fois, Tally.

Clignant ses paupières pour dissiper le contrecoup du flash, Tally s'efforça de réfléchir malgré sa lassitude. Le docteur Cable n'avait jamais eu l'intention de s'arrêter à quelques questions ; depuis le début, elle voulait lui confier un rôle d'espionne, celui d'une taupe. Tally se demanda depuis combien de temps se préparait cette opération. Combien de fois les Special Circumstances avaient-elles essayé d'amener un Ugly à travailler pour elles ?

— Je ne peux pas faire ça.

— Mais si, Tally. Tu y es obligée. Prends cette mission comme une aventure.

— Je vous en prie. Je n'ai jamais passé une nuit entière hors de la ville. Pas toute seule.

Le docteur Cable ignora ses pleurnicheries.

— Si tu refuses, je trouverai quelqu'un d'autre. Et tu resteras moche à tout jamais.

Tally leva la tête, essayant de percer le masque cruel du docteur à travers ses larmes qui coulaient librement désormais. La vérité se lisait là, dans ses yeux gris acier, habités d'une assurance implacable, comme aucun Pretty normal n'aurait pu en dégager. Cette femme pensait chaque mot qu'elle venait de prononcer.

Le marché était clair : soit Tally infiltrait La Fumée et trahissait Shay, soit elle resterait moche toute sa vie.

— J'ai besoin de réfléchir.

— Tu raconteras que tu t'es enfuie la veille de ton anniversaire, suggéra le docteur Cable. Ce qui veut dire que tu dois déjà rattraper quatre jours. Attends encore un peu, et ton histoire ne tiendra plus. On devinera ce qui s'est passé. Alors, décide-toi maintenant.

— Je ne peux pas. Je suis trop fatiguée.

La femme indiqua l'écran mural, et une image apparut. Tel un miroir en gros plan, elle montrait Tally comme elle apparaissait maintenant : les cheveux en désordre, les yeux rougis, le visage marqué par la fatigue et strié d'égratignures.

— C'est toi, Tally. Pour toujours.

— Éteignez ça…

— Décide-toi.

— O.K., je le ferai. Éteignez ça.

L'écran mural devint noir.

Deuxième partie

LA FUMÉE

Il n'existe pas de beauté frappante qui ne possède quelque étrangeté de proportion.

Francis BACON, *Essais de morale et de politique*, « De la beauté »

DÉPART

Tally se mit en route à minuit.

Le docteur Cable avait insisté pour que nul ne soit averti de sa mission, pas même les surveillants du dortoir. Peu importait que Peris fasse courir des rumeurs – personne n'accordait foi aux ragots des jeunes Pretties, de toute façon. Même ses parents ne seraient pas informés officiellement qu'elle avait été contrainte de s'enfuir. Hormis l'aide de son petit pendentif, elle serait livrée seule à son destin.

Elle fit le mur comme elle en avait l'habitude, en descendant par la fenêtre jusque derrière le recycleur. Elle avait laissé sa bague d'interface sur sa table de chevet pour n'emporter que son sac à dos noir ainsi que la note de Shay. Elle faillit oublier son capteur ventral, qu'elle agrafa tout de même au dernier moment. La lune était à moitié pleine, et croissante. Au moins aurait-elle un peu de lumière qui la guiderait pendant le voyage.

Une planche magnétique longue-distance l'attendait au pied du barrage. Elle s'enfonça à peine quand Tally grimpa dessus. La plupart des planches oscillaient un peu le temps de se caler par rapport au poids de l'utilisateur, comme une planche de plongeoir, mais celle-ci demeura parfaitement stable. Tally claqua des doigts et la planche décolla sous elle, aussi ferme qu'une dalle de béton sous ses pieds.

— Pas mal, dit-elle.

Elle se mordit la lèvre. Depuis que Shay s'était enfuie, dix jours plus tôt, Tally s'était mise à parler toute seule. Ce n'était pas bon signe. Elle allait se retrouver complètement isolée pendant plusieurs jours au moins, et ne souhaitait pas tenir des conversations en l'absence d'un interlocuteur.

La planche s'éleva en souplesse et remonta la berge jusqu'au sommet du barrage. Une fois au-dessus du fleuve, Tally accéléra, se penchant en avant jusqu'à ce que l'eau ne soit plus qu'une brume scintillante sous ses pieds. La planche ne semblait pas avoir de régulateur de vitesse – aucun signal d'alerte ne retentit. La grande aisance de celle-ci tenait sans doute au fait que le terrain était dégagé, à la capacité de Tally à tenir debout et à la présence de métal dans le sol.

La vitesse ne serait pas de trop pour rattraper les quatre jours qu'elle avait perdus. Si elle se montrait trop longtemps après son anniversaire, Shay risquait de comprendre que l'opération avait été repoussée. Et de deviner que Tally n'était pas une fugitive ordinaire.

Le fleuve défilait de plus en plus vite, et Tally atteignit les rapides en un temps record. Les gouttelettes d'écume la cinglaient comme des grêlons lorsqu'elle parvint aux premières chutes, et Tally se redressa en arrière pour ralentir un peu. Malgré tout, elle remonta les rapides à une allure extraordinaire.

Tally réalisa que sa planche magnétique n'avait rien d'un jouet de Ugly. C'était un vrai véhicule. Sur son extrémité avant brillaient des diodes en demi-cercles, reliées à un détecteur de métal ; braqué vers l'avant, ce dernier fouillait le sol afin de s'assurer qu'il contenait assez de fer pour autoriser la lévitation. La lumière des diodes ne faiblit jamais tout au long des rapides, et Tally espéra que Shay disait juste quand elle lui avait raconté qu'on trouvait des dépôts métalliques dans chaque cours d'eau. Sans quoi, le voyage risquait de lui paraître interminable.

À cette vitesse, elle n'aurait pas le temps de s'arrêter si les diodes s'éteignaient brusquement. Ce qui mettrait un terme brutal à l'expédition.

Mais elles continuèrent à briller et, dans les ténèbres tachetées de lune, Tally se laissa bercer par le grondement de l'eau vive, la gifle froide de l'écume sur son visage, le frisson de franchir virage après virage, le corps penché au gré du vent. Plus intelligente que celle qu'elle avait possédée jusqu'à présent, cette planche apprit à connaître ses mouvements en l'espace de quelques minutes. C'était comme de passer du tricycle à la moto : effrayant, mais excitant.

Tally se demanda si elle devrait emprunter beaucoup d'autres rapides avant d'atteindre La Fumée. Ce voyage serait peut-être une vraie aventure.

Mais la trahison l'attendait au bout de la route. Sauf si elle découvrait que la confiance de Shay en David avait été mal placée, ce qui pouvait vouloir dire… n'importe quoi. Probablement quelque chose d'horrible.

Avec un frisson, elle décida de ne plus songer à cette possibilité.

En parvenant à l'ultime virage, Tally ralentit et fit pivoter sa planche pour contempler la ville une dernière fois. Elle scintillait dans la vallée obscure, si lointaine qu'une main suffisait à la masquer. Dans la nuit claire, Tally parvenait même à distinguer les feux d'artifice. Ils se déployaient en corolles de couleurs vives au-dessus d'un décor miniature parfait. La nature environnante était tellement plus vaste ! Le fleuve écumant débordait de puissance, et la forêt semblait immense, pleine de secrets dissimulés dans ses noires profondeurs.

Elle s'autorisa un long regard sur les lumières de la ville avant de prendre pied sur la berge. Quand la reverrait-elle ?

Après ce début de parcours qui lui avait paru formidable, devoir porter son sac à dos et sa planche lui donnait l'impression d'être changée en limace.

Bientôt, les Ruines rouillées apparurent. Le détecteur de métal de la planche guida Tally vers le gisement de fer. Elle se laissa planer en direction des tours érodées, de plus en plus nerveuse à mesure que les ruines se dressaient entre la lune et elle. Les bâtiments silencieux l'entourèrent, tandis que les carcasses de voitures incendiées défilaient sous elle. Un coup d'œil par les fenêtres sur les appartements vides lui fit réaliser à quel point elle était seule, voyageuse solitaire dans une ville déserte.

— *Prends les montagnes et, après la brèche, continue sur ta lancée*, dit-elle à haute voix pour repousser d'éventuels fantômes.

Au moins, cette partie de la note de Shay était-elle claire comme de l'eau de roche : *les montagnes* ne pouvaient désigner que les montagnes russes.

Quand les ruines commencèrent à se tasser autour d'elle, Tally poussa sa planche à fond. Atteignant les montagnes russes, elle suivit le circuit entier à toute allure. Peut-être que les mots *continue sur ta lancée* indiquaient le seul élément important de l'indice, mais elle avait décidé de traiter ces indications comme une formule magique. En négliger la moindre composante risquait de leur ôter toute signification.

Et puis c'était agréable de foncer de nouveau. En enchaînant les virages serrés et les plongeons vertigineux, Tally eut l'impression de se laisser emporter par le vent, tel un fétu, sans savoir jusqu'où son voyage risquait de l'entraîner.

Quelques secondes avant qu'elle n'atteigne la brèche, les diodes de son détecteur de métal s'éteignirent. La planche s'enfonça, et son estomac avec, lui laissant une sensation de creux à l'intérieur. Ses soupçons se confirmaient – à grande vitesse, l'avertissement survenait beaucoup trop tard.

Tally fila en silence à travers les ténèbres. On n'entendait que le souffle du vent dans ses vêtements. Elle se souvint de la première fois qu'elle avait sauté la brèche, de la colère qu'elle avait éprouvée.

Avant que les diodes ne se rallument, elle eut le temps de

compter jusqu'à cinq. Ses bracelets anticrash la stabilisèrent, sa planche se réactiva et revint se plaquer sous ses pieds avec une stabilité réconfortante. À la lisière de la colline, la piste tournait avant de remonter en tire-bouchon ; mais Tally ralentit et poursuivit tout droit, en murmurant : *Continue sur ta lancée.*

Les ruines se poursuivaient sous elle. Par ici, elles étaient complètement submergées par la végétation, et seules quelques masses informes s'en dégageaient. Mais les Rouillés avaient bâti du solide, gaspillant sans compter leurs charpentes métalliques, et les diodes à l'avant de sa planche continuèrent à briller.

Jusqu'à ce que tu en trouves une longue et plate, énonça Tally.

Elle avait mémorisé la note du début à la fin, mais le fait de répéter les mots ne les rendait pas plus clairs pour autant.

Une longue et plate : de quoi s'agissait-il ? D'une autre montagne russe ? D'une autre brèche ? La première réponse était grotesque. À quoi servirait une montagne russe longue et plate ? Une brèche longue et plate pouvait, à la rigueur, correspondre à la description d'un canyon, agrémenté d'une rivière bien commode tout au fond. Mais un canyon était-il vraiment plat ?

Peut-être que *une* voulait dire un, comme le chiffre. Y avait-il quelque chose qui ressemblait à un *1* ? C'était en soi une sorte de ligne droite, longue et plate. Même chose pour *I*, le chiffre romain, à l'exception des petites barres en haut et en bas. Ou du point au sommet dans le cas d'un *i* minuscule.

— Merci pour tes super-indices, Shay, marmonna Tally à voix haute.

Parler seule dans les ruines ne semblait plus une si mauvaise idée. Tout valait mieux que ce silence fantomatique. Elle survola des plaines de béton, vastes étendues fendillées par les mauvaises herbes. Les fenêtres, creusées dans les murs à demi écroulés, la contemplaient fixement de leurs trous béants.

Elle parcourut l'horizon en quête d'indices. Elle ne vit rien de long et plat. Sur le sol en contrebas, on ne distinguait pas grand-chose dans les ténèbres noyées par la végétation. Elle risquait de dépasser ce qu'elle cherchait sans même s'en apercevoir et de devoir revenir sur ses pas. Mais comment saurait-elle qu'elle était allée trop loin ?

— Merci beaucoup, Shay, répéta-t-elle.

Puis Tally repéra quelque chose par terre et s'immobilisa.

À travers le rideau de branches et de décombres, des formes géométriques étaient apparues – une succession de rectangles alignés. Elle fit descendre sa planche et vit qu'elle survolait une piste de rails métalliques disposés sur des traverses en bois – comme des montagnes russes, en plus gros. La piste se prolongeait en ligne droite à perte de vue.

Prends les montagnes et, après la brèche, continue sur ta lancée jusqu'à ce que tu en trouves une longue et plate.

Cette chose était une montagne russe, mais longue et plate.

— À quoi est-ce que ça pouvait bien servir ? s'interrogea-t-elle à voix haute.

Quel plaisir pouvait-on trouver à évoluer sur une montagne russe sans virages ni descentes ?

Elle haussa les épaules. Quelle que soit la façon dont les Rouillés aimaient s'amuser, cela convenait à merveille pour une planche magnétique. La piste se prolongeait dans les deux sens, mais il était facile de voir lequel était le bon. L'un retournait en arrière au cœur des ruines tandis que l'autre menait à l'extérieur, vers le nord, en direction de la mer.

La mer est froide.

Elle se demanda à quelle distance au nord elle allait devoir remonter.

Tally reprit de la vitesse, heureuse d'avoir trouvé la solution. Si toutes les énigmes de Shay étaient aussi simples à résoudre, ce voyage s'annonçait comme une partie de plaisir.

SPAGBOL

Elle couvrit une bonne distance cette nuit-là.

La piste filait sous elle, traçant de larges courbes à travers les collines, franchissant les rivières sur des ponts branlants, toujours en direction de la mer. Elle traversa par deux fois d'autres Ruines rouillées. Plus modestes que les précédentes, ces villes étaient dans un état de désagrégation pire. Il n'en restait que quelques charpentes métalliques, qui se dressaient au-dessus des arbres comme des doigts squelettiques désireux d'attraper le vide. Des carcasses de voitures incendiées étaient disséminées partout, encombrant les rues, encastrées les unes dans les autres.

Non loin du centre de l'une des villes en ruine, Tally découvrit à quoi servait la montagne russe longue et plate. Au milieu d'un écheveau de pistes pareil à un immense circuit électrique, elle repéra des wagonnets, énormes conteneurs roulants bourrés de matières impossibles à identifier, rouille et plastique mêlés. Tally se souvint que les villes des Rouillés devaient sans cesse pratiquer des échanges avec leurs voisines, quand elles ne s'affrontaient pas. Elles devaient se servir des montagnes russes plates pour transporter leurs marchandises de ville en ville.

À mesure que le ciel s'éclaircissait, Tally entendit le bruit de l'océan au loin, comme un grondement léger qui lui parvenait de l'horizon. Elle sentit dans l'air une odeur d'iode, qui ranima en elle des souvenirs de séjours au bord de la mer à l'époque où elle était gamine.

La mer est froide, attention aux brisures, disait la note de Shay.

Tally ne tarderait pas à voir les vagues se briser sur la grève. Elle approchait sans doute de son prochain indice.

Elle se demanda combien de temps elle avait rattrapé grâce à sa nouvelle planche. Elle augmenta l'allure, en s'enveloppant dans son blouson pour se protéger contre la fraîcheur de l'aube. La piste s'élevait lentement, traçant sa route entre des formations calcaires. Elle se souvint des falaises blanches qui dominaient l'océan, et de tous les oiseaux marins qui nichaient dans les hauteurs.

Ces réminiscences des expéditions avec Ellie et Sol lui donnaient l'impression de remonter à un siècle. Elle se demanda s'il existait une opération qui puisse refaire d'elle une gamine à tout jamais.

Soudain, une faille s'ouvrit devant Tally, enjambée par un pont en ruine. Le pont n'allait pas jusqu'au bout, et dessous il n'y avait aucune rivière tapissée de dépôts ferreux pour la rattraper en douceur.

C'était la chute vertigineuse jusqu'à la mer.

Tally fit pivoter sa planche en dérapage sur le côté. Ses genoux ployèrent sous la pression du freinage, ses chaussures antidérapantes crissèrent en se rapprochant du bord et son corps se plaça presque parallèlement au sol.

Sauf que le sol avait disparu.

Un gouffre s'ouvrait sous elle, une fissure creusée dans la falaise par la mer. Les vagues s'écrasaient à gros bouillons dans l'étroit boyau ; leur écume argentée scintillait dans l'ombre et leur fracas montait jusqu'aux oreilles de Tally. Elle vit les diodes du détecteur de métal se mettre à clignoter tandis qu'elle dépassait l'extrémité du pont brisé.

Elle sentit la planche perdre pied et amorcer sa chute.

Une idée lui traversa l'esprit : si elle sautait maintenant, elle pourrait peut-être se raccrocher à une poutrelle. Toutefois, la planche magnétique dégringolerait dans le précipice, la privant de tout moyen de transport.

La planche finit par interrompre sa glissade, mais Tally descendait toujours. Les dernières poutrelles du pont en ruine se trouvaient *au-dessus* d'elle désormais, hors d'atteinte. La planche s'enfonça vers le bas, ses diodes s'éteignant une à une à mesure que l'aimantation cessait d'opérer. Tally était trop lourde. Elle ôta son sac à dos, prête à le balancer dans le vide. Mais comment survivrait-elle sans lui ? Elle n'aurait d'autre choix que de retourner en ville, ce qui lui ferait perdre deux jours. Une brise marine glaciale s'engouffra dans la faille. Les bras de Tally se couvrirent de chair de poule, comme sous le souffle de la mort.

Mais la brise la porta brièvement et, pendant un instant, la planche demeura en équilibre instable. Puis elle se remit à descendre…

Tally enfonça les mains dans les poches de son blouson et écarta les bras pour offrir une meilleure prise au vent. Une autre rafale survint, la soulevant légèrement, et allégea quelque peu sa planche. L'une des diodes du détecteur de métal se remit à clignoter.

Pareille à un oiseau aux ailes déployées, Tally reprit de la hauteur.

Les aimants de sustentation se raccrochèrent peu à peu à la piste, jusqu'à ce que la planche remonte à la hauteur du pont brisé. Tally la ramena doucement au bord de la faille.

Un grand frisson la parcourut de haut en bas quand elle regagna la terre ferme. Elle descendit de sa planche, les jambes en coton.

— La mer est froide, attention aux *brisures*, lâcha-t-elle d'une voix rauque.

Comment avait-elle pu se montrer assez stupide pour foncer alors que les indications de Shay l'avertissaient de se montrer vigilante ?

Tally s'écroula sur le sol, prise d'un étourdissement. Sa fatigue la rattrapait. Elle revit mentalement la faille qui s'ouvrait sous elle, les vagues en contrebas qui s'écrasaient avec indifférence sur les rochers. Elle aurait pu être là-dessous à cette heure, battue et rebattue par les flots, jusqu'à ce qu'il ne reste plus rien d'elle.

Avant même que son cœur ait cessé de battre la chamade, l'estomac de Tally se mit à gronder.

Elle fouilla dans son sac à dos à la recherche du purificateur d'eau qu'elle avait rempli à la rivière, et en vida le compartiment de purge. Une cuillerée de boue brunâtre s'en échappa.

— Beurk, fit Tally en soulevant le couvercle pour regarder à l'intérieur.

L'eau semblait claire et pure, sans odeur particulière.

Tally but avec soulagement, mais en conserva pour son dîner – ou son petit déjeuner, cela revenait au même. Elle avait l'intention de voyager de nuit et de laisser sa planche se recharger pendant la journée, afin de ne pas perdre de temps.

Plongeant la main dans son sac étanche, elle en sortit un sachet de nourriture choisi au hasard.

— SpagBol, lut-elle sur l'étiquette avant de hausser les épaules.

Hors du sachet, l'aliment avait l'apparence et la texture d'une baguette de coton séché. Elle le lâcha dans le purificateur, où il se mit à bouillir en produisant de petits gargouillis.

Tally regarda vers l'horizon. C'était la première fois qu'elle voyait le soleil se lever en dehors de la ville. Comme la plupart des Uglies, elle se levait rarement assez tôt et, de toute façon, l'horizon était perpétuellement bouché par les immeubles de

New Pretty Town. Le spectacle d'un authentique lever de soleil la stupéfia.

Une bande orange et jaune embrasa le ciel, magnifique et inattendue, aussi spectaculaire qu'un feu d'artifice. Elle se modifia à un rythme régulier, tout juste perceptible. Voilà comment se présentait la vie dans la nature, comprit-elle. Dangereuse ou splendide. Ou bien les deux.

Le purificateur émit un *ping!* Tally souleva le couvercle et se pencha au-dessus : c'étaient des pâtes avec une sauce rouge, des petites boules de soja et une délicieuse odeur. Elle consulta de nouveau l'étiquette.

— SpagBol… spaghetti à la bolognaise !

Elle se restaura avec appétit. Le soleil la réchauffait, les vagues grondaient en contrebas ; il y avait des siècles qu'elle n'avait pas mangé aussi bien.

Après le repas, comme la planche avait encore suffisamment de batterie, Tally décida de reprendre la route. Elle relut les premières lignes de la note de Shay :

Prends les montagnes et, après la brèche, continue sur ta lancée
Jusqu'à ce que tu en trouves une longue et plate.
La mer est froide, attention aux brisures.
À la deuxième, commets la pire erreur.

La *deuxième* indiquait peut-être un deuxième pont brisé, et Tally préférait le découvrir en plein jour ; tout à l'heure, si elle avait repéré la faille une fraction de seconde plus tard, elle aurait fini comme un sachet de SpagBol au pied de la falaise.

Mais son premier problème consistait à passer le gouffre. Il était autrement plus large que la brèche dans les montagnes russes – beaucoup trop pour qu'elle envisage de le franchir d'un bond. Elle semblait condamnée à le contourner à pied. Elle s'enfonça vers l'intérieur des terres à travers les hautes herbes, pas mécontente de se dégourdir les jambes après une nuit passée sur sa planche. La faille ne tarda pas à se refermer et, une heure plus tard, Tally retrouvait la piste de l'autre côté.

Elle reprit son vol plus lentement désormais, les yeux fixés vers l'avant, ne se risquant que par intermittence à jeter un coup d'œil sur le paysage.

Des montagnes se dressaient à sa droite, si hautes qu'elles étaient coiffées de neige bien qu'on ne soit qu'au début de l'automne. Tally avait toujours considéré la ville comme un monde en soi, immense, mais par ici, tout atteignait des dimensions considérables. Et le spectacle offrait une telle beauté ! Elle commençait à comprendre pourquoi les gens vivaient autrefois dans la nature, même si l'on n'y trouvait nulle tour de fête ou résidence. Ni même de dortoir.

Le fait de songer à la ville lui révéla à quel point ses muscles endoloris auraient apprécié un bain chaud. Tally s'imagina dans une baignoire géante à jets tourbillonnants où l'on aurait dissous un gros paquet de bulles de massage. Elle se demanda si son purificateur serait assez efficace pour chauffer suffisamment l'eau d'une baignoire, au cas improbable où elle en dénicherait une. Comment se lavait-on à La Fumée ? (Tally s'inquiétait de l'odeur qu'elle dégagerait après plusieurs jours sans bain.) Y avait-il du savon dans son kit de survie ? Du shampooing ? Pas de serviettes, en tout cas. Elle n'avait encore jamais pris conscience de la quantité de choses dont elle avait besoin au quotidien.

La deuxième brisure se présenta une heure plus tard : un pont effondré par-dessus une rivière qui serpentait entre les montagnes.

Tally s'arrêta juste au bord et se pencha au-dessus du vide. Ce précipice semblait moins impressionnant que le premier, mais il était bien assez profond pour se tuer. Et trop large pour être franchi en sautant. Et le contourner prendrait un temps considérable. La gorge se prolongeait à perte de vue, sans aucun chemin accessible vers le fond.

— *À la deuxième, commets la pire erreur*, murmura-t-elle.

Vous parliez d'un indice ! Maintenant, ce qu'elle ferait de bien serait une erreur. Elle se sentait trop lasse pour débrouiller cette énigme, et de toute manière sa planche arrivait à court de batterie.

La matinée était bien entamée, il était temps de dormir.

Mais d'abord, elle devait déployer la planche. Le Special qui lui en avait expliqué le fonctionnement avait précisé qu'il fallait en exposer la plus grande surface possible au soleil pendant qu'elle se rechargeait. Elle tira les languettes de verrouillage et la planche s'ouvrit entre ses mains comme un livre. D'abord en deux, puis chaque moitié se partagea encore en deux, et ainsi de suite, comme une guirlande de papier. En fin de compte, Tally se retrouva avec huit planches attachées l'une à l'autre, sur une largeur atteignant le double de sa taille, pas plus épaisses qu'une feuille de papier. L'ensemble frémissait sous la brise marine, pareil à un cerf-volant gigantesque – même si ses aimants l'empêchaient de s'envoler.

Tally l'étala bien à plat, en plein soleil, et la surface métallique prit une couleur noir d'encre sous l'effet de l'énergie solaire. D'ici quelques heures, la planche serait rechargée et prête à voler de nouveau. Tally espérait juste qu'elle serait aussi facile à remonter qu'à démonter.

Elle sortit son sac de couchage, l'arracha de sa housse et se glissa tout habillée à l'intérieur.

— Un pyjama, ajouta-t-elle à la liste de ce qui lui manquait par rapport à la ville.

Après avoir roulé son blouson pour s'en faire un oreiller, Tally s'extirpa de sa chemise et s'en couvrit la tête. Le bout de son nez lui cuisait déjà ; elle avait oublié de se coller un timbre de protection solaire au lever du soleil. Rien de tel qu'une peau rouge en train de peler pour mettre en valeur les griffures de son visage moche !

Le sommeil fut long à venir. Il commençait à faire chaud, et cela causait une drôle d'impression d'être couchée ainsi à découvert. Les cris des mouettes lui résonnaient dans les oreilles. Tally s'assit en soupirant. Peut-être ferait-elle mieux de manger un morceau.

Elle sortit ses sachets de nourriture un à un. Les étiquettes disaient toutes :

SpagBol

SpagBol

SpagBol

SpagBol

SpagBol…

Tally compta ainsi quarante et un sachets, de quoi manger des spaghettis à la bolognaise trois fois par jour pendant deux semaines. Elle s'allongea sur le dos et ferma les yeux, soudain épuisée.

— Merci, docteur Cable.

Quelques minutes plus tard, elle s'endormait.

LA PIRE ERREUR

Elle volait au ras du sol, sans aucune voie sous elle, sans même une planche sous ses pieds, propulsée à la seule force de sa volonté et grâce au vent dans son blouson déployé. Elle longeait le bord d'une falaise qui dominait un immense océan noir. Une nuée d'oiseaux la poursuivaient ; leurs cris perçants lui cassaient les oreilles, évoquant la voix tranchante du docteur Cable.

Soudain, la falaise rocheuse commença à se fendre et à se fissurer sous elle. Une gigantesque faille s'ouvrit, où l'océan s'engouffrait avec un fracas à noyer les cris des oiseaux marins. Elle se retrouva en train de tournoyer dans le vide, précipitée vers les eaux noires.

L'océan l'engloutit, lui remplit les poumons, lui gela le cœur de telle sorte qu'elle ne pouvait même pas crier...

— Non ! hurla-t-elle en se redressant brusquement.

Un vent froid venu de la mer la frappa au visage. Cela lui éclaircit les idées. En regardant autour d'elle, Tally s'aperçut qu'elle se trouvait au sommet de la falaise, entortillée dans son sac de couchage. Fatiguée, affamée, tenue par une violente envie de pisser, mais pas en train de tomber vers une mort certaine.

Elle prit une profonde inspiration. Les oiseaux marins criaient bien autour d'elle, mais à distance.

Ce cauchemar n'était que le dernier d'une longue série de rêves au cours desquels elle tombait dans le vide.

La nuit était proche ; le soleil descendait sur l'océan, teintant les eaux d'une couleur rouge sang. Tally enfila sa chemise et son blouson avant d'oser sortir de son sac de couchage. La température semblait baisser de minute en minute, la lumière diminuait à vue d'œil. Elle se hâta de se préparer.

La planche lui posa quelques difficultés. Sa surface déployée avait pris l'humidité, recueillant une fine couche d'écume et de rosée. Tally tenta de l'essuyer avec la manche de son blouson, hélas il y avait trop d'eau et pas suffisamment de tissu. La planche se plia sans problème mais parut bien lourde ensuite, comme si l'eau était restée piégée entre les couches. Le voyant de la planche s'alluma au jaune, et Tally l'examina de plus près. L'eau se mit à suinter par les côtés de la planche.

— Parfait. Ça me donne le temps de manger.

Tally sortit un paquet de SpagBol, puis réalisa que son purificateur était vide. La seule source d'eau à proximité se trouvait au pied de la falaise, et elle n'avait aucun moyen de descendre. En tordant son blouson trempé, puis en recueillant quelques poignées d'eau sur les flancs de sa planche, elle parvint à remplir l'appareil à moitié. Elle en obtint une portion de SpagBol dense et trop épicée qu'il lui fallut mâcher longuement.

Le temps d'expédier ce triste repas, le voyant de sa planche avait viré au vert.

— O.K., allons-y, fit Tally à haute voix.

Mais où ? Elle resta debout un moment, à réfléchir, un pied sur la planche, un autre par terre.

La note de Shay disait : *À la deuxième, commets la pire erreur.*

Commettre une erreur ne devrait pas être si difficile. Mais quelle pouvait être la *pire* ? Elle avait déjà failli se tuer plus tôt dans la journée.

Tally se remémora son rêve. Tomber dans la gorge constituerait sans doute une belle erreur. Elle monta sur sa planche, la dirigea jusqu'à l'extrémité du pont brisé, se penchant vers l'endroit où le fleuve, très loin en dessous, se jetait dans la mer.

Si elle parvenait à descendre, sa seule issue possible consisterait à remonter la rivière en amont. C'était peut-être ce que signifiait l'indice. Mais la falaise à pic ne montrait aucun chemin évident, pas même de prises pour les mains.

Naturellement, un filon de fer pourrait la conduire saine et sauve jusqu'en bas. Elle balaya les parois du regard, cherchant une couleur rougeâtre, annonciatrice de la présence de fer. Quelques traînées lui parurent prometteuses, mais dans la lumière déclinante, elle ne pouvait jurer de rien.

— Super.

Tally réalisa qu'elle avait dormi trop longtemps. Attendre l'aube lui ferait perdre encore douze heures, et elle n'avait plus une goutte d'eau.

L'unique solution consistait donc à longer le fleuve à pied, vers l'amont. Mais elle mettrait peut-être des jours avant d'atteindre un endroit où elle puisse descendre. Et comment le verrait-elle de nuit ?

Elle devait rattraper le temps perdu, et non avancer dans le noir à tâtons.

Sa décision prise, Tally déglutit. Il lui fallait trouver un moyen de descendre avec sa planche. Peut-être commettait-elle une erreur, mais c'était précisément ce que réclamait l'indice. Elle dirigea la planche au-dessus du vide jusqu'à ce qu'elle sente sa portance diminuer. Elle se mit à descendre le long de la paroi, prenant de la vitesse à mesure qu'elle s'éloignait du métal de la voie.

Son regard fouillait désespérément la falaise en quête de la moindre trace de fer. Elle avança un peu pour se rapprocher de la roche, mais ne vit toujours rien. Quelques diodes du détecteur de métal de sa planche commencèrent à clignoter. Encore un peu plus bas, et ce serait la chute.

Cela n'allait pas marcher. Tally claqua des doigts. La planche ralentit une seconde, amorça une remontée, puis frémit et reprit sa descente.

Trop tard.

Tally déploya son blouson, mais il n'y avait pas un souffle de vent dans la gorge. Avisant une trace d'aspect rouillé dans la paroi, elle voulut diriger la planche dans cette direction, mais il s'agissait seulement d'une plaque de lichen. La planche s'enfonçait de plus en plus vite ; les lumières du détecteur de métal se coupaient une à une.

En fin de compte, la planche s'éteignit.

Tally comprit que l'erreur qu'elle commettait risquait bien d'être la dernière.

Elle se mit à tomber telle une pierre, droit sur les vagues. Renouant avec son rêve, l'impression lui vint qu'une main glaciale étouffait sa voix, comme si ses poumons s'étaient déjà remplis d'eau. La planche tournoyait sous ses pieds, pareille à une feuille morte.

Tally ferma les yeux, attendant l'impact fracassant contre l'eau froide.

Soudain, quelque chose la saisit par les poignets et une traction brutale s'exerça sur ses épaules. Hurlant de douleur, elle décrivit un tour complet sur elle-même, pareille à une gymnaste faisant des exercices aux anneaux.

Tally ouvrit les yeux et cligna ses paupières. Elle descendait avec lenteur vers sa planche, laquelle l'attendait fermement au ras de l'eau.

— Qu'est-ce que… ? commença-t-elle.

Puis, alors que ses pieds reprenaient contact avec la planche, elle comprit ce qui s'était passé.

Le fleuve l'avait rattrapée. Il devait accumuler les dépôts ferrugineux depuis des siècles et l'aimantation de la planche s'était réenclenchée juste à temps.

— Sauvée, plus ou moins, marmonna Tally.

Elle frotta ses épaules meurtries, en se demandant sur quelle distance il lui faudrait tomber pour que ses bracelets anticrash lui arrachent les bras.

Mais elle était parvenue en bas. Le fleuve s'étirait devant elle, serpentant en direction des montagnes coiffées de neige. Tally frissonna dans la brise marine et resserra son blouson trempé sur elle.

— *Quatre jours plus tard, suis le côté que tu détestes*, récita-t-elle, d'après la note de Shay. Quatre jours. J'ai intérêt à m'y mettre tout de suite.

Après son premier coup de soleil, Tally prit l'habitude de s'appliquer un timbre de protection solaire sur la peau chaque matin avant l'aube. Malgré cela, ses quelques heures d'exposition quotidienne au soleil suffirent à brunir ses bras déjà hâlés.

Jamais plus le SpagBol ne lui parut aussi bon que la première fois au sommet de la falaise. Les repas allaient du convenable à l'infect. Le pire, c'était le petit déjeuner au SpagBol, au crépuscule, quand la seule idée des pâtes lui faisait souhaiter ne plus jamais manger. Elle se prenait même à rêver qu'elle épuisait tous ses sachets et qu'elle devait choisir : attraper un poisson et le faire cuire, ou se laisser mourir de faim et perdre par la même occasion sa graisse de Ugly.

Ce qu'elle redoutait le plus, c'était de tomber à court de papier toilette. Son unique rouleau était déjà à moitié consommé, et elle se mit à le rationner, en comptant les feuilles. Et chaque jour, elle empestait davantage.

Après trois jours passés le long du fleuve, elle décida de prendre un bain.

Tally se réveilla une heure avant le crépuscule, comme d'habitude, se sentant toute poisseuse dans son sac de couchage. Elle avait lavé ses vêtements le matin même et les avait mis à sécher sur un rocher. L'idée de remettre des vêtements propres en étant sale lui répugnait.

L'eau du fleuve coulait vivement et ne laissait presque pas de boue dans le compartiment de purge du purificateur, ce qui voulait dire qu'elle était propre. Elle était glaciale, cependant, sans doute alimentée par la fonte des neiges. Tally pria pour qu'elle soit un peu moins froide dans la journée, quand le soleil aurait eu l'occasion de la réchauffer.

Le kit de survie contenait bien du savon, en fin de compte – quelques sachets de savon liquide dans un coin du sac à dos. Tally en serra un dans sa main tout en se dressant sur la berge, sans rien sur elle hormis le capteur agrafé à son anneau ventral. Elle grelottait dans la brise.

— C'est parti, dit-elle en tâchant d'empêcher ses dents de claquer.

Elle risqua un pied et recula d'un bond lorsque le froid glacé explosa dans sa jambe. Inutile d'espérer entrer progressivement dans l'eau ! Elle n'avait plus qu'à prendre son élan.

Tally marcha le long de la berge, cherchant le meilleur endroit pour se jeter à l'eau tout en rassemblant son courage. Elle prit conscience qu'elle ne s'était encore jamais trouvée nue au grand air auparavant. Dans la ville, tout ce qui était dehors était public ; mais il y avait des jours qu'elle n'avait pas aperçu un visage humain. Le monde semblait lui appartenir. Même dans l'air frais, le soleil sur sa peau dégageait une sensation merveilleuse.

Elle serra les dents et fit face au fleuve. Ce n'était pas en restant à méditer sur le bord qu'elle allait se nettoyer. Quelques pas rapides, un bond, et les lois de la gravité feraient le reste.

Elle compta à rebours à partir de cinq, puis recommença à partir de dix, sans se lancer. Elle allait prendre froid à force de rester là.

Finalement, Tally sauta.

L'eau glacée se referma comme un poing autour d'elle. Elle paralysa chacun de ses muscles, changea ses mains en serres tremblantes. L'espace d'un instant, Tally se demanda si elle serait capable de regagner la berge. Peut-être mourrait-elle ici, s'enfonçant à tout jamais sous les eaux.

Elle prit une grande inspiration, en se rappelant qu'avant la période des Rouillés, les gens devaient se baigner tout le temps dans des ruisseaux gelés. Elle serra les mâchoires pour arrêter de claquer des dents, puis plongea la tête sous l'eau et la ressortit, fouettant son dos avec ses cheveux mouillés.

Quelques instants plus tard, un noyau de chaleur s'alluma au creux de son ventre, comme si l'eau glacée avait activé dans son organisme une réserve secrète d'énergie. Elle ouvrit grand les yeux et poussa un long hurlement d'excitation. Après trois jours de voyage à l'intérieur des terres, les montagnes qui culminaient au-dessus d'elle lui apparurent soudain cristallines, avec leurs pics neigeux qui accrochaient les derniers rayons du couchant. Le cœur de Tally battait à tout rompre, et une chaleur inattendue se répandit dans l'ensemble de son corps.

Mais cette flambée d'énergie se consumait très vite. Elle déchira maladroitement le sachet de savon et le pressa entre ses doigts, sur sa peau et dans ses cheveux. Une ultime immersion, et elle fut prête à sortir.

En jetant un coup d'œil vers la berge, Tally remarqua que le fleuve l'avait emportée loin de son campement. Elle fit quelques brasses à contre-courant, puis marcha en direction de la berge.

Debout dans l'eau jusqu'à la taille, grelottant déjà sous la brise qui caressait sa peau humide, Tally entendit un bruit qui la figea sur place.

Quelque chose approchait. Quelque chose de gros.

LE CÔTÉ QUE TU DÉTESTES

Un roulement de tonnerre géant s'abattit du ciel, sourd, rapide, forçant le passage sous le crâne et dans la poitrine de Tally. Chaque battement ébranlait l'horizon, faisait frémir la rivière.

Et la machine apparut.

Elle descendait des montagnes au ras du sol, soulevant des tourbillons de poussière dans son sillage. Beaucoup plus grosse qu'un aérocar, elle était aussi cent fois plus bruyante. Apparemment dépourvue d'aimants, elle volait en brassant l'air au moyen d'un disque scintillant quasi invisible dans le soleil.

Tally s'accroupit dans l'eau jusqu'au cou.

En atteignant la rivière, la machine vira sur la tranche. Son passage souleva une succession de vaguelettes circulaires, comme si un énorme galet décrivait des ricochets à la surface des eaux. À l'intérieur, des personnes examinaient le campement de Tally. Sa planche magnétique déployée frémit dans les tourbillons, luttant pour ne pas être aspirée. Son sac à dos disparut dans la poussière et elle vit ses vêtements, son sac de couchage et ses paquets de SpagBol s'éparpiller dans le sillage de la machine.

Tally s'enfonça encore plus bas dans les eaux furieuses, terrifiée à l'idée de rester ici, nue, seule, privée de tout. Elle était à moitié gelée.

Mais la machine prit de la vitesse et s'éloigna en direction de la mer. Elle disparut aussi rapidement qu'elle était apparue.

Tally sortit de l'eau en grelottant. Les oreilles lui bourdonnaient encore. Transie jusqu'aux os, elle regagna son campement, rassembla ses habits et les enfila avant même que le soleil couchant ne l'ait séchée. Puis elle s'assit et se recroquevilla jusqu'à ce que les tremblements de son corps cessent. Toutes les deux ou trois secondes, elle jetait des regards craintifs vers l'horizon qui rougeoyait.

Les dégâts étaient moindres qu'elle ne l'avait craint. Le voyant de fonction de sa planche était au vert, et elle récupéra son sac à dos poussiéreux mais intact. Après avoir ramassé le SpagBol et compté les sachets qui lui restaient, elle découvrit qu'elle n'en avait perdu que deux. Son sac de couchage, cependant, était en lambeaux. Il avait été lacéré.

Tally eut une peur rétrospective : et si elle s'était trouvée dedans au moment où la machine était survenue ?

Elle replia rapidement sa planche magnétique et remballa ses affaires. La planche fut aussitôt prête à partir. Au moins, les tourbillons de l'étrange machine l'avaient séchée.

— Merci beaucoup, dit Tally avant de grimper dessus.

Le soleil disparaissait à l'horizon. Elle avait hâte de laisser son campement loin derrière elle, au cas où les hommes reviendraient.

Qui étaient-ils ?

Leur machine volante correspondait en tout point à ce qu'imaginait Tally quand ses professeurs lui décrivaient les appareils des Rouillés : une tornade portative qui dévastait tout sur son passage. Tally avait lu des articles parlant d'engins aériens qui faisaient voler les vitres en éclats dans leur sillage, de véhicules blindés capables de traverser un bâtiment.

Mais les Rouillés avaient disparu depuis longtemps. Qui aurait été assez stupide pour reconstruire leurs machines démentielles ?

Tally s'enfonça dans les ténèbres grandissantes, guettant le moindre signe du prochain indice qu'elle devait détecter : *Quatre jours plus tard, suis le côté que tu détestes.* Ainsi que toute autre surprise que lui réserverait la nuit.

Désormais, une chose était certaine : elle n'était pas seule dans les parages.

Plus tard, cette nuit-là, le fleuve se scinda en deux.

Tally s'immobilisa lentement pour étudier l'embranchement. L'un des deux cours d'eau était à l'évidence plus grand, l'autre ressemblait davantage à un gros torrent – un « affluent », le mot lui revint.

Peut-être devrait-elle suivre le trajet du fleuve principal. Mais elle voyageait depuis trois jours exactement, et sa planche magnétique était beaucoup plus rapide que la plupart. Et si c'était l'heure de l'indice suivant ?

— *Quatre jours plus tard, suis le côté que tu détestes*, marmonna Tally.

Elle examina les deux rivières à la lueur de la lune, presque pleine désormais. Laquelle détestait-elle ? Ou laquelle Shay penserait-elle qu'elle détesterait ? Les deux lui paraissaient parfaitement ordinaires. Elle plissa les yeux pour mieux voir au loin. Il était possible que l'une des deux mène vers quelque chose de détestable qui deviendrait visible en plein jour.

Mais l'attente signifiait perdre une nuit de voyage, à dormir dans le froid et l'obscurité sans son sac de couchage.

Tally se rappela que l'indice ne se rapportait pas forcément à cet embranchement. Elle ferait donc mieux de préférer la direction du fleuve principal jusqu'à ce qu'un choix plus évident s'offre à elle. Si Shay avait voulu indiquer l'embranchement, n'aurait-elle pas dit *la direction que tu détestes*, et non *le côté* ?

— *Le côté que tu détestes*, murmura de nouveau Tally en se souvenant de quelque chose.

Elle porta les doigts à son visage. Quand elle avait montré à Shay ses jolies morphos, Tally avait mentionné qu'elle commençait à chaque fois par dupliquer son côté gauche, car elle avait toujours détesté le côté droit de son visage. Genre de détail dont Shay se souviendrait.

Était-ce une manière pour Shay de lui dire de prendre à droite ?

La branche de droite était la plus modeste – l'affluent. Les montagnes n'étaient plus très loin dans cette direction. Peut-être Tally approchait-elle de La Fumée.

Elle fixa les deux rivières dans l'obscurité, la grande et la petite, et se souvint de Shay affirmant que la symétrie des Pretties était ridicule, qu'elle préférait conserver un visage avec deux faces différentes.

Tally ne l'avait pas comprise sur le moment, mais ç'avait été une conversation importante pour Shay. La première fois qu'elle avait parlé de rester moche. Si seulement Tally en avait pris conscience, elle aurait sans doute pu convaincre Shay de ne pas s'enfuir. Et à l'heure qu'il était, elles seraient dans une tour de fête, ensemble et belles toutes les deux.

— Va pour la droite.

Tally soupira, et engagea sa planche au-dessus de la petite rivière.

Le temps que le soleil se lève, Tally sut qu'elle avait fait le bon choix.

À mesure que l'affluent s'enfonçait dans les montagnes, les prairies alentour se couvrirent de fleurs. Bientôt, les corolles blanches éclatantes furent aussi denses que de l'herbe, chassant toute autre couleur du paysage. Dans la lumière de l'aube, on aurait dit que la terre brillait de l'intérieur.

Et cherche dans les fleurs des yeux d'insectes de feu, se dit Tally. Elle se demanda si elle ne ferait pas mieux de descendre de sa planche. Elle était supposée chercher au milieu des fleurs une sorte d'insecte aux yeux flamboyants.

Elle se laissa glisser jusqu'à la berge et mit pied à terre.

Les fleurs descendaient jusqu'au ras de l'eau. Tally s'agenouilla pour en examiner une de près. Cinq grands pétales blancs se déployaient délicatement autour du cœur, au fond duquel se distinguait une trace jaune. L'un des pétales, plus long que les autres, retombait presque jusqu'au sol. Un mouvement retint l'œil de Tally, et elle repéra un petit oiseau évoluant d'une fleur à l'autre. Il se posait chaque fois sur le plus grand pétale et plongeait son bec dans la corolle.

— Magnifique, dit-elle.

Il y en avait tellement. Elle aurait voulu s'étendre au milieu pour s'endormir.

Mais elle n'apercevait rien nulle part qui corresponde à des *yeux d'insectes de feu*. Elle se tint là un moment, balayant l'horizon. Elle ne vit que des collines couvertes de fleurs blanches aveuglantes, ainsi que la rivière qui scintillait vers les montagnes. L'endroit paraissait paisible comme jamais – un tout autre monde que celui que la machine volante avait fait voler en éclats la veille au soir.

Elle remonta sur sa planche et repartit, plus lentement cette fois, guettant ce qui se rapporterait à l'indice de Shay, sans oublier de se coller un timbre de protection solaire avant que le soleil ne soit trop haut.

La rivière continuait à monter dans les collines. De là où elle se trouvait, Tally apercevait des plaques dénudées au milieu des fleurs, de vastes étendues de terre sablonneuse. Ce paysage morcelé constituait un étrange spectacle, comme un tableau qu'on aurait frotté au papier de verre par endroits.

Quand survint midi, l'affluent était devenu de plus en plus étroit. Tôt ou tard, Tally arriverait à sa source – ruisseau de montagne ou congère en train de fondre – et elle n'aurait plus qu'à marcher. Épuisée par sa longue nuit, elle décida de dresser le camp.

Ses yeux parcoururent le ciel, à la recherche d'autres machines volantes rouillées. L'idée d'en imaginer une la tirant du sommeil la terrifiait. Qui sait ce que voulaient les gens à l'intérieur ? Si elle ne s'était pas cachée dans l'eau la nuit précédente, que lui auraient-ils fait ?

Une chose était certaine : le scintillement des panneaux solaires de sa planche se verrait de loin. Tally vérifia le niveau de charge : il lui restait plus de la moitié d'énergie, grâce à sa vitesse réduite et au soleil qui brillait au-dessus de sa tête. Elle déplia donc sa planche, mais à moitié seulement, et la dissimula parmi les plus hautes fleurs. Ensuite, elle grimpa à pied jusqu'au sommet d'un monticule voisin. De là-haut, Tally pouvait à la fois garder un œil sur sa planche et voir ou entendre tout ce qui approcherait par la voie des airs. Elle décida de préparer son sac à dos avant de se coucher, pour être en mesure de décamper à tout moment.

Après un sachet de SpagBol quelque peu écœurant, Tally se roula en boule à un endroit où les fleurs blanches étaient assez hautes pour la cacher. La brise faisait osciller les hautes tiges, et leurs ombres dansaient sur ses paupières closes.

Couchée tout habillée, Tally se sentait étrangement exposée sans son sac à dos, mais le soleil chaud et la fatigue liée à la longue nuit de voyage eurent tôt fait de l'endormir.

Quand elle se réveilla, le monde était en flammes.

TEMPÊTE DE FEU

Dans ses rêves, Tally entendit d'abord comme le ronflement d'un grand vent.

Puis un fracas déchirant emplit l'air – un crépitement de buissons secs en train de s'embraser –, et une odeur de brûlé la submergea, l'arrachant au sommeil.

Des tourbillons de fumée l'entouraient, occultant le ciel. Un mur de flammes s'avançait à travers les fleurs en dégageant une chaleur insoutenable. Elle agrippa son sac à dos et roula loin du feu le long d'une pente.

Tally n'avait aucune idée de la direction dans laquelle se trouvait le fleuve. On ne voyait rien à travers les nuages denses. Ses poumons luttaient pour trouver de l'air dans l'infecte et sombre fumée.

Grâce à quelques rayons du soleil couchant qu'elle aperçut à travers les volutes, elle parvint néanmoins à s'orienter. Le fleuve se situait vers le brasier, de l'autre côté de la colline.

Tally regrimpa jusqu'au sommet. L'incendie se développait. Des flammèches s'envolaient à l'assaut de la colline, sautant d'une fleur à l'autre, ne laissant que des tiges noircies et racornies. Tally vit scintiller le fleuve à travers le rideau de fumée, mais la chaleur la repoussa en arrière.

Secouée par la toux, elle dévala l'autre côté. Elle n'avait qu'une seule pensée à l'esprit : sa planche magnétique était-elle déjà la proie des flammes ?

Tally devait trouver un moyen de regagner le fleuve. Dans l'eau, elle échapperait à l'incendie. S'il était impensable de passer par le sommet de la colline, elle pouvait peut-être en faire le tour ?

Elle descendit le versant à toute allure. Le feu prenait par plaques de ce côté-ci, mais rien de comparable au brasier qui grondait derrière elle. Elle atteignit la plaine et entreprit de contourner la colline, en se courbant pour passer sous la fumée.

Environ à mi-chemin, elle atteignit une zone où le feu était déjà passé. Les tiges noircies s'effritaient sous ses semelles, et la chaleur qui montait de la terre craquelée lui piquait les yeux.

Chacun de ses pas rallumait des flammes sur le tapis de fleurs noircies, comme si elle ranimait des braises à coups de tisonnier. Elle sentit ses yeux se dessécher, son visage commencer à cuire.

Quelques instants plus tard, elle aperçut le fleuve. Sur la berge opposée, une muraille de flammes ininterrompue se dressait ; et un vent violent faisait voler de son côté des braises ardentes. Une traînée de fumée tourbillonnante se déroula dans sa direction, au point qu'elle fut un instant sans souffle et aveugle.

Quand elle put de nouveau ouvrir les yeux, Tally repéra la surface étincelante des panneaux de sa planche. Elle courut vers elle, ignorant les fleurs en feu sur son passage.

Par chance, la planche paraissait avoir été épargnée, grâce à la rosée qu'elle recueillait chaque soir.

Tally la replia en un clin d'œil et grimpa dessus, sans attendre que le voyant jaune vire au vert. La chaleur avait déjà pratiquement séché la planche, et cette dernière s'éleva dans les airs sans difficulté. Tally la dirigea au-dessus du fleuve, au ras de l'eau, et remonta ainsi le courant en guettant à sa gauche une ouverture dans le mur de flammes.

Ses chaussures antidérapantes étaient fichues, leurs semelles fissurées comme de la boue cuite au soleil. Elle volait donc avec prudence, en plongeant régulièrement les mains dans l'eau pour s'asperger le visage et les bras.

Un grondement de tonnerre retentit sur sa gauche, reconnaissable entre mille malgré le rugissement de l'incendie. Tally et sa planche, prises dans une violente bourrasque, furent repoussées vers l'autre berge. Elle se pencha, plongea un pied dans le fleuve pour freiner sa course et s'accrocha des deux mains à sa planche, luttant désespérément pour rester dessus.

La fumée se dégagea soudain et une forme familière surgit des ténèbres : la machine volante.

Le grondement qu'elle produisait occultait désormais le fracas de l'incendie. Des étincelles s'envolaient au-dessus de la rivière, et le vent brassé par la machine ne faisait qu'attiser les flammes.

À quoi jouent-ils ? se demanda Tally. Ne se rendaient-ils pas compte qu'ils propageaient l'incendie ?

Sa question trouva une réponse quelques instants plus tard quand un jet de flammes sortit de la machine et survola le fleuve pour embraser une autre plaque de fleurs.

C'étaient eux qui avaient allumé l'incendie, et ils l'entretenaient !

La machine volante s'approcha en tonnant. Tally aperçut le visage inhumain du pilote braqué dans sa direction. Elle fit pivoter sa planche pour l'éviter mais la machine s'éleva, passa juste au-dessus d'elle, et Tally n'eut plus la force de résister au vent.

Elle perdit l'équilibre et tomba en direction du fleuve. Ses bracelets anticrash la retinrent un moment à quelque distance des vagues, et le vent fit se retourner sa planche, des plus légères sans sa conductrice, avant de l'emporter comme s'il s'était agi d'une feuille.

Tally s'enfonça dans l'eau.

Sous la surface, tout était frais et calme.

Pendant des instants interminables, Tally n'éprouva que le soulagement d'avoir échappé au vent cuisant, à la machine tonnante, à la chaleur insupportable de la tempête de feu. Mais le poids de ses bracelets anticrash et de son sac à dos l'entraîna vite vers le fond, et la panique s'insinua en elle.

Elle se débattit furieusement pour regagner les lumières vacillantes de la surface, les poumons sur le point d'éclater. Ses vêtements alourdis et son équipement tentèrent bien de la retenir, mais elle finit par crever l'eau et émerger au beau milieu du maelström. Elle inspira quelques bouffées d'air enfumé, puis reçut une vague en pleine face. Elle toussa, cracha, lutta de toutes ses forces pour ne pas couler.

Alors une ombre passa sur elle, obscurcissant le ciel. Puis sa main heurta quelque chose – une surface familière... sa planche !

Elle revenait vers elle chaque fois que Tally tombait. Les bracelets anticrash la soulevèrent jusqu'à ce qu'elle puisse s'y cramponner, et, tandis qu'elle reprenait son souffle, ses doigts s'accrochèrent à la surface antidérapante.

De la berge, un hululement suraigu lui parvint : la machine des Rouillés s'était posée. Des silhouettes en bondissaient, soulevant des cendres blanches, avant de patauger dans les fleurs calcinées puis dans le fleuve. Elles se dirigeaient vers elle.

La jeune fille s'efforçait de se hisser sur la planche.

— Attends ! lui cria la silhouette la plus proche.

Tally se dressa sur ses pieds tremblants, afin de se stabiliser sur la planche humide. Ses semelles fondues par la chaleur glissaient, et son sac à dos trempé pesait une tonne. Alors qu'elle se penchait en avant, une main gantée jaillit et empoigna le bout de sa planche. Un visage sortit de l'eau, portant une sorte de masque. Des yeux gigantesques la fixèrent.

Elle piétina la main, écrasa les doigts. L'autre lâcha prise, mais Tally s'était trop avancée et le bout de sa planche s'enfonça sous l'eau.

Elle bascula de nouveau dans le fleuve.

Des mains l'attrapèrent, qui l'éloignèrent de sa planche magnétique. Tirée hors de l'eau, jetée en travers d'une épaule solide, elle aperçut brièvement des faces masquées aux yeux énormes, inhumains, qui la dévisageaient sans ciller.

Des yeux d'insectes.

YEUX D'INSECTES

Les créatures la portèrent jusqu'à la berge et la ramenèrent vers leur machine volante.

L'eau et la fumée faisaient suffoquer Tally. Elle parvenait à peine à respirer sans que la secoue une quinte de toux.

— Pose-la !

— D'où diable sort-elle ?

— Donne-lui un peu d'O-deux.

Ils allongèrent Tally sur le sol jonché de cendres blanches. Celui qui la portait retira son masque aux yeux d'insecte, et Tally fut soufflée.

C'était un Pretty. Un jeune Pretty, tout aussi beau que Peris.

L'homme lui colla son masque sur le visage. Tally commença par se débattre faiblement, mais de l'air pur s'infiltra alors dans ses poumons. Elle sentit sa tête devenir légère tandis qu'elle inspirait l'air salvateur.

Le Pretty lui enleva son masque.

— Pas trop. Tu vas faire de l'hyperventilation.

Elle tenta de parler mais ne réussit qu'à tousser.

— Ça se gâte, dit un autre. Jenks veut qu'on la lui ramène.

— Jenks peut attendre.

Tally se racla la gorge.

— Ma planche !

Le jeune homme lui adressa un charmant sourire et leva la tête.

— Elle arrive. Hé ! Attachez-moi ce truc à l'hélicoptère ! Comment tu t'appelles, petite ?

— Tally, répondit-elle en toussant.

— Eh bien, Tally, es-tu prête à bouger ? L'incendie n'attend pas.

Elle se racla la gorge et toussa de nouveau.

— Ça ira.

— O.K., amène-toi.

Le jeune homme l'aida à se relever et l'entraîna vers la machine. Elle fut poussée à l'intérieur, où le bruit était beaucoup moins fort, auprès de trois autres personnes qui portaient les mêmes masques aux yeux d'insectes. Une portière claqua.

La machine rugit, puis Tally la sentit s'arracher du sol.

— Ma planche !

— Relax, petite. On ne l'a pas oubliée.

La créature, qui était une jeune femme, retira son masque. Elle aussi était Pretty.

Tally se demanda s'il s'agissait des personnes évoquées dans l'indice de Shay. Les *yeux d'insectes de feu*. Étaient-ce *eux* qu'elle était supposée chercher ?

— Elle va bien ? demanda une voix sortant de la cabine.

— Elle s'en sortira, Jenks. Fais le détour habituel, et souffle un peu sur les braises au passage.

Tally baissa les yeux tandis que la machine prenait de la hauteur. Leur vol suivait le cours du fleuve, et elle vit l'incendie se propager sur l'autre rive, attisé par le souffle de leur passage. De temps en temps, l'appareil crachait un jet de flammes.

Elle étudia les visages de l'équipage. Pour des jeunes Pretties, ils paraissaient très déterminés, très concentrés sur leur mission. Mais leurs agissements n'avaient aucun sens.

— Qu'est-ce que vous fabriquez ? demanda-t-elle.

— On brûle un peu le paysage.

— Ça, je vois bien. Mais *pourquoi* ?

— Pour sauver le monde, petite. On est vraiment désolés que tu te sois trouvée sur le chemin.

Ils se donnaient le nom de rangers.

Celui qui l'avait sortie du fleuve s'appelait Tonk. Ils s'exprimaient tous avec un fort accent et venaient d'une ville dont Tally n'avait jamais entendu parler.

— Ce n'est pas très loin d'ici, dit Tonk. Mais nous autres rangers passons le plus clair de notre temps dans la nature. Les hélicoptères d'incendie sont basés dans les montagnes.

— Les… *quoi* d'incendie ?

— Les hélicoptères. Ce truc dans lequel tu es assise.

Elle regarda la machine qui vibrait autour d'elle et s'écria par-dessus le vacarme :

— Ça fait tellement Rouillé !

— Ouais. Matériel d'origine. Certaines pièces ont presque deux cents ans ; nous copions les autres au fur et à mesure qu'elles s'usent.

— Mais pourquoi ?

— Parce que c'est capable de voler n'importe où, cette machine, avec ou sans réseau magnétique. Et voilà l'équipement idéal pour propager des incendies. Les Rouillés s'y entendaient pour tout dévaster autour d'eux.

Tally n'y comprenait rien.

— Et vous propagez ces incendies à cause de…

Il sourit, souleva l'une de ses chaussures et retira une fleur intacte collée à sa semelle.

— À cause de *Phragmipedium panthera*, dit-il.

— Pardon ?

— Autrefois, c'était l'une des fleurs les plus rares du monde. Une orchidée tigre blanche. À l'époque des Rouillés, un seul bulbe valait plus cher qu'une maison.

— Une maison ? Mais ces fleurs, il y en a des millions et des millions !

— Tu avais remarqué ? (Il plongea le regard dans la gueule délicate de la fleur.) Il y a environ trois cents ans, une Rouillée a imaginé un moyen de modifier l'espèce pour l'adapter à toutes sortes de conditions. Elle a trafiqué ses gènes pour lui permettre de se reproduire plus facilement.

— Pourquoi ?

— La raison habituelle : pour en faire le commerce, l'échanger contre toutes sortes de trucs. Seulement, elle a un peu trop bien réussi. Regarde en bas.

Tally jeta un coup d'œil par la vitre. La machine avait pris de l'altitude et laissé la tempête de feu derrière elle. Des champs de fleurs blanches s'étendaient à l'infini en contrebas, interrompus çà et là par quelques plaques de terre dénudée.

— On dirait qu'elle a fait du beau travail. Et alors ? C'est une jolie fleur.

— L'une des plus belles du monde. Trop résistante, malheureusement. C'est devenu la plante ultime. Ce que nous appelons une monoculture. Elle submerge toutes les autres espèces, étouffe les arbres et l'herbe, et rien ne l'attaque, à l'exception d'une race de colibris qui se nourrit de son nectar. Mais les colibris font leur nid dans les arbres.

— Je ne vois aucun arbre dans le coin, objecta Tally. Rien que des orchidées.

— Précisément. C'est le sens même d'une monoculture : tout est partout pareil. Une fois les orchidées implantées en nombre dans un endroit, il n'y a plus assez de colibris pour assurer la pollinisation, tu sais, la dissémination des graines.

— Ouais, dit Tally. Je connais le truc des oiseaux et des abeilles.

— J'en suis sûr, petite. Bref, les orchidées finissent par mourir, victimes de leur propre succès, laissant un désert derrière elles. Bilan biologique : zéro. Nous autres rangers tentons d'empêcher leur dissémination. Nous avons essayé le poison, les maladies génétiques, les prédateurs contre les colibris... mais la seule chose qui marche vraiment, c'est le feu. (Il retourna l'orchidée dans sa main, sortit un briquet et laissa la flamme lécher la gueule de la fleur.) Il faut juste faire attention, tu vois ?

Tally remarqua que les autres rangers nettoyaient leurs bottes et leurs uniformes, cherchant la moindre trace de fleur au milieu de la boue et des cendres.

Elle baissa les yeux sur le blanc qui s'étalait à l'infini.

— Et vous faites ça depuis...

— Presque trois cents ans. Les Rouillés avaient déjà commencé, après avoir compris ce qu'ils avaient produit. Mais c'est un combat perdu d'avance. Tout ce que nous pouvons espérer, c'est contenir la plante.

Tally s'adossa à la cloison de l'hélicoptère en secouant la tête, ce qui la fit tousser de nouveau. Ces fleurs étaient si belles, si délicates, elles paraissaient si... inoffensives ; pourtant, elles étouffaient tout ce qui poussait autour d'elles.

Le ranger se pencha vers elle pour lui tendre une gourde. Elle l'accepta et but avec reconnaissance.

— Tu te rendais à La Fumée, pas vrai ?

Tally avala de travers et bredouilla :

— Ouais. Comment vous savez ça ?

— Facile à comprendre... Une Ugly qui attend au milieu des fleurs avec une planche magnétique et un kit de survie !

Tally se souvint de l'indice : *Et cherche dans les fleurs des yeux d'insectes de feu.* Elle n'était sans doute pas la première Ugly qu'ils voyaient.

— Nous donnons un coup de main aux Fumants, et ils nous aident de leur côté, dit Tonk. Si tu veux mon avis, il faut être cinglé pour vouloir comme eux vivre à la dure et rester moche. Mais ils en savent plus long sur la nature que la plupart des Pretties de la ville. C'est assez admirable, en fait.

— Ouais, dit-elle. J'imagine.

Il fronça les sourcils.

— Tu imagines? C'est pourtant là-bas que tu vas. Tu n'en es pas sûre?

Tally réalisa qu'elle ne pouvait guère avouer la vérité aux rangers. Comment dire qu'elle était une espionne, une taupe?

— Évidemment que j'en suis sûre.

— Tant mieux, parce qu'on va te déposer bientôt.

— À La Fumée?

Il fronça les sourcils une nouvelle fois.

— Tu n'es pas au courant? Son emplacement est un grand secret. Les Fumants ne font pas confiance aux Pretties. Pas même à nous, les rangers. On te larguera à l'endroit habituel. Tu sauras te débrouiller à partir de là, pas vrai?

Elle acquiesça.

— Mais oui. Je disais ça pour vous tester.

L'hélicoptère se posa dans un tourbillon de poussière, courbant les fleurs blanches en un grand cercle autour du point d'atterrissage.

— Merci pour la balade, dit Tally.

— Bonne chance, lui lança Tonk. J'espère que tu vas te plaire à La Fumée.

— J'espère aussi.

— En tout cas, si tu changes d'avis, nous sommes toujours à la recherche de volontaires chez les rangers.

Tally haussa les sourcils.

— Un volontaire? C'est quoi?

Le ranger sourit.

— Quelqu'un qui choisit son propre travail.

— Oh, d'accord. (Tally avait entendu dire que cela existait dans certaines villes.) Peut-être. En attendant, continuez à faire du bon boulot. À propos, vous n'avez pas l'intention d'allumer un incendie par ici, j'espère ?

Les rangers éclatèrent de rire, et Tonk répondit :

— Nous brûlons simplement les bords de l'infestation, pour empêcher les fleurs de se répandre. Ici, nous sommes en plein milieu. Ce serait peine perdue.

Tally regarda autour d'elle. On n'apercevait rien d'autre que du blanc à perte de vue. Le soleil s'était couché depuis une heure, mais les orchidées brillaient comme des fantômes dans la clarté lunaire. Maintenant qu'elle savait ce qu'elles représentaient, ce spectacle lui donna le frisson. Comment le ranger avait-il appelé ça ? Un bilan biologique zéro.

— Super.

Elle sauta de l'hélicoptère et décrocha sa planche du râtelier magnétique. Elle s'éloigna courbée en deux, ainsi que les rangers le lui avaient conseillé.

Le gémissement de la machine s'emballa, et Tally scruta le disque scintillant. Tonk lui avait expliqué que l'appareil était porté par une paire de lames minces, qui tournoyaient si vite qu'on ne pouvait les voir. Elle se demanda s'il ne s'était pas moqué d'elle. Cela ressemblait à un champ de force on ne peut plus ordinaire à ses yeux.

Le vent forcit tandis que la machine se cabrait, et elle s'accrocha étroitement à sa planche, jusqu'à ce que l'appareil ait disparu dans le ciel obscur. Elle soupira.

De nouveau seule.

En jetant un regard autour d'elle, Tally se demanda comment elle trouverait les Fumants dans ce désert uniforme d'orchidées.

Puis attends la lumière sur le mont chauve, disait la dernière consigne de Shay. Tally parcourut l'horizon, et un sourire de soulagement s'afficha sur son visage.

Une grande colline ronde s'élevait à proximité. C'était sans doute l'un des endroits où les fleurs génétiquement modifiées avaient pris racine à l'origine. La moitié supérieure de la colline présentait un sol nu, dévasté par les orchidées.

La zone pelée ressemblait en tout point à une tête chauve.

Elle atteignit le mont chauve en quelques heures.

Sa planche magnétique ne fonctionnait pas dans le coin, mais la promenade lui fut grandement facilitée par les nouvelles chaussures que lui avaient données les rangers. Tonk lui avait aussi rempli son purificateur d'eau.

La balade en hélicoptère avait commencé à sécher les habits de Tally ; la marche à pied fit le reste. Son sac à dos avait survécu, et même le SpagBol était demeuré sec dans son étui étanche. La seule chose qu'elle avait perdue était la note de Shay, réduite à l'état de papier détrempé.

À l'exception des cloques sur ses mains et ses pieds, de quelques bleus aux genoux et de deux ou trois mèches de cheveux qui s'étaient envolées en fumée, elle s'en était plutôt bien sortie. Elle touchait au but. Pour peu que les Fumants sachent où la trouver, qu'ils veuillent bien croire qu'elle était une Ugly fugitive venue se joindre à eux, sans le soupçon qu'elle soit une espionne, tout se déroulait au mieux.

Elle attendit sur la colline, épuisée mais incapable de dormir : devait-elle vraiment se plier aux exigences du docteur Cable ? Le pendentif qu'elle portait au cou avait lui aussi survécu à l'épreuve. Tally doutait qu'un séjour dans l'eau suffise à l'abîmer, mais elle n'en aurait pas la certitude avant d'atteindre La Fumée et de l'activer.

Pendant un bref instant, elle se prit à espérer que le pendentif était fichu. Et si l'une des secousses subies en chemin avait brisé son mécanisme de lecture oculaire et qu'il refusait d'envoyer son message au docteur Cable ? Mieux valait ne pas le souhaiter. Sans le pendentif, Tally se retrouverait coincée ici en pleine nature. Moche pour la vie.

Le seul moyen qu'elle avait de s'en sortir, c'était donc de trahir son amie.

MENSONGES

Ils vinrent la chercher quelques heures après l'aube.

Tally les vit arriver à pied, se frayant un passage au milieu des orchidées, quatre silhouettes qui portaient des planches magnétiques et vêtues de blanc. Leurs visages disparaissaient sous de grands chapeaux blancs pommelés et Tally réalisa que s'ils s'étaient accroupis parmi les fleurs, ils auraient pratiquement disparu.

Ces gens-là se donnaient beaucoup de mal pour ne pas être vus.

À mesure que le petit groupe s'approchait, Tally reconnut les couettes de Shay sous l'un des chapeaux et lui adressa de grands signes du bras. À la vue de son amie, elle empoigna sa planche et s'élança à leur rencontre.

Qu'elle fût ou non une taupe, Tally était impatiente de retrouver Shay.

La haute silhouette dégingandée se détacha des autres et courut vers elle. Les deux amies tombèrent dans les bras l'une de l'autre en riant.

— C'est bien toi ! J'en étais sûre !

— Bien sûr que c'est moi ! Tu m'as manqué, Shay.

Ce qui était la stricte vérité.

Shay ne pouvait s'empêcher de sourire.

— Quand on a repéré l'hélicoptère, hier soir, la plupart des gens ont cru que ce serait un autre groupe. Ils disaient que tu avais mis trop longtemps, que je devais me faire une raison.

Tally s'efforça de lui retourner son sourire, en se demandant si elle avait rattrapé assez de temps. Elle pouvait difficilement avouer s'être mise en route quatre jours *après* son seizième anniversaire.

— Je me suis un peu perdue. Tu aurais dû rédiger ta note de manière encore plus obscure.

Le sourire de Shay s'effaça.

— Oh ! Je croyais que tu comprendrais.

Tally ne voulait pas rejeter la faute sur Shay.

— En réalité, ta note était O.K. J'ai été nulle. Le pire, ç'a été quand j'ai atteint les fleurs. Les rangers ne m'ont pas aperçue tout de suite, et j'ai failli me faire rôtir.

Shay écarquilla les yeux en découvrant les griffures et les coups de soleil que Tally portait sur le visage, les cloques qu'elle avait aux mains, et ses cheveux grillés par endroits.

— Oh, Tally ! On dirait que tu viens de traverser une zone de guerre.

— C'est assez bien vu.

Les trois autres Uglies les rejoignirent. Ils demeurèrent d'abord en retrait. L'un d'eux brandissait un appareil en l'air.

— Elle porte un mouchard, annonça-t-il.

Tally sentit son cœur s'arrêter.

— Quoi ?

Shay lui prit gentiment sa planche des mains et la remit au garçon. Ce dernier passa son appareil par-dessus, hocha la tête et détacha l'un des ailerons de stabilisation.

— Je l'ai.

— Ils en mettent quelquefois sur les planches à long rayon d'action, expliqua Shay. Pour essayer de localiser La Fumée.

— Oh, je suis vraiment… Je n'en savais rien. Je le jure !

— Relax, Tally, lui dit le garçon. Tu n'y es pour rien. La planche de Shay en avait un aussi. Voilà pourquoi nous accueillons les nouveaux ici. (Il brandit le mouchard.) Nous allons le coller sur un oiseau migrateur et balader les Specials jusqu'en Amérique du Sud !

Les Fumants s'esclaffèrent.

Le garçon s'approcha et promena son appareil de haut en bas contre Tally. Cette dernière tressaillit quand il parvint à hauteur de son pendentif. Mais l'autre sourit.

— C'est O.K. Tu es clean.

Tally poussa un soupir de soulagement. Naturellement, elle n'avait pas encore activé le pendentif, si bien que son appareil n'avait pu le détecter. L'autre mouchard avait juste été mis en place par le docteur Cable pour égarer les Fumants, les amener à baisser leur garde. Le vrai danger était représenté par Tally elle-même.

Shay s'avança jusqu'au garçon et prit sa main dans les siennes.

— Tally, je te présente David.

L'autre sourit de nouveau. Il était moche, mais son sourire ne manquait pas de charme. Et son visage dégageait une assurance comme Tally n'en avait encore jamais observé chez un Ugly. Peut-être était-il plus âgé qu'elle de quelques années. Tally n'avait jamais vu personne vieillir naturellement au-delà de l'âge de seize ans. Elle se demanda dans quelle mesure le fait d'être moche ne tenait pas au fond à l'âge ingrat.

Bien sûr, David ne pouvait pas prétendre être Pretty. Son sourire était de travers, et son front trop grand. Mais, qu'ils soient moches ou non, c'était bon de voir Shay, David – chacun d'entre eux. À l'exception des quelques heures trépidantes passées en compagnie des rangers, Tally avait le sentiment de ne plus avoir contemplé de visages humains depuis des siècles.

— Alors, qu'est-ce que tu as ?

— Hein ?

Croy était l'un des Uglies venus l'accueillir. Lui-même paraissait davantage que seize ans, mais cela ne lui allait pas aussi bien qu'à David. Certaines personnes avaient plus besoin que d'autres de l'opération. Il tendit la main vers son sac à dos.

— Oh, merci.

Ses épaules commençaient à souffrir d'être sanglées à ce truc depuis une semaine.

Il ouvrit le sac tout en marchant et regarda à l'intérieur.

— Un purificateur. Une boussole. (Croy sortit l'étui étanche et l'ouvrit.) Du SpagBol ! Miam !

— Je te le laisse, grogna Tally.

Il écarquilla de grands yeux.

— C'est vrai ? Je peux le prendre ?

Shay lui arracha l'étui des mains.

— Certainement pas.

— Écoute, j'en mange trois fois par jour depuis... une éternité, dit Tally.

— Ouais, mais la nourriture déshydratée est rare à La Fumée, expliqua Shay. Tu devrais la conserver pour faire du troc.

— Du troc ? (Tally fronça les sourcils.) Qu'est-ce que tu veux dire ?

En ville, les Uglies s'échangeaient les corvées ou des choses qu'ils avaient volées, mais troquer de la nourriture ? Bizarre.

Shay éclata de rire.

— Tu t'y habitueras. À La Fumée, les trucs ne sortent pas tout cuits du mur. Tu as intérêt à t'accrocher à ce que tu apportes avec toi. Ne commence pas à le distribuer au premier qui te le demande.

Shay jeta un regard noir à Croy, lequel baissa la tête d'un air penaud.

— J'allais lui donner quelque chose en échange, insista-t-il.

— Ben voyons, fit David.

Tally remarqua sa main sur l'épaule de Shay, sa façon de l'effleurer tandis qu'ils marchaient. Elle se souvint de la manière plutôt rêveuse dont Shay avait toujours parlé de David. Ce n'était sans doute pas la seule promesse de la liberté qui avait fait venir son amie.

Ils parvinrent à la lisière des fleurs, où un enchevêtrement d'arbres et de buissons partait à l'assaut d'une montagne imposante.

— Comment faites-vous pour empêcher les orchidées de se propager ? voulut savoir Tally.

Les yeux de David pétillèrent comme si on abordait son sujet favori.

— C'est cette vieille forêt qui les arrête. Elle est là depuis des siècles, peut-être même avant les Rouillés.

— Elle renferme de très, très nombreuses essences, dit Shay. Ce qui la rend assez forte pour tenir la mauvaise herbe à distance.

Elle leva les yeux vers David, quêtant son approbation.

— Autrefois, toutes ces terres servaient aux cultures ou aux pâtures, continua-t-il en embrassant d'un geste les vastes étendues blanches derrière eux. Les Rouillés les avaient déjà sérieusement épuisées avant l'implantation des orchidées.

Après quelques minutes de progression à travers la forêt, Tally comprit pourquoi les fleurs étaient contenues. Les buissons et les arbres noueux s'entretissaient si étroitement qu'ils formaient une muraille infranchissable de part et d'autre. Même sur le sentier, elle devait constamment écarter des branches, des brindilles, enjamber des racines ou des rochers. Jamais elle n'avait vu de bois si touffu et inhospitalier. Des plantes grimpantes hérissées d'épines à l'allure redoutable barraient la semi-obscurité, comme du fil de fer barbelé.

— Vous habitez vraiment là-dedans ?

Shay s'esclaffa.

— Ne t'en fais pas. Nous sommes encore loin d'être arrivés. On s'assure simplement que tu n'as pas été suivie. La Fumée se trouve beaucoup plus haut, à un endroit où les arbres ne sont pas aussi denses. Le torrent est proche, de toute façon. On pourra sortir les planches.

— Ouf ! fit Tally.

Ses nouvelles chaussures, plus chaudes que les antidérapantes, commençaient à lui faire mal aux pieds. Elle se demanda ce qui se serait passé si les rangers ne les lui avaient pas données. Comment se procurait-on des chaussures neuves à La Fumée ? En les échangeant contre tout son stock de nourriture ? En les fabriquant soi-même ? Elle regarda les pieds de la personne qui la précédait, David, et vit des chaussures artisanales, telles deux plaques de cuir cousues de façon grossière. Curieusement, elles semblaient lui permettre de se déplacer avec grâce à travers les sous-bois, d'un pas sûr et silencieux, alors que les autres s'avançaient avec la discrétion d'un troupeau d'éléphants.

La seule idée de confectionner soi-même une paire de chaussures lui donnait le tournis.

Aucune importance, se dit Tally. Une fois à La Fumée, elle activerait son pendentif et se retrouverait chez elle dans la journée, voire au bout de quelques heures. Elle aurait toute la nourriture et les vêtements qu'elle voudrait – il lui suffirait de demander. Elle aurait enfin un beau visage, au côté de Peris, et de tous leurs vieux amis.

Enfin, ce cauchemar s'achèverait.

Bientôt, le bruissement d'un cours d'eau emplit la forêt et ils débouchèrent dans une petite clairière. David ressortit son appareil, qu'il braqua en direction du sentier.

— Toujours rien. (Il sourit à Tally.) Félicitations, tu es des nôtres à présent.

Shay gloussa et reprit Tally dans ses bras tandis que les autres préparaient leurs planches.

— Je n'arrive toujours pas à croire que tu sois venue. J'ai cru que j'avais tout flanqué par terre en attendant si longtemps pour te parler. Et c'était si bête, de me disputer avec toi au lieu de t'annoncer simplement ce que je comptais faire !

— Tu m'avais déjà tout dit, c'est moi qui ne t'avais pas écoutée. Quand j'ai compris que tu étais sérieuse, il m'a fallu un moment pour y réfléchir. Un bon bout de temps... chaque minute, jusqu'à la veille de mon anniversaire. (Tally se dit qu'elle ferait mieux de se taire, d'attendre La Fumée et d'en finir une bonne fois. Mais elle ne put s'empêcher de continuer :) Et puis, j'ai réalisé que je ne te reverrais plus jamais si je ne venais pas. Et que je me demanderais toujours si j'avais fait le bon choix.

Au moins, cette conclusion était vraie.

À mesure qu'ils s'élevaient dans la montagne, le torrent s'élargit, taillant un chemin voûté dans la forêt dense. Les petits arbres tordus cédèrent la place à de grands pins, les sous-bois s'éclaircirent, tandis que des rapides venaient ponctuer le cours d'eau ici et là. Shay cria en guidant sa planche à travers les jaillissements d'écume.

— Je mourais d'envie de te montrer ça ! Et attends d'avoir vu les rapides de l'autre côté !

Ils finirent par quitter le torrent en suivant un gisement de fer par-dessus une crête. De là-haut, ils purent contempler une petite vallée presque entièrement dégagée.

Shay prit Tally par la main.

— Nous y voilà. Chez nous.

La Fumée s'étendait en contrebas.

LE MANNEQUIN

La Fumée était, à juste titre, rudement enfumée.

De nombreux feux parsemaient la vallée, entourés par de petits groupes de gens. Des senteurs de feu de bois et de cuisine parvinrent jusqu'à Tally, suscitant des images de camping et de fêtes en plein air. En plus de la fumée, une brume matinale flottait sous forme de volutes blanches qui s'insinuaient dans la vallée. Quelques panneaux solaires scintillaient faiblement, recueillant le peu de lumière réfléchi par la brume. De petits jardins se succédaient en désordre entre les bâtiments, une vingtaine de constructions à un étage faites en longues planches de bois. On voyait du bois partout : palissades, voies pavées dans les passages boueux, tas de bûches auprès des feux. Tally se demanda où ils en trouvaient autant.

Puis elle aperçut les souches à l'orée du village et poussa un hoquet de stupeur.

— Les arbres… murmura-t-elle avec horreur. Vous coupez les arbres.

Shay lui pressa la main.

— Seulement dans cette vallée. Ça fait drôle au début, mais c'est comme ça que vivaient les Rouillés, tu sais ? Et nous en replantons de l'autre côté de la montagne, pour repousser les orchidées.

— O.K., fit Tally d'un air dubitatif. (Elle aperçut deux Uglies qui transportaient un tronc abattu en le poussant sur des planches magnétiques.) Il y a un réseau magnétique ?

Shay acquiesça joyeusement.

— Juste par endroits. Nous avons ramassé du métal sur une voie ferrée, comme celle que tu as suivie jusqu'à la côte. Nous avons installé plusieurs lignes magnétiques à travers La Fumée, et un jour, le réseau s'étendra à toute la vallée. Je travaille sur ce projet. On enterre des morceaux de ferraille à intervalles réguliers. Comme toujours ici, c'est plus dur qu'on ne le croit. Tu n'imagines pas ce que pèse un sac à dos rempli de métal.

David et les autres avaient déjà entamé la descente, glissant en file indienne entre deux rochers peints en orange fluorescent.

— C'est la ligne ? demanda Tally.

— Ouais. Viens, je t'emmène à la bibliothèque. Il faut que tu rencontres le Boss.

Le Boss n'en était pas un au sens strict, expliqua Shay. Il se comportait simplement comme tel, en particulier vis-à-vis des nouveaux venus. Mais il régnait bel et bien sur la bibliothèque, la grande bâtisse située en plein milieu de la place centrale du village.

Une odeur familière de livres poussiéreux submergea Tally dès qu'elle franchit la porte d'entrée et, en jetant un regard circulaire autour d'elle, elle réalisa que la bibliothèque ne contenait pratiquement que des livres. Pas d'écran géant, pas même de poste de travail privé. Rien que des bureaux, des fauteuils hétéroclites, et des rayonnages de livres en enfilade.

Shay la conduisit au centre de la salle, où un bureau arrondi était occupé par un petit personnage en train de parler dans un téléphone portable à l'ancienne. En s'approchant, Tally sentit son pouls s'emballer. Elle redoutait ce qu'elle était sur le point de voir.

Le Boss était un *vieux* Ugly. Tally en avait repéré quelques-uns en traversant le village, mais elle avait réussi à détourner les yeux pour ne pas les voir. Cependant, là devant elle, l'horrible personnage dans toute sa vérité, ridé, veiné, blanchi, se déplaçait à pas traînants. Ses yeux laiteux les fusillèrent du regard tandis qu'il réprimandait vertement son interlocuteur au téléphone tout en leur faisant signe de déguerpir.

Shay gloussa et entraîna Tally vers les étagères.

— Il nous verra tout à l'heure. Je veux te montrer quelque chose.

— Ce pauvre homme...

— Le Boss ? C'est dingue, hein ? Il a, je ne sais pas, quarante ans ! Attends d'avoir discuté avec lui.

Tally s'efforça de refouler l'image des traits affaissés du vieillard. Ces gens étaient fous de tolérer cela, de le vouloir.

— Mais, son visage... commença-t-elle.

— Ce n'est rien. Regarde ça.

Shay la fit s'asseoir à une table, se tourna vers une étagère et en sortit une poignée d'ouvrages sous emballage plastifié qu'elle déploya devant Tally.

— Des livres sur papier ? Et alors ?

— Pas des livres. On appelle ça des « magazines », expliqua Shay.

Elle en ouvrit un et pointa le doigt. Les pages étrangement brillantes étaient couvertes de photos. De gens.

Moches.

Tally écarquilla les yeux tandis que Shay tournait les pages, pointant le doigt et gloussant. Elle n'avait jamais vu autant de visages si différents. Des bouches, des yeux, des nez de toutes les formes possibles, et sur des gens de tous âges. Et les *corps* ! Certains ridiculement gras, d'autres horriblement musclés, ou bien d'une maigreur troublante ; presque tous présentaient d'importants défauts de proportions. Mais au lieu d'avoir honte de leurs difformités, ces gens riaient, s'embrassaient, prenaient la pose, comme si toutes ces photos avaient été prises lors d'une gigantesque réception.

— Qui sont ces monstres ?

— Ce ne sont pas des monstres, répondit Shay. Le plus dingue, c'est que ce sont des gens célèbres.

— Célèbres pour quoi ? Pour leur laideur ?

— Non. Ce sont des sportifs, des acteurs, des artistes. Les hommes aux cheveux filandreux sont des musiciens, je crois. Les plus moches sont des hommes politiques, et quelqu'un m'a dit que les gras-doubles sont principalement des comiques.

— Alors, c'est à ça que ressemblaient les gens avant le premier Pretty ? Comment arrivaient-ils à se regarder les uns les autres ?

— Ouais. Ça fiche les jetons, au début. Mais le plus bizarre, c'est qu'à force, on finit par s'y habituer.

Shay parvint à la photo pleine page d'une femme vêtue d'une sorte de sous-vêtement moulant, évoquant une combinaison de plongée à lacets.

— Nom de… fit Tally.

— Ouais.

La femme semblait à l'agonie, les côtes saillantes, les jambes si fines que Tally se demanda par quel miracle elles ne se brisaient pas sous son poids. Ses coudes et ses os pelviens pointaient comme des aiguilles. Et pourtant elle se tenait là, souriante, dénudant fièrement son corps, comme si elle venait de subir l'opération et n'avait pas réalisé qu'on lui avait retiré beaucoup trop de graisse. Détail amusant, son visage était sans doute le plus beau de tous ceux qu'on voyait dans le « magazine ». Elle avait de grands yeux, la peau lisse, un petit nez, mais ses pommettes étaient trop accusées, et le crâne presque visible sous la chair.

— Qu'est-ce qui a bien pu lui arriver, la pauvre ?

— C'est un mannequin.

— Un quoi ?

— Une espèce de Pretty professionnelle. Être belle est dans son cas un métier, en quelque sorte.

— Et elle est en sous-vêtements parce que… ? commença Tally, avant qu'un souvenir lui revienne en mémoire. Elle a cette maladie ! Celle dont les professeurs nous parlaient toujours.

— Probablement. Et moi qui croyais qu'ils inventaient ça pour nous faire peur…

À l'époque antérieure à l'opération, se souvint Tally, beaucoup de gens, en particulier des jeunes filles ne supportant plus leur poids, cessaient de s'alimenter. Ils maigrissaient trop rapidement, et certains, pris dans un cercle vicieux, continuaient à maigrir jusqu'à ce qu'ils se retrouvent dans le même état que ce « mannequin ». Quelques-uns en arrivaient même à mourir, apprenait-on à l'école. C'était l'une des raisons qui avaient justifié l'opération. Personne n'attrapait plus cette maladie désormais, puisque tout le monde était destiné à devenir beau à partir de seize ans. En fait, la plupart des gens s'empiffraient comme des porcs juste avant la transformation, sachant que leur lard serait entièrement aspiré.

Tally fixa la photo en frissonnant. Pourquoi vouloir revenir à *ça* ?

— Plutôt sinistre, hein ? (Shay se détourna.) Je vais voir si le Boss peut nous recevoir.

Avant que son amie disparaisse derrière une étagère, Tally remarqua à quel point elle était maigre. Non pas de façon maladive, mais de manière moche. Tally se demanda si, à La Fumée, le manque d'appétit de Shay la conduirait progressivement à se laisser mourir de faim.

Tally joua avec son pendentif. C'était l'occasion ou jamais. Autant en finir à l'instant.

Tous ces gens avaient oublié ce qu'était la vie d'autrefois. Certes, ils s'amusaient beaucoup à faire du camping, à jouer à cache-cache, et en vivant en plein air ils jouaient un bon tour aux villes, mais ils avaient complètement oublié la folie des Rouillés. Celle qui avait conduit ces derniers à manquer détruire le monde de mille manières différentes. Cette fille famélique n'en était qu'un exemple. Pourquoi regretter ce temps-là ?

Ils en étaient déjà revenus à couper des *arbres*.

Tally ouvrit son petit médaillon en cœur et fixa l'ouverture scintillante où le laser attendait de lire son empreinte oculaire. Elle l'approcha plus près, d'une main tremblante. C'était stupide d'attendre. Cela ne ferait que lui rendre les choses plus difficiles.

— Tally ? Il a presque…

Tally referma sèchement son médaillon et le fourra dans sa chemise.

Shay eut un sourire malicieux.

— J'avais déjà remarqué ça. Tu me racontes ?

— Qu'est-ce que tu veux dire ?

— Oh, allez. Je ne t'avais encore jamais vue porter rien de ce genre. Je te laisse pendant deux semaines, et te voilà devenue toute romantique ?

Tally baissa les yeux vers son cœur en argent.

— Je veux dire, c'est un très beau collier, poursuivit Shay. Qui te l'a donné ?

Tally ne put se résoudre à mentir.

— Quelqu'un. Quelqu'un que tu ne connais pas.

Shay roula les yeux.

— Un flirt de dernière minute, hein ? Et moi qui pensais que tu te gardais pour Peris…

— Ça n'est pas ce que tu crois. C'est…

Pourquoi ne pas tout lui raconter ? se demanda Tally. Elle finirait bien par comprendre quand les Specials débarqueraient en force. Si elle était dans la confidence, Shay pourrait au moins se préparer avant l'effondrement de cet univers de pacotille.

— J'ai une chose à t'avouer. Si je suis venue ici, c'est que… le truc, c'est que quand je suis partie pour…

— Mais qu'est-ce que vous fichez ?

La grosse voix rocailleuse fit sursauter Tally. On aurait dit une version éraillée de celle du docteur Cable.

— Ces magazines ont plus de trois cents ans, et vous ne portez même pas de gants !

Le Boss s'avança jusqu'à l'endroit où Tally était assise, en sortant une paire de gants de coton blanc, qu'il enfila. Il referma le magazine qu'elle était en train de lire.

— Tes doigts sécrètent des acides redoutables, jeune fille. Tu vas faire pourrir ces magazines si tu n'y prends pas garde. Avant de fouiner dans cette collection, commence toujours par venir me voir !

— Désolé, Boss, intervint Shay. C'est ma faute.

— Oh, je veux bien le croire, aboya-t-il en rangeant les magazines avec des gestes délicats qui contredisaient la rudesse de son ton. Maintenant, jeune fille, je suppose que tu es là pour qu'on t'assigne un travail.

— Un travail ? répéta Tally.

Devant son expression perplexe, Shay ne put s'empêcher d'éclater de rire.

TRAVAIL

Les Fumants prenaient leur déjeuner tous ensemble, comme dans un dortoir de Uglies.

À l'évidence, les longues tables avaient été taillées dans des troncs d'arbres. On y voyait des nœuds, des volutes, et les lignes du bois couraient sur toute leur longueur. Malgré leur charme rustique, Tally ne pouvait oublier qu'elles provenaient d'arbres en pleine santé.

Elle se réjouit de voir Shay et David l'emmener à l'extérieur, près du feu de cuisson où traînait un groupe de jeunes Uglies. C'était un soulagement de s'éloigner des arbres abattus et des vieux Uglies aux traits si dérangeants. Dehors, au moins les Fumants pouvaient-ils passer pour des Uglies ordinaires.

Tally n'avait pas une grande expérience pour juger de l'âge des Uglies, mais il apparut qu'elle ne se trompait pas de beaucoup. Deux venaient d'arriver d'une autre ville, et n'avaient pas encore seize ans ; les trois autres – Croy, Ryde et Astrix – étaient les amis de Shay, ceux qui s'étaient enfuis ensemble avant la première rencontre de Tally et Shay.

Bien qu'ils ne soient à La Fumée que depuis cinq mois, les amis de Shay avaient déjà acquis un peu de la tranquille assurance de David. Par moments, ils dégageaient même une autorité de grands Pretties – sans la mâchoire volontaire, les yeux parfaitement dessinés ou les beaux vêtements. Ils passèrent le déjeuner à parler des projets sur lesquels ils travaillaient. Du creusement d'un canal destiné à rapprocher le torrent de La Fumée ; de nouveaux motifs pour leurs tuniques de laine ; de nouvelles latrines. (Tally se demanda ce qu'étaient des « latrines ».) Ils avaient l'air terriblement sérieux, comme si leur existence était à planifier et replanifier chaque jour.

La nourriture n'était pas une rigolade et s'empilait dans les assiettes en quantité. Elle était plus lourde que celle à laquelle Tally était habituée, avec un goût trop prononcé, comme chaque fois que sa classe d'histoire de la nourriture s'essayait à des recettes de cuisine. Les fraises n'avaient pas besoin de sucre, et quant au pain, même s'il semblait curieux de le manger sans accompagnement, il était si bon qu'on pouvait le savourer sans rien mettre dessus. Il est vrai que Tally aurait dévoré n'importe quoi qui lui fasse oublier les SpagBol.

Elle ne demanda pas ce qu'il y avait dans le ragoût. L'idée des arbres morts était suffisamment difficile à avaler pour une première journée.

Tout en vidant leurs assiettes, les amis de Shay se mirent à bombarder Tally de questions au sujet de la ville. Des résultats sportifs inter-dortoirs, des feuilletons à l'eau de rose et leurs rebondissements, des derniers événements politiques. Avait-elle entendu parler d'autres Uglies qui se seraient enfuis ? Tally répondit de son mieux. Nul ne tenta de dissimuler son mal du pays. Tous parurent plus jeunes de quelques années en se rappelant les vieux amis et les blagues d'autrefois.

Puis Astrix l'interrogea au sujet de son voyage jusqu'à La Fumée.

— Ç'a été plutôt facile, en fait. Une fois que j'ai réussi à démêler les indications de Shay.

— Pas si facile que ça. Il t'a quand même fallu, quoi, dix jours ? observa David.

— Tu es partie la veille de notre anniversaire, c'est ça ? demanda Shay.

— Au premier coup de minuit, répondit Tally. Neuf jours... et demi.

Croy fronça les sourcils.

— Les rangers ont mis un sacré bout de temps à te trouver, dis donc ?

— Je suppose. Ils ont bien failli me faire rôtir, en plus. Ils avaient allumé un grand incendie qui avait échappé à tout contrôle.

Les amis de Shay parurent impressionnés.

— Ma planche a presque grillé. J'ai dû la sauver et bondir au-dessus du fleuve.

— C'est comme ça que tu t'es brûlée au visage ? demanda Ryde.

Tally se toucha le nez, qui était en train de peler.

— En fait, c'est plutôt...

Un coup de soleil, faillit-elle répondre. Mais les autres la fixaient avec une expression fascinée. Elle était seule depuis si longtemps qu'elle appréciait de se retrouver au centre de l'attention générale.

— Il y avait des flammes tout autour de moi, dit-elle. Mes chaussures ont fondu en traversant toutes ces fleurs qui brûlaient.

Shay siffla doucement.

— Incroyable.

— C'est bizarre. D'habitude, les rangers font plus attention à nous, dit David.

— Eh bien, j'ai l'impression qu'ils ne m'avaient pas vue. (Tally préféra taire qu'elle avait intentionnellement dissimulé sa planche magnétique.) Bref, je me trouvais au-dessus de la rivière, je n'avais encore jamais vu d'hélicoptère – sauf la veille –, et ce truc a surgi de la fumée en faisant un bruit d'enfer, et repoussant le feu vers moi. Bien sûr, je ne pouvais pas me douter que les rangers étaient les gentils. Je les ai pris pour des Rouillés pyromanes revenus d'entre les morts !

Tout le monde s'esclaffa, et Tally savoura la chaleur de leur compagnie. C'était comme raconter une super-blague au dortoir, en beaucoup mieux, parce qu'elle avait vraiment survécu à une situation dangereuse. David et Shay buvaient chacune de ses paroles. Tally se réjouit de ne pas avoir activé son pendentif. Si elle avait trahi les Fumants, elle n'aurait pas pu être assise là, tout au bonheur de l'admiration qu'elle leur inspirait. Elle décida d'attendre le soir, quand elle se retrouverait seule, pour faire ce qu'elle avait à faire.

— Tu as dû avoir sacrément peur, dit David en l'arrachant à ses pensées, toute seule au milieu des orchidées, à attendre pendant des jours et des jours.

Elle haussa les épaules.

— Je les trouvais plutôt jolies. Je ne connaissais pas encore cette histoire de plante ultime.

David fronça les sourcils vers Shay.

— Tu ne lui avais donc *rien* expliqué, dans ta note ?

Shay rougit.

— Tu m'avais demandé de ne rien écrire qui puisse trahir La Fumée, alors j'ai tout formulé dans une sorte de code.

— On dirait que ton code a failli la faire tuer, lâcha David. (Shay se renfrogna. David se tourna vers Tally.) Presque personne ne vient jamais tout seul. Pas pour son premier voyage hors de la ville.

— Je m'étais déjà trouvée hors de la ville, rétorqua Tally en passant un bras consolateur autour des épaules de Shay. J'étais bien. Ce n'étaient que des jolies fleurs pour moi, et j'avais emporté deux semaines de nourriture.

— Où t'es-tu procuré tout ce SpagBol ? demanda Croy. Tu dois vraiment adorer ce truc.

Les autres se joignirent à son rire.

— Je ne m'en étais même pas aperçue quand j'ai chipé les sachets. Trois SpagBol par jour pendant neuf jours. Je ne pouvais même plus regarder ma gamelle après le deuxième jour, mais quand on a faim…

Ils acquiescèrent. Ils savaient ce que c'était que voyager à la dure, tout comme travailler dur, apparemment. Tally avait déjà remarqué à quel point ils avaient tous dévoré avec appétit. Peut-être que Shay ne risquait pas d'attraper la maladie du non-manger, en fin de compte. Elle avait complètement nettoyé son assiette.

— En tout cas, je suis content que tu aies réussi, dit David. (Il tendit le bras pour effleurer les égratignures de son visage.) J'ai l'impression que tu as vécu plus d'aventures que tu ne veux bien le dire.

Tally haussa les épaules, avec une expression qu'elle espérait modeste.

Shay sourit et prit David dans ses bras.

— Je savais que tu trouverais Tally épatante.

Une cloche sonna dans le village, et ils se hâtèrent de finir de manger.

— Qu'est-ce que c'était ? demanda Tally.

David sourit.

— Le signal de la reprise du travail.

— Tu vas venir avec nous, dit Shay. Ne t'inquiète pas, on n'en meurt pas.

En chemin, Shay donna quelques explications à Tally concernant les montagnes russes longues et plates qu'elle appelait voies ferrées. Certaines traversaient tout le continent, petite partie de l'héritage des Rouillés qui continuait à défigurer le paysage. Mais à la différence de la plupart des ruines, les voies ferrées jouaient un rôle utile, et pas uniquement pour faire de la planche ; elles constituaient la principale source de métal pour les Fumants.

David en avait découvert une nouvelle environ un an plus tôt. Comme elle ne menait à rien d'intéressant, il avait formé le plan d'en récupérer le métal pour construire des lignes magnétiques supplémentaires dans et autour de la vallée. Shay travaillait sur ce projet depuis son arrivée à La Fumée, dix jours plus tôt.

Six d'entre eux partirent en planche de l'autre côté de la vallée, puis descendirent un torrent écumant avant de longer une falaise truffée de minerai de fer. De là, Tally put enfin constater à quelle altitude elle avait grimpé dans les montagnes après avoir quitté la côte. Le continent entier semblait s'étaler sous leurs yeux. Les forêts, les plaines herbeuses et les courbes scintillantes des rivières restaient visibles à travers le voile brumeux. On apercevait encore la mer d'orchidées blanches de ce côté-ci de la montagne, brillante comme le désert au soleil.

— Tout est tellement immense, murmura Tally.

— C'est une chose qu'on ne voit pas de l'intérieur, dit Shay. À quel point la ville est minuscule. À quel point elle peut nous empêcher de voir plus grand.

Tally imagina tous ces gens lâchés dans la nature, abattant des arbres, tuant des animaux pour se nourrir, massacrant le paysage. Pourtant, elle n'aurait échangé cet instant pour rien au monde – debout au bord de la falaise, à contempler les plaines en contrebas. Elle qui avait passé les quatre dernières années à fixer la ligne des immeubles de New Pretty Town, en se figurant qu'il n'existait pas plus beau spectacle au monde, elle venait de changer d'avis.

Plus bas, à mi-pente, une autre rivière croisait la voie ferrée de David. La route provenant de La Fumée effectuait toutes sortes de détours, profitant du moindre gisement de fer, torrent ou lit de ruisseau à sec, mais ils n'eurent pas à descendre de leur planche une seule fois. Ils n'auraient pas besoin de marcher, expliqua Shay, quand ils reviendraient chargés de métal.

La voie ferrée était envahie par les souches et les plantes grimpantes. Chaque traverse en bois était retenue par une dizaine de tentacules de verdure. Défrichée par endroits autour de quelques rails manquants, la forêt maintenait fermement le reste dans ses filets.

— Comment va-t-on dégager tout ça ? demanda Tally en donnant un coup de pied dans une racine tordue.

Elle se sentait toute petite face à la puissance de la nature.

Shay sortit un outil de son sac à dos, un manche télescopique long comme le bras qui, une fois déployé, atteignait presque la taille de Tally. Elle fit pivoter l'une des extrémités et quatre branches se déroulèrent à l'autre bout, semblables aux baleines d'un parapluie.

— Regarde. On appelle ça un cric électrique. Ça peut soulever n'importe quoi.

Shay refit pivoter la poignée, et les branches se rétractèrent. Puis elle enfonça le bout du cric sous une traverse. Une nouvelle torsion du poignet, et le manche se mit à frémir, tandis qu'un craquement s'échappait du bois. Shay dérapa un peu en arrière, mais elle pesa de tout son poids sur le manche pour le maintenir coincé. Lentement, la vieille traverse commença à se soulever, à s'arracher aux plantes et au sol, en pliant le rail qu'elle soutenait. Tally vit les branches du cric se déployer sous le bois, le soulevant progressivement, tandis que le rail au-dessus commençait à se libérer.

— Qu'est-ce que je disais ? fit Shay.

— Laisse-moi essayer, dit Tally en tendant la main, les yeux brillants.

Shay éclata de rire et sortit un autre cric électrique de son sac à dos.

— Occupe-toi de cette traverse là-bas, pendant que je tiens celle-ci.

Le cric était plus lourd qu'il n'en avait l'air, mais ses commandes étaient simples. Tally le déplia et l'enfonça sous la traverse que Shay lui avait indiquée. Elle tourna la poignée lentement, jusqu'à ce que le cric se mette à vibrer entre ses mains.

Le bois commença à bouger, les tensions du métal et du sol étaient perceptibles sous ses paumes. Des racines cédèrent, et Tally les sentit protester à travers les semelles de ses chaussures, comme un séisme lointain. Un crissement métallique se fit entendre quand le rail se courba, s'arrachant à la végétation et aux clous rouillés qui le maintenaient depuis des siècles. Enfin, le cric acheva de se déployer. Le rail n'était qu'à moitié libéré de ses liens. Tally et Shay luttèrent pour dégager leurs crics.

— Tu t'amuses ? demanda Shay en essuyant la sueur qui lui coulait sur le front.

Tally hocha la tête, avec un sourire.

— Ne reste pas plantée là, finissons le boulot.

DAVID

Quelques heures plus tard, un monceau de métal se dressait à un coin de la clairière. Dégager chaque rail leur avait demandé une heure, et ils devaient se mettre à six pour le porter. Les traverses s'entassaient sur une pile voisine ; au moins, les Fumants n'abattaient pas d'arbres vivants pour se chauffer. Tally n'en revenait pas de tout ce qu'ils avaient récupéré, en arrachant littéralement la voie ferrée à l'étreinte de la forêt.

Elle était stupéfaite aussi de l'état de ses mains – rouges, à vif, couvertes d'ampoules. Cela lui faisait un mal de chien.

— Ouille, commenta David en jetant un coup d'œil pardessus l'épaule de Tally.

— Ça fait mal. Mais je ne m'en étais pas rendu compte jusqu'à maintenant.

David s'esclaffa.

— Le travail est toujours une bonne distraction. Mais tu devrais peut-être faire une pause. J'avais l'intention de partir en reconnaissance le long de la voie et de chercher la prochaine section à récupérer. Tu m'accompagnes ?

— Sûr, dit-elle avec gratitude.

Rien qu'à l'idée de devoir reprendre son cric électrique, elle avait des palpitations dans les mains.

Ils laissèrent les autres dans la clairière et partirent sur leur planche entre les troncs noueux, suivant la voie ferrée à peine visible dans la forêt dense. David volait juste sous les feuillages, évitant les branches et les plantes grimpantes comme s'il empruntait un parcours familier. Tally remarqua que ses vêtements, comme ses chaussures, semblaient entièrement faits à la main. Les habits de la ville ne présentaient coutures et points qu'à des fins décoratives, mais le blouson de David paraissait taillé dans une douzaine de morceaux de cuir différents, de formes et de couleurs variées. Son aspect de patchwork lui fit penser à la créature de Frankenstein, ce qui éveilla en elle une idée terrible.

Et s'il s'agissait de *vrai* cuir, comme dans l'ancien temps ? De peau animale ?

Non. Il était impensable qu'il s'agisse de peaux d'animaux abattus. Les Fumants n'étaient pas des sauvages, tout de même ! Elle devait admettre que le vêtement lui allait bien, que le cuir épousait parfaitement la forme de ses épaules. Et aussi qu'il repoussait mieux la gifle des branchages que son propre blouson en microfibres.

David ralentit en débouchant dans une clairière, et Tally vit une paroi de pierre se dresser devant eux.

— Bizarre, dit-elle.

La voie ferrée semblait plonger directement dans la montagne, disparaissant sous un amas de rochers.

— Les Rouillés ne plaisantaient pas avec les lignes droites, expliqua David. Quand ils installaient des rails, ils ne s'amusaient pas à contourner les obstacles.

— Ils passaient *au travers* de la montagne ?

David acquiesça.

— Ouais. Il existait un tunnel autrefois, qui circulait dessous. Il a dû s'écrouler après la grande panique.

— Crois-tu qu'il y avait des gens… dedans ? Quand ça s'est produit, je veux dire.

— Probablement pas. Mais on ne sait jamais. Il demeure peut-être un train rempli de squelettes là-dessous.

Tally tâcha de s'imaginer ce qui pouvait se trouver là, aplati et enfoui dans l'obscurité depuis des siècles.

— La forêt est beaucoup moins dense par ici, observa David. Ça devrait nous faciliter le travail. Par contre, j'ai peur que ces rochers ne recommencent à glisser si on enlève les rails.

— Ils ont l'air plutôt stables.

— Ah ouais ? Viens voir par ici, dit David.

Il passa de sa planche sur un rocher, puis se hissa adroitement jusqu'à un creux ombragé.

Tally sauta juste à côté de David. Quand ses yeux se furent habitués à l'obscurité, elle vit que le creux se prolongeait loin dans le rocher. David rampa à l'intérieur, et ses pieds disparurent dans le noir.

— Amène-toi, lui lança-t-il.

— Hum, tu es bien sûr qu'il n'y a pas un train rempli de cadavres là-dedans ?

— Je n'en ai jamais trouvé, en tout cas. Mais c'est peut-être notre jour de chance.

Tally s'allongea sur le ventre. Elle se traîna à l'intérieur, sentant le poids et la fraîcheur de la roche peser sur elle.

Une lumière vacillait devant elle. Elle aperçut David assis dans un coin, une lampe torche à la main. Elle le rejoignit en rampant et s'assit à côté de lui sur un rocher plat. Des blocs s'empilaient au-dessus d'eux.

— Le tunnel ne s'est pas totalement écroulé, en fin de compte.

David pointa le faisceau de sa torche dans une faille entre leurs pieds. Tally plissa les yeux et vit qu'un espace beaucoup plus vaste s'ouvrait dessous. Un reflet métallique dévoila une portion de rails.

— Imagine un peu, dit David. Si on pouvait descendre là-dedans, on n'aurait plus à arracher toutes ces racines et ces souches. Pense à tous ces rails qui nous attendent…

— Entre eux et nous il n'y a rien qu'une centaine de tonnes de caillasse.

Il se colla la torche sous le menton pour se donner une apparence monstrueuse.

— Ouais, mais ça en vaudrait la peine. Personne n'est descendu là-dessous depuis des siècles.

— Super.

Tally sentit un fourmillement sur sa peau, tandis que son regard balayait les fissures qui les entouraient. Peut-être aucun homme n'était-il venu ici depuis longtemps, mais il ne manquait pas de bestioles qui adoraient rôder dans les grottes sombres et froides.

— Je n'arrête pas de penser qu'il suffirait de déplacer le bon rocher pour dégager tout l'éboulis d'un seul coup… continua David.

— À moins qu'on ne déplace le mauvais, qui ferait tout s'écrouler sur nous ?

David rit et pointa sa torche de manière à éclairer le visage de Tally plutôt que le sien.

— J'étais sûr que tu dirais ça.

Tally le dévisagea dans la pénombre, s'efforçant de déchiffrer son expression.

— Qu'est-ce que tu veux dire ?

— Je vois bien que tu te débats avec cette histoire.

— Avec quoi ?

— Avec l'idée de te retrouver à La Fumée. Tu doutes d'avoir fait le bon choix.

Tally sentit de nouveau un fourmillement sur sa peau, mais plus à l'idée de rencontrer un serpent, une chauve-souris ou un cadavre. Elle se demandait néanmoins si David n'avait pas réussi à la percer à jour.

— Ouais, il est possible que je doute, dit-elle d'une voix égale.

Elle vit la lumière se refléter dans les yeux de David quand il hocha la tête.

— Tant mieux. Tu prends les choses au sérieux. Un tas de gosses débarquent en se figurant que tout ici n'est qu'une sorte de jeu.

— Je ne l'ai pas pensé une seconde, fit-elle doucement.

— Je le vois bien. Ça n'a rien d'une blague pour toi, contrairement à la plupart des fugitifs. Même Shay, qui est contre l'opération, ne saisit pas à quel point La Fumée est une affaire sérieuse.

Tally ne dit rien.

Après un long moment de silence dans le noir, David reprit :

— C'est dangereux d'être ici. Les villes sont comme ces éboulis. Elles ont peut-être l'air solides, mais si on commence à pousser ici ou là, tout l'édifice risque de s'écrouler.

Depuis le jour où Tally était partie subir son opération, elle sentait le poids de la ville peser sur elle, et elle avait pu constater par elle-même à quel point des endroits tels que La Fumée menaçaient certaines personnes comme le docteur Cable.

— Je crois que je vois ce que tu veux dire, fit-elle. Par contre, je n'arrive pas à comprendre pourquoi vous leur faites si peur.

— C'est une longue histoire. L'une des raisons, c'est que…

— Que quoi ?

— Eh bien, c'est un secret. En général, je n'en parle qu'à ceux qui sont avec nous depuis un bon bout de temps. Des années. Mais tu m'as l'air… assez sérieuse pour l'entendre.

— Tu peux me faire confiance, assura Tally.

Elle se demanda aussitôt pourquoi elle avait dit cela. Elle était une espionne, une taupe, la dernière personne en qui David aurait dû avoir confiance.

— Je l'espère, Tally, dit-il en lui tendant la main. Tiens, touche ma paume.

Elle lui prit la main et fit courir ses doigts sur sa peau, qu'elle trouva aussi rugueuse que les tables de leur salle commune, et celle de son pouce, aussi coriace que du vieux cuir. Pas étonnant qu'il puisse travailler toute la journée sans se plaindre.

— Waouh. Il faut combien de temps pour avoir des cals pareils ?

— Dix-huit ans.

— Dix-huit... ?

Elle s'interrompit, incrédule, compara la corne de sa paume à sa propre chair, tendre et couverte d'ampoules.

— Je ne suis pas un fugitif, Tally.

— Je ne comprends pas.

— Mes parents l'étaient, mais pas moi.

Elle se sentit stupide de ne pas y avoir pensé plus tôt. Si on pouvait vivre à La Fumée, on pouvait également y élever des enfants. Pourtant, elle n'avait aperçu aucun gamin. L'endroit paraissait si précaire.

— Comment ont-ils fait ? l'interrogea-t-elle. Sans médecins, je veux dire.

— Ils sont médecins.

— O.K... attends une seconde. Médecins ? Quel âge avaient-ils quand ils se sont enfuis ?

— Un âge suffisant. Ils n'étaient plus Uglies à l'époque. Je crois qu'on appelle ça des grands Pretties ?

Les jeunes Pretties avaient la possibilité de travailler ou d'étudier s'ils en éprouvaient le désir, mais rares étaient ceux qui acquéraient vraiment une profession avant l'âge adulte.

— Une seconde, continua Tally, qu'est-ce que tu veux dire par « à l'époque » ?

— Ils n'étaient pas Uglies. Ils le sont aujourd'hui.

Tally repassa la phrase plusieurs fois dans sa tête.

— Ils n'ont pas bénéficié de la troisième opération ? Ils ont toujours l'air de grands, bien qu'ils soient des croulants ?

— Non, Tally. Je te l'ai dit : ils sont médecins.

Un frisson la parcourut. C'était plus choquant que les arbres abattus, ou que les cruels Pretties ; plus stupéfiant que tout ce qu'elle avait jamais connu depuis le départ de Peris.

— *Ils ont inversé l'opération ?*

— Oui.

— Ils se sont charcutés l'un l'autre ? Pour se rendre...

Sa gorge se serra sur le mot, comme s'il menaçait de l'étrangler.

— Non. Ils n'ont pas eu recours à la chirurgie.

La grotte obscure parut soudain se refermer sur elle, chasser tout l'air de ses poumons. Tally s'obligea à respirer.

David retira sa main, et dans un coin de son cerveau en proie à la panique, Tally s'aperçut qu'elle l'avait tenue tout du long.

— Je n'aurais pas dû te raconter cela.

— Je ne voulais pas me mettre dans un état pareil, David, je suis désolée.

— C'est ma faute. Tu viens à peine d'arriver, et je te balance la totale...

— Mais je tiens à ce que tu... – elle lutta pour ne pas le dire, mais ne parvint pas à s'en empêcher – ... me fasses confiance. Je prends cette histoire très au sérieux.

Là-dessus au moins, elle ne mentait pas.

— Oui, Tally. Mais peut-être que ça suffit pour le moment. On ferait mieux de rentrer.

Il se retourna et rampa vers la lumière.

Tout en le suivant, Tally réfléchit à ce que lui avait dit David au sujet des éboulis. Aussi massifs soient-ils, ces rochers ne demandaient qu'à se renverser à la moindre poussée.

En écrasant ceux qui se trouveraient dessous.

Elle sentit le pendentif se balancer à son cou, exercer une traction infime, mais tenace. Le docteur Cable devait commencer à s'impatienter maintenant, à force d'attendre son signal. Et la révélation de David venait brusquement de tout compliquer.

La Fumée n'était plus un simple repaire de fugitifs, comprenait-elle désormais. C'était une vraie communauté, une ville à part entière. Si Tally activait le signal, cela ne signifierait pas que la fin de l'aventure pour Shay ; ce serait aussi la fin du lieu de naissance de David, sa *vie* entière qu'on lui arracherait.

Le poids de la montagne se fit lourd sur ses épaules. Elle avait encore du mal à respirer quand elle se hissa dehors, dans le soleil.

PALPITATIONS

Au dîner, ce soir-là, Tally raconta comment elle s'était cachée dans le fleuve la première fois que l'hélicoptère des rangers lui était apparu. Tout le monde l'écouta de nouveau avec attention. Apparemment, personne n'avait rien vécu d'aussi excitant en se rendant à La Fumée.

— Imaginez un peu : moi, toute nue, accroupie dans l'eau, pendant que cette machine rouillée était en train de détruire mon campement !

— Pourquoi ne se sont-ils pas posés ? demanda Astrix. Ils n'avaient pas vu tes affaires ?

— Je crois que si.

— Les rangers ne récupèrent que les Uglies dans les fleurs, expliqua David. C'est le point de rendez-vous que nous indiquons aux fugitifs. Ils ne peuvent pas ramasser tout le monde, sans quoi ils risqueraient de nous ramener une taupe par accident.

— J'imagine que vous préférez ne pas courir ce risque, ajouta Tally d'une voix douce.

— Quand même, ils devraient faire plus attention avec ces hélicoptères, dit Shay. Quelqu'un va finir par être découpé en rondelles.

— Ne m'en parle pas. Le souffle a failli emporter ma planche, dit Tally. Il a littéralement aspiré mon sac de couchage. Je n'en ai récupéré que des lambeaux.

— Alors, où as-tu dormi ? voulut savoir Croy.

— Ce n'était pas si grave. Ça n'était que pour... (Tally se reprit juste à temps. Elle avait dormi une seule nuit sans son sac de couchage, mais selon l'histoire qu'elle leur avait servie, elle avait passé quatre jours dans les orchidées)... Il faisait assez chaud.

— Tu ferais mieux de t'en procurer un autre avant le coucher, lui dit David. L'air est beaucoup plus froid ici qu'en bas, dans les fleurs.

— Je vais t'emmener au comptoir d'échange, dit Shay. C'est comme un centre de réquisition, sauf que lorsque tu y prends quelque chose, tu dois laisser une contrepartie en paiement.

Tally s'agita sur son siège, mal à l'aise. Elle ne s'était toujours pas faite à l'idée de devoir payer quoi que ce soit.

— Tout ce que j'ai, c'est du SpagBol.

Shay sourit.

— C'est parfait. Impossible de fabriquer des aliments déshydratés par ici, à l'exception des fruits séchés, et voyager avec de la nourriture ordinaire est un vrai calvaire. Ton SpagBol vaut de l'or.

Après le dîner, Shay conduisit Tally dans une grande hutte, près du centre de la ville. Les étagères y étaient remplies de pièces d'artisanat local, ainsi que de rares objets provenant des villes. Tout y était sale, usé, retapé, mais Tally fut fascinée par ce qui était fabriqué à la main. Elle laissa traîner ses doigts encore à vif sur les poteries en argile et les outils en bois, s'émerveillant de leur texture et de leur poids. Tout paraissait si lourd, si... sérieux.

L'endroit était tenu par un vieil Ugly, toutefois pas aussi effrayant que le Boss. Il leur montra diverses pièces en laine ainsi que quelques sacs de couchage argentés. Les couvertures, écharpes et gants de laine étaient magnifiques, dans des tons pastel et ornés de motifs simples, mais Shay insista pour que Tally s'achète un sac qui venait de la ville.

— Ils sont beaucoup plus légers, et prennent moins de place une fois roulés. C'est beaucoup mieux quand on part en exploration.

— Bien sûr, fit Tally en s'efforçant de sourire. Ce sera génial.

En fin de compte, elle échangea douze sachets de SpagBol contre un nouveau sac de couchage, et six pour un sweat-shirt tricoté à la main, ce qui lui en laissait huit. Elle n'arrivait pas à croire que le sweat-shirt, brun avec des bandes rouges et quelques motifs verts, coûtait moitié aussi cher que le sac à dos, usé jusqu'à la corde et rapiécé de partout.

— Estime-toi heureuse de ne pas avoir perdu ton purificateur d'eau, lui dit Shay en repartant. Impossible de s'en procurer un autre par ici.

Tally écarquilla les yeux.

— Alors, comment fait-on s'il se casse ?

— Eh bien, il paraît qu'on peut boire l'eau des torrents sans la purifier.

— Tu rigoles.

— Nan. Beaucoup de vieux Fumants le font, dit Shay. Même quand ils ont un purificateur, ils s'en fichent.

— Beurk !

Shay gloussa.

— Ouais, comme tu dis. Mais ne t'en fais pas, tu pourras toujours te servir du mien.

Tally posa une main sur l'épaule de Shay.

— Et toi du mien.

Shay ralentit le pas.

— Tally ?

— Oui ?

— Tu allais m'avouer quelque chose, à la bibliothèque, avant que le Boss ne commence à t'aboyer dessus.

Tally sentit son estomac se nouer. Elle s'écarta, et ses doigts se portèrent d'eux-mêmes à son pendentif.

— Ouais, dit Shay. À propos de ce collier.

Tally ne savait pas par où commencer. Elle n'avait toujours pas activé le pendentif, et depuis sa conversation avec David, elle doutait un peu d'en être capable. Peut-être que si elle regagnait la ville au bout d'un mois, mourant de faim et bredouille, le docteur Cable la prendrait en pitié.

Mais si cette femme tenait parole et que Tally ne bénéficie jamais de son opération ? Dans une vingtaine d'années, elle serait toute ridée, flétrie, aussi moche que le Boss – une paria. Et si elle demeurait ici, à La Fumée, elle dormirait dans un vieux sac de couchage en redoutant le jour où son purificateur d'eau finirait par se briser.

Elle était si lasse de mentir à tout le monde.

— Je ne t'ai pas tout dit, commença-t-elle.

— Je sais. Je crois que j'ai deviné, tu sais.

Tally regarda son amie, sans oser faire de commentaire.

— C'est assez évident, non ? l'aida Shay. Tu es perturbée parce que tu n'as pas tenu ta promesse envers moi. Tu as rompu le secret à propos de La Fumée.

Tally en resta bouche bée.

Shay sourit, et lui prit la main.

— En voyant approcher le jour de ton anniversaire, tu as décidé de t'enfuir. Mais avant, tu as rencontré quelqu'un. Une personne importante pour toi. Celle qui t'a offert ce collier. Alors, tu as manqué à ta promesse et tu lui as dit où tu comptais aller.

— Hmm, c'est un peu ça, admit Tally.

Shay gloussa.

— Je le savais. Voilà pourquoi tu étais tellement nerveuse. Tu es contente d'être ici, mais tu voudrais aussi te trouver ailleurs. Avec cette personne. Et donc, avant de t'enfuir, tu lui as laissé des indications, une copie de ma note, au cas où elle voudrait nous rejoindre. J'ai raison ou j'ai tort ?

Tally se mordit la lèvre. Le visage de Shay brillait au clair de lune. À l'évidence, son amie n'était pas mécontente d'avoir reconstitué son grand secret.

— Eh bien, tu as en partie raison.

— Oh, Tally, fit Shay en l'attrapant par les épaules. Tu ne vois donc pas que ce n'est pas grave ? Je veux dire, j'ai fait la même chose.

Tally fronça les sourcils.

— Comment ça ?

— Moi non plus, je n'étais pas supposée dire où j'allais. David m'avait même fait promettre de ne pas t'en parler.

— Pourquoi ? fit Tally

— Il ne t'avait pas rencontrée, et ne savait pas s'il pouvait t'accorder sa confiance. Normalement, les fugitifs ne recrutent que de vieux amis, des personnes avec lesquelles ils font les quatre cents coups depuis des années. Moi, je ne te connaissais que depuis le début de l'été. Et je n'avais pas mentionné une seule fois La Fumée devant toi avant la veille de mon départ. Je n'avais pas osé – j'avais peur que tu dises non.

— Donc, tu n'étais pas censée m'en parler ?

— Surtout pas. Lorsque tu as fini par te montrer, ça a rendu tout le monde nerveux. Ils ne savent pas si on peut se fier à toi. Même David se comporte de manière bizarre avec moi.

— Shay, je suis sincèrement désolée.

— Ce n'est pas ta faute ! dit Shay en secouant la tête avec énergie. C'est la mienne. J'ai tout fait de travers. Mais quelle importance ? Une fois qu'ils te connaîtront mieux, ils verront que tu es cool.

— Tout le monde s'est montré très gentil, fit Tally d'une voix douce.

Elle regretta alors de ne pas avoir actionné le pendentif dès l'instant de son arrivée. En une seule journée, elle avait commencé à réaliser qu'elle ne briserait pas uniquement le rêve de Shay. Des centaines de gens avaient fait leur vie à La Fumée.

— Je suis sûre que la personne à qui tu t'es confiée sera cool, elle aussi, dit Shay. J'ai hâte de faire sa connaissance.

— Je ne sais pas si... ça arrivera un jour.

Il devait y avoir un autre moyen de se sortir de cette situation. Peut-être que si elle retournait dans une autre ville... si elle allait trouver les rangers afin de se porter volontaire pour les rejoindre, on la rendrait belle. Mais Tally ignorait tout de leur ville, sinon... qu'elle n'y connaissait personne !

Shay haussa les épaules.

— Peut-être pas. Moi non plus, je n'étais pas sûre que tu viendrais. (Elle pressa la main de Tally.) Je suis bien contente que tu l'aies fait.

Tally s'appliqua à sourire.

— Même si je t'attire des ennuis ?

— Ce n'est rien. Tout le monde se montre beaucoup trop paranoïaque, si tu veux mon avis. Ils passent leur temps à camoufler l'endroit afin de ne pas être repérés par satellite, et à masquer leurs communications téléphoniques de peur qu'elles ne soient interceptées. Le secret qui entoure les fugitifs est très exagéré. Et dangereux. Imagine : si tu n'avais pas réussi à décrypter mes indications, tu pourrais être à mi-chemin de l'Alaska à l'heure qu'il est !

— Je ne sais pas, Shay. Peut-être qu'ils savent ce qu'ils font. Les autorités de la ville ne plaisantent pas.

Shay éclata de rire.

— Ne me dis pas que tu crois aux Special Circumstances ?

— Je... (Tally ferma les yeux.) Je crois simplement que les Fumants doivent se montrer prudents.

— O.K., d'accord. Je ne dis pas qu'ils devraient faire de la publicité. Mais si des gens comme toi et moi ont envie de venir ici et de mener une vie différente, pourquoi pas ? Personne n'a le droit de nous imposer d'être Pretties, non ?

— Peut-être qu'on s'inquiète pour nous parce que nous ne sommes encore que des gosses ?

— C'est le problème avec les villes, Tally. On n'y voit que des gosses gâtés, choyés, dépendants, beaux. Eh bien, comme tu me l'as dit un jour, il faut parfois savoir grandir.

Tally hocha la tête.

— C'est vrai que les Uglies qui sont ici ont l'air plus mûrs. Ça se lit sur leurs visages.

Shay retint Tally par le bras et l'étudia de près pendant une seconde.

— Tu te sens coupable, n'est-ce pas ?

Tally regarda son amie dans les yeux, incapable de prononcer un mot. Elle se sentait soudain mise à nue, comme si Shay voyait clairement à travers ses mensonges.

— Quoi ? parvint-elle à dire.

— Coupable. Non pas d'avoir parlé à quelqu'un de La Fumée, mais à l'idée que cette personne puisse venir. Maintenant que tu as vu l'endroit, tu n'es plus aussi sûre que c'était une bonne idée. (Shay soupira.) Je sais que les choses paraissent bizarres au début, et que s'adapter demande beaucoup de travail. Mais je crois que tu vas te plaire, ici.

Tally baissa la tête, sentant les larmes lui piquer les yeux.

— Ce n'est pas ça. Enfin, peut-être que si. Je ne sais pas si je peux…

Elle avait la gorge trop serrée pour continuer. Si elle prononçait un mot de plus, elle avouerait la vérité à Shay : qu'elle était une espionne, une traîtresse, envoyée ici afin d'anéantir tout ce qui les entourait.

Et que Shay avait été assez stupide pour l'accueillir.

— Allez, ce n'est rien. (Shay prit Tally dans ses bras et la berça doucement tandis que celle-ci se mettait à pleurer.) Je suis désolée. Je ne voulais pas te balancer tout ça d'un seul coup. Mais je te sentais un peu distante depuis ton arrivée. J'avais l'impression que tu évitais mon regard.

— Je ferais mieux de te raconter jusqu'au bout.

— Chut. (Tally sentit Shay lui caresser les cheveux.) Je suis simplement heureuse que tu sois là.

Tally laissa couler ses larmes, enfouit son visage dans la manche rugueuse de son nouveau sweat-shirt et sentit la chaleur de Shay contre son corps. Chaque geste d'affection de son amie la faisait se détester un peu plus.

Il lui était impossible de revenir en arrière. Tally devait décider de trahir ou non, sachant parfaitement ce que cela signifierait pour Shay, David et chaque habitant de La Fumée.

— Ne pleure pas, murmura Shay. Tout finira par s'arranger.

SOUPÇONS

Au fil des jours, Tally se coula dans la routine de La Fumée. Elle trouvait quelque chose de réconfortant à la fatigue d'un rude labeur.

Toute sa vie, Tally avait souffert d'insomnie ; elle restait souvent éveillée la nuit, à retourner dans sa tête des disputes qu'elle avait connues ou désiré avoir, ou des choses qu'elle aurait pu faire différemment. Mais ici, à La Fumée, son esprit s'apaisait dès l'instant où sa tête touchait l'oreiller – qui d'ailleurs n'était pas un oreiller, mais simplement son nouveau sweat-shirt fourré dans un sac en coton.

Tally ignorait combien de temps elle resterait là. Elle n'avait pas encore pris de décision concernant l'activation éventuelle du pendentif, mais savait qu'y penser sans arrêt finirait par la rendre folle. Elle résolut donc de chasser la question de sa conscience. Un jour, elle se réveillerait peut-être en réalisant qu'elle ne supporterait pas de rester moche toute sa vie… pour l'instant, le docteur Cable pouvait attendre.

À La Fumée, on oubliait facilement ses soucis. La vie y était beaucoup plus intense qu'en ville. Tally se baignait dans une rivière si froide qu'elle devait s'y jeter en hurlant, mangeait des aliments tout juste retirés du feu, si chauds qu'elle s'y brûlait la langue, ce qui n'arrivait jamais avec la nourriture de la ville. Bien sûr, elle regrettait le manque de shampooing qui ne pique pas les yeux, de toilettes équipées d'une chasse d'eau (elle avait appris avec horreur en quoi consistaient des « latrines ») et, surtout, celui de bombe cicatrisante. Mais bien que ses mains se soient couvertes d'ampoules, Tally se sentait plus forte que jamais. Elle était capable de travailler toute la journée sur le site de la voie ferrée, puis de faire la course en planche avec David et Shay, sur le trajet du retour, le sac à dos chargé de plus de métal qu'elle n'aurait pu en soulever un mois plus tôt. David lui avait appris à repriser ses vêtements avec du fil et une aiguille, à bien distinguer les prédateurs de leurs proies, et même à vider un poisson, ce qui ne se révéla pas plus répugnant qu'une dissection en cours de bio.

La beauté de La Fumée l'aidait aussi à oublier ses soucis. La montagne, le ciel et les vallées environnantes semblaient changer chaque jour, trouvant toujours de nouvelles façons d'être spectaculaires. La nature n'avait pas besoin d'une opération pour être belle. Elle l'était, tout simplement.

Un matin, sur le chemin de la voie ferrée, David vint voler en silence à côté de Tally, avec son aisance habituelle.

Au cours des deux dernières semaines, elle avait appris que son blouson était bel et bien en cuir, en peaux d'animaux morts, mais elle s'était progressivement accoutumée à l'idée. Les Fumants chassaient, mais ils ressemblaient aux rangers, ne tuant que les espèces qui n'appartenaient pas à cette région du monde ou qui avaient échappé à tout contrôle à cause de l'interférence des Rouillés. Avec ses éléments disparates, le blouson aurait eu l'air grotesque sur n'importe qui d'autre, mais David le portait bien, comme si avoir grandi dans la nature lui permettait de faire corps avec les animaux dont il avait endossé la peau. Le fait qu'il ait fabriqué le blouson lui-même ne gâtait rien, évidemment.

Soudain, il brisa le silence :

— J'ai un cadeau pour toi.

— Un cadeau ?

Tally savait maintenant qu'à La Fumée les choses ne perdaient jamais rien de leur valeur. On ne les jetait pas ou on ne les donnait pas sous prétexte qu'elles étaient trop vieilles ou cassées. Tout était réparé, réassemblé, recyclé, et ce qui ne pouvait pas servir à l'un était échangé auprès d'un autre. Peu d'objets étaient donnés à la légère.

— Ouais, pour toi.

David s'approcha plus près et lui tendit un petit paquet.

Elle le déballa : c'était une paire de gants, faits à la main dans un cuir marron clair.

Elle fourra le papier d'emballage dans sa poche, puis enfila les gants sur ses mains cloquées.

— Merci ! Ils me vont pile poil !

Il hocha la tête.

— Je les ai fabriqués quand j'avais à peu près ton âge. Ils sont petits pour moi aujourd'hui.

Tally sourit et eut envie de le serrer dans ses bras. Lorsqu'ils écartèrent les bras pour prendre un virage serré, elle lui tint la main une seconde.

En pliant les doigts, Tally constata que les gants étaient doux et souples. Les paumes en étaient blanchies par des années d'usage. Des craquelures blanches au niveau des articulations indiquaient la trace des doigts de David.

— Ils sont magnifiques… ils ont… quelque chose.

Ils ont une histoire, réalisa Tally.

En ville, tout ce qu'elle désirait était presque aussitôt à sa disposition. Cependant, les objets de la ville étaient toujours jetables, remplaçables, aussi interchangeables que les T-shirt, blouson et jupe de son uniforme de dortoir. Ici, à La Fumée, les objets vieillissaient, au fil du temps, portant leur histoire sur eux, des petits chocs, rayures et autres déchirures.

David rit en voyant son expression et prit de la vitesse, rejoignant Shay à l'avant du groupe.

Quand ils parvinrent sur le chantier de la voie ferrée, David annonça qu'ils devaient dégager de nouveaux rails, en se servant de vibroscies pour trancher dans la végétation qui les recouvrait.

— Et les arbres ? voulut savoir Croy.

— Eh bien, quoi ?

— Faut-il les couper aussi ? demanda Tally.

David haussa les épaules.

— Ce genre d'arbustes n'est pas bon à grand-chose. Mais nous ne les gaspillerons pas, nous les ramènerons à La Fumée pour les brûler.

— Les brûler ? répéta Tally.

En règle générale, les Fumants ne coupaient d'arbres que dans la vallée, pas sur les hauteurs de la montagne. Ces arbres poussaient là depuis des décennies, et David proposait qu'on s'en serve pour cuire le repas ? Elle chercha du regard le soutien de Shay, mais son amie conserva une prudente neutralité. Elle était probablement d'accord avec Tally, mais ne voulait pas s'opposer à David devant tout le monde.

— Oui, les brûler, dit-il. Et quand nous aurons récupéré les rails, nous replanterons. Nous sèmerons des arbres utiles à la place de l'ancienne voie.

Les cinq autres le dévisagèrent en silence. Il fit tourner une scie entre ses mains, impatient de se mettre à l'ouvrage, mais conscient qu'il n'avait pas encore leur pleine approbation.

— Tu sais, David, observa Croy, ces arbustes ne sont pas inutiles. Ils protègent les sous-bois du soleil, ce qui empêche l'érosion du sol.

— O.K., tu as gagné. Au lieu de planter d'autres arbres, nous laisserons la forêt reprendre ses droits.

— Faut-il vraiment tout raser ? demanda Astrix.

David inspira longuement. Raser, c'était ce que les Rouillés avaient infligé aux forêts d'autrefois : abattre chaque arbre, tuer chaque pousse, transformer des régions entières en pâturages. Des forêts tropicales avaient disparu ainsi, anéantissant des millions d'espèces interdépendantes au profit de troupeaux de vaches, troquant un vaste écosystème contre de futurs hamburgers.

— Écoutez, il ne s'agit pas de raser quoi que ce soit. Nous ne faisons que nettoyer les saletés abandonnées par les Rouillés, dit David. Ça demande juste un peu de découpe chirurgicale.

— On pourrait couper autour des arbres, suggéra Tally. Ne les abattre que quand c'est réellement indispensable. Comme tu l'as dit toi-même : du travail chirurgical.

— D'accord, ça me va. (Il rit avec douceur.) On verra ce que vous penserez de vos arbres après en avoir débroussaillé quelques-uns.

Il ne se trompait pas.

La vibroscie tranchait les racines, séparait les buissons enchevêtrés aussi proprement qu'un peigne écarte des cheveux humides, et s'enfonçait dans le métal comme dans du beurre chaque fois qu'un dérapage inopiné amenait la lame au contact d'un rail. Mais lorsque ses dents mordaient dans le bois noueux des arbustes, c'était une autre histoire.

Tally fit la grimace en voyant sa scie rebondir une fois de plus contre le bois dur, lui crachant des morceaux d'écorce au visage. Elle lutta pour faire entrer de force la lame dans la vieille branche. Encore un coup, et cette portion de rail serait dégagée.

— Ça vient. Tu l'as presque, Tally.

Elle remarqua que Croy restait bien en arrière, prêt à bondir si la scie lui échappait des mains. Elle comprenait maintenant pourquoi David avait voulu tailler les arbres en pièces. Ç'aurait été beaucoup plus facile que de se faufiler comme ils le faisaient entre les racines et les branches pour essayer d'appliquer la vibroscie en un point précis.

— Saletés d'arbres, marmonna Tally, serrant les dents avant d'abaisser de nouveau sa lame.

Enfin, la vibroscie trouva une prise et mordit dans le bois avec un crissement aigu. Puis elle passa à travers, avant de s'enfoncer bruyamment dans la terre.

— Ouais !

Tally se recula en soulevant ses lunettes de protection. La scie s'arrêta lentement au bout de sa main.

Croy s'avança et dégagea la branche du rail d'un coup de pied.

— Magnifique découpe chirurgicale, docteur, dit-il.

— J'ai l'impression d'attraper le coup, dit Tally en s'épongeant le front.

Il était presque midi, et le soleil frappait sans pitié la clairière. Prenant conscience que la fraîcheur matinale s'était évaporée depuis longtemps, elle ôta son sweat-shirt.

— Tu avais raison en disant que les arbustes protègent du soleil.

— N'est-ce pas ? fit Croy. Joli sweat-shirt.

Elle sourit. Avec ses nouveaux gants, c'était ce qu'elle possédait de mieux.

— Merci.

— Combien l'as-tu payé ?

— Six SpagBol.

— Un peu cher. Mais il est chouette. (Croy accrocha son regard.) Tally, tu te souviens du jour de ton arrivée ici ? Quand je t'ai demandé ton sac à dos ? Je ne t'aurais pas tout pris, tu sais. Pas sans rien te donner en échange. Tu m'as seulement surpris en me disant que je pouvais tout avoir.

— Sûr, pas de problème, dit-elle.

Maintenant qu'elle travaillait avec Croy, il lui donnait l'impression d'être un gentil garçon. Elle aurait préféré être en équipe avec David ou Shay, mais les deux travaillaient ensemble ce jour-là. Et le moment était venu pour elle de faire plus ample connaissance avec d'autres Fumants.

— Tu t'es aussi acheté un nouveau sac à dos, j'espère.

— Ouais. Douze SpagBol.

— Tu dois être pratiquement à sec.

Elle opina de la tête.

— Il ne m'en reste plus que huit.

— Pas mal. Quand même, je suis sûr qu'en venant ici, tu ne te doutais pas que tu étais en train de manger ta monnaie d'échange.

Tally s'esclaffa. Ils s'accroupirent sous l'arbre partiellement élagué, ramassant les morceaux de branches tombés autour du rail.

— Si j'avais su que mes sachets de nourriture auraient une telle valeur, je n'en aurais pas mangé autant – affamée ou non. Je ne pourrais même plus en avaler un maintenant. Le pire, c'était le SpagBol au petit déjeuner.

— Je crois que ça m'aurait plu, fit Croy en gloussant. Est-ce que cette section te paraît suffisamment dégagée ?

— Oui. Passons à la suivante.

Elle lui tendit la scie.

Croy commença par le plus facile, s'attaquant aux fourrés avec la vibroscie.

— Dis-moi, Tally, il y a quand même un point qui m'intrigue.

— Ah bon ?

La scie ripa sur le métal, projetant une gerbe d'étincelles.

— À ton arrivée ici, tu nous as dit que tu avais quitté la ville avec deux semaines de nourriture.

— Ouais.

— Si tu as mis neuf jours pour venir, il aurait dû te rester cinq jours de nourriture. En gros, une quinzaine de sachets. Mais je me souviens que ce jour-là, en regardant dans ton sac, je me suis dit un truc comme : « Elle en a des tonnes ! »

Tally s'efforça de conserver une expression impassible.

— D'ailleurs, j'avais raison. Douze plus six plus huit, ça fait… vingt-six ?

— Ouais, le compte est bon.

Il hocha la tête, manœuvrant la scie avec précaution sous une branche basse.

— C'est bien ce que je pensais. Mais tu as quitté la ville *avant* ton anniversaire, exact ?

Tally réfléchit à toute vitesse.

— Je suppose que je n'ai pas mangé trois vrais repas par jour, Croy. Comme je le disais, je me suis vite fatiguée du SpagBol.

— J'ai l'impression que tu n'as pas mangé grand-chose, pour un si long voyage.

Tally calcula le plus vite qu'elle put dans sa tête. Elle se souvint de ce que lui avait dit Shay le premier soir : que certains Fumants se méfiaient d'elle, s'inquiétaient à l'idée qu'elle puisse être une espionne.

Elle prit une grande inspiration, s'efforçant de ne pas laisser transparaître la peur dans sa voix.

— Écoute, Croy, je vais t'avouer un truc. Un secret.

— Quoi donc ?

— Je crois que j'avais un peu plus de deux semaines de nourriture quand j'ai quitté la ville. Je n'avais pas vraiment compté.

— Mais tu n'arrêtais pas de dire…

— Ouais, j'ai peut-être exagéré un peu, histoire de rendre le voyage plus palpitant, tu comprends ? Comme si j'avais pu tomber à court de vivres au cas où les rangers ne s'étaient pas montrés. Mais tu as raison, j'avais encore de quoi tenir un bon bout de temps.

Il la dévisagea, avec un doux sourire.

— C'est aussi ce que je me disais. Ton voyage me semblait un peu trop… palpitant pour être honnête.

— La majeure partie de mon histoire était…

— … arrangée ? (La scie s'arrêta en chuintant dans sa main.) La question est : jusqu'à quel point ?

Tally affronta son regard inquisiteur, cherchant que répondre. Il ne s'agissait que de quelques sachets de nourriture en excédent, pas de quoi établir qu'elle était une espionne. Elle aurait dû se contenter d'en rire. Mais le fait qu'il ait mis dans le mille lui clouait la bouche.

— Tu veux prendre la scie un moment ? dit-il d'une voix égale. On se fatigue vite à éclaircir tout ça.

Comme ils étaient venus débroussailler la voie, ils ne ramèneraient pas de métal avec eux à la mi-journée. Ils avaient donc emporté leur déjeuner dans leur sac : soupe de pommes de terre et pain truffé aux olives salées. Tally se réjouit de voir Shay s'éloigner du groupe avec sa gamelle, jusqu'à l'orée de la forêt. Elle la suivit et s'assit à côté de son amie dans les taches de lumière.

— Il faut que je te parle, Shay.

Sans la regarder, Shay soupira doucement en déchirant son pain en miettes.

— Ouais, ça vaut mieux.

— Est-ce qu'il t'a parlé, à toi aussi ?

Shay secoua la tête.

— Il n'a pas eu à le faire.

Tally fronça les sourcils.

— Comment ça ?

— Je veux dire que c'est évident. Depuis le jour de ton arrivée. J'aurais dû le voir tout de suite.

— Je n'ai jamais… commença Tally, mais sa voix la trahit. Que veux-tu dire ? Tu penses que Croy a raison ?

Shay soupira.

— Je dis simplement que… (Elle s'interrompit et fit face à Tally.) Croy ? Que vient-il faire là-dedans ?

— Il m'a parlé avant le déjeuner, il a remarqué mon sweat-shirt et m'a demandé si j'avais acheté aussi un sac de couchage. Et il s'est mis en tête qu'après les neuf jours que j'avais mis pour venir, il me restait beaucoup trop de SpagBol.

— Trop de… *quoi* ? (Une confusion totale se lisait sur le visage de Shay.) Mais de quoi es-tu en train de parler ?

— Tu te souviens, quand je suis arrivée ? J'ai raconté à tout le monde que… (Tally laissa sa phrase en suspens, remarquant les yeux de Shay, bordés de rouge comme si elle n'avait pas dormi.) Attends une seconde. De quoi crois-tu que je voulais te parler ?

Shay éleva sa main, les doigts en éventail.

— De ça.

— Quoi ?

— Fais voir la tienne.

Tally ouvrit la main.

— Même taille, dit Shay. (Elle montra ses deux paumes.) Mêmes ampoules, aussi.

Tally baissa la tête. À vrai dire, les mains de Shay étaient encore plus mal en point que les siennes, rouges, sèches, craquelées par de multiples ampoules éclatées. Shay travaillait dur, toujours la première à l'ouvrage, volontaire pour les travaux les plus rudes.

Tally porta les doigts aux gants glissés dans sa ceinture.

— Shay, David ne pensait pas…

— Je suis sûre que si. Les gens réfléchissent longuement avant de faire un cadeau, par ici.

C'était vrai. Tally sortit les gants de sa ceinture.

— Tiens. C'est toi qui devrais les prendre.

— Je. N'en. Veux. Pas.

Tally se rassit, abasourdie. D'abord Croy, ensuite Shay.

Elle laissa tomber les gants.

— Tu ne crois pas que tu devrais d'abord en parler à David avant de te mettre dans tous tes états ?

Shay se mordilla un ongle et secoua la tête.

— Il ne me parle plus beaucoup ces derniers temps. Plus depuis que tu es là. Pas de choses importantes. Il est très occupé, paraît-il.

— Mais, je n'ai jamais voulu... je veux dire, j'aime bien David...

— Ce n'est pas ta faute, O.K. ? Je le sais, crois-moi. (Shay donna une pichenette au pendentif de Tally.) En plus, ton mystérieux amoureux finira peut-être par se montrer, et tout ça n'aura plus d'importance.

Tally acquiesça. Vrai : lorsque les Special Circumstances débarqueraient, la vie sentimentale de Shay ne serait plus une préoccupation pour personne.

— En as-tu déjà parlé à David ? fit Shay.

— Non, je ne lui ai rien dit.

— Pourquoi ?

— On n'a jamais abordé la question.

Shay pinça les lèvres.

— Comme c'est pratique.

— Shay, tu l'as dit toi-même : je n'étais pas supposée révéler l'existence de La Fumée à qui que ce soit. Je me sens suffisamment mal comme ça sans aller le crier sur les toits.

— Tu portes bien ce collier autour de ton cou ! Ce qui ne sert pas à grand-chose puisque David ne s'en est même pas aperçu !

Tally soupira.

— Peut-être qu'il s'en fiche, tout ça n'existe que dans ta...

Elle ne put achever sa phrase. Ce n'était pas que dans la tête de Shay ; elle le sentait également. En lui montrant la grotte, en lui parlant du secret de ses parents, David lui avait fait confiance, plus qu'il ne l'aurait dû. Et maintenant, ce cadeau. Shay réagissait-elle vraiment de manière excessive ?

Dans un petit coin de son cerveau, Tally espérait que non.

— Shay, que veux-tu que je fasse ?

— Parle-lui.

— Que je lui parle de quoi ?

— De ce cœur que tu portes. De ton mystérieux amoureux.

— Je le ferai.

— C'est ça.

Shay se détourna, trempa un morceau de pain dans sa soupe et mordit dedans avec rage.

— Je le ferai, répéta Tally.

Elle toucha son amie à l'épaule et, au lieu de se dégager, Shay se tourna vers elle, une expression presque implorante sur le visage.

— Je lui dirai tout, je te le promets, ajouta Tally.

BRAVOURE

Ce soir-là au dîner, Tally mangea seule.

Après une journée passée à couper des arbres, la table de la salle commune avait cessé de lui faire horreur. Le bois représentait pour elle une solidité rassurante. Au lieu de s'épuiser à réfléchir, elle laissait son regard errer au gré de ses veines et de ses nœuds.

Pour la première fois, Tally remarqua que la nourriture était toujours la même ; du pain, du ragoût. Deux jours plus tôt, Shay lui avait expliqué que la viande charnue qui le constituait était du lapin. Non pas du soja, mais un vrai animal, provenant de l'enclos surpeuplé à la limite de La Fumée. Les images que le repas lui évoquait, lapins qu'on tuait, écorchait et qu'on mettait à bouillir convenaient parfaitement à son humeur. Fidèle à la journée qui venait de s'écouler, ce dîner dégageait une impression de sérieux.

Shay ne lui avait plus parlé depuis le déjeuner, et Tally ne savait pas quoi dire à Croy, de sorte qu'elle avait travaillé en silence jusqu'à la fin de la journée. Le pendentif du docteur Cable semblait peser de plus en plus lourd, s'agrippant autour de son cou tels les plantes grimpantes, les buissons et les racines autour des rails de la voie ferrée. Elle avait la sensation que tout le monde à La Fumée voyait le collier pour ce qu'il était vraiment : le symbole de sa trahison.

Pourrait-elle encore rester ici ? Croy la soupçonnait désormais, et les autres ne tarderaient pas à être au courant. Toute la journée, une pensée terrible l'avait harcelée : et si La Fumée proposait une vie faite pour elle, mais qu'elle s'en était fermé la porte à tout jamais en y venant comme espionne ?

Et voilà que Tally s'était interposée entre David et Shay. Sans même le vouloir, elle avait poignardé dans le dos sa meilleure amie. Elle était un poison ambulant, qui tuait tout sur son passage.

Elle songea aux orchidées qui se répandaient dans la plaine en contrebas, étouffant les autres plantes, ruinant le sol, impossibles à contenir, égoïstes. Tally Youngblood était une mauvaise herbe. Et contrairement aux orchidées, elle n'était même pas belle.

Alors qu'elle finissait de manger, David vint s'asseoir en face d'elle.

— Salut.

— Salut.

Elle parvint à sourire. Malgré tout, elle était soulagée de le voir. Dîner seule lui rappelait les jours qui avaient suivi son anniversaire. Chacun savait que Tally, piégée dans sa peau de Ugly, aurait dû être belle. Ce soir, c'était la première fois qu'elle se sentait moche depuis son arrivée à La Fumée.

David allongea le bras et lui prit la main.

— Tally, je suis désolé.

— Tu es désolé ?

Il retourna sa paume vers le haut pour regarder ses doigts couverts de nouvelles ampoules.

— J'ai remarqué que tu ne portais plus tes gants. Depuis que tu as déjeuné avec Shay. Pas difficile de deviner pourquoi.

— Oh, ouais. Je ne pouvais plus les mettre, c'est tout.

— Je comprends. C'est entièrement ma faute. (Il jeta un regard circulaire sur la salle bondée.) Veux-tu qu'on sorte un peu ? J'aurais quelque chose à te dire.

Tally acquiesça, sentant le froid du pendentif contre son cou et se rappelant sa promesse à Shay.

— J'aurais quelque chose à te dire, moi aussi.

Ils marchèrent à travers La Fumée, longèrent des feux qu'on éteignait avec des pelletées de terre, des fenêtres qui brillaient à la lueur des chandelles ou des ampoules électriques, ainsi qu'un groupe de jeunes Uglies qui pourchassaient un poulet en fuite. Ils escaladèrent la crête d'où Tally avait contemplé la colonie pour la première fois, et David la mena jusqu'à un promontoire rocheux offrant une vue imprenable à travers les arbres. Comme toujours, Tally remarqua sa démarche gracieuse, l'habileté avec laquelle il négociait le moindre accident de terrain. Même les Pretties, dont le corps parfaitement proportionné était conçu pour rester élégant dans n'importe quels vêtements, ne se déplaçaient pas avec une telle aisance.

Tally détourna les yeux. Dans la vallée en contrebas, les orchidées luisaient sous la lune avec une malveillante pâleur, telle une mer gelée contre la rive noire de la forêt.

David parla le premier.

— Sais-tu que tu es la première fugitive à venir ici toute seule ?

— Vraiment ?

Il hocha la tête, fixant l'étendue de blancheur.

— La plupart du temps, c'est moi qui les amène.

Tally se souvint de Shay, ce dernier soir en ville, quand elle lui avait annoncé que le mystérieux David la conduirait à La Fumée. Tally croyait à peine à son existence, à l'époque. Maintenant, assis à côté d'elle, David était des plus réels. Il abordait la vie de manière plus sérieuse que tous les Uglies qu'elle avait jamais rencontrés – encore plus, aussi, que les grands Pretties comme ses parents. Curieusement, son regard avait la même intensité que celui des cruels Pretties, la froideur en moins.

— Ma mère s'en chargeait autrefois, dit-il. Mais elle est trop vieille maintenant.

Tally se rappela qu'on expliquait toujours à l'école comment les moches qui ne bénéficiaient pas de l'opération finissaient sans exception par devenir infirmes.

— Je suis désolée. Quel âge a-t-elle ?

Il rit.

— Elle se porte comme un charme, mais les Uglies font plus facilement confiance à quelqu'un comme moi, quelqu'un de leur âge.

— Oh, bien sûr.

Tally se souvint de sa réaction face au Boss, le premier jour. En l'espace de deux semaines, elle s'était habituée à la diversité de visages qu'entraînait l'âge.

— Parfois, certains Uglies viennent par leurs propres moyens, en suivant des indications codées comme tu l'as fait. Mais toujours par groupes de trois ou quatre. Jamais personne n'était venu tout seul.

— Tu dois me prendre pour une imbécile.

— Pas du tout. (Il lui prit la main.) Je trouve que tu as été très courageuse.

Elle haussa les épaules.

— Le voyage n'était pas si terrible que ça.

— Ce n'est pas le trajet lui-même qui demande du courage, Tally. J'ai voyagé seul sur de plus grandes distances. C'est le fait de quitter la maison. (Il traça une ligne du bout du doigt le long de sa paume douloureuse.) Je m'imagine mal tourner le dos à La Fumée, abandonner tout ce que je connais en sachant qu'il y a peu de chance que je revienne un jour.

En effet, cela n'avait pas été facile pour Tally. Il était vrai qu'on ne lui avait pas laissé le choix.

— Mais toi, tu as quitté ta ville, et seule, continua David. Tu n'avais même pas rencontré un Fumant, quelqu'un qui t'aurait convaincue que cet endroit existait véritablement. Tu as agi par confiance, parce qu'une amie te l'avait demandé. C'est la raison pour laquelle je sens qu'on peut se fier à toi.

Tally porta son regard sur les fleurs, se sentant plus gênée à chaque mot que prononçait David. Si seulement il avait su la raison qui l'avait conduite ici !

— Quand Shay m'a annoncé ta venue, j'ai été furieux contre elle.

— Parce que j'aurais pu trahir l'existence de La Fumée ?

— En partie. Et aussi parce qu'une jeune fille de seize ans élevée en ville ne devrait pas franchir des centaines de kilomètres toute seule. Mais, surtout, je croyais que ce serait un risque inutile, car il y avait les plus grandes chances que tu ne passes même pas la fenêtre de ton dortoir.

Il leva les yeux vers elle et lui pressa doucement la main.

— J'ai été soufflé en te voyant courir du haut de cette colline.

Tally sourit.

— Je devais faire peur, ce jour-là.

— Tu étais couverte d'égratignures, tes cheveux et tes vêtements avaient été roussis par le feu, mais tu avais un sourire… un sourire jusque-là !

Le visage de David semblait briller au clair de lune.

Tally ferma les yeux et secoua la tête. Super. On la félicitait pour sa bravoure alors qu'on aurait dû la bannir pour trahison.

— Tu n'as pas l'air aussi heureux, ce soir, observa-t-il doucement.

— Tout le monde ne se réjouit pas de me voir ici.

Il s'esclaffa.

— Ouais, Croy m'a parlé de sa grande révélation.

— Ah bon ?

Elle ouvrit les yeux.

— Ne fais pas attention à lui. Il se méfie de toi depuis le jour de ton arrivée. Il pense que tu as dû recevoir de l'aide en chemin. De l'aide de la ville. Je lui ai dit qu'il était cinglé.

— Merci.

Il haussa les épaules.

— Tu avais l'air si heureux en retrouvant Shay. J'ai bien vu comme elle t'avait manqué.

— Oui. Je me faisais du souci pour elle.

— Et tu as eu le courage de venir aux nouvelles en personne. Et pas parce que tu avais envie de vivre à La Fumée, hein ?

— Hmm… que veux-tu dire ?

— Tu es venue pour t'assurer que Shay allait bien.

Tally regarda David dans les yeux. Même s'il se trompait du tout au tout, ses paroles la réconfortaient. Elle avait baigné toute la journée dans un climat de suspicion et de doute, mais David l'admirait pour ce qu'elle avait accompli. Une sensation de chaleur se diffusa en elle, repoussant la fraîcheur de la brise qui balayait le promontoire.

Tally prit soudain conscience de la nature de cette sensation. C'était la même chaleur qu'elle avait ressentie en parlant à Peris après son opération, ou quand ses professeurs la regardaient d'un air approbateur. Ce n'était pas un sentiment qu'elle avait connu face à des Uglies. Sans les grands yeux dessinés à la perfection, leurs visages ne pouvaient pas inspirer cela. Mais le clair de lune, le décor, voire simplement les mots qu'il avait prononcés, avaient changé David en Pretty. Juste pour un instant.

Sauf que la magie reposait sur des mensonges. Elle ne méritait pas que David la regarde de cette manière.

Elle se tourna de nouveau vers l'océan de fleurs.

— Je parie que Shay doit se mordre les doigts de m'avoir parlé de La Fumée.

— Peut-être pour l'instant, admit David. Mais ça lui passera.

— Pourtant, elle et toi…

— Elle et moi. (Il soupira.) Shay change d'avis très vite, tu sais.

— Que veux-tu dire ?

— La première fois qu'elle a voulu venir à La Fumée, c'était au printemps. Avec Croy et les autres.

— Elle m'a raconté. Elle s'est dégonflée au dernier moment, c'est ça ?

David hocha la tête.

— J'ai toujours su qu'elle allait renoncer. Elle ne voulait s'enfuir que pour suivre ses amis. En ville, elle serait restée seule.

Tally se remémora sa solitude après l'opération de Peris.

— Je connais ce sentiment.

— Elle ne s'est pas montrée cette nuit-là. Cela arrive. J'ai été très surpris de la voir dans les ruines quelques semaines plus tard, brusquement convaincue de vouloir quitter la ville pour toujours. Et elle parlait déjà de faire venir une amie, alors qu'elle n'avait encore jamais mentionné ton existence. (Il secoua la tête.) J'ai failli lui dire de tout oublier, de rester en ville et de devenir Pretty.

Tally prit une grande inspiration. Sa vie aurait été tellement plus facile si David avait obéi à cette impulsion. Tally serait belle aujourd'hui, au sommet d'une tour de fête en compagnie de Peris, de Shay et d'une bande de nouveaux amis. Mais cette idée ne fit naître en elle aucun regret.

David lui pressa la main.

— Je suis content de ne pas l'avoir fait.

Quelque chose poussa Tally à dire :

— Moi aussi.

Les mots la surprirent, tant ils sonnaient juste. Elle étudia David de près ; la sensation était toujours là. Elle voyait bien que son front était trop haut, qu'une petite cicatrice blanche lui barrait le sourcil. Et son sourire était un peu tordu. Mais on aurait dit que quelque chose avait changé dans la tête de Tally, et cela rendait le visage de David beau à ses yeux. La chaleur corporelle du jeune homme repoussait la fraîcheur ambiante, et Tally se rapprocha de lui.

— Shay s'en est voulue d'avoir pris peur la première fois, et de t'avoir laissé des indications alors qu'elle m'avait promis de ne pas le faire, dit-il. Aujourd'hui, elle a décidé que La Fumée était le plus bel endroit du monde. Et que j'étais le garçon le plus cool de la terre pour l'avoir amenée ici.

— Elle t'aime beaucoup, David.

— Moi aussi, je l'aime beaucoup. Mais ce n'est pas…

— Pas quoi ?

— … une fille sérieuse. Ce n'est pas toi.

Tally se détourna, prise de tournis. Elle savait qu'elle devait tenir sa promesse maintenant, sans quoi elle n'y parviendrait jamais. Ses doigts touchèrent machinalement le pendentif.

— David…

— Ouais, j'ai remarqué ton collier. Après ton sourire, c'est la deuxième chose que j'ai remarquée chez toi.

— Tu sais qu'on me l'a offert.

— J'avais deviné, oui.

— Et que… j'ai parlé à cette personne de La Fumée.

Il acquiesça.

— Ça aussi, je m'en doutais.

— Tu n'es pas furieux contre moi ?

Il haussa les épaules.

— Tu ne m'avais rien promis. On ne s'était même pas rencontrés.

— Mais quand même…

David avait plongé ses yeux dans les siens. Tally détourna le regard, tâchant de noyer son étrange sentiment dans la mer de fleurs blanches.

David soupira doucement.

— Tu as laissé beaucoup de biens précieux derrière toi en venant ici – tes parents, ta ville, ta vie entière. Et tu commences à apprécier La Fumée, je le vois. Tu appréhendes ce que nous faisons ici avec un autre regard que la plupart des fugitifs.

— J'aime l'atmosphère de l'endroit. Mais je ne suis pas sûre de… rester.

Il sourit.

— Je sais. Écoute, je n'entends pas te brusquer. Peut-être que celui qui t'a offert ce cœur viendra, peut-être que non. Ou que tu retourneras vers lui. Mais en attendant, veux-tu faire quelque chose pour moi ?

— Oui, quoi ?

Il se leva et lui tendit la main.

— Je voudrais te présenter à mes parents.

LE SECRET

Ils descendirent la crête par le versant le plus éloigné, le long d'un chemin étroit et abrupt. David ouvrait la marche dans les ténèbres, marchant d'un pas vif, posant le pied sans hésitation sur le sentier presque invisible. Tally avait bien du mal à le suivre.

Elle avait subi un choc après l'autre au long de la journée, et pour couronner le tout, voilà qu'elle allait faire la connaissance des parents de David. C'était la dernière chose à laquelle elle s'attendait. Les réactions du jeune homme ne cessaient de l'étonner. Peut-être était-ce dû au fait qu'il avait grandi à l'extérieur, loin des habitudes de la ville. Ou bien était-il simplement… différent.

La ligne de crête était déjà loin derrière eux, et la montagne se dressait d'un côté.

— Tes parents n'habitent pas à La Fumée ?

— Non. Ce serait trop dangereux.

— Pourquoi, dangereux ?

— Ça fait partie de ce que j'avais commencé à te dire dans la grotte de la voie ferrée.

— À propos de ton secret ? Que tu étais né dans la nature ?

David s'arrêta et se retourna face à elle dans la nuit.

— Il y a autre chose.

— Quoi donc ?

— Ils te le raconteront eux-mêmes. Viens.

Quelques minutes plus tard, un petit carré lumineux apparut dans l'obscurité, accroché à flanc de montagne. Il s'agissait d'une fenêtre, derrière laquelle brillait une lumière rouge foncé à travers un rideau. La maison semblait à moitié enterrée, comme enfouie dans la montagne.

David fit halte.

— Je ne veux pas les surprendre. Ils sont parfois un peu nerveux, expliqua-t-il avant de crier : Ohé !

Un moment plus tard, une porte s'ouvrait, laissant filtrer un pinceau de lumière.

— David ? fit une voix de femme. (La porte s'ouvrit plus grand, jusqu'à ce que la lumière les atteigne.) Az, c'est David.

En s'approchant, Tally vit que la femme était une vieille Ugly. Elle n'aurait pas su dire si elle était plus jeune ou plus âgée que le Boss, mais elle était certes moins terrifiante à voir. Ses yeux pétillaient comme ceux d'une Pretty, et les rides de son visage s'effacèrent derrière un sourire chaleureux quand elle serra son fils dans ses bras.

— Bonsoir, maman.

— Et tu es sûrement Tally ?

— Enchantée de vous connaître.

Elle se demanda si elle devait lui serrer la main. En ville, on voyait rarement les parents des autres Uglies, sauf lorsque l'on traînait chez eux durant les vacances scolaires.

La maison était beaucoup plus chaude que le baraquement dans lequel dormait Tally, et son plancher moins rugueux, comme si les parents de David vivaient là depuis si longtemps que leurs pieds en avaient usé les aspérités. Elle paraissait plus solide que n'importe quel autre bâtiment de La Fumée, et réellement taillée dans le roc. L'un des murs était de pierre nue, luisante d'une sorte d'isolant transparent.

— Enchantée, moi aussi, Tally, dit la mère de David.

Tally ignorait comment elle s'appelait. David parlait toujours de « maman » ou de « papa », termes que Tally n'avait plus employés pour désigner Sol et Ellie depuis l'époque où elle était gamine.

Un homme apparut et serra la main de David avant de se tourner vers elle.

— Content de te connaître, Tally.

Elle retint son souffle, à court de paroles. David et son père présentaient une étonnante... ressemblance. Plus de trente ans devaient les séparer, mais leur mâchoire, leur front et leur sourire de travers étaient tellement similaires !

— Tally ? fit David.

— Désolé. C'est juste que vous avez l'air... identiques !

Les parents de David éclatèrent de rire, et Tally se sentit rougir.

— On nous dit ça souvent, fit le père de David. C'est toujours un choc pour vous autres gamins de la ville. Mais tu as déjà entendu parler de génétique, pas vrai ?

— Je sais tout sur la génétique. J'ai connu deux sœurs, Uglies, qui avaient presque la même tête. Mais des parents et leurs enfants ? Ça fait drôle.

La mère de David prit une expression sérieuse, mais ses yeux continuaient à sourire.

— Les traits que nous tenons des parents sont ce qui nous différencie. Un grand nez, des lèvres minces, un front haut – tout ce que l'opération fait disparaître.

— « La préférence pour la moyenne », déclara le père.

Tally acquiesça, se rappelant ses cours à l'école. La moyenne générale des caractéristiques faciales humaines constituait la base fondamentale de l'opération.

— Exact. Les traits d'apparence ordinaire sont l'une des choses qu'on recherche dans un visage.

— Mais la famille transmet des traits qui sortent de l'ordinaire. Comme notre grand nez.

L'homme tordit le nez de son fils, et David roula les yeux. Tally réalisa soudain que le nez de David était beaucoup plus grand que celui de n'importe quel Pretty. Comment avait-elle pu ne pas le remarquer plus tôt ?

— Cela fait partie des choses auxquelles on renonce en devenant Pretty. Le nez familial, dit la mère. Az ? Et si tu montais un peu le chauffage ?

Tally prit conscience qu'elle frissonnait, mais pas à cause du froid provenant de l'extérieur. Tout cela était si étrange. Elle ne parvenait pas à s'habituer à cette similitude entre David et son père.

— Ça va. Il fait bon ici, heu…

— Maddy, fit la femme. On s'assoit ?

Apparemment, Az et Maddy les attendaient. Dans la première pièce de la maison, on avait disposé quatre tasses anciennes sur de petites soucoupes. Une bouilloire se mit bientôt à siffler doucement sur un réchaud électrique, et Az versa l'eau bouillante dans une antique théière, libérant des senteurs végétales à travers la pièce.

Tally regarda autour d'elle. La maison ne ressemblait en rien aux autres bâtiments de La Fumée. Elle était pareille à une maison de croulants, encombrée d'objets inutiles. Une statuette de marbre se trouvait dans un coin, et de riches tentures pendaient aux murs, apportant des couleurs à la pièce, arrondissant les angles de l'ensemble. Maddy et Az avaient dû emporter beaucoup de choses avec eux quand ils s'étaient enfuis. Et contrairement aux Uglies, qui ne possédaient que leur uniforme de dortoir et des produits jetables, tous deux avaient consacré la moitié de leur vie à accumuler nombres d'objets avant de quitter la ville.

Tally se souvint des sculptures sur bois de Sol, formes abstraites taillées dans des branches qu'elle ramassait dans les parcs étant gamine. David n'avait peut-être pas eu une enfance si différente de la sienne, en fin de compte.

— Tout ça a comme un air familier, dit-elle.

— David ne t'a pas dit ? s'étonna Maddy. Az et moi venons de la même ville que toi. Si nous étions restés, ce serait peut-être nous qui t'aurions rendue Pretty.

— Oh, j'imagine que oui, murmura Tally.

S'ils étaient demeurés en ville, La Fumée n'aurait pas existé et Shay ne se serait jamais enfuie.

— David nous a raconté que tu avais fait tout le chemin jusqu'ici par tes propres moyens, dit Maddy.

Elle opina.

— Je suis venue rejoindre une amie. Elle m'avait laissé des indications.

— Et tu as décidé de venir seule ? Tu ne pouvais pas attendre David ?

— Elle n'avait pas le temps, expliqua David. Elle est partie la veille de son seizième anniversaire.

— Voilà ce qu'on appelle se décider à la dernière minute, dit Az.

— Très théâtral, commenta Maddy d'un ton approbateur.

— En fait, je n'ai pas eu tellement le choix. Je n'avais jamais entendu parler de La Fumée jusqu'à ce que Shay, mon amie, m'apprenne son départ. C'était une semaine avant mon anniversaire.

— Shay ? Je ne crois pas l'avoir déjà rencontrée, dit Az.

Tally se tourna vers David, qui haussa les épaules. Il n'avait donc jamais amené Shay ici ?

— Tu as pris ta décision drôlement vite, observa Maddy.

— Il fallait bien. La chance n'allait pas se présenter deux fois.

— Voilà qui est parler en vraie Fumante, approuva Az en versant un liquide sombre dans les tasses. Du thé ?

— Heu… s'il vous plaît.

Tally sentit la chaleur à travers le matériau blanc de la tasse. Réalisant qu'il s'agissait d'une de ces concoctions fumantes qui vous brûlent la langue, elle y trempa ses lèvres avec prudence. Le goût amer la fit grimacer.

— Désolée. En fait, c'est la première fois que je bois du thé.

Az écarquilla les yeux.

— Vraiment ? Pourtant, c'était une boisson très populaire à l'époque où nous vivions là-bas.

— J'en ai entendu parler. Mais c'est plutôt les croulants qui en boivent. Enfin, je veux dire, les vieux Pretties.

Maddy éclata de rire.

— Ma foi, nous sommes joliment décatis, alors j'imagine qu'on peut en boire sans problème.

— Parle pour toi, ma chérie.

— Goûte avec ça, dit David.

Il lâcha un cube blanc dans la tasse de Tally. À la deuxième gorgée, une certaine douceur s'était répandue dans le breuvage, noyant l'amertume. Elle put désormais l'avaler sans grimace.

— David t'a un peu parlé de nous, je suppose, reprit Maddy.

— Eh bien, il m'a dit que vous vous étiez enfuis il y a longtemps. Avant sa naissance.

— Ah oui ? fit Az.

Il avait exactement la même expression que David quand un membre du groupe de récupération commettait une imprudence avec une vibroscie.

— Je ne lui ai pas tout raconté, papa, dit David. Seulement que j'avais grandi dans la nature.

— Tu nous laisses le soin de détailler le reste ? fit Az avec raideur. C'est bien bon de ta part.

David soutint le regard de son père.

— Tally est venue ici pour s'assurer que son amie se portait bien. Elle a fait tout ce chemin seule. Mais elle n'est pas sûre de vouloir rester.

— Nous n'obligeons personne à vivre ici, dit Maddy.

— Je n'ai pas dit ça. Je crois simplement qu'elle a le droit de savoir, avant de décider si elle va regagner la ville.

Tally contempla David puis ses parents avec étonnement. Ils avaient une façon si étrange de communiquer, pas du tout comme des Uglies avec des croulants ! Plutôt comme des Uglies entre eux. D'égal à égal.

— Savoir quoi ? demanda-t-elle doucement.

Ils se tournèrent vers elle, Maddy et Az la jaugeant du regard.

— Le grand secret, dit Az, celui qui nous a fait nous enfuir voilà presque vingt ans.

— Un secret que nous gardons généralement pour nous, précisa Maddy d'une voix neutre, les yeux fixés sur David.

— Tally a le droit d'être au courant, dit à nouveau David en affrontant sa mère du regard. Elle sait à quel point c'est important.

— Ce n'est qu'une gamine. Une gamine de la ville.

— Elle s'est rendue jusqu'ici par ses propres moyens, sans rien d'autre qu'une poignée d'indications obscures pour la guider.

Maddy fronça les sourcils.

— Tu n'as jamais vécu en ville, David. Tu n'as pas idée à quel point ils sont dorlotés. Ils passent leur vie entière dans une bulle.

— Elle a survécu toute seule pendant neuf jours, maman. Elle a traversé un feu de broussaille.

— Dites donc, vous deux, intervint Az. Je vous signale qu'*elle* est assise juste devant vous. Pas vrai, Tally ?

— Oui, fit doucement Tally. Et j'aimerais bien que vous me disiez de quoi vous êtes en train de parler.

— Je regrette, dit Maddy. Mais il s'agit d'un secret très important. Et très dangereux.

Tally secoua la tête, en regardant ses chaussures.

— Tout est dangereux par ici.

Ils demeurèrent silencieux un moment. On entendait juste le bruit que faisait Az en touillant son thé.

— Vous voyez ? dit finalement David. Elle comprend très bien. On peut lui faire confiance. Elle mérite d'être au courant.

— Tout le monde finit par l'être, commenta Maddy. Tôt ou tard.

— Bon, dit Az avant de prendre une gorgée de thé. Je suppose que nous allons devoir tout te raconter, Tally.

— Me raconter *quoi* ?

David prit une grande inspiration.

— En quoi consiste exactement le fait d'être Pretty.

BELLE MENTALITÉ

— Nous étions des médecins, commença Az.

— Des chirurgiens esthétiques, pour être précis, dit Maddy. Nous avons tous les deux pratiqué l'opération des centaines de fois. Quand on s'est connus, je venais d'être nommée au Comité des standards morphologiques.

Tally écarquilla les yeux.

— Le Beau comité ?

Ce surnom fit sourire Maddy.

— On se préparait pour un congrès sur la morphologie. À cette occasion, l'ensemble des villes mettent en commun leurs données sur l'opération.

Tally acquiesça. Les villes se donnaient du mal pour conserver chacune leur indépendance, mais le Beau comité était une institution centrale qui veillait à ce que tous les Pretties restent plus ou moins identiques. À quoi bon poursuivre l'opération si les habitants d'une ville devenaient plus beaux que ceux des autres ?

Comme la plupart des Uglies, Tally avait souvent rêvé de faire un jour partie du comité, et de choisir avec lui à quoi devrait ressembler la prochaine génération. À l'école, bien sûr, les professeurs s'appliquaient à en présenter les travaux comme particulièrement ennuyeux (graphiques en pagaille, mesures des pupilles selon différents visages, calcul des moyennes, etc.).

— De mon côté, je poursuivais des recherches indépendantes sur l'anesthésie, dit Az. Pour tâcher de rendre l'opération plus sûre.

— Plus sûre ? releva Tally.

— Quelques personnes en meurent chaque année, comme dans n'importe quelle opération chirurgicale, expliqua-t-il. À cause de la durée de l'endormissement, principalement.

Tally se mordit la lèvre. Elle n'avait jamais entendu parler de cela.

— Oh.

— Je me suis rendu compte que l'anesthésique employé au cours de l'opération entraînait parfois des complications. De minuscules lésions dans le cerveau. À peine visibles, même à l'aide des machines les plus perfectionnées.

Tally courut le risque de passer pour une idiote.

— Qu'est-ce qu'une lésion ?

— Un amas de cellules à l'aspect anormal, dit Az. Comme une plaie, ou une tumeur, ou quelque chose qui n'a rien à faire là.

— Quand Az m'a montré ses résultats, poursuivit Maddy, je me suis mise à enquêter. Le comité local disposait de millions de scanners dans sa base de données. Pas du genre qu'on publie dans les manuels médicaux, mais des archives brutes concernant des Pretties du monde entier. Les lésions apparaissaient partout.

Tally fronça les sourcils.

— Vous voulez dire que tous ces gens étaient malades ?

— Ils ne paraissaient pas l'être. Et ces lésions n'étaient pas cancéreuses, car elles ne s'étendaient pas. Presque tout le monde en avait, et toujours exactement à la même place.

Elle indiqua un endroit au sommet de son crâne.

— Un peu plus à gauche, ma chérie, dit Az en lâchant un cube blanc dans son thé.

Maddy s'exécuta, avant de poursuivre :

— Le point capital, c'est que presque tout le monde souffrait de ces lésions. Si elles présentaient un risque quelconque pour la santé, quatre-vingt-dix-neuf pour cent de la population aurait dû montrer des symptômes.

— Elles étaient peut-être naturelles ? suggéra Tally.

— Non. On ne les rencontrait que chez les post-opés, enfin, les Pretties, dit Az. Aucun Ugly n'en souffrait. Il s'agissait clairement d'une conséquence de l'opération.

Tally se tortilla sur sa chaise. L'idée d'un désordre mystérieux présent dans le cerveau de tout Pretty la rendait nerveuse.

— Avez-vous découvert ce qui les causait ?

Maddy soupira.

— En un sens, oui. Az et moi avons étudié de près tous les cas négatifs – autrement dit, les rares Pretties qui ne montraient pas ces lésions – en nous efforçant de comprendre ce qu'ils avaient de différent. Pourquoi avaient-ils été épargnés ? Nous avons écarté le groupe sanguin, le sexe, la taille, les facteurs d'intelligence, les marqueurs génétiques – rien ne semblait significatif. Ils ne se distinguaient en rien du reste de la population.

— Et puis, nous avons découvert une drôle de coïncidence, dit Az.

— Leurs métiers, dit Maddy.

— Leurs métiers ?

— Les négatifs exerçaient tous le même genre de profession, expliqua Az. Pompiers, gardiens, médecins, politiques, ainsi que tous ceux qui travaillaient pour les Special Circumstances. Ceux qui œuvraient dans ces branches n'avaient pas de lésions ; tous les autres Pretties, si.

— Donc, vous-mêmes, vous étiez indemnes ?

Az hocha la tête.

— On a fait le test. Nous étions négatifs.

— Nous ne serions pas assis là, sinon, déclara tranquillement Maddy.

— Que voulez-vous dire ?

Ce fut David qui répondit.

— Ces lésions ne sont pas accidentelles, Tally. Elles font partie de l'opération, au même titre que le remodelage des os ou le curetage de la peau. C'est l'un des changements apportés par la beauté.

— Mais vous disiez que tout le monde n'était pas atteint.

Maddy acquiesça.

— Chez certains Pretties, elles disparaissent, ou sont guéries à dessein – chez tous ceux dont la profession exige des nerfs d'acier, comme travailler aux urgences ou lutter contre des incendies. Ceux qui doivent faire face au conflit et au danger.

— Les gens qui doivent relever des défis, conclut David.

Tally repensa à son voyage jusqu'à La Fumée.

— Et les rangers ?

Az approuva de la tête.

— Il me semble que j'en avais quelques-uns dans ma base de données. Tous négatifs.

Tally se souvint des visages des rangers qui l'avaient sauvée. Tous affichaient une assurance et une sûreté inhabituelles, comme David, à la différence des jeunes Pretties dont Peris et elle s'étaient toujours moqués.

Peris…

Tally déglutit. Un goût plus amer que celui du thé lui remonta du fond de la gorge. Elle essaya de se rappeler l'attitude de Peris quand elle s'était invitée à la fête à la résidence Garbo. Elle avait été honteuse de son propre visage, à ce moment-là. Il lui avait semblé très différent – plus vieux, plus mûr.

Mais d'une certaine manière, ils ne s'étaient pas retrouvés… comme s'il était devenu quelqu'un d'autre. Était-ce parce que depuis son opération, ils avaient vécu tous les deux dans des mondes différents ? Ou y avait-il autre chose là-dessous ? Elle tenta de s'imaginer Peris vivant ici, à La Fumée, travaillant de ses mains et confectionnant ses propres habits. Le Peris d'autrefois aurait apprécié le défi. Mais le beau Peris ?

Elle se sentit prise de vertige, comme si la maison était un ascenseur qui s'enfonçait sous ses pieds.

— Quel effet ont ces lésions ? demanda-t-elle.

— Nous ne le savons pas exactement, admit Az.

— Mais on a quelques petites idées, ajouta David.

— Des soupçons, précisa Maddy.

Az baissa les yeux sur son thé, l'air gêné.

— Des soupçons suffisamment forts pour vous convaincre de fuir, dit Tally.

— Nous n'avons pas eu le choix, dit Maddy. Peu après notre découverte, les Special Circumstances nous ont rendu visite. Elles ont emporté toutes nos données et ont exigé que nous cessions nos recherches si nous ne voulions pas perdre nos licences. Il fallait soit fuir, soit oublier tout ce que nous avions découvert.

— Et ce n'est pas le genre de choses qu'on peut oublier, dit Az.

Tally se tourna vers David. Il était assis près de sa mère, le visage sombre, devant sa tasse de thé qu'il n'avait pas touchée. Ses parents hésitaient encore à aller jusqu'au bout de la vérité. Mais elle voyait bien que David ne partageait pas leurs scrupules.

— Qu'en penses-tu ? lui demanda-t-elle.

— Eh bien, tu te souviens de la manière dont vivaient les Rouillés, j'imagine ? dit-il. La guerre, le crime, ces horreurs ?

— Bien sûr. Ils étaient cinglés. Ils ont failli détruire le monde.

— C'est ce qui a convaincu les gens de couper les villes du reste du monde, de laisser la nature tranquille, déclara David. Et maintenant, ils sont heureux, parce qu'ils ont tous la même tête : tout le monde est beau. Plus de Rouillés, plus de guerre. Exact ?

— Oui. À l'école, on nous explique que les choses sont très compliquées, mais dans les grandes lignes, tu dis vrai.

Il eut un sourire maussade.

— Peut-être que ce n'est pas si compliqué. Peut-être que la raison pour laquelle la guerre et ce qui va avec ont complètement disparu, c'est qu'il n'existe plus de controverse, plus de désaccords, plus personne pour réclamer un changement. Rien que des belles foules souriantes et quelques personnes pour tenir la baraque.

Tally se souvint de l'époque où elle franchissait la rivière pour s'infiltrer à New Pretty Town et regarder les Pretties s'amuser du matin au soir. Peris et elle étaient sûrs de ne jamais devenir aussi stupides. Mais depuis qu'elle l'avait revu…

— Atteindre à la beauté ne modifie pas uniquement l'apparence, comprit-elle.

— Non, dit David. Ça change aussi la façon de penser.

SAVOIR INCENDIER SES BATEAUX

Ils veillèrent tard ce soir-là, à écouter Az et Maddy parler de leur découverte, de leur fuite en pleine nature, et de la fondation de La Fumée. Finalement, Tally se résolut à poser la question qui lui trottait dans la tête depuis le début.

— Comment avez-vous fait pour retrouver votre apparence? Je veux dire, vous étiez des Pretties, et maintenant vous êtes…

— Des Uglies? (Az sourit.) Ç'a été facile. La partie physique de l'opération n'a pas de secret pour nous. Quand un chirurgien sculpte un beau visage, il utilise une sorte de plastique intelligent spécial pour remodeler les os. Pour qu'un jeune Pretty devienne grand, ou ancien, il suffit d'ajouter un catalyseur chimique à ce plastique et il redevient mou comme de l'argile.

— Beurk, lâcha Tally en imaginant qu'on pouvait modeler son visage mou avec les doigts.

— Grâce à des doses quotidiennes de ce catalyseur, le plastique fond graduellement et peut être absorbé par le corps. Ton visage redevient tel qu'il était. Plus ou moins.

Tally haussa les sourcils.

— Plus ou moins?

— On ne peut pas retrouver exactement la même forme aux endroits où les os ont été rabotés. Et il est impossible d'obtenir des modifications importantes, comme la taille d'une personne, sans recourir à la chirurgie. Maddy et moi avons conservé tous les bénéfices non cosmétiques de l'opération : dentition impeccable, vision parfaite, résistance aux maladies. Mais nous ressemblons beaucoup à ce que nous serions devenus sans l'opération. Quant à la cellulite, dit-il en se tapotant le ventre, elle s'est révélée très facile à remplacer.

— Mais pourquoi ? Pourquoi vouloir redevenir des Uglies ? Puisque vous étiez médecins, vous n'aviez pas de lésions au cerveau ?

— Notre cerveau se porte à merveille, répondit Maddy. Mais nous voulions fonder une communauté de gens exempts de lésions, des gens capables de penser librement. C'était la seule manière d'évaluer le véritable effet des lésions. Ce qui voulait dire que nous devions réunir un groupe de Uglies. De jeunes Uglies, recrutés dans les villes.

Tally hocha la tête.

— Alors, il vous fallait devenir moches vous aussi. Comment vous faire confiance, sinon ?

— Nous avons raffiné le catalyseur chimique et créé une pilule quotidienne. Nos anciens visages se sont reconstitués en quelques mois. (Maddy regarda son époux avec un pétillement dans le regard.) Le processus était fascinant, je dois dire.

— J'imagine, en convint Tally. Et les lésions ? Pouvez-vous fabriquer une pilule pour les guérir ?

Ils restèrent silencieux un moment tous les deux, puis Maddy secoua la tête.

— Nous n'avons pas eu le temps de trouver toutes les réponses avant l'intervention des Special Circumstances. Az et moi ne sommes pas des spécialistes du cerveau. Nous travaillons sur la question depuis vingt ans sans succès. Mais ici, à La Fumée, on peut voir la différence qu'entraîne le fait de rester Ugly.

— Je l'ai constatée moi-même, dit Tally en songeant à ce qui distinguait Peris de David.

Az leva un sourcil.

— Alors, c'est que tu comprends drôlement vite.

— Mais il existe un remède, c'est certain, dit David.

— Comment le savez-vous ?

— C'est obligé, dit Maddy. Nos données montraient que tout le monde souffre de ces lésions à la suite de la première opération. Donc, quand quelqu'un accède à un poste à responsabilités, il faut bien que les autorités possèdent un moyen de le guérir. Les lésions sont supprimées en secret, peut-être par l'intermédiaire d'une pilule comme pour les os en plastique, et le cerveau retourne à la normale. Ce doit être un remède simple.

— Vous le découvrirez un jour, assura tranquillement David.

— Nous n'avons pas l'équipement adéquat, fit Maddy en soupirant. Nous ne disposons même pas d'un sujet humain pour nos études.

— Attendez une minute, dit Tally. Vous viviez dans une ville pleine de Pretties. Quand vous êtes devenus médecins, on vous a supprimé vos lésions. Et vous n'avez remarqué aucun changement ?

Maddy haussa les épaules.

— Bien sûr que si. On apprenait le fonctionnement du corps humain, et la manière d'affronter l'énorme responsabilité de sauver des vies. Mais nous n'avions pas le sentiment que notre cerveau se transformait. Ça nous donnait plutôt l'impression de devenir adultes.

— Mais quand vous avez regardé les autres autour de vous, comment se fait-il que vous n'ayez pas réalisé qu'ils avaient... le cerveau dérangé ?

Az sourit.

— Nous n'avions pas beaucoup de points de comparaison, en dehors de quelques collègues qui paraissaient différents de la plupart des gens. Plus engagés. Mais ça n'était pas vraiment une surprise. L'histoire indique que les masses se sont toujours comportées en moutons. Avant l'opération, on connaissait la guerre, la haine raciale et l'abattage des forêts. Quel que soit l'impact de ces lésions, elles ne nous rendent pas si différents de ce que nous étions à l'époque des Rouillés. Ces temps-ci, nous sommes juste un peu plus… faciles à gérer.

— Souffrir de ces lésions est devenu normal, dit Maddy. Nous sommes habitués à leurs effets.

Tally prit une grande inspiration, se rappelant la visite de Sol et d'Ellie. Ses parents lui avaient semblé tellement sûrs d'eux, et en même temps si lointains. Mais ils lui avaient *toujours* paru ainsi : sages et confiants, et cependant, déconnectés des vrais problèmes qui se posaient à leur fille. Était-ce le résultat d'un cerveau malade ? Tally avait toujours pensé que les parents étaient supposés se comporter de cette manière.

D'ailleurs, la superficialité et l'égoïsme constituaient des traits caractéristiques des nouveaux Pretties. En tant que Ugly, Peris s'en était souvent moqué – mais il n'avait pas perdu de temps pour se joindre à la fête. Alors, comment établir la distinction entre l'effet de l'opération et la simple adoption d'un comportement général ?

En fondant un nouveau monde. Ce que Az et Maddy avaient commencé à faire.

Tally se demanda ce qui importait au bout du compte : l'opération ou les lésions ? La beauté n'était-elle qu'un appât pour conduire tout le monde sous le scalpel ? Ou les lésions représentaient-elles la touche finale de la beauté ? Puisque tout le monde avait la même tête, il était peut-être logique que tout le monde pense de la même façon.

Tally s'enfonça dans sa chaise. Son regard se brouillait, et son estomac se serrait quand elle pensait à Peris, à ses parents, à tous les Pretties qu'elle avait croisés.

Dans quelle mesure sont-ils différents ? Quelle sensation cela fait-il d'être beau ? Qu'y a-t-il vraiment derrière ces grands yeux et ces traits délicats ?

— Tu as l'air fatigué, dit David.

Il lui semblait être arrivée là depuis des semaines, avec David. Ces quelques heures de discussion avaient transformé son univers.

— Peut-être un peu.

— Je crois qu'on va y aller, maman.

— Bien sûr, David. Il est tard, et Tally a pas mal de choses à digérer.

Az et Maddy se levèrent, et David aida Tally à quitter sa chaise. Elle leur dit au revoir comme dans un rêve, tressaillant intérieurement alors qu'elle déchiffrait l'expression de leurs vieux visages moches : ils étaient désolés pour elle. Tristes qu'elle ait entendu la vérité, tristes d'avoir été ceux qui la lui avaient apprise. Au bout de vingt ans, ils s'étaient peut-être habitués à l'idée, mais ils n'avaient pas oublié ce que cette révélation pouvait avoir d'horrible.

Quatre-vingt-dix-neuf pour cent de l'humanité avaient subi quelque chose au cerveau, et seules quelques rares personnes sur la planète savaient exactement quoi.

— Tu comprends pourquoi je voulais te présenter mes parents ?

— Oui, je crois.

Tally et David avançaient dans l'obscurité, remontant la crête en direction de La Fumée, sous un ciel plein d'étoiles maintenant que la lune s'était couchée.

— Tu aurais pu retourner en ville sans savoir.

Tally frissonna en réalisant qu'elle avait failli s'y décider plusieurs fois. Dans la bibliothèque, elle avait ouvert le pendentif, pour presque l'approcher de son œil ; si elle l'avait fait, les Specials seraient arrivés en quelques heures.

— Je n'aurais pas pu le supporter, dit David.

— Certains Uglies doivent bien renoncer, pourtant ?

— Sûr. Ils se fatiguent du camping, et on ne peut pas les forcer à rester.

— Vous les laissez repartir ? Alors qu'ils ne savent pas ce que signifie vraiment l'opération ?

David s'arrêta et prit Tally par les épaules avec une expression tourmentée.

— Nous ne le savons pas non plus. Et si on racontait à tout le monde ce que nous soupçonnons ? La plupart d'entre eux ne nous croiraient pas, mais les autres fonceraient en ville pour tenter de sauver leurs amis. Et en fin de compte, les villes connaîtraient notre discours et feraient tout ce qui est en leur pouvoir pour remonter jusqu'à nous.

C'est déjà le cas, se dit Tally. Elle se demanda combien d'autres espions les Special Circumstances avaient obligés à chercher La Fumée, combien de fois elles avaient failli localiser l'endroit. Comment raconter à David ce qu'elles tramaient ? Si elle lui expliquait qu'elle était une taupe, il ne lui ferait plus jamais confiance.

Elle soupira. Ce serait sans doute la meilleure manière de ne plus s'interposer entre lui et Shay.

— Tu as l'air triste.

Tally s'efforça de sourire. David avait partagé son plus grand secret avec elle ; elle devrait lui avouer le sien. Mais elle n'en avait pas le courage.

— La soirée a été longue, c'est tout.

Il lui rendit son sourire.

— Ne t'en fais pas, elle ne durera pas éternellement.

Tally se demanda combien de temps les séparait de l'aube. D'ici quelques heures elle prendrait son petit déjeuner en compagnie de Shay, de Croy et de tous ceux qu'elle avait failli trahir, et condamner à l'opération. Elle tressaillit à cette idée.

— Hé, dit David en lui soulevant le menton dans le creux de sa paume. Tu as été super, ce soir. Je pense que tu as fait forte impression sur mes parents.

— Moi ?

— Bien sûr, Tally. Tu as compris tout de suite de quoi il retournait. La plupart des gens ne veulent pas le croire au début. Ils disent que les autorités ne se montreraient jamais aussi cruelles.

Elle eut un sourire sinistre.

— Ne t'en fais pas, j'y crois.

— Je sais. J'ai vu un tas de gosses de la ville passer par ici. Tu n'es pas comme eux. Tu vois les choses clairement, comme si tu n'avais pas eu leur enfance dorée. Voilà pourquoi je devais te mettre dans la confidence. Voilà pourquoi…

Tally le regarda dans les yeux et vit que son visage s'illuminait de nouveau, comme cela s'était déjà produit.

— Voilà pourquoi je te trouve belle, Tally.

Les mots lui donnèrent brièvement le tournis, comme la sensation de chute qu'on éprouvait à plonger son regard dans les yeux d'un jeune Pretty.

— Moi ?

— Oui, toi.

Elle rit, secouant la tête pour s'éclaircir les idées.

— Quoi, avec mes lèvres minces et mes yeux trop rapprochés ?

— Tally…

— Mes cheveux frisés, mon nez écrasé ?

— Ne dis pas ça.

Il lui effleura la joue à l'endroit où les égratignures étaient presque guéries, et lui toucha fugitivement les lèvres. Elle savait à quel point il avait le bout des doigts calleux, rugueux comme du bois. Pourtant, leur caresse lui parut douce.

— C'est ce qu'ils vous font de pire, à tous. Le plus gros dégât est déjà commis avant même qu'ils prennent le scalpel : on vous lave le cerveau pour vous convaincre que vous êtes moches.

— On l'est. Tout le monde l'est.

— Alors, tu penses que je suis moche ?

Elle détourna les yeux.

— Ne sois pas ridicule. Ce n'est pas une question de personne.

— Oh si, Tally. Bien sûr.

— Je veux dire, personne ne peut être... tu vois, biologiquement, il y a certaines choses que tout le monde... (Les mots s'étranglèrent dans sa gorge.) Sois sincère : tu trouves que je suis belle ?

— Oui.

— Plus belle que Shay ?

Ils restèrent silencieux tous les deux, bouche bée. La question avait jailli avant que Tally puisse réfléchir. Comment pouvait-elle dire une phrase aussi affreuse ?

— Je suis désolée.

David haussa les épaules et se détourna.

— C'est une question normale. Oui, je trouve.

— Tu trouves quoi ?

— Que tu es plus belle que Shay.

Il déclara cela avec nonchalance, comme s'il parlait de la pluie et du beau temps.

Tally ferma les yeux, brusquement rattrapée par la fatigue accumulée tout au long de la journée. Elle se représenta le visage de Shay – trop maigre, les yeux écartés – et une sensation abominable se répandit en elle.

Tous les jours de sa vie, elle avait insulté les autres Uglies qui l'avaient insultée en retour. Gros-Lard, Cochonou, le Squelette, la Pustule, le Monstre – autant de surnoms que les Uglies se donnaient entre eux, gaiement et sans réserve. Mais de manière équitable, sans exception, afin que personne ne se sente exclu par la faute de quelque accident de naissance. Et personne n'était même privilégié par les hasards de la génétique. C'était bien la raison pour laquelle tout le monde était rendu beau au bout du compte.

Ce n'était pas juste.

— Ne dis pas ça. Je t'en prie.

— C'est toi qui m'as posé la question.

Elle ouvrit les yeux.

— Mais c'est horrible ! Il ne faut pas parler ainsi.

— Écoute, Tally. Au fond, je m'en fiche. Ce qu'il y a en toi m'importe beaucoup plus.

— Mais tu commences par voir mon visage. Tu réagis à la symétrie, à la couleur de peau, à la forme de mes yeux. Et tu estimes ce qu'il y a en moi d'après l'ensemble de tes réactions. Tu es programmé pour ça !

— Je ne suis pas programmé. Je n'ai pas grandi en ville.

— Ce n'est pas un problème de culture, mais d'évolution !

Il capitula d'un haussement d'épaules, toute colère disparue de sa voix.

— En partie, peut-être. (Il eut un rire las.) Mais sais-tu ce qui m'a d'abord intéressé chez toi ?

Tally prit une profonde inspiration, pour tenter de se calmer.

— Quoi donc ?

— Tes égratignures au visage.

— *Quoi ?*

— Tes égratignures.

Il lui caressa la joue de nouveau, ce qui lui fit éprouver une sensation d'ordre électrique.

— Tu dis n'importe quoi. Une peau imparfaite est le signe d'un mauvais système immunitaire.

David s'esclaffa.

— C'est surtout le signe que tu as vécu une aventure, Tally, que tu t'es frayé un chemin dans la nature pour venir jusqu'ici. Pour moi, ça voulait dire que tu aurais une bonne histoire à raconter.

Son indignation retomba.

— Une bonne histoire ? (Tally secoua la tête, sentant un rire monter en elle.) En réalité, je me suis griffée au visage en faisant de la planche à travers des arbres. À grande vitesse. Tu parles d'une aventure, hein ?

— C'est quand même révélateur. Comme je l'ai pensé la première fois que je t'ai vue : tu aimes prendre des risques. (Ses doigts s'entortillèrent dans une mèche de ses cheveux roussis.) Tu continues à en courir.

Se tenir ainsi debout, dans le noir, avec David lui paraissait risqué, comme si sa vie était prête à basculer de nouveau. Il avait toujours cette lueur dans le regard, cette jolie lueur.

Peut-être arrivait-il vraiment à voir au-delà de son visage moche. Ce qu'elle avait en elle comptait-il en fait plus que tout le reste ?

Tally buta sur une grosse pierre, où elle posa le pied en équilibre instable. Ils étaient nez à nez désormais.

Elle avala sa salive.

— Tu me trouves belle.

— Oui. Ta façon d'agir, de penser te rend belle.

Une drôle d'idée traversa la tête de Tally.

— Je détesterais que tu bénéficies de l'opération. (Elle ne parvenait pas à croire qu'elle avait dit cela.) Même si on ne touchait pas à ton cerveau, je veux dire.

— Waouh, merci.

Son sourire scintilla dans l'obscurité.

— Je ne veux pas que tu ressembles à tous les autres.

— Je croyais pourtant que c'était le but de l'opération.

— Je le croyais, moi aussi. (Elle lui toucha le sourcil à l'endroit où il était barré d'un trait blafard.) Dis-moi, comment t'estu fait cette cicatrice ?

— Une aventure. Une bonne histoire. Je te la raconterai un jour.

— Promis ?

— Promis.

— Bon.

Elle se pencha en avant, se pressa contre lui, et tandis que son pied glissait peu à peu sur la pierre, leurs lèvres se rencontrèrent. Il referma les bras autour d'elle et la serra plus près. Son corps était chaud. Il constituait un point d'ancrage solide et ferme dans la réalité vacillante de Tally. Elle le serra fort, stupéfaite par l'intensité que prenait ce baiser.

Un moment plus tard elle se détachait pour reprendre son souffle, songeant à l'étrangeté de la situation. Les Uglies s'embrassaient entre eux, et souvent, mais toujours avec l'impression que rien ne comptait tant qu'on n'était pas encore beau.

Ce baiser-ci comptait.

Elle attira David à elle, et ses doigts s'enfoncèrent dans le cuir de son blouson. Le froid, les courbatures, cette chose abominable qu'elle venait d'apprendre, tout concourait à renforcer l'instant.

Puis David lui caressa la nuque et sa main suivit la chaînette, jusqu'au médaillon froid et dur qui y était accroché.

Elle se raidit, et leurs lèvres se séparèrent.

— Et ça ? demanda-t-il.

Elle referma le poing sur le cœur en métal, gardant son autre bras autour de lui. Elle ne pourrait plus lui parler du docteur Cable, désormais. Il la repousserait, peut-être à tout jamais. Le pendentif était encore entre eux.

Soudain, Tally sut ce qu'elle devait faire.

— Viens avec moi.

— Où ça ?

— À La Fumée. Il faut que je te montre quelque chose.

Elle l'entraîna vers la crête, courant presque jusqu'à ce qu'ils parviennent au sommet.

— Ça va ? demanda-t-il, tout essoufflé. Je ne voulais pas…

— Je vais bien. (Elle lui adressa un grand sourire, puis plissa les yeux en direction de La Fumée. Un dernier feu de camp brûlait au centre du village, où les sentinelles venaient se réchauffer chaque heure.) Amène-toi.

Il lui semblait important de se hâter, avant que ses certitudes ne s'estompent, avant que la sensation de chaleur en elle ne cède la place au doute. Elle dévala la piste magnétique entre les pierres peintes. David luttait pour rester sur ses talons. Lorsque le sol se redressa sous ses pieds, elle se mit à courir, indifférente aux huttes sombres et silencieuses de part et d'autre, ne voyant que le feu devant elle. Elle filait sans effort, comme sur une planche en ligne droite.

Tally courut jusqu'au feu et s'arrêta en dérapage à la lisière de la chaleur et de la fumée. Elle leva les mains pour défaire l'attache de son pendentif.

— Tally ?

David la rejoignit, pantelant, l'air confus. À bout de souffle, il tenta d'ajouter quelque chose.

— Non, lui dit-elle. Contente-toi de regarder.

Le pendentif se balançait au bout de la chaîne dans son poing, jetant des reflets rouges à la lueur des flammes. Tally focalisa sur lui tous ses doutes, sa peur d'être découverte, sa terreur des menaces du docteur Cable. Elle pressa le métal à en avoir les muscles douloureux, comme pour faire entrer de force dans son esprit l'idée de rester moche toute sa vie. Sans être moche du tout, par ailleurs.

Elle ouvrit la main et jeta le collier au centre du brasier.

Il atterrit sur une bûche rougeoyante. Le cœur de métal noircit un moment avant de virer peu à peu au jaune, puis au blanc. Finalement, il produisit un petit *pop!* comme si quelque chose venait d'exploser à l'intérieur, puis il glissa de la bûche et disparut dans les flammes.

Elle se tourna vers David.

— Waouh. Drôlement théâtral.

Tally se sentit soudain ridicule.

— Ouais, j'imagine que oui.

Il se rapprocha.

— La personne qui t'a donné ce collier...

— Elle ne compte plus pour moi.

— Et si elle vient ?

— Personne ne viendra. J'en suis sûre.

David sourit et prit Tally dans ses bras, l'éloignant du brasier.

— Tu sais, Tally, je t'aurais crue si tu m'avais simplement dit...

— Non, il fallait que je le fasse. Je devais le brûler. Pour être certaine.

Il l'embrassa sur le front en riant.

— Tu es belle.

— Quand tu dis ça, je pourrais presque... commença-t-elle.

Soudain, une vague de fatigue la submergea, comme si les derniers vestiges de son énergie avaient été engloutis dans le feu avec le collier. Elle était épuisée par sa folle course jusqu'ici, par la soirée passée en compagnie d'Az et de Maddy, par sa rude journée de travail. Et le lendemain, elle devrait affronter Shay une nouvelle fois pour lui expliquer ce qui s'était passé entre David et elle. Lorsque Shay s'apercevrait qu'elle ne portait plus son pendentif, elle comprendrait.

Mais au moins, elle ne saurait jamais la vérité. Le pendentif était complètement calciné, et sa véritable fonction dissimulée à tout jamais. Tally se laissa aller entre les bras de David et ferma les yeux. Elle gardait l'image du cœur enflammé imprimée sur la rétine.

Elle était libre. Le docteur Cable ne la retrouverait pas maintenant, et personne ne viendrait l'arracher à David ou à La Fumée, ni infliger à son cerveau ce que l'opération faisait aux Pretties. Elle n'était plus une taupe. Elle avait enfin trouvé sa place.

Tally s'aperçut qu'elle pleurait.

David la raccompagna en silence jusqu'au baraquement. À la porte, il se pencha pour l'embrasser, mais elle s'écarta et secoua la tête. Shay dormait juste à l'intérieur. Il faudrait que Tally lui parle dès demain. Ce ne serait pas facile, mais elle se savait de taille à affronter n'importe quoi désormais.

David hocha la tête, embrassa son index et le passa sur l'une des dernières égratignures qu'elle avait sur la joue.

— À demain, murmura-t-il.

— Où vas-tu ?

— Marcher un peu. J'ai besoin de réfléchir.

— Tu ne dors donc jamais ?

— Pas cette nuit.

Il sourit.

Tally lui embrassa la main puis se faufila à l'intérieur, où elle se débarrassa de ses chaussures avant de se glisser tout habillée dans son sac de couchage. Elle s'endormit en quelques secondes, comme si le poids du monde avait été ôté de ses épaules.

Le lendemain matin elle se réveilla au milieu du chaos : des bruits de course, des cris et le hurlement des machines envahirent ses rêves. Par la fenêtre du baraquement, on distinguait le ciel : il était rempli d'aérocars.

Les Special Circumstances avaient débarqué.

Troisième partie

DANS LES FLAMMES

La beauté est cette tête de Méduse
Que les hommes vont faucher en armes.
C'est morte qu'elle est le plus redoutable,
Car alors, elle vous pique et vous empoisonne
à tout jamais.

Archibald MacLeish, *Beauty*

INVASION

Tally se détourna de la fenêtre et ne vit que des couchettes vides. Elle était seule dans le baraquement.

Elle secoua la tête, l'esprit embrumé par le sommeil et l'incrédulité. Le sol vibrait sous ses pieds nus, et les murs tremblaient. Soudain, le plastique de l'une des fenêtres explosa et la cacophonie qui régnait au-dehors fit irruption dans ses oreilles. Le bâtiment entier menaçait de s'écrouler.

Où donc étaient passés les autres ? Avaient-ils déjà fui La Fumée, la laissant seule face à cette invasion ?

Tally courut jusqu'à la porte et l'ouvrit brutalement. Un aérocar en train d'atterrir devant elle l'aveugla un instant, lui soufflant un nuage de poussière en pleine figure. Elle reconnut la ligne cruelle de la voiture des Special Circumstances qui l'avait emmenée voir le docteur Cable. Mais celle-ci était équipée de quatre pales scintillantes – une à chaque emplacement des roues d'un véhicule terrestre –, croisement entre un aérocar ordinaire et l'hélicoptère des rangers.

La machine pouvait se déplacer n'importe où, réalisa Tally, aussi bien en ville qu'en pleine nature. Elle se souvint des mots du docteur Cable : *Nous arriverons en quelques heures.* Elle chassa cette pensée.

L'attaque ne pouvait pas avoir de rapport avec elle.

L'aérocar se posa dans la poussière avec un choc sourd. Ce n'était pas le moment de rester plantée là, à s'interroger. Elle tourna les talons et s'enfuit.

Le camp était un chaos de fumée et de silhouettes qui s'agitaient. Les feux dispersés avaient semé des braises partout. Deux bâtiments étaient en flammes. Poulets et lapins détalaient au milieu des tourbillons de poussière et de fumée. Des dizaines de Fumants couraient en tous sens, certains s'efforçant d'éteindre les incendies ou de s'échapper, d'autres cédant simplement à la panique.

Les cruels Pretties évoluaient au milieu de cette confusion. On voyait passer leurs uniformes gris telles des ombres fugaces. Gracieux et méthodiques, comme indifférents au désordre environnant, ils entreprirent de maîtriser les Fumants paniqués. Ils se déplaçaient dans un brouillard, sans armes visibles, laissant derrière eux des gens étendus, ligotés, abasourdis.

Ils montraient une rapidité et une force surhumaines. L'opération ne leur avait pas donné juste une apparence redoutable.

Non loin du réfectoire, environ deux douzaines de Fumants s'opposaient à une poignée de Specials en brandissant des haches et des gourdins de fortune. Tally se dirigea vers la bagarre, et des senteurs incongrues de petit déjeuner lui parvinrent à travers les volutes de fumée. Son estomac gargouilla.

Tally prit conscience qu'elle ne s'était pas réveillée au son de la cloche annonçant le petit déjeuner, trop fatiguée pour se lever avec les autres. Les Specials avaient dû attendre que la plupart des Fumants soient réunis dans le réfectoire pour déclencher leur assaut.

Naturellement. Ils tenaient à capturer le plus de Fumants possible d'un seul coup.

Les Specials ne tentèrent pas d'attaquer le groupe devant le réfectoire. Ils attendirent avec patience autour du bâtiment. Leur nombre grossissait de minute en minute à mesure que d'autres aérocars se posaient. Si quelqu'un essayait de franchir le cordon, ils réagissaient aussitôt, en le désarmant et en le maîtrisant. Mais la majorité des Fumants étaient trop choqués pour résister, paralysés par le visage terrible de leurs assaillants. Même ici, la plupart d'entre eux n'avaient jamais vu un cruel Pretty.

Tally se plaqua contre un bâtiment, tâchant de disparaître derrière un tas de bois à brûler. Tout en se protégeant les yeux de la poussière, elle chercha une voie d'évasion. Elle n'avait aucun moyen de gagner le centre de La Fumée, où sa planche magnétique, remisée sur le toit du comptoir d'échange, était en train de se recharger au soleil. Cela ne lui laissait que la forêt.

Un bosquet broussailleux se dressait à l'orée du village, qui demandait un sprint d'une vingtaine de secondes. Mais une Special se tenait entre elle et les premiers buissons, prête à intercepter les éventuels Fumants égarés. La femme balayait du regard les environs de la forêt, effectuant une rotation de la tête étrangement régulière, comme une personne suivant un match de tennis au ralenti.

Tally se glissa plus près, restant collée au bâtiment. Un aérocar au-dessus d'elle souleva un tourbillon de poussière et d'éclats de bois aveuglant.

Quand elle put voir de nouveau, Tally découvrit un vieil Ugly accroupi près d'elle, contre le mur.

— Hé ! siffla-t-il.

Elle reconnut les traits flasques, l'expression amère.

C'était le Boss.

— Jeune demoiselle, nous avons un problème.

Sa voix rauque tranchait sur la cacophonie de l'assaut.

Elle jeta un coup d'œil en direction de la Special qui faisait le guet.

— Ouais, je sais.

Un autre aérocar les survola en rugissant, et le vieux l'entraîna au coin du bâtiment pour qu'ils se dissimulent derrière un tonneau de collecte d'eau de pluie.

— Tu l'as remarquée, toi aussi ? (Il sourit, dévoilant une dent manquante.) Si on pique un sprint ensemble, l'un de nous deux réussira peut-être à passer. Si l'autre résiste.

Tally déglutit.

— Je suppose. (Elle regarda la Special qui attendait, imperturbable.) Ils sont quand même rudement rapides.

— Ça dépend. (Il fit glisser le sac de marin qu'il portait à l'épaule.) Il y a deux choses que je garde toujours en cas d'urgence.

Le Boss ouvrit la fermeture Éclair de son sac et en sortit un récipient en plastique assez grand pour contenir un sandwich.

— En voici une.

Il souleva un coin du couvercle, et un nuage de poudre s'éleva. Une seconde plus tard, Tally sentit ses sinus s'embraser. Elle se couvrit le visage, les yeux larmoyants, et tâcha d'expulser en toussant la langue de feu qui s'insinuait au fond de sa gorge.

— Pas mal, hein ? gloussa le Boss. Pur poivre de Cayenne, séché et pulvérisé. Délicieux dans les haricots, mais dans les yeux, ça fait un mal de chien.

Tally cligna les paupières pour chasser ses larmes et réussit à dire :

— Vous êtes cinglé ?

— La deuxième chose, c'est ce sac, qui renferme un échantillon représentatif de deux cents ans de culture visuelle durant l'ère rouillée. Des pièces uniques, irremplaçables. Alors, laquelle veux-tu ?

— Hein ?

— Préfères-tu le poivre de Cayenne ou le sac de magazines ? Veux-tu te faire prendre en te bagarrant contre notre amie

Special, ou sauver ce précieux héritage de l'humanité des mains barbares ?

Tally toussa encore une fois.

— Je crois… que je préfère m'échapper.

Le Boss sourit.

— Bon ! J'en ai marre de fuir. Marre de perdre mes cheveux, aussi, et d'avoir la vue basse. J'ai fait mon temps, et tu m'as l'air assez rapide.

Il lui tendit le sac de marin. Il pesait lourd, mais Tally avait pris des forces depuis son arrivée à La Fumée. Les magazines n'étaient rien en comparaison du métal de récupération.

Elle se remémora son arrivée, quand elle avait découvert un magazine pour la première fois dans la bibliothèque, réalisant avec horreur à quoi ressemblaient les hommes d'autrefois. Les photos l'avaient rendue malade alors, et aujourd'hui elle était prête à les sauver.

— Voici le plan, expliqua le Boss. J'y vais en premier, et quand la Special m'attrape, je lui balance le poivre en pleine figure. À ce moment-là, tu files tout droit et sans te retourner. C'est compris ?

— Oui.

— Avec de la chance, on s'en sortira tous les deux. Pourtant, je n'aurais pas craché sur un lifting. Prête ?

Tally remonta le sac plus haut sur son épaule.

— Allons-y.

— Un… deux… (Le Boss s'interrompit.) Oh, mince. Je crois que nous avons un autre problème, jeune demoiselle.

— Quoi donc ?

— Tu n'as pas de chaussures.

Tally baissa les yeux. Dans la confusion, elle était sortie pieds nus du baraquement. C'était bon pour marcher sur la terre battue de l'enceinte, mais dans la forêt…

— Tu ne feras pas dix mètres, ma petite.

Le Boss lui reprit le sac de marin et lui tendit le récipient en plastique.

— Maintenant, allons-y.

— Mais, je… commença Tally. Je n'ai pas envie de retourner en ville.

— Oui, jeune demoiselle, et moi j'aurais bien voulu m'offrir des soins dentaires appropriés, mais on doit tous faire des sacrifices. Pour commencer : *maintenant* !

Sur ce dernier mot, il la poussa hors de l'abri du tonneau.

Tally trébucha à découvert, au beau milieu de la rue. Le grondement de l'aérocar sembla lui passer juste au-dessus ; rentrant la tête dans les épaules, elle s'élança vers la forêt.

La Special inclina la tête sur le côté, dans sa direction, croisa calmement les bras et fronça les sourcils comme un professeur qui repère des gamins en train de jouer sur une pelouse interdite.

Si le poivre produisait autant d'effet qu'il en avait eu sur elle, Tally disposait peut-être d'une chance d'atteindre la forêt. Même si elle était supposée servir d'appât. Même sans chaussures.

Même si David avait été pris…

L'idée fit jaillir en elle un torrent de colère, et elle courut droit sur la femme, tenant le récipient à deux mains.

Un sourire s'étala sur les traits cruels de la Special.

Une fraction de seconde avant qu'elles se heurtent, la cruelle Pretty parut disparaître, s'évanouir en fumée comme par magie. À la foulée suivante, Tally se cogna le mollet dans quelque chose et sentit la douleur lui remonter dans la jambe. Elle roula sur elle-même, mains en avant pour amortir sa chute, lâchant le récipient.

Elle atterrit brutalement, en glissant sur les paumes. Tout en roulant dans la poussière, Tally vit du coin de l'œil la Special accroupie derrière elle. La femme l'avait juste évitée, avec une vivacité incroyable, et Tally avait trébuché sur elle comme une gamine maladroite.

Secouant la tête, crachant de la poussière, Tally repéra son récipient hors de portée. Elle se précipita pour l'atteindre mais un poids énorme s'abattit sur elle, l'écrasant tête la première contre le sol. La Special lui tira les poignets dans le dos et elle sentit des menottes en plastique dur lui entailler la chair.

Elle eut beau tenter de se débattre, elle ne pouvait plus bouger.

Puis, du bout de sa botte, son assaillante la retourna négligemment sur le dos. La Special se tenait au-dessus d'elle, avec un sourire froid, le récipient en main.

— Allons, allons, petite Ugly, dit la cruelle Pretty. Calme-toi un peu. On ne veut pas te faire de mal, mais si tu nous y obliges…

Tally voulut parler, mais sa mâchoire se crispa sous la douleur. Elle se l'était violemment cognée dans sa chute.

— Qu'as-tu de si important là-dedans ? demanda la Special.

Elle secoua le récipient et tâcha de voir à travers le plastique translucide.

Du coin de l'œil, Tally aperçut le Boss détaler vers la forêt. Sa course était lente, heurtée, le sac de marin manifestement trop lourd pour lui.

— Ouvrez-le, et vous saurez bien, cracha Tally.

— Je vais le faire, dit la femme en souriant. Mais chaque chose en son temps.

Elle tourna son attention vers le Boss et prit d'un coup une posture presque animale, tapie comme un chat prêt à bondir.

Tally roula en arrière sur ses épaules et décocha une ruade avec ses deux pieds. Elle toucha le récipient, qui s'ouvrit brusquement en aspergeant la Special d'une poussière brun verdâtre.

Pendant une seconde, une expression incrédule s'afficha sur le visage de la femme. Elle poussa un gargouillis étranglé, trembla de tout son corps, puis elle ferma les yeux, les poings, et se mit à hurler.

Son cri n'avait rien d'humain. Il crissa aux oreilles de Tally comme une vibroscie sur du métal. Tous les muscles de son corps se bandèrent pour faire sauter ses menottes ; son instinct la poussait à se boucher les oreilles. D'une violente détente, elle roula sur elle-même et se remit debout tant bien que mal, avant de partir en titubant vers la forêt.

Le nuage de poivre se dispersa dans la brise et Tally sentit sa gorge la piquer. Elle se mit à tousser et à larmoyer, jusqu'à être à moitié aveuglée. Avec ses mains attachées dans le dos, Tally se jeta dans les fourrés, près de perdre l'équilibre. Ses pieds nus se prirent dans la végétation dense et elle s'étala au sol.

Elle continua en rampant, tâchant de se traîner hors de vue.

Clignant les yeux pour chasser ses larmes, elle comprit que le hurlement inhumain de la Special constituait une sorte de signal. Trois autres cruels Pretties y répondirent. L'un d'eux entraîna la femme couverte de poivre en la tenant à bout de bras, tandis que les autres s'approchaient de la forêt.

Tally se figea, à peine dissimulée par les fourrés.

Puis elle sentit un picotement dans la gorge, une irritation qui croissait lentement. Elle retint son souffle, ferma les yeux ; mais sa poitrine se mit à frémir et son corps tressaillit, exigeant qu'elle expulse le poivre hors de ses poumons.

Elle *devait* tousser.

Tally déglutit tant qu'elle put, avec l'espoir d'éteindre le feu dans sa gorge à force de salive. Ses poumons réclamaient de l'oxygène, mais elle n'osait pas respirer. L'un des Specials n'était qu'à un jet de pierre, balayant du regard la forêt avec une lente rotation de la tête, fouillant les buissons de son œil implacable.

Petit à petit, le feu s'éteignit dans la poitrine de Tally. Elle se détendit et relâcha enfin son souffle.

Malgré le grondement des aérocars, le ronflement des incendies et le fracas de la bataille, le Special perçut cette infime expiration. Il tourna vivement la tête, plissa les yeux, et en un geste fluide, se dressa au-dessus d'elle, une main sur sa nuque.

— Tu es une sacrée maligne, dit-il.

Elle voulut répondre, mais fut secouée par une quinte de toux et il lui enfonça la tête dans la poussière avant qu'elle puisse reprendre son souffle.

L'ENCLOS À LAPINS

On la conduisit vers l'enclos à lapins. Pas moins de quarante Fumants menottés étaient assis dans l'enceinte grillagée. Une douzaine de Specials formaient un cordon autour d'eux, surveillant les captifs avec un air inexpressif. Près de l'entrée, quelques lapins sautillaient çà et là.

Le Special qui avait capturé Tally la conduisit tout au fond de l'enclos, où se trouvaient rassemblés une poignée de Fumants au nez en sang et aux yeux pochés.

— Une résistante armée, dit-il aux deux cruels Pretties qui gardaient le petit groupe.

Il la poussa par terre au milieu des autres.

Elle trébucha et tomba sur le dos, où son poids lui enfonça douloureusement les menottes dans les poignets. Lorsqu'elle se tortilla pour se retourner, elle sentit un pied se poser sur son dos et pousser. Pendant un instant, elle crut qu'il s'agissait d'un Special, mais la chaussure appartenait à un autre Fumant, qui tentait de l'aider de son mieux. Elle réussit à s'asseoir en tailleur.

Les Fumants blessés qui l'entouraient l'encouragèrent par des sourires tristes et des hochements de tête.

— Tally, siffla quelqu'un.

Elle se dévissa le cou en direction de la voix. C'était Croy, une entaille sanguinolente au sourcil, un côté du visage maculé de terre. Il se traîna plus près d'elle.

— Tu as résisté ? dit-il. Hmm. On dirait que je me suis trompé à ton sujet.

Tally ne put que tousser. Des traces de poivre semblaient s'être accrochées dans ses poumons, pareilles à des braises qui refusent de s'éteindre. Ses yeux larmoyaient toujours.

— J'ai remarqué que tu ne t'étais pas réveillée à la cloche ce matin, dit-il. Quand les Specials se sont amenés, j'ai pensé que tu avais rudement bien choisi ton moment pour disparaître.

Elle secoua la tête, forçant les mots à travers sa gorge encombrée.

— J'avais traîné très tard avec David. C'est tout.

Le seul fait de parler lui blessait la mâchoire.

Croy fronça les sourcils.

— Je ne l'ai pas vu de la matinée.

— Vraiment ? Il a peut-être réussi à s'enfuir.

— Ça m'étonnerait.

D'un coup de menton, Croy indiqua la porte de l'enclos. Un groupe de Fumants s'en approchait, encadré par une escouade de Specials. Parmi eux, Tally reconnut ceux qui tentaient de résister devant le réfectoire.

— Ils sont en train de ramasser les derniers, dit-il.

— As-tu aperçu Shay ?

Croy haussa les épaules.

— Elle prenait son petit déjeuner avec nous quand ils ont attaqué, mais je l'ai perdue de vue.

— Et le Boss ?

Croy regarda autour de lui.

— Non.

— Je crois qu'il s'en est tiré. Lui et moi avons tenté de fuir ensemble.

Un sourire lugubre s'étala sur le visage de Croy.

— C'est drôle. Il disait toujours que ça ne lui déplairait pas de se faire prendre. Une histoire de lifting, je crois.

Tally parvint à sourire. Puis elle songea aux lésions internes qui accompagnaient la beauté, et un frisson la parcourut. Elle se demanda combien parmi ces captifs savaient vraiment ce qui les attendait.

— Le Boss voulait se livrer pour m'aider à m'enfuir, mais on a vu que je n'aurais pas pu me sauver dans la forêt.

— Pourquoi ça ?

Elle agita les orteils.

— Pas de chaussures.

Croy haussa un sourcil.

— Tu as mal choisi ton jour pour faire la grasse matinée.

— On dirait.

Devant l'enclos bondé, les nouveaux arrivants étaient triés en groupes. Deux Specials s'avancèrent à l'intérieur, braquant un décodeur dans les yeux de chaque Fumant, avant de les emporter un par un.

— Ils doivent nous séparer par ville, dit Croy.

— Pour quoi faire ?

— Pour nous ramener chez nous, dit-il froidement.

— Chez nous… répéta-t-elle.

La nuit passée seulement, ce mot avait changé de signification dans son esprit. Désormais, son *chez-elle* était détruit. Ses ruines brûlaient autour d'elle.

Elle examina les captifs, à la recherche de Shay et David. Les visages familiers dans la foule étaient hagards, sales, effondrés par le choc et la défaite, mais Tally se rendit compte qu'elle ne les trouvait plus moches. C'était l'expression glaciale des Specials, aussi beaux soient-ils, qui lui faisait horreur désormais.

Une perturbation accrocha son regard. Trois des assaillants portaient une silhouette gesticulante, pieds et poings liés. Ils vinrent droit sur le groupe des résistants et lâchèrent leur colis sur le sol.

C'était Shay.

— Faites attention à celle-là.

Les deux gardiens jetèrent un coup d'œil à la jeune fille qui continuait à se débattre.

— Une autre résistante armée ? s'enquit l'un d'eux.

Tally vit que l'un des Specials avait un large bleu sur son beau visage.

— Désarmée. Mais dangereuse.

Les trois partirent en abandonnant la captive. Leur grâce cruelle était marquée d'un soupçon de hâte.

— Shay ! siffla Croy.

Shay roula sur elle-même. Elle avait le visage rouge, les lèvres bouffies et sanglantes. Elle cracha un jet de salive mêlée de sang dans la poussière.

— Croy, parvint-elle à dire, la langue pâteuse.

Puis son regard s'arrêta sur Tally.

— *Toi !*

— Heu, Shay… commença Croy.

— C'est toi la responsable ! (Son corps se tortilla comme un serpent dans ses dernières convulsions.) Me voler mon petit ami ne te suffisait pas ? Il fallait que tu trahisses La Fumée tout entière !

Tally ferma les yeux et secoua la tête. Cela ne pouvait pas être vrai. Elle avait détruit le pendentif. Il s'était consumé dans les flammes.

— Shay ! dit Croy. Calme-toi. Regarde-la : elle aussi s'est battue.

— Es-tu aveugle, Croy ? Regarde autour de toi ! C'est *elle* qui a fait ça !

Tally prit une grande inspiration et s'obligea à regarder Shay. Les yeux de son amie brûlaient de haine.

— Shay, je te jure, ce n'est pas moi. Je n'ai jamais…

Sa voix se brisa.

— Qui d'autre a pu les conduire ici ?

— Je n'en sais rien.

— C'est absurde de nous accuser les uns les autres, Shay, intervint Croy. Ça peut être n'importe quoi. Une image satellite. Une mission de reconnaissance.

— Une espionne.

— Est-ce que tu veux bien la regarder, Shay? s'écria Croy. Elle est attachée, comme nous. Elle a résisté !

Shay ferma les yeux et secoua la tête.

Les deux Specials munis du décodeur oculaire avaient atteint le groupe de résistants au fond de l'enclos. L'un d'eux resta en arrière tandis que l'autre s'avançait prudemment.

— On ne veut pas vous faire de mal, déclara la cruelle Pretty. Mais si c'est nécessaire…

Elle attrapa Croy par le menton et lui braqua le décodeur dans les yeux. Elle lut ce qui s'affichait.

— Encore un des nôtres, annonça-t-elle.

L'autre Special haussa un sourcil.

— J'ignorais que nous avions tellement de fugitifs.

Tous deux mirent Croy sur ses pieds et l'escortèrent au-dehors jusqu'au groupe de Fumants le plus important. Tally se mordit la lèvre. Croy était l'un des vieux amis de Shay, ce qui voulait dire que ces deux Specials venaient de sa propre ville. Peut-être était-ce le cas de tous leurs assaillants.

Il s'agissait forcément d'une coïncidence. Cela ne pouvait pas être de sa faute. Elle avait vu brûler le pendentif !

— Tu as mis Croy dans ta poche également, à ce que je vois, siffla Shay.

Tally sentit les larmes lui monter aux yeux, mais pas à cause du poivre, cette fois.

— Regarde-moi, Shay !

— Il te soupçonnait depuis le début. Mais je lui répétais sans arrêt : « Tally est mon amie, elle ne ferait jamais rien contre moi. »

— Shay, je ne te mens pas.

— Comment l'as-tu convaincu, Tally ? De la même façon que tu as convaincu David ?

— Shay, je n'ai jamais voulu ça.

— Alors où étiez-vous passés tous les deux, hier soir ?

Tally déglutit, tâchant de garder une voix ferme.

— On a discuté. Je lui ai parlé de mon collier.

— Ça vous a pris toute la nuit ? Ou avais-tu simplement décidé de lui sortir ton numéro avant l'arrivée des Specials ? Un dernier petit jeu avec lui. Avec moi.

Tally courba la tête.

— Shay…

On lui empoigna le menton pour la relever de force. Elle battit des paupières, et une lumière rouge l'aveugla.

La Special consulta son écran.

— Hé, c'est elle !

Tally secoua la tête.

— Non.

L'autre Special se pencha sur l'appareil, et confirma d'un hochement de tête.

— Tally Youngblood ?

Elle ne répondit pas. Ils la mirent debout et l'époussetèrent.

— Viens avec nous. Le docteur Cable veut te voir immédiatement.

— Je le savais, siffla Shay.

— Non !

Ils poussèrent Tally vers la porte de l'enclos. Elle se retourna par-dessus son épaule, essayant de trouver des paroles d'explication.

Un instant plus tard, Tally sentit la pression se relâcher et ses mains s'écarter d'elles-mêmes. Les Specials avaient tranché ses menottes.

— Non, dit-elle doucement.

On lui pressa l'épaule.

— Ne t'en fais pas, Tally. Tu seras chez toi en un rien de temps.

L'autre se mit de la partie.

— Ça faisait plusieurs années qu'on recherchait cette bande.

— Ouais, beau travail.

EN CAS DE DOMMAGES

Ils la conduisirent à la bibliothèque, dont les assaillants avaient fait leur quartier général. Les longues tables disparaissaient sous les écrans portables des Specials, et au calme habituel avait succédé un brouhaha parmi lequel fusaient ordres et échanges entrecoupés. La voix crispante des cruels Pretties mettait les nerfs de Tally à vif.

Le docteur Cable l'attendait à une table. En train de lire un vieux magazine, elle semblait presque détendue, comme détachée de l'activité environnante.

— Ah, Tally. (Elle fit une tentative de sourire.) Je suis contente de te voir. Assieds-toi.

Tally se demanda ce qui se cachait derrière cet accueil. Les Specials avaient traité Tally comme une complice. Le pendentif avait-il pu envoyer un signal avant qu'elle le détruise ?

De toute manière, sa seule chance d'évasion consistait à entrer dans leur jeu. Elle attrapa une chaise et s'assit.

— Mon Dieu, dans quel état tu es, dit le docteur Cable. Pour une fille qui veut être belle, tu fais toujours aussi peur à voir.

— J'ai passé une sale matinée.

— On dirait que tu as été prise dans une bagarre.

Tally haussa les épaules.

— J'essayais simplement de ne pas rester dans vos pattes.

— Tiens ? C'est une chose pour laquelle tu n'as pas l'air très douée.

Tally toussa à deux reprises, expulsant les dernières traces de poivre de ses poumons.

— Je n'en ai pas l'impression, non.

Le docteur Cable jeta un coup d'œil à son écran.

— Je vois que tu comptais parmi les résistants ?

— Certains Fumants me soupçonnaient depuis le début. Alors, quand je vous ai entendus arriver, j'ai tenté de m'enfuir. Je ne voulais pas me trouver là quand tout le monde réaliserait ce qui se passait. Au cas où ils seraient furieux contre moi.

— Instinct de conservation. Voilà au moins un domaine dans lequel tu excelles.

— Je n'ai pas demandé à venir.

— C'est vrai. Pourtant, on peut dire que tu as pris ton temps. Depuis quand es-tu ici, exactement ?

Tally fit semblant de tousser de nouveau, se demandant si elle oserait mentir. Sa voix, encore rauque et fragile en raison du poivre qu'elle avait inhalé, ne risquait pas de la trahir. Et rien ici ne recelait de détecteur de mensonges, ni la table ni la chaise en bois massif ; aucun instrument ne se trouvait à l'intérieur.

Mais Tally esquiva.

— Pas si longtemps.

— Tu n'as pas trouvé l'endroit aussi vite que je l'espérais.

— J'ai failli ne pas le trouver du tout. Quand j'ai fini par arriver, mon anniversaire était passé depuis des lustres. Voilà pourquoi on m'a soupçonnée.

Le docteur Cable secoua la tête.

— Je suppose que j'aurais dû me faire du souci pour toi, toute seule en pleine nature. Pauvre Tally.

— Merci de vous inquiéter.

— Je suis sûre que tu n'aurais pas hésité à te servir du pendentif si tu avais eu de sérieux ennuis. L'instinct de conservation : voilà ton unique talent.

Tally ricana.

— Sauf si j'étais tombée d'une falaise. Ce qui a bien failli m'arriver.

— Nous serions venus quand même. En cas de dommages, le pendentif aurait envoyé le signal automatiquement.

Les mots pénétrèrent avec lenteur : *En cas de dommages...* Tally agrippa le bord de la table, tâchant de ne montrer aucune émotion.

Le docteur Cable plissa les paupières. Elle ne disposait peut-être pas de machine pour analyser la voix, le pouls et la sueur de Tally, mais ses propres perceptions étaient en alerte. Elle avait choisi ces mots pour déclencher une réaction.

— À propos du pendentif, qu'en as-tu fait ?

Tally porta les doigts à son cou. Bien sûr, le docteur Cable avait remarqué l'absence de son collier. Ses questions menaient tout droit à cet instant. Le cerveau de Tally se démena pour trouver une réponse. On lui avait ôté ses menottes. Elle devait sortir de là, courir jusqu'au comptoir d'échanges. Avec un peu de chance, sa planche serait toujours sur le toit, déployée, en train de se recharger au soleil du matin.

— Je l'ai caché, dit-elle. J'avais peur.

— De quoi ?

— La nuit dernière, quand j'ai compris que j'étais bien à La Fumée, j'ai activé le pendentif. Mais ils possèdent des appareils capables de détecter les mouchards. Ils avaient trouvé celui de ma planche – celui que vous m'aviez collé sans me le dire.

Le docteur Cable sourit, écartant les mains en signe d'impuissance.

— Ça a bien failli faire tout rater, continua Tally. Donc, après avoir activé le pendentif, j'ai eu peur qu'ils ne détectent la transmission. Alors je l'ai caché, au cas où quelqu'un serait venu enquêter.

— Je vois. Une certaine dose d'intelligence accompagne parfois un puissant instinct de conservation. Je suis heureuse que tu aies décidé de nous aider.

— J'avais le choix ?

— On a toujours le choix, Tally. Mais tu as fait le bon. Tu as décidé de venir ici et de retrouver ton amie, pour lui épargner une vie de mocheté. Tu devrais t'en réjouir.

— Je suis aux anges.

— Vous êtes tellement combatifs, vous autres Uglies. Enfin, tu vas grandir bientôt.

À ces mots, un frisson parcourut le dos de Tally. Pour le docteur Cable, « grandir » signifiait subir une altération du cerveau.

— Il y a une dernière chose que je voudrais te demander, Tally. Veux-tu aller me chercher le pendentif là où tu l'as caché ? Je n'aime pas laisser de traces derrière moi.

Tally sourit.

— Avec plaisir.

— Cet agent va t'accompagner. (Le docteur Cable leva un doigt, et un Special apparut à ses côtés.) Et afin de t'éviter des ennuis avec tes amis Fumants, nous allons te faire passer pour une brave résistante.

Le Special ramena les mains de Tally dans son dos, et elle sentit de nouveau la morsure du plastique à ses poignets.

Elle respira un grand coup, sentant son pouls résonner sous son crâne, puis se força à dire :

— Si ça vous amuse.

— Par ici.

Tally guida le Special vers le comptoir d'échanges, prenant la mesure de la situation. La Fumée était réduite au silence. Les incendies se développaient hors de tout contrôle. Certains s'étaient déjà éteints d'eux-mêmes : des nuages de fumée s'élevaient du bois noirci et tourbillonnaient à travers le camp.

Quelques visages soupçonneux se retournèrent sur Tally. Elle était la dernière Fumante encore debout. Tous les autres se trouvaient au sol, menottés et sous bonne garde, la plupart d'entre eux rassemblés près de l'enclos à lapins.

Elle s'efforça d'adresser un sourire maussade à ceux qui la voyaient, avec l'espoir qu'ils remarqueraient qu'elle était menottée tout comme eux.

En arrivant au comptoir, Tally leva la tête.

— Je l'ai caché sur le toit.

Le Special examina le bâtiment d'un air suspicieux.

— Très bien, dit-il. Attends-moi ici. Assieds-toi, et n'essaie pas de te relever.

Elle haussa les épaules et s'agenouilla soigneusement.

Le Special se hissa sur le toit avec une aisance qui fit frémir Tally. Comment allait-elle se débarrasser de ce cruel Pretty ? Même si elle avait eu les mains libres, il était plus grand, plus fort, plus rapide qu'elle.

Un instant plus tard, sa tête émergeait du toit.

— Où est-il ?

— Sous le rapchuck.

— Le quoi ?

— Le *rapchuck*. Vous savez, ce truc à l'ancienne où le faîte du toit rejoint l'abbersnatch.

— De quoi est-ce que tu parles ?

— C'est de l'argot de Fumants. Laissez-moi vous montrer.

Une expression de doute mêlée d'agacement traversa le visage impassible du Special ; cependant il bondit du toit et empila quelques caisses les unes sur les autres. Il monta dessus et souleva Tally, qu'il assit sur le toit comme si elle ne pesait rien.

— Touche seulement une de ces planches magnétiques, la prévint-il d'un ton tranquille, et je te mets la tête à l'envers.

— Il y a des planches là-haut ?

Il bondit sur le toit et la hissa à côté de lui.

— Trouve-moi ce médaillon.

— Pas de problème.

Elle s'avança avec prudence sur le toit en pente, exagérant sa difficulté à garder l'équilibre avec les mains liées. Les panneaux solaires des planches en charge brillaient d'une lumière aveuglante dans le soleil. Celle de Tally se trouvait de l'autre côté du toit, et était dépliée en huit volets. La replier demanderait une bonne minute. Mais Tally en vit une toute proche, peut-être celle de Croy, qu'on n'avait dépliée qu'une fois. Sa lumière était au vert. Un coup de pied pour la refermer, et elle serait prête à voler.

Sauf que Tally ne pouvait pas voler avec les mains attachées. Elle se flanquerait par terre au premier virage.

Si le Special était aussi rapide et aussi fort qu'il en avait l'air...

Je porte un gilet de sustentation, se mentit-elle. *Il ne peut rien m'arriver.*

Tally fit semblant de déraper et se laissa rouler le long du toit.

Les bardeaux égratignèrent ses genoux et ses coudes, lui arrachant un cri de douleur. Elle lutta pour rester sur le toit, martelant le bois de ses pieds nus afin de ralentir sa chute.

Alors qu'elle atteignait le bord du toit, une poigne de fer se referma sur son épaule. Elle roula au bord du vide et vit le sol en contrebas. Mais sa chute s'interrompit sèchement, et Tally, suspendue par le bras, entendit le Special proférer des jurons.

Elle se balança un instant, en équilibre précaire, puis tous deux commencèrent à glisser.

Elle entendit les doigts et les pieds du Special chercher désespérément une prise. Mais aussi fort soit-il, il n'avait rien à quoi se raccrocher. Tally allait tomber.

Au moins aurait-elle la satisfaction de l'entraîner dans sa chute.

Puis le Special poussa un grognement, et Tally se sentit projetée en l'air. Elle atterrit sur le toit, et une ombre passa au-dessus d'elle : quelque chose toucha le sol en contrebas. Le Special s'était jeté du toit pour la sauver !

Elle s'assit sur les fesses, se leva et, du bout du pied, referma la planche magnétique de Croy. Entendant un bruit au bord du toit, elle s'écarta de la planche.

Les doigts du Special apparurent, puis tout son corps se hissa en souplesse. Il était indemne.

— Vous n'avez rien? lui demanda-t-elle. Waouh ! Vous êtes super fort. Merci de m'avoir sauvée.

Il la regarda froidement.

— Contente-toi de trouver ce qu'on est venus chercher. Et essaie de ne pas te tuer.

— O.K.

Tally pivota, réussit à se prendre les pieds dans un bardeau et faillit trébucher de nouveau. Le Special la rattrapa en un instant. Enfin, on entendit une vraie colère dans sa voix.

— Vous autres Uglies êtes tellement… incompétents !

— Eh bien, peut-être que si vous pouviez…

Avant même d'avoir achevé sa phrase, elle sentit la pression disparaître de ses poignets. Elle ramena ses mains devant elle et se massa les épaules.

— Aïe. Merci.

— Écoute, dit-il d'une voix cruelle, plus cinglante que jamais, je ne veux pas te faire de mal, mais…

— Vous le ferez si vous y êtes obligé.

Tally sourit. Il se tenait pile au bon endroit.

— Déniche ce que le docteur Cable t'a demandé. Et ne fais pas un geste en direction de ces planches.

— Ne vous inquiétez pas, ce n'est pas nécessaire, dit-elle.

Elle claqua des doigts avec les deux mains, aussi fort qu'elle put.

La planche de Croy décolla d'un bond, cueillant le Special au niveau des mollets. L'homme roula de nouveau au bas du toit, et Tally bondit sur la planche.

FUITE

Tally n'avait jamais fait de la planche pieds nus. Elle faillit tomber dès le premier virage, en piquant vers une voie qu'ils avaient truffée de métal quelques jours auparavant. À l'instant où sa planche s'inclina, ses pieds se mirent à glisser, lui faisant accomplir un demi-tour. Elle effectua des moulinets désespérés avec les bras et réussit tant bien que mal à conserver l'équilibre, puis elle fila à travers le village, survolant l'enclos à lapins.

Quelques acclamations retentirent quand les captifs, la voyant passer, comprirent que l'un d'eux tentait une évasion.

Tally prit alors conscience qu'elle ne portait pas de bracelets anticrash. Si elle tombait, ce serait pour de bon. Ses orteils se crispèrent, et elle se promit d'aborder plus doucement le prochain virage. Si le ciel avait été couvert ce matin-là, le soleil n'aurait pas pu sécher la rosée sur la planche de Croy. Autre chance, comme la plupart des jeunes Fumants, elle dormait avec son capteur ventral.

Déjà, des grondements d'aérocars en train de décoller retentirent dans son dos.

Tally ne connaissait que deux façons de quitter La Fumée en planche magnétique. Instinctivement, elle se dirigea vers la voie ferrée où elle travaillait chaque jour. La vallée à présent derrière elle, elle réussit à prendre un virage serré vers les rapides, sans tomber. En l'absence de son sac à dos et de ses gros bracelets anticrash, Tally se sentait pour ainsi dire nue.

La planche de Croy, pas aussi rapide que la sienne, n'était pas familiarisée avec son pilotage. La conduire revenait un peu à s'habituer à de nouvelles chaussures.

Au-dessus du torrent, l'écume la frappa au visage, aux mains, aux pieds. Tally s'accroupit et agrippa les bords de sa planche avec ses mains mouillées, volant le plus bas possible. L'écume lui compliquait bien la tâche, mais de cette manière, elle demeurait invisible sous la lisière des arbres. Elle risqua un coup d'œil en arrière. Aucun aérocar n'était encore apparu.

En descendant le torrent sinueux, effectuant des embardées à chaque virage un peu serré, Tally songea aux fois où Shay, David et elle y avaient fait la course jusqu'au chantier. Elle se demanda où se trouvait David. Était-il resté au camp, sur le point d'être emmené dans une ville inconnue de lui ? Aurait-il le visage découpé et remplacé par un beau masque, le cerveau transformé en bouillie, plus acceptable ainsi aux yeux des autorités ?

Elle chassa l'image de son esprit. David ne comptait pas parmi les résistants capturés. Il avait dû s'échapper.

Le rugissement d'un aérocar la survola. Le souffle de son passage faillit la faire tomber de sa planche. Quelques secondes plus tard, Tally comprit qu'elle était repérée quand elle entendit le véhicule opérer un demi-tour.

Des ombres passèrent au-dessus de Tally : deux aérocars la suivaient. Dans le soleil leurs pales scintillaient comme des lames. Les aérocars pouvaient se déplacer n'importe où, mais Tally, limitée par la sustentation magnétique, se trouvait piégée sur la route du chantier.

Elle se souvint de son premier trajet jusqu'au bureau du docteur Cable, de l'agilité brutale du véhicule entre les mains de son cruel chauffeur. En ligne droite, ils étaient beaucoup plus rapides qu'une planche. Son seul avantage était de connaître le chemin sur le bout des doigts.

Fort heureusement, il n'avait rien d'une ligne droite.

Tally agrippa sa planche à deux mains et bondit vers la ligne de crête. Tandis qu'elle suivait le gisement de fer, les aérocars, eux, filèrent tout droit, emportés par leur élan. Mais elle se trouvait à découvert désormais, et les plaines devant elle semblaient s'étirer à perte de vue.

Il faisait un temps idéal, sans le moindre nuage.

Tally se coucha presque pour réduire sa résistance au vent et tirer le maximum de vitesse. Elle ne pensait pas pouvoir se mettre à couvert avant le retour des deux aérocars.

Comment comptaient-ils la capturer ? Au moyen d'un étourdisseur ? En lui jetant un filet ? Ou en la renversant simplement grâce à leur souffle ? À cette vitesse et sans ses bracelets anticrash, cela suffirait pour la tuer.

C'était peut-être ce qu'ils cherchaient.

Le vrombissement des pales lui parvint de plus en plus fort.

Tally partit en dérapage complet, écrasée sur sa planche. Les deux aérocars la survolèrent en trombe, et le souffle de leur passage la renversa. D'un coup, la planche effectua une rotation complète sur elle-même, et le monde tournoyait follement autour de Tally.

Elle reprit le contrôle et repartit de l'avant, poussant la planche à sa vitesse maximale avant que les aérocars ne puissent faire demi-tour. Les Specials étaient peut-être rapides, mais sa planche était plus maniable.

Quand le virage suivant approcha, les deux véhicules se dirigeaient droit sur elle, plus lentement à présent, les pilotes ayant compris qu'à pleine vitesse ils la dépasseraient chaque fois.

Qu'ils essayent donc de la suivre sous les arbres !

Volant désormais à genoux, se tenant des deux mains à sa planche, Tally s'engagea dans le virage et descendit vers le lit du torrent à sec, au ras du sol craquelé. Le gémissement des aérocars grandissait à un rythme régulier.

Ils la pourchassaient sans difficulté, la repérant probablement grâce à la chaleur corporelle qu'elle dégageait, comme le faisaient les surveillants dans son ancien dortoir. Tally se rappela le petit radiateur portable qu'elle avait si souvent glissé entre ses draps avant de faire le mur. Dommage qu'elle n'en ait pas un sur elle !

C'est alors qu'elle se souvint des grottes que David lui avait montrées durant son premier jour à La Fumée. Sous les pierres froides de la montagne, sa signature thermique s'effacerait.

Elle suivit le lit asséché, puis une veine de minerai, avant de retrouver la rivière qui la conduirait jusqu'à la voie ferrée. Elle filait au ras de l'eau tandis que les aérocars restaient au-dessus des feuillages, attendant patiemment qu'elle émerge à découvert.

À l'approche de la voie ferrée, Tally augmenta son allure, effleurant les eaux à grande vitesse. Elle quitta la rivière dans un dérapage et partit comme une flèche le long des rails.

Ses poursuivants continuèrent leur recherche au-dessus de la rivière. Ils s'attendaient sans doute qu'elle tourne en direction d'un autre cours d'eau, mais l'apparition soudaine d'une ancienne voie ferrée les prit de court.

Si Tally parvenait à gagner la montagne avant que les aérocars ne bouclent leur lent demi-tour, elle serait sauvée.

C'est alors qu'elle se rappela la portion de rails qu'ils avaient arrachée. Elle fit cabrer sa planche et, pendant une chute libre à retourner l'estomac le plus solide, elle décrivit une courbe au-dessus du passage ; puis ses aimants de sustentation retrouvèrent du métal de l'autre côté, et trente secondes plus tard, elle s'arrêtait en dérapage au bout de la voie.

Tally bondit à bas de sa planche, la fit pivoter et la repoussa en direction de la rivière. Sans bracelets anticrash pour la retenir, celle-ci glisserait le long de la voie jusqu'à l'endroit où il manquait des rails, et tomberait par terre.

Avec un peu de chance, les Specials se figureraient qu'elle avait fait une chute et commenceraient à la chercher de ce côté-là.

Tally escalada les rochers et se glissa dans la grotte, disparaissant dans les ténèbres. Elle s'enfonça aussi loin qu'elle en eut le courage, espérant que les tonnes de rocher au-dessus de sa tête suffiraient à annuler toute trace d'elle-même. Lorsque la minuscule tache de lumière marquant l'entrée de la grotte fut réduite à la taille d'un œil, elle s'écroula enfin sur la pierre, pantelante, les mains tremblantes.

Elle avait réussi.

Réussi quoi, au juste ? Elle n'avait plus de chaussures, plus de planche, plus d'amis, pas même un purificateur d'eau ou un sachet de SpagBol. Et où s'enfuir ?

Tally était entièrement seule.

— Je suis fichue, dit-elle à haute voix.

Une voix jaillit de l'obscurité.

— Tally ? C'est *toi* ?

INCROYABLE

Dans le noir, des mains empoignèrent Tally par les épaules.

— Tu as réussi !

C'était la voix de David.

Trop surprise pour parler, Tally se colla contre lui et enfouit sa tête contre sa poitrine.

— Qui d'autre est avec toi ? interrogea-t-il.

Elle secoua la tête.

— Oh, murmura David.

La grotte se mit alors à vibrer tout autour d'eux. Un aérocar les survolait lentement.

Les avait-elle conduits jusqu'à David ? Serait-ce donc son ultime trahison ?

Le grondement sourd s'éloigna, et David l'entraîna plus loin dans les ténèbres, le long d'un chemin sinueux qui devenait de plus en plus froid et sombre. Le calme se fit autour d'eux, glacial, humide.

Ils attendirent en silence, cramponnés l'un à l'autre, et se parlèrent bien après que le bruit des aérocars se fut estompé au loin.

David chuchota :

— Que se passe-t-il à La Fumée ?

— Les Specials ont débarqué ce matin.

— Je sais. J'ai vu. (Il la serra plus fort.) Je n'arrivais pas à dormir, alors j'ai pris ma planche et je suis monté dans la montagne pour voir le soleil se lever. Ils ont filés juste au-dessus de moi, vingt aérocars d'un coup qui ont surgi de derrière la crête. Mais maintenant ?

— Ils ont réuni tout le monde dans l'enclos à lapins, en formant des petits groupes. Croy a dit qu'ils allaient sûrement nous ramener dans nos villes.

— Croy ? Qui d'autre as-tu aperçu ?

— Shay, deux ou trois amis. Le Boss s'est peut-être échappé. Lui et moi avons tenté de fuir ensemble.

— Et mes parents ?

— Pas de nouvelles, répondit Tally.

L'angoisse perceptible dans la voix de David lui était douloureuse. Ses parents avaient fondé La Fumée et connaissaient le secret de l'opération. Le sort qui les attendait ne pouvait qu'être funeste.

— Je n'arrive pas à croire que ce soit arrivé, dit-il doucement.

Tally chercha quelques paroles de réconfort.

— Comment t'es-tu enfuie ? demanda-t-il.

Elle lui fit toucher ses poignets, à l'endroit où elle portait encore les bracelets de ses menottes.

— J'ai coupé mes menottes, grimpé sur le toit du comptoir d'échanges, et volé la planche de Croy.

— Malgré les Specials qui vous surveillaient ?

Elle se mordit la lèvre, sans rien dire.

— C'est incroyable. Ma mère dit toujours qu'ils sont surhumains. La deuxième opération améliore leur musculature et redessine l'ensemble de leur système nerveux. En plus, ils font tellement peur à voir que la plupart des gens restent paralysés devant eux. Mais j'aurais dû me douter que tu t'échapperais.

Tally ferma les yeux, ce qui ne fit aucune différence dans le noir complet. Elle aurait voulu rester là pour toujours, sans jamais avoir à affronter ce qui les menaçait à l'extérieur.

— J'ai eu de la chance.

Si elle avait dit la vérité sur elle-même depuis le début, les Fumants auraient su quoi faire du pendentif. Ils l'auraient attaché à un oiseau migrateur et le docteur Cable serait en route pour l'Amérique du Sud à cette heure, pas dans la bibliothèque en train de superviser la destruction de La Fumée.

Mais Tally savait qu'elle ne pouvait pas dire la vérité. David ne lui ferait plus jamais confiance, maintenant que sa famille était anéantie. Elle avait déjà perdu Peris et Shay. Elle ne supporterait pas de perdre David.

À quoi cela lui servirait-il qu'elle avoue, de toute manière ? David resterait seul et elle aussi, alors qu'ils avaient tant besoin l'un de l'autre.

Elle sentit ses mains lui caresser le visage.

— Tu me surprendras toujours, Tally.

Ces mots s'enfoncèrent en elle comme un couteau.

En cet instant, Tally se promit qu'un jour, elle raconterait à David ce qu'elle avait causé involontairement. Pas aujourd'hui, mais un jour. Lorsqu'elle aurait réparé une partie du mal qu'elle avait fait, peut-être comprendrait-il.

— On va retourner là-bas, dit-elle. On va les délivrer.

— Qui ça ? Mes parents ?

— Ils viennent de la même ville que moi, non ? Alors, c'est là qu'ils vont être emmenés. Et Shay, Croy et les autres. On va tous les délivrer.

David eut un rire amer.

— Rien que nous deux ? Contre une bande de Specials ?

— Ils ne s'y attendront pas.

— Comment les retrouver ? Je ne suis jamais entré dans une ville, et j'ai entendu dire que cela pouvait être immense. Avec plus d'un million d'habitants.

Tally se rappela son premier trajet jusqu'au bureau du docteur Cable. Les bâtiments bas couleur de terre à l'orée de la ville, au-delà de la ceinture de verdure, au milieu des usines. L'énorme colline bosselée à proximité.

— Je crois savoir où ils seront.

— Comment ça ?

David se dégagea d'entre ses bras.

— Je suis déjà allée là-bas. Au siège des Special Circumstances.

Il y eut un moment de silence.

— Je pensais qu'elles étaient tenues secrètes. La plupart des gamins qui arrivent ici ne croient même pas en leur existence.

Elle poursuivit, horrifiée de la facilité avec laquelle les mensonges lui venaient.

— Il y a quelque temps, j'ai commis une énorme bêtise, le genre qui vous attire une attention spéciale. (Elle reposa de nouveau sa tête contre David, heureuse de ne pas voir son expression de confiance.) Je me suis introduite à New Pretty Town. C'est là que vont ceux qui viennent de bénéficier de l'opération, pour faire la fête en permanence.

— J'en ai entendu parler. Les Uglies n'y sont pas admis, n'est-ce pas ?

— Exact. C'était déjà une grosse bêtise. Ensuite, j'ai récupéré un masque et je me suis invitée dans une fête. J'ai failli me faire prendre, alors j'ai attrapé un gilet de sustentation…

— Qu'est-ce que c'est ?

— Comme une planche, sauf que ça s'enfile. En principe, ça permet de sauter des immeubles en cas d'incendie mais les jeunes Pretties s'en servent surtout pour faire les imbéciles. Bref, j'en ai mis un, j'ai déclenché l'alarme anti-incendie, et j'ai sauté du toit. Ça a fichu une belle pagaille !

— Je sais. Shay m'a raconté l'histoire sur le chemin de La Fumée, en me disant que tu étais la plus cool du monde, fit-il. Mais moi, tout ce que je pensais, c'est qu'on devait sacrément s'ennuyer dans votre ville.

— C'est à peu près ça, oui.

— Et tu t'es fait prendre ? Shay ne me l'avait pas dit.

Le mensonge prit forme à mesure qu'il se déroulait, nourri au passage de quelques bribes de vérité.

— J'ai cru que je m'en étais tirée, mais ils ont retrouvé mon ADN ou je ne sais quoi. Plus tard, on m'a emmenée aux Special Circumstances et présentée à une épouvantable femme. Je crois que c'était elle qui commandait. C'était la première fois que je voyais des Specials.

— Font-ils vraiment si peur que ça ?

Elle acquiesça dans le noir.

— Ils sont beaux, rien à dire. Mais d'une beauté cruelle, effrayante. Surtout la première fois qu'on les voit. Je crois qu'ils voulaient seulement me ficher la trouille, ce coup-là. Ils m'ont prévenue que j'aurais de gros ennuis si je recommençais. Ou si j'en parlais à qui que ce soit. Voilà pourquoi je n'ai rien dit à Shay.

— Ça explique beaucoup de choses.

— À propos de quoi ?

— De toi. Tu as toujours été consciente des risques qu'on encourait ici, à La Fumée. Dès le départ, tu savais de quoi il retournait en ce qui concerne les villes. Avant même que mes parents ne t'apprennent la vérité sur l'opération. Tu es la seule fugitive que j'aie connue qui comprenne vraiment ça.

Cette partie-là au moins était vraie.

— Oh oui, je comprends.

— Et malgré tout, tu es prête à retourner là-bas pour mes parents et pour Shay ? Au risque de te faire prendre ? De te faire trafiquer le cerveau ?

Sa voix se brisa dans un sanglot.

— Je n'ai pas le choix.

Si je veux expier le mal que je t'ai fait.

David la serra contre lui, tenta de l'embrasser. Elle dut détourner la tête, les joues mouillées de larmes.

— Tally, tu es incroyable.

RUINES

Ils ne quittèrent la grotte que le lendemain matin.

Tally plissa les yeux dans la lumière de l'aube et balaya le ciel du regard à la recherche d'une flotte d'aérocars susceptible de surgir au-dessus des arbres. Mais il n'y avait pas eu un bruit de moteur de toute la nuit. Une fois La Fumée détruite, la traque des derniers fugitifs n'avait peut-être plus d'importance pour eux.

La planche de David était restée dans la grotte et n'avait pas bénéficié du soleil depuis un jour entier. Toutefois, elle possédait encore suffisamment de charge pour les ramener à la montagne. Ils regagnèrent la rivière. L'estomac de Tally gargouillait après une journée sans nourriture, mais elle avait surtout besoin de boire. Sa gorge était si sèche qu'elle arrivait à peine à parler.

David s'agenouilla sur la berge et plongea sa tête dans l'eau glacée. Tally frissonna en le voyant. Sans couverture ni chaussures, elle avait grelotté toute la nuit. Elle avait besoin d'avaler un repas chaud avant d'affronter quoi que ce soit.

— Et s'il y a encore du monde à La Fumée ? demanda-t-elle. Où va-t-on trouver de quoi manger ?

— Tu as bien dit qu'ils avaient enfermé les prisonniers dans l'enclos à lapins ? Que sont devenus les lapins ?

— Ils se sont sauvés.

— Exactement. Ils ont dû s'éparpiller un peu partout. Et ils ne sont pas difficiles à attraper.

Elle fit la grimace.

— Bon, O.K. Tant que tu ne me demandes pas de les manger crus.

David s'esclaffa.

— Bien sûr que non.

— Je n'ai jamais allumé un vrai feu, lui dit-elle.

— Ne t'en fais pas. Tu apprendras vite.

Il monta sur sa planche et lui tendit la main.

Voler à deux constitua une expérience inédite pour Tally qu'elle se félicita de vivre avec David. Elle se tenait devant, lui avait les mains sur sa taille. Ils négocièrent les virages sans un mot, Tally faisant basculer son poids graduellement, attendant que David l'imite. À mesure qu'ils prirent le rythme, leurs corps se mirent à bouger en même temps, guidant la planche comme un seul homme.

Cela fonctionnait tant qu'ils n'allaient pas trop vite. Tally tendait l'oreille, guettant le moindre bruit de poursuite. Si un aérocar apparaissait, une fuite à pleine vitesse risquait d'être dangereuse.

Ils sentirent La Fumée longtemps avant de l'apercevoir.

D'en haut, les bâtiments ressemblaient à un feu de camp éteint dont les bûches noircies fumaient encore. On ne voyait rien bouger dans les rues, excepté quelques feuilles de papier chassées par le vent.

— On dirait que ça a flambé toute la nuit, dit Tally.

— Il faut qu'on descende. Je veux voir si mes parents…

Il ravala ses mots.

Tally chercha les signes d'une présence. L'endroit paraissait désert, mais il pouvait rester quelques Specials en embuscade, guettant le retour d'éventuels fugitifs.

— On ferait mieux d'attendre.

— Je ne peux pas. La maison de mes parents se trouve de l'autre côté de la crête. Peut-être que les Specials ne l'ont pas repérée.

— S'ils l'ont ratée, Az et Maddy sont sûrement encore là-bas.

— Mais s'ils se sont enfuis ?

— Dans ce cas, on les retrouvera. En attendant, essayons de ne pas nous faire prendre.

David soupira.

— D'accord.

Tally lui pressa la main. Ils déplièrent la planche et attendirent que le soleil s'élève, guettant des signes d'activité humaine en contrebas. De temps à autre, des braises s'enflammaient sous la brise, une poutre s'écroulait dans un nuage de cendres.

Quelques animaux s'approchèrent en quête de nourriture. Tally observa avec horreur un lapin en train de se faire attraper par un loup ; le bref combat ne laissa derrière lui qu'une flaque de sang et de poils. Voilà à quoi se résumait la nature, brute et sauvage, quelques heures à peine après l'effondrement de La Fumée.

— Prête à descendre ? s'enquit David au bout d'une heure.

— Non, répondit Tally.

Ils s'approchèrent avec prudence, prêts à faire demi-tour et à prendre la fuite si des Specials apparaissaient. Mais lorsqu'ils atteignirent l'orée du village, Tally sentit son anxiété céder la place à une sensation bien pire : l'horrible certitude qu'il n'y avait plus personne dans les parages.

À l'endroit de l'enclos à lapins, des empreintes de pas marquaient le va-et-vient des Fumants à travers le grillage – une communauté entière réduite à l'état de bétail. Quelques lapins sautillaient encore dans la poussière.

— Au moins, on ne mourra pas de faim, dit David.

— C'est sûr, admit Tally, bien que le spectacle de La Fumée ait calmé son appétit. (Elle se demanda comment faisait David pour avoir des pensées aussi pragmatiques face à une telle horreur.) Hé, tu as vu ça ?

Dans un coin de l'enclos, de petites formes sombres gisaient en tas sur le sol.

— On dirait des… chaussures.

Tally cligna des yeux. Il avait raison. Elle fit descendre la planche et en sauta d'un bond, avant de s'en approcher.

Elle regarda autour d'elle. Il y avait là une vingtaine de paires de chaussures de toutes les tailles. Elle tomba à genoux pour les examiner de plus près. Toutes avaient encore leurs lacets attachés, comme si ceux qui les avaient enlevées se trouvaient les mains attachées dans le dos…

— Croy m'a reconnue, murmura-t-elle.

— Quoi ?

Tally se tourna vers David.

— En m'enfuyant, j'ai survolé l'enclos. Croy a dû voir que c'était moi. Il savait que je n'avais pas de chaussures. On en avait plaisanté tous les deux.

Elle imagina les Fumants, impuissants, se livrer à un ultime geste de défi. Croy avait dû se débarrasser de ses propres chaussures, puis murmurer à ceux qui l'entouraient :

— Tally est libre, et pieds nus.

Ils lui avaient laissé une vingtaine de paires pour faire son choix, unique manière pour eux d'aider la seule Fumante qu'ils avaient vue s'échapper.

— Ils savaient que je reviendrais.

Sa voix flancha. Ils ignoraient qui les avait trahis.

Elle ramassa une paire qui lui parut de la bonne taille, avec des semelles antidérapantes, et l'enfila. Ces chaussures lui allaient encore mieux que celles que lui avaient données les rangers.

En remontant sur la planche, Tally dut dissimuler sa peine. Ce serait toujours ainsi, désormais. Chaque geste de bonté de la part de ses victimes la ferait se sentir encore plus mal.

— O.K., allons-y.

Ils serpentèrent à travers le campement fumant, au-dessus des ruines calcinées. Près d'un bâtiment de forme allongée, qui n'était plus qu'une crête de décombres noircis, David arrêta la planche.

— J'avais peur de ça.

Tally tâcha de se représenter ce qui se dressait là auparavant. Sa connaissance de La Fumée s'était évaporée ; les rues autrefois familières n'étaient plus qu'un dédale méconnaissable de cendres et de braises.

Puis elle aperçut quelques pages noircies balayées par le vent. La bibliothèque.

— Ils n'ont pas récupéré les livres avant de… s'écria-t-elle. Mais pourquoi ?

— Ils ne veulent pas qu'on sache comment c'était avant l'opération. Ils veulent que vous continuiez à vous détester. Sinon, vous pourriez facilement vous habituer à des visages moches, à des visages *normaux*.

Tally se retourna pour regarder David dans les yeux.

— À certains d'entre eux, en tout cas.

Il eut un sourire triste.

— J'ai vu le Boss courir avec quelques vieux magazines. Il a peut-être réussi à leur échapper.

— À pied ?

David semblait dubitatif.

— J'espère.

Elle se pencha en avant, et la planche glissa vers l'orée du village.

Une tache de poivre marquait encore l'endroit où elle s'était battue avec la Special. Tally sauta à terre, tâchant de se rappeler à quel endroit exactement le Boss s'était enfoncé dans la forêt.

— S'il s'est enfui, il doit être loin à l'heure qu'il est, observa David.

Tally plongea dans les fourrés, cherchant des traces de lutte. Le soleil matinal perçait les feuillages, et elle vit une piste de branches cassées qui s'enfonçait dans la forêt. Le Boss ne s'était pas embarrassé de précautions. Il avait laissé une trace aussi visible que celle d'un éléphant qui charge.

Elle découvrit le sac de marin à moitié camouflé, glissé sous un tronc d'arbre moussu. Ouvrant la fermeture Éclair, elle vit que les magazines étaient toujours intacts, amoureusement enveloppés dans leurs couvertures plastifiées. Elle jeta le sac par-dessus son épaule, heureuse d'avoir pu sauver quelque chose de la bibliothèque – une petite victoire sur le docteur Cable.

Un moment plus tard, elle trouvait le Boss.

Il gisait sur le dos, la tête inclinée selon un angle qui lui parut tout de suite de mauvais augure. Il avait les doigts crispés, les ongles en sang d'avoir griffé ses agresseurs.

Elle se souvint de ce que les Specials lui avaient dit à plusieurs reprises : *On ne veut pas vous faire de mal. Mais si c'est nécessaire…*

Ce n'était pas une plaisanterie. Ils ne plaisantaient jamais.

Elle ressortit de la forêt en trébuchant, sonnée, le sac toujours accroché à l'épaule.

— Tu as trouvé quelque chose ? voulut savoir David.

Elle ne répondit rien.

Voyant l'expression de son visage, il bondit à bas de sa planche.

— Que s'est-il passé ?

— Ils l'ont rattrapé. Et tué.

David la dévisagea, bouche bée. Il inspira lentement.

— Viens, Tally. Il faut qu'on y aille.

Elle cligna des paupières. Le soleil lui semblait de travers, tordu comme le cou du Boss, comme si le monde avait subi quelque horrible déformation.

— Où ça ? murmura-t-elle.

— À la maison de mes parents.

AZ ET MADDY

David franchit la crête si vite que Tally crut qu'elle allait tomber. Elle enfonça ses doigts dans le blouson de David pour s'accrocher, heureuse d'avoir des chaussures à semelles antidérapantes.

— Écoute, David. Le Boss s'est défendu, c'est pour ça qu'ils l'ont tué.

— Mes parents se seraient défendus aussi.

Elle se mordit la lèvre et concentra toute son attention à demeurer sur la planche. Lorsqu'ils parvinrent au bout de la ligne magnétique, David sauta à terre et dévala le reste de la pente au pas de course.

La planche n'étant pas à pleine charge, Tally prit un moment pour la déplier avant de le suivre. Elle n'était pas particulièrement pressée d'apprendre le sort que les Specials avaient réservé à Maddy et Az. Mais à l'idée de David en train de découvrir ses parents tout seul, elle courut derrière lui.

Il lui fallut de longues minutes pour trouver le chemin dans les fourrés denses. Elle tendit l'oreille pour localiser David, mais n'entendit rien. Puis le vent tourna, et une odeur de fumée lui parvint d'entre les arbres.

Incendier la maison n'avait pas dû être facile.

Bâtis dans la montagne même, les murs de pierre et le toit n'avaient guère offert de prise aux flammes. Les assaillants avaient sans doute jeté un matériau inflammable à l'intérieur de la maison. Les vitres avaient explosé vers l'extérieur, semant du verre partout dans l'herbe. La porte se réduisait à quelques débris carbonisés qui se balançaient sur les gonds dans la brise.

David se tenait immobile, incapable de passer le seuil.

— Reste ici, lui dit Tally.

Elle franchit la porte. Le soleil matinal tombait en biais, éclairant les particules de cendres en suspension dans l'air. Ces dernières tourbillonnaient autour de Tally, pareilles à de minuscules galaxies mises en branle par son passage.

Le plancher noirci s'émietta sous ses pas, dévoilant la roche par endroits. Certains objets avaient survécu au feu. L'une des tapisseries accrochées aux murs demeurait mystérieusement indemne. Dans le salon, le blanc de quelques tasses à thé se détachait sur le mobilier noirci. Tally en ramassa une et déglutit. Si ces tasses s'étaient conservées, un corps humain laisserait davantage que des traces.

Plus loin dans la maison, dans une petite cuisine, des casseroles et des poêles pendaient du plafond, leur métal tordu, noirci, scintillant encore çà et là. Tally aperçut un sac de farine et quelques morceaux de fruits séchés.

Elle inspecta la chambre en dernier.

Le plafond de pierre était bas et pentu, la peinture craquelée, noircie par la fureur de l'incendie. Tally sentit la chaleur qui montait encore du lit ; la paillasse et les couvertures avaient dû contribuer à nourrir les flammes.

Mais Az et Maddy demeuraient invisibles. Rien dans la pièce ne s'apparentait à des restes humains. Tally poussa un soupir de soulagement et ressortit de la maison, en vérifiant chaque pièce.

Elle secoua la tête alors qu'elle émergeait de la porte.

— Soit les Specials les ont emmenés, soit ils ont réussi à s'enfuir.

David l'écarta pour entrer. Tally se laissa choir par terre et se mit à tousser. Ses poumons protestaient enfin contre la poussière et les particules de cendres qu'elle avait inhalées. Ses mains et ses bras étaient noirs de suie.

Quand David ressortit, il tenait un grand couteau.

— Donne-moi tes mains.

— Quoi ?

— Les menottes. Je ne supporte plus de les voir.

Elle lui tendit ses poignets. Insérant soigneusement la lame entre la chair et le plastique, il entreprit de scier les menottes.

— Rien à faire.

Le plastique était à peine entamé. Tally n'avait pas vu comment le Special avait coupé ses menottes dans son dos, mais cela n'avait pris qu'un instant. Peut-être s'était-il servi d'un catalyseur chimique.

— Ce doit être une sorte de plastique aéronautique, dit-elle. D'un genre plus solide que l'acier.

David fronça les sourcils.

— Alors comment as-tu réussi à les couper ?

Tally ouvrit la bouche, mais rien n'en sortit. Elle ne pouvait guère lui raconter que les Specials l'avaient libérée eux-mêmes.

— Et pourquoi as-tu deux menottes à chaque poignet, de toute façon ?

Elle baissa les yeux stupidement, se rappelant qu'on l'avait menottée une première fois lors de sa capture, puis une deuxième devant le docteur Cable, avant de l'emmener chercher le pendentif.

— Je ne sais pas, réussit-elle à dire. J'imagine qu'ils nous ont mis deux paires de menottes à chacun. Mais elles n'ont pas été difficiles à trancher. Je me suis servie d'une pierre coupante.

— C'est absurde. (David examina le couteau.) Papa disait toujours que c'était ce qu'il avait ramené de plus utile de la ville. Il s'agit d'un alliage haute technologie et monofilament.

Elle haussa les épaules.

— Peut-être que la partie qui reliait les bracelets était faite d'un matériau moins dur.

Il secoua la tête, n'acceptant pas tout à fait son histoire. En fin de compte, il haussa les épaules.

— Bah, on va devoir vivre avec. Enfin, une chose est sûre : mes parents n'ont pas fui.

— Comment le sais-tu ?

Il brandit le couteau.

— Mon père ne serait jamais parti sans ça. Les Specials ont dû les prendre au dépourvu. Au moins, ils sont en vie.

Il la regarda dans les yeux, et Tally vit que sa panique s'était dissipée.

— Alors, as-tu toujours l'intention d'aller les délivrer ?

— Oui, bien sûr, répondit-elle.

David sourit.

Il s'assit près d'elle, regarda la maison par-dessus son épaule et secoua la tête.

— C'est drôle, maman n'arrêtait pas de me prévenir que ça se produirait. Ils ont cherché à me préparer pendant toute mon enfance. Et pendant longtemps, je les ai crus. Mais après tant d'années, j'ai commencé à me poser des questions. À penser que mes parents étaient sans doute paranoïaques. Et que, comme le disaient les fugitifs, les Special Circumstances n'existaient pas.

Tally acquiesça en silence, préférant ne rien dire.

— Maintenant que c'est bel et bien arrivé, ça paraît encore moins réel.

— Je regrette, David. Ne t'inquiète pas, on va les retrouver.

— Comme je le disais, mes parents s'attendaient à ce jour, depuis la fondation de La Fumée. Ils s'y étaient préparés.

— En s'assurant par exemple que tu saurais te débrouiller tout seul, dit-elle, caressant le cuir souple de son blouson artisanal.

Il lui sourit et, d'un doigt, effaça une trace de suie sur sa joue.

— Ils ont fait mieux que ça. Viens avec moi.

Dans une grotte, à proximité de la maison, dont l'ouverture était si étroite que Tally dut entrer en rampant, David lui montra la cache aménagée par ses parents pendant vingt ans.

Ils y trouvèrent des purificateurs d'eau, des boussoles, des vêtements allégés et des sacs de couchage – un véritable trésor en matériel de survie, selon les critères de La Fumée. Les quatre planches magnétiques étaient de facture ancienne, mais dotées des mêmes équipements que celle que le docteur Cable avait fournie à Tally pour son voyage, et les complétaient des capteurs ventraux de rechange soigneusement protégés contre l'humidité. Tout ce matériel était de la plus haute qualité.

— Waouh ! Ils étaient super prévoyants.

— Toujours, dit-il. (Il ramassa une lampe torche et en promena le pinceau lumineux sur la roche.) Chaque fois que je venais vérifier tous ces trucs, j'imaginais ce moment. J'ai dû penser un million de fois à ce qu'il me faudrait exactement. C'est comme si j'avais imaginé qu'il *fallait* que ça arrive.

— Ce n'est pas ta faute, David.

— Si j'avais été présent…

— Tu te trouverais dans un aérocar des Special Circumstances à l'heure qu'il est, menottes aux poignets, et incapable de délivrer qui que ce soit.

— Ouais, au lieu de quoi, je suis là. (Il leva les yeux vers elle.) Au moins, tu es à mes côtés, toi. Tu es une alliée inespérée.

Elle parvint à sourire.

— Je meurs de faim, fit-il en soulevant un grand sac étanche.

Tally n'avait rien avalé depuis son dernier dîner, deux nuits plus tôt.

David fouilla dans le sac.

— On a plein de nourriture instantanée. Voyons un peu : RizLeg, NouCurry, BoulSued, PatThai… une préférence ?

— Tout sauf du SpagBol, fit-elle.

LA MALADIE DU PÉTROLE

Tally et David partirent au coucher du soleil.

Chacun d'eux pilotait deux planches plaquées en sandwich l'une sur l'autre, ce qui leur permettait d'emporter une charge deux fois plus lourde. Ils avaient récupéré tout ce qui leur avait paru utile, ainsi que les magazines sauvés par le Boss.

Tally descendit la rivière avec prudence en direction de la vallée. Le poids supplémentaire, accroché sous elle, se balançait tel un boulet au bout d'une chaîne. Au moins portait-elle de nouveau des bracelets anticrash.

Ils empruntèrent une voie très différente de celle qui avait amené Tally la première fois. Cette route-ci ne serait pas aussi directe. Chargés comme ils l'étaient, Tally et David n'auraient pas pu couvrir la moindre distance à pied. Ils allaient devoir survoler des terres ou des cours d'eau propres à offrir une sustentation magnétique, quel que soit le détour que cela leur impose. Sans compter qu'après la descente des Specials, ils se tiendraient avec prudence à distance des villes.

Heureusement, David avait déjà fait l'aller-retour jusqu'à la ville de Tally des dizaines de fois, aussi bien seul qu'en traînant derrière lui des Uglies inexpérimentés. Il connaissait les rivières et les voies ferrées, les ruines et les filons, ainsi que d'innombrables voies d'évasion qu'il avait repérées au cas où il aurait été poursuivi par les autorités de la ville.

— Dix jours, annonça-t-il quand ils se mirent en route. Si nous volons la nuit et restons cachés pendant la journée.

— Ça me paraît bien, dit Tally.

Mais elle se demanda s'ils arriveraient avant que la série des opérations débute.

Aux alentours de minuit, le premier soir, ils quittèrent le torrent qui conduisait à la colline en forme de crâne chauve et, suivant le lit d'une rivière à sec, s'enfoncèrent entre les fleurs blanches. Ils parvinrent ainsi à l'orée d'un immense désert.

— Comment va-t-on traverser ça ?

David indiquait une rangée de silhouettes sombres, qui surgissaient du sable de loin en loin.

— C'étaient des sortes de tours, autrefois, reliées par des câbles d'acier.

— À quoi servaient-elles ?

— À transporter l'électricité d'une ferme d'éoliennes vers l'une des anciennes villes.

Tally fronça les sourcils.

— J'ignorais que les Rouillés utilisaient l'énergie du vent.

— Tous n'étaient pas cinglés. La plupart, seulement. (Il haussa les épaules.) Rappelle-toi que ce sont nos ancêtres, et que nous continuons à utiliser leur technologie de base. Certains d'entre eux devaient bien avoir quelques idées valables.

Les câbles dormaient toujours sous le désert, protégés par le sable et la grande rareté des pluies. Ils étaient tout de même rompus ou rouillés par endroits, de sorte que Tally et David volaient prudemment, l'œil rivé au détecteur de métal de leurs planches. Lorsqu'ils tombaient sur une brèche impossible à franchir, ils déroulaient un long câble que David avait emporté et poussaient leurs planches à pied, comme ils auraient guidé des ânes réticents par-dessus une passerelle étroite. Ensuite, ils enroulaient le câble et repartaient.

Tally n'avait encore jamais vu un vrai désert. Elle avait appris à l'école qu'ils regorgeaient de vie, mais celui-ci ressemblait aux déserts qu'elle imaginait gamine – une mer de dunes, ondulant à perte de vue. Rien n'y bougeait, en dehors des lents serpentins de sable creusés par le vent.

Elle ne connaissait qu'un seul grand désert sur le continent.

— C'est le Mojave[1] ?

David secoua la tête.

— Celui-ci est loin d'être aussi grand, et il n'a rien de naturel. Nous sommes au point où les fleurs blanches ont commencé à apparaître.

Tally siffla longuement. Le sable semblait s'étendre à l'infini.

— Tu parles d'un désastre !

— Une fois la végétation étouffée et remplacée par les orchidées, il n'y avait plus rien pour retenir le sol. La bonne terre a été balayée par le vent ; il n'est resté que du sable.

— Est-ce que ce désert deviendra à nouveau fertile, un jour ?

— Sûr, dans un ou deux milliers d'années. Espérons que quelqu'un aura trouvé un moyen de repousser les orchidées d'ici là. Sans quoi, le même processus se répétera.

À l'aube ils atteignirent une ville rouillée, groupement de bâtiments anonymes échoués sur le sable.

Le désert l'avait envahie depuis des siècles, et les dunes avaient noyé les rues comme de l'eau, mais les immeubles étaient en meilleur état que les autres ruines observées par Tally. Le sable rognait les choses, mais ne les dégradait pas aussi rapidement que la pluie et la végétation.

---

1. Le désert de Mojave s'étend sur environ 40 000 km^2, dans le Sud de la Californie, dans l'Ouest des États-Unis. La célèbre Vallée de la Mort en fait partie.

Tally et David n'étaient pas fatigués, mais ils ne pouvaient voyager de jour : le désert n'offrait aucune protection contre le soleil, ni aucun couvert face à une patrouille aérienne. Ils campèrent au premier étage d'une sorte d'usine qui possédait encore la majeure partie de son toit. D'anciennes machines, aussi grosses que des aérocars, se dressaient silencieusement autour d'eux.

— Qu'est-ce que c'était, cet endroit ? demanda Tally.

— Je crois qu'on y fabriquait des journaux, répondit David. Comme des livres, sauf qu'on les jetait et qu'on en rachetait un nouveau chaque jour.

— Tu rigoles !

— Pas du tout. Et tu croyais qu'on gaspillait les arbres, à La Fumée !

Tally trouva un endroit où le soleil se déversait à travers la partie effondrée du toit, et ils mirent leurs planches à charger. David sortit deux sachets de SaumŒu.

— Crois-tu qu'on sortira du désert cette nuit ? demanda Tally, tout en regardant David verser avec soin leurs dernières gouttes d'eau dans les purificateurs.

— Sans problème. On atteindra la prochaine rivière avant minuit.

Elle se souvint de quelque chose que Shay lui avait dit voilà longtemps, la première fois où elle lui avait montré son équipement de survie.

— Peut-on vraiment pisser dans un purificateur ? Et boire l'eau ensuite, je veux dire ?

— Ouais. Je l'ai déjà fait.

Tally eut une grimace, et regarda par la fenêtre.

— O.K., je n'aurais pas dû poser la question.

Il s'approcha derrière elle, riant doucement, et posa les mains sur ses épaules.

— C'est surprenant ce que les gens sont prêts à faire pour survivre ! dit-il.

Elle soupira.

— Je sais.

La fenêtre surplombait une rue latérale, en partie protégée de l'avancée du désert. Quelques véhicules terrestres incendiés y gisaient, à moitié ensevelis.

Elle frotta les bracelets de menottes qui lui ceignaient toujours les poignets.

— Les Rouillés voulaient survivre. Dans toutes les ruines que j'ai traversées, j'ai vu ces mêmes voitures, avec lesquelles ils avaient essayé de fuir. Mais on dirait qu'ils ont échoué.

— Certains ont réussi. Mais pas en voiture.

Tally s'appuya en arrière contre David, savourant sa chaleur rassurante. Le soleil du matin mettrait des heures à chasser le froid du désert.

— C'est drôle. À l'école, on ne nous parlait jamais de la manière dont le monde des Rouillés s'est démantelé. Les professeurs se contentaient de dire que leurs erreurs s'étaient accumulées, jusqu'à ce que tout s'effondre comme un château de cartes.

— Ce n'est vrai qu'en partie. Le Boss avait quelques vieux livres sur le sujet.

— Que racontaient-ils ?

— Que les Rouillés vivaient bel et bien dans un château de cartes, mais un château qui avait reçu un sérieux coup de pied. Personne n'a jamais su qui l'avait donné. Peut-être une arme ayant échappé à tout contrôle. Ou cela vint de certaines personnes dans un pays pauvre qui réprouvaient la manière dont les Rouillés menaient les choses. À moins que ce ne soit un accident, comme les fleurs, ou l'effet d'un travail scientifique isolé.

— Que s'est-il passé ?

— Un virus s'est répandu. Sauf qu'il n'a pas infecté les gens, mais le pétrole.

— Il était contaminé ?

David hocha la tête.

— Le pétrole est un matériau organique, constitué de vieux végétaux, de débris de dinosaures et tout ça. Quelqu'un a inventé une bactérie capable de le manger. Les spores se sont disséminées dans l'air, et chaque fois qu'elles trouvaient du pétrole, raffiné ou à l'état brut, elles se posaient dessus. Comme une moisissure. Elles ont ainsi modifié sa composition chimique. As-tu déjà vu du phosphore ?

— C'est un élément, exact ?

— Ouais. Il prend feu au contact de l'air.

Tally acquiesça. Elle se souvint d'avoir manipulé ce matériau en classe de chimie, munie de lunettes de protection, et envisagé toutes les bêtises à faire avec. Mais personne n'avait songé à une bêtise capable de tuer des gens.

— Le pétrole contaminé par cette bactérie devenait aussi instable que du phosphore. Il explosait au contact de l'oxygène. Lorsqu'il brûlait, les spores se trouvaient libérées dans la fumée et se répandaient de voiture en voiture, jusqu'à un avion ou un puits de pétrole, pour se remettre à proliférer.

— Waouh ! Ils utilisaient le pétrole partout ?

David hocha la tête.

— Notamment dans ces voitures, là en bas. Elles ont dû être contaminées alors que les Rouillés tentaient de quitter la ville.

— Pourquoi ne se sont-ils pas contentés de marcher ?

— Par stupidité, j'imagine.

Tally frissonna de nouveau, mais pas à cause du froid. Il y avait des êtres humains là-dessous, ou ce qui en restait après deux siècles, toujours assis dans leurs voitures calcinées, comme s'ils cherchaient encore à échapper à leur destin.

— Je me demande pourquoi on ne nous raconte pas tout ça en cours d'histoire. Généralement, les profs adorent présenter les Rouillés sous un jour pathétique.

David baissa la voix.

— Peut-être ne tiennent-ils pas à ce que vous réalisiez que chaque civilisation a ses faiblesses.

— Pas la nôtre, dit Tally. Énergie renouvelable, ressources durables, une population stable.

Les deux purificateurs d'eau sonnèrent, et David alla les chercher.

— Ce n'est pas forcément une question d'économie, observa-t-il en ramenant la nourriture. La faiblesse pourrait bien être une solution.

Elle se tourna pour prendre son SaumŒu et vit à quel point il semblait sérieux.

— Dis-moi, David, est-ce une des choses auxquelles tu as réfléchi quand tu imaginais l'invasion de La Fumée ? T'es-tu jamais demandé ce qui renverrait une bonne fois pour toutes les villes dans les manuels d'histoire ?

Il sourit et prit une grosse bouchée.

— Ça devient plus clair de jour en jour.

VISIONS FAMILIÈRES

David et Tally atteignirent la limite du désert la nuit suivante, à l'heure prévue, puis descendirent un fleuve pendant trois jours, jusqu'à la mer. Ce détour les fit remonter encore plus au nord, et la froidure d'octobre s'installa. David déballa des combinaisons polaires en mylar argenté, du matériel issu de la ville, que Tally endossa par-dessus son sweat-shirt fait main – le seul bien qui lui restait de La Fumée.

Les nuits défilaient rapidement. Au cours de ce voyage, il n'y avait aucun indice énigmatique à déchiffrer, pas d'incendie de broussaille auquel échapper, ni de vieille machine rouillée qui flanquait la trouille. En dehors de quelques ruines ici ou là, le monde paraissait vide, comme si David et Tally étaient les dernières personnes sur terre.

Ils améliorèrent leur ordinaire par quelque poisson pêché dans le fleuve, et Tally fit cuire un lapin sur un feu qu'elle avait préparé elle-même. Elle eut l'occasion d'observer David en train de repriser ses vêtements et conclut que jamais elle ne saurait manier correctement du fil et une aiguille. Il lui apprit à estimer l'heure et à s'orienter grâce aux étoiles, elle lui montra comment ouvrir le logiciel compliqué de leurs planches afin d'optimiser leurs performances pour le vol de nuit.

Une fois parvenus à la mer, ils prirent la direction du sud, suivant la même voie ferrée côtière qu'avait empruntée Tally en venant à La Fumée. David l'informa qu'autrefois elle descendait sans interruption jusqu'à la ville de Tally, et au-delà. Mais désormais, il y avait de grosses brèches dans la voie, et de nouvelles villes bâties sur la mer, de sorte qu'ils durent à plusieurs reprises effectuer un crochet par l'intérieur des terres. Heureusement, David connaissait les rivières, les tronçons de voie et autres chemins de métal que les Rouillés avaient laissés derrière eux, et ils progressaient à bonne allure malgré tout.

Seul le mauvais temps les retint. Après quelques jours de voyage le long de la côte, une montagne de nuages sombres et menaçants apparut à l'horizon. Une tempête se leva, qui grossit lentement sur une période de vingt-quatre heures, modifiant la pression atmosphérique de telle manière que les planches devinrent difficiles à piloter. La tempête multiplia les avertissements, et quand elle frappa enfin, ce fut pire que tout ce que Tally aurait pu imaginer.

Elle avait déjà affronté la violence d'un ouragan, mais à l'abri d'un solide immeuble. La démonstration de puissance de la nature fut une leçon pour elle.

Trois jours durant, David et Tally se recroquevillèrent dans une tente en plastique protégée par un promontoire rocheux, brûlant des baguettes chimiques pour se chauffer et s'éclairer, avec l'espoir que les aimants de leurs planches magnétiques n'attireraient pas la foudre sur eux. Les premières heures, ils furent fascinés par la beauté de la tempête, stupéfaits par sa force, se demandant à chaque coup de tonnerre si la falaise n'allait pas être éboulée. Quand la pluie prit le relais, elle leur parut monotone.

Ils passèrent un jour entier à discuter de tout et de rien, surtout de leur enfance, et Tally eut le sentiment de comprendre David mieux que toute autre personne. Au bout de trois jours, ils eurent une dispute terrible à l'issue de laquelle David sortit de la tente, furieux. Il se tint debout dans le vent glacial un long moment. Quand il finit par revenir, il grelotta pendant des heures dans les bras de Tally.

— Nous sommes trop lents, lâcha-t-il enfin.

Il fallait longtemps pour préparer un candidat à l'opération, en particulier lorsqu'il avait plus de seize ans. Mais le docteur Cable n'attendrait pas indéfiniment pour opérer les parents de David. Chaque jour perdu à cause de la tempête augmentait les chances de voir Az et Maddy passer sous le scalpel. Pour Shay, qui avait l'âge idéal, le risque était encore plus grand.

— On y arrivera, sois sans crainte. Ils m'ont mesurée chaque semaine pendant un an avant la date prévue pour mon opération. Ça prend du temps de faire ça bien.

Un frisson d'inquiétude parcourut David.

— Tally, et s'ils se fichaient de faire ça bien ?

La tempête prit fin le matin suivant, et ils émergèrent dans un monde aux couleurs transformées. Les nuages étaient rose vif, l'herbe d'un vert surnaturel et l'océan plus sombre que jamais, parfois souligné par la crête écumante des vagues ou par un peu de bois flotté. Ils volèrent toute la journée pour rattraper le temps perdu, en état de choc, ébahis que le monde existe encore après une telle tempête.

Ensuite, la voie ferrée obliqua vers l'intérieur des terres et, quelques nuits plus tard, ils atteignirent les Ruines rouillées.

Les ruines paraissaient moins vastes, comme si les tours avaient rétréci depuis que Tally les avait laissées derrière elle plus d'un mois auparavant. En s'enfonçant avec David dans les rues obscures, elle n'eut plus l'impression de sentir les fantômes des Rouillés la menacer depuis les fenêtres.

— La première fois que je suis venue ici, j'ai vraiment eu la frousse, avoua-t-elle.

— Oui, c'est saisissant de voir à quel point l'endroit est bien conservé.

— Un produit a été vaporisé dessus, afin de les préserver, à l'intention des visites scolaires.

Ils stockèrent le gros de leur équipement dans un bâtiment effondré loin du centre – une tour délabrée que même les Uglies en vadrouille préféreraient probablement éviter –, ne gardant que leurs purificateurs d'eau, une lampe torche et quelques sachets de nourriture. Tally devança David car elle connaissait le chemin du gisement de fer, celui que Shay lui avait montré des mois plus tôt.

— Crois-tu qu'on redeviendra amies un jour ? demanda-t-elle alors qu'ils marchaient vers la rivière.

— Shay et toi ? Bien sûr.

— Même après… toi et moi ?

— Quand on l'aura tirée des griffes des Specials, je suis sûr qu'elle sera prête à oublier tout le reste.

Tally demeura silencieuse. Shay avait deviné qu'elle avait trahi La Fumée. Rien ne lui ferait oublier ça.

Une fois parvenus à la rivière, ils filèrent le long de l'eau vive à toute allure, libérés du poids des sacoches.

Tally se posait plusieurs questions. Qui était-elle désormais ? Une espionne ? Plus maintenant, et elle ne se considérait pas comme une Fumante. Par ailleurs, elle n'était certainement pas belle, mais ne se sentait pas moche. Elle n'était rien en particulier. Quoi qu'il en soit, elle avait un but.

C'est alors que la cité apparut.

— On y est ! lança-t-elle à David par-dessus l'eau bouillonnante. Mais tu avais déjà vu des villes auparavant, non ?

— Je me suis approché de quelques-unes. Mais pas très près.

Tally baissa les yeux sur la ligne familière des immeubles. Les traînées minces des feux d'artifice découpaient les silhouettes des tours de fête et les résidences. Elle ressentit un pincement au cœur, comme le mal du pays, en pire. Autrefois, la vue de New Pretty Town la remplissait d'espoir et d'impatience. Désormais, ce paysage n'était plus qu'une coquille vide de promesses. Comme David, elle n'avait plus de domicile. Au contraire de La Fumée, sa ville existait toujours, mais elle avait perdu toute signification pour elle.

— Il nous reste quelques heures avant le lever du soleil, dit-elle. Tu veux jeter un coup d'œil aux Special Circumstances ?

— Le plus tôt sera le mieux, dit David.

Ils avaient largement le temps de les atteindre et d'en revenir avant l'aube.

— Allons-y.

Ils suivirent la rivière jusqu'à la ceinture de verdure qui séparait Uglyville de la banlieue. L'endroit idéal pour se déplacer sans être vu.

— Moins vite ! murmura David en voyant Tally filer entre les arbres.

Elle ralentit l'allure.

— Pas la peine de chuchoter. Personne ne vient ici la nuit. C'est le territoire des Uglies, et ils sont tous au lit – sauf ceux qui sont en train de faire des bêtises.

— O.K., dit-il. Mais est-ce qu'on ne devrait pas se montrer prudents avec les voies magnétiques ?

— Les voies magnétiques ? David, les planches fonctionnent partout en ville. Il y a une grille métallique enterrée sous l'ensemble du truc.

— Ah, d'accord.

Tally sourit. Elle s'était si accoutumée à vivre dans le monde de David qu'il lui était agréable de fournir des explications, à présent.

— Quel est le problème, railla-t-elle, tu as peur que je te sème ?

— Essaie toujours.

Tally pivota et partit comme une flèche, zigzaguant entre les grands peupliers, se laissant guider par son instinct.

Elle se souvint de ses deux trajets en aérocar jusqu'aux Special Circumstances. Le plus délicat serait de traverser la banlieue, un endroit où il ne faisait pas bon être Ugly. Heureusement, les grands Pretties se couchaient tôt. La plupart d'entre eux, en tout cas.

Elle fit la course avec David sur la moitié de la ceinture de verdure, jusqu'à ce qu'ils voient briller les lumières de l'hôpital, de l'autre côté de la rivière. Tally se rappela le matin épouvantable où elle avait été arrachée à l'opération promise et soumise à un interrogatoire. Elle fit la grimace, réalisant que, cette fois, elle filait volontairement au-devant des Special Circumstances.

Tally ressentit un picotement au moment de quitter la ceinture de verdure. Une part d'elle-même s'attendait que sa bague d'interface lui annonce qu'elle quittait Uglyville. L'objet lui semblait faire partie d'elle alors, mais aujourd'hui l'idée d'être localisée, surveillée et conseillée à chaque minute de la journée lui donnait la nausée. Comment avait-elle pu être aussi bête pendant seize ans ?

— Reste près de moi, dit-elle à David. On arrive à l'endroit où tu peux te mettre à chuchoter.

Quand elle était gamine, Tally avait vécu avec Sol et Ellie dans la banlieue des grands Pretties. À l'époque, son univers était ridiculement réduit : quelques parcs, le chemin jusqu'à l'école, un coin de la ceinture de verdure où elle se faufilait pour espionner les Uglies. À l'instar des Ruines rouillées, les rangées proprettes de pavillons et de jardinets lui semblaient beaucoup plus modestes aujourd'hui, tel un village interminable de maisons de poupées.

Ils volèrent au ras des toits, en position accroupie. S'ils croisaient un habitant, il leur faudrait espérer qu'il ne lève pas la tête. Ils passaient à moins d'une main des tuiles, dont le motif défilait sous eux avec une régularité hypnotique. Ils ne rencontrèrent que des nids d'oiseaux ainsi que quelques chats qui, surpris, détalèrent aussitôt.

La banlieue se termina de façon abrupte. Une dernière bande de parcs céda la place à l'aire circulaire d'organisation des transports, où les usines souterraines pointaient la tête au ras du sol, et où les camions de marchandises sillonnaient jour et nuit des routes bétonnées. Tally prit de l'altitude et accéléra.

— Tally ! siffla David. On va se faire repérer !

— Relax. Ces camions sont automatiques. Personne ne vient jamais ici, surtout la nuit.

Il jeta un coup d'œil nerveux sur les véhicules massifs en contrebas.

— Regarde, ils n'ont même pas de phares.

Elle indiqua un énorme train routier en dessous d'eux, dont la seule lumière était une lueur rouge à l'avant : le laser de navigation qui lisait les codes-barres peints sur la route.

Bientôt, une masse familière se dressa au-dessus de la zone industrielle.

— Tu vois cette colline ? Les Special Circumstances sont juste derrière. On va grimper en haut et jeter un coup d'œil.

La colline présentait une pente trop raide pour qu'une usine soit bâtie dessus, et apparemment trop importante pour être aplatie à coups d'explosif et de bulldozer. Elle émergeait de la plaine, pareille à une pyramide, abrupte d'un côté, en pente douce de l'autre, couverte de buissons et d'herbe brune. Ils s'élevèrent jusqu'au sommet, contournant quelques rochers et arbustes épars.

De là-haut, le regard portait jusqu'à New Pretty Town. Le disque scintillant de l'île apparaissait de la taille d'une assiette. La ville autour était plongée dans les ténèbres et, en contrebas, les bâtiments des Special Circumstances n'étaient éclairés que par la lumière crue des veilleuses de sécurité.

— C'est là, dit-elle en chuchotant.

— L'endroit ne paie pas de mine.

— Le gros des installations est enterré. Je ne sais pas jusqu'où elles s'enfoncent.

Ils contemplèrent en silence le groupe de bâtiments. De là où ils se trouvaient, Tally apercevait clairement l'enceinte grillagée qui l'entourait, dessinant un carré presque parfait. Cela annonçait un dispositif de sécurité conséquent. On ne rencontrait pas beaucoup de barrières en ville – aucune d'aussi visible, en tout cas. D'habitude, votre bague d'interface vous avertissait poliment de ne pas traîner dans le coin.

— Ce grillage a l'air assez bas pour qu'on puisse le franchir avec les planches.

Tally secoua la tête.

— Ce n'est pas un grillage, mais une enceinte de capteurs. Si on s'en approche à moins de vingt mètres, les Specials sauront qu'on est là. Même chose si on touche le sol à l'intérieur.

— Vingt mètres ? Trop haut. Alors comment fait-on ? On frappe à la porte ?

— Il n'y a aucune porte, à ma connaissance. Je suis entrée et sortie en aérocar.

David tambourina sur sa planche du bout des doigts.

— Et si on en volait un ?

— Un aérocar ? (Tally siffla.) Ça, ce serait quelque chose ! J'ai connu des Uglies qui faisaient des rodéos, mais jamais à bord d'un véhicule des Special Circumstances.

— Dommage qu'on ne puisse pas sauter.

Tally plissa les yeux.

— Sauter ?

— D'ici. Redescendre sur nos planches au pied de la colline, monter à vitesse maximum, puis sauter dans la place. On atterrirait probablement sur ce grand bâtiment pile au centre.

— Où on nous ramasserait à la petite cuillère.

— Ouais, j'imagine. Même avec des bracelets anticrash, on se ferait arracher les bras après une chute pareille. Il nous faudrait des parachutes.

Tally se livra à un calcul de la trajectoire depuis le sommet de la colline. Quand David fit mine de vouloir parler, elle lui intima le silence : son cerveau travaillait à plein régime. Elle se rappela la soirée à la résidence Garbo, qui lui semblait remonter à des années.

Enfin, elle s'autorisa à sourire.

— Pas des parachutes, David. Des gilets de sustentation.

COMPLICES

— On a encore le temps, si on fait vite.

— Le temps de quoi ?

— De faire un saut à l'école d'art d'Uglyville. Il y a des gilets de sustentation au sous-sol. Tout un râtelier.

David prit une profonde inspiration.

— O.K.

— Ne me dis pas que tu as peur ?

— Non, je… (Il fit la grimace.) C'est juste que je n'ai encore jamais vu autant de monde à la fois.

— Du monde ? On n'a croisé personne.

— Ouais, mais toutes ces maisons qu'on a survolées en venant ici… Je n'arrête pas de penser qu'il y a des gens qui vivent dans chacune d'elles, entassés les uns sur les autres.

Tally s'esclaffa.

— Tu trouves que la banlieue est surpeuplée ? Attends d'avoir vu Uglyville !

Ils retournèrent sur leurs pas, rasant les toits à fond de train. Le ciel était d'un noir d'encre, mais désormais Tally connaissait suffisamment les étoiles pour savoir que les premières lueurs de l'aube surviendraient dans moins de deux heures.

En atteignant la ligne de verdure, ils refirent le même chemin en arrière, sans parler, en se concentrant sur le pilotage entre les arbres. Ils parvinrent ainsi au parc Cléopâtre. L'instinct de Tally la fit tressaillir en passant devant le chemin qui menait à son ancien dortoir. Pendant une fraction de seconde, elle avait failli tourner, escalader la fenêtre et se glisser dans son lit.

Bientôt, les flèches en pagaille de l'école d'art d'Uglyville apparurent et Tally fit halte.

Cette partie-là était facile.

— Donne-moi la torche. Et attends-moi ici, dit-elle.

Elle se faufila par la fenêtre qui lui avait déjà permis de s'introduire à l'intérieur du bâtiment. Le râtelier était toujours à la même place : elle attrapa deux gilets et ressortit en moins d'une minute. Comme elle émergeait du soupirail, elle vit que David la regardait en écarquillant les yeux.

— Qu'y a-t-il ? demanda-t-elle.

— C'est juste que tu parais... tellement sûre de toi. Moi, rien que l'idée de me trouver en ville me rend nerveux.

Tally sourit.

— Sois tranquille. Ce n'est pas compliqué pour moi.

Elle n'en était pas moins heureuse d'avoir impressionné David par ses talents de monte-en-l'air. Au cours des dernières semaines il lui avait appris à faire un feu, vider un poisson, dresser une tente et lire une carte de courbes de niveau. Pour une fois, c'était elle la personne compétente.

Sur le trajet du retour, Tally demanda :

— Demain soir, donc ?

— Inutile d'attendre plus longtemps.

— D'accord.

Il leur fallait tenter le sauvetage sans tarder : plus de deux semaines s'étaient écoulées depuis l'invasion de La Fumée.

David s'éclaircit la gorge.

— Combien de Specials crois-tu qu'il peut y avoir là-dedans ?

— Quand j'y suis passée, beaucoup. Mais c'était pendant la journée. J'imagine qu'ils doivent dormir de temps à autre.

— Donc, on ne devrait rencontrer personne.

— Peut-être quelques gardes, quand même.

Elle n'en dit pas trop. Un seul Special aurait déjà constitué un obstacle de taille pour deux Uglies. Aucun effet de surprise ne saurait compenser la force et les réflexes supérieurs des cruels Pretties.

— Reste à faire en sorte qu'ils ne nous voient pas, ajouta-t-elle.

— Ou à espérer qu'ils seront occupés ailleurs cette nuit-là.

Tally avançait en traînant les pieds, rattrapée par la fatigue maintenant qu'ils étaient en sécurité hors de la ville. Son assurance l'abandonnait un peu plus à chaque pas. Ils avaient voyagé jusqu'ici sans trop réfléchir à la tâche qui les attendait, mais arracher des gens aux griffes des Special Circumstances, cela n'avait rien d'une farce comme chiper un gilet de sustentation ou franchir le fleuve. C'était une affaire grave.

Et bien que Croy, Shay, Az et Maddy soient probablement incarcérés dans ces horribles bâtiments souterrains, il subsistait toujours la possibilité qu'on les ait emmenés ailleurs.

— Il nous faudrait du renfort, soupira-t-elle.

— Ça doit pouvoir s'arranger.

Elle lui jeta un coup d'œil interrogatif, puis suivit son regard en direction des ruines. Au sommet de la plus haute tour, les dernières étincelles d'un feu de Bengale crachotaient.

Il y avait des Uglies là-haut.

— Ils sont là pour moi, dit-il.

— Alors, qu'est-ce qu'on fait ?

— Y a-t-il un autre chemin pour retourner en ville ? s'enquit David.

— Non. Ils devront forcément repasser par ici.

— Alors, attendons.

Tally scruta les ruines. Le feu de Bengale s'était éteint, et l'on ne distinguait pas grand-chose aux premières lueurs de l'aube qui pointaient à l'horizon. Ceux qui étaient venus là avaient attendu la dernière minute avant de regagner leurs dortoirs.

Bien sûr, s'ils cherchaient David, ces Uglies étaient des fugitifs potentiels.

Elle se tourna vers David.

— Alors comme ça, certains Uglies continuent à te chercher… Et pas uniquement ici, j'imagine.

— Mais oui, dit-il. La rumeur se transmettra de génération en génération, dans toutes les villes des environs, que je sois là ou non. Je ne venais pas chaque fois qu'on allumait un feu de Bengale. Même ceux qui m'ont déjà rencontré mettront longtemps avant de renoncer. De toute façon, la plupart d'entre eux ne croient pas à l'existence de La…

Sa voix s'étrangla, et Tally lui prit la main. Pendant un bref instant, il avait oublié que La Fumée, de fait, n'existait plus.

Ils attendirent en silence, jusqu'à ce qu'un bruit de pas s'élève entre les rochers. Les Uglies devaient être deux ou trois. Ils parlaient à voix basse, comme s'ils redoutaient les fantômes des Ruines rouillées.

— Regarde, murmura David en sortant une lampe torche de sa poche.

Il se leva, braqua la torche en direction de son visage et pressa l'interrupteur.

— C'est moi que vous cherchez ? demanda-t-il d'une voix forte, autoritaire.

Trois Uglies se figèrent sur place, bouche bée. Un garçon lâcha sa planche qui s'écrasa bruyamment sur les pierres.

— Qui es-tu ? bredouilla l'une des filles.

— Je suis David.

— Oh. Donc, tu es bien…

— Réel ? (Il éteignit la torche et sourit.) On me demande ça sans arrêt.

Ils s'appelaient Sussy, Ann et Dex, et voilà un mois qu'ils venaient dans les ruines. Ils parlaient de La Fumée depuis des années, depuis qu'un Ugly de leur dortoir s'était enfui.

— Je venais d'arriver à Uglyville, raconta Sussy, et Ho était déjà senior. Quand il a disparu, tout le monde avait sa petite idée sur l'endroit où il était parti.

— Ho ? (David hocha la tête.) Je me souviens de lui. Il est resté quelques mois, et puis il a changé d'avis et il est rentré. Il est Pretty, aujourd'hui.

— Il est vraiment allé là-bas ? À La Fumée ? demanda Ann.

— C'est moi-même qui l'ai emmené.

— Super ! Donc, ça existe vraiment. (Elle échangea un regard d'excitation avec ses amis.) On aimerait y aller, nous aussi.

David ouvrit la bouche, puis la referma et détourna les yeux.

— Impossible, répondit Tally à sa place. Pas pour le moment.

— Pourquoi ça ? voulut savoir Dex.

Tally marqua une pause. La vérité, à savoir que La Fumée avait été détruite à la suite d'une attaque en règle, lui semblait trop tirée par les cheveux. Par ailleurs, la rumeur de cette disparition se colporterait à travers des générations de Uglies. Et le triomphe du docteur Cable serait complet, même si quelques Fumants rescapés réussissaient à fonder une autre communauté.

— Eh bien, expliqua-t-elle, sachez que La Fumée doit déménager de temps en temps afin de demeurer secrète. Pour l'instant, tout le monde est éparpillé, alors on ne peut recruter personne.

— La communauté entière a déménagé ? fit Dex. Waouh !

Ann fronça les sourcils.

— Une minute. Si vous ne recrutez pas, qu'est-ce que vous fabriquez ici ?

— On prépare un coup, expliqua Tally. Un gros coup. Vous pourriez peut-être nous aider ? Dès que La Fumée sera de nouveau opérationnelle, vous serez les premiers à le savoir.

— Vous voulez qu'on fasse quelque chose pour vous ? Comme une sorte d'initiation ? demanda Dex.

— Non, répondit David avec fermeté. Rien de particulier n'est requis pour être admis à La Fumée. Simplement, on apprécierait beaucoup si vous acceptiez de nous donner un coup de main.

— Il va nous falloir une diversion, dit Tally.

— Ça a l'air rigolo, commenta Ann.

Elle se tourna vers les autres, qui approuvèrent sans réserve.

Toujours partants pour une bêtise, se dit Tally. Comme elle-même autrefois. C'étaient des seniors, qui avaient moins d'un an de différence avec elle et, pourtant, ils lui faisaient l'impression d'être des gamins.

David attendait que Tally développe son idée. Il fallait qu'elle invente une diversion sur-le-champ – et une bonne. Quelque chose qui intriguerait suffisamment les Specials pour les amener à se déplacer.

Quelque chose qui retiendrait l'attention du docteur Cable elle-même.

— Pour commencer, vous aurez besoin d'un tas de feux de Bengale.

— Aucun problème.

— Et je suppose que vous savez comment vous glisser à New Pretty Town, n'est-ce pas ?

— New Pretty Town ? (Ann regarda ses amis.) Mais les ponts signalent tous ceux qui franchissent le fleuve, non ?

Tally sourit, toujours heureuse d'enseigner un nouveau tour à des novices.

LE SAUT DANS LE VIDE

Tally et David passèrent la journée dans les Ruines rouillées, à regarder les taches de soleil ramper sur le sol. Les heures filaient. Tally mit des siècles à trouver le sommeil. Elle ne cessait de s'imaginer le grand saut dans l'incertitude depuis le sommet de la colline. Elle finit par s'endormir, trop épuisée pour rêver.

En se réveillant à l'aube, elle s'aperçut que David avait déjà rempli deux sacs à dos de matériel destiné au sauvetage. Ils se rendirent à la lisière des ruines, chacun pilotant deux planches en sandwich. Si la chance le voulait, les planches supplémentaires leur serviraient lorsqu'ils ressortiraient des Special Circumstances avec une poignée de prisonniers.

Ils prirent leur petit déjeuner au bord de la rivière. Tally s'accorda le temps d'apprécier ses BoulSued. Au moins, s'ils se faisaient capturer cette nuit, elle n'aurait plus à ingurgiter de la nourriture déshydratée. De légers dommages cérébraux n'étaient pas un prix trop élevé à payer, si cela permettait de vivre sans jamais avaler une seule nouille reconstituée.

Tally et David survolèrent l'eau vive alors que le soir tombait, et franchirent la ceinture de verdure à l'instant précis où les lumières d'Uglyville s'éteignaient. À minuit, ils se trouvaient au sommet de la colline qui surplombait les Special Circumstances.

Tally sortit ses jumelles et les braqua vers l'intérieur, vers New Pretty Town, où les tours de fête commençaient juste à s'illuminer.

David souffla sur ses doigts : son haleine était visible dans la froidure d'octobre.

— Crois-tu vraiment qu'on peut compter sur eux ?

— Pourquoi pas ? répondit-elle en surveillant l'espace sombre du plus grand jardin de plaisir de la ville. L'idée semblait plutôt les exciter.

— Est-ce qu'ils ne prennent pas un gros risque ? Ils viennent à peine de nous rencontrer.

Elle haussa les épaules.

— Un Ugly ne vit que pour faire des bêtises. Tu n'as jamais rien fait par pure curiosité ?

— Une fois, j'ai donné mes gants à une mystérieuse inconnue. Ça m'a valu toutes sortes d'ennuis.

Elle abaissa ses jumelles et vit que David souriait.

— Tu as l'air moins nerveux, ce soir, observa-t-elle.

— Je suis content qu'on se trouve ici, content d'être enfin prêt à agir. Et depuis que ces trois gosses ont accepté de nous aider, j'ai l'impression que…

— … que notre plan a une chance de marcher ?

— Mieux que ça. (Il baissa les yeux sur les installations des Special Circumstances.) Au début, ça m'a fait mal de t'entendre parler comme si La Fumée existait encore. Mais s'il reste assez de Uglies comme ceux-là, peut-être qu'elle existera de nouveau un jour. Ils étaient tellement enthousiastes à l'idée de nous aider, de semer le trouble !

— Bien sûr que La Fumée existera de nouveau, dit Tally d'une voix douce.

David haussa les épaules.

— Peut-être que oui, peut-être que non. Mais même si nous ratons notre coup ce soir, et que nous finissons tous les deux sous le scalpel, au moins, quelqu'un poursuivra le combat et continuera à organiser la pagaille, tu vois ?

— J'espère bien que ce sera nous qui sèmerons le trouble, dit Tally.

— Moi aussi.

Il attira Tally contre lui et l'embrassa. Quand il la relâcha, elle ferma les yeux. Cela paraissait plus sincère de l'embrasser, maintenant qu'elle était sur le point de se racheter.

— Regarde, dit David.

Il se passait quelque chose dans les zones d'ombre de New Pretty Town.

Elle leva ses jumelles.

Une ligne scintillante traversa l'étendue noire du jardin de plaisir, comme une fissure lumineuse. Puis d'autres lignes apparurent, une à une. Arcs et cercles tremblotants fendaient les ténèbres. Les différents éléments parurent s'illuminer selon un ordre aléatoire, mais finirent par former des lettres puis des mots.

Enfin, le motif scintillant fut achevé. Pendant quelques instants, Tally put lire le message entier sans jumelles. Depuis Uglyville, il devait paraître gigantesque. Il proclamait :

LA FUMÉE VIT

En voyant les mots se décomposer à mesure que les pièces d'artifice s'éteignaient, Tally se demanda si le message disait vrai.

— Les voilà, annonça David.

En dessous d'eux, une large ouverture circulaire était apparue dans le toit du plus grand bâtiment. Trois aérocars en jaillirent à la file, et foncèrent vers la ville. Tally espérait que les trois amis, Ann, Dex et Sussy, avaient suivi son conseil et quitté New Pretty Town depuis longtemps.

— Prêt ? demanda-t-elle.

En guise de réponse, David resserra les sangles de son gilet de sustentation et sauta sur ses planches.

Ils gagnèrent le pied de la colline, firent demi-tour et reprirent l'ascension.

Pour la dixième fois, Tally vérifia le voyant sur le col de son gilet. Il était toujours au vert, celui de David également. Plus d'excuse pour reculer, maintenant.

Ils prirent de la vitesse en s'élevant vers le ciel obscur, remontant la colline comme si elle avait été une gigantesque rampe de lancement. Des insectes s'écrasaient sur le visage de Tally. Elle se laissa glisser vers l'avant des deux planches, faisant dépasser légèrement le bout de l'une de ses chaussures antidérapantes.

Puis l'horizon parut se dérober devant elle et Tally ploya les genoux, prête à bondir.

Le sol disparut.

Tally poussa de toutes ses forces, enfonçant ses planches le long du versant à pic de la colline, où elles s'immobiliseraient. David et elle avaient éteint leurs bracelets anticrash – ils ne tenaient pas à ce que les planches les suivent à l'intérieur de l'enceinte. Pas encore.

Tally continua à monter dans les airs pendant quelques secondes. La ville extérieure s'étendait devant elle, vaste patchwork de lumière et d'obscurité. Elle écarta les bras et les jambes.

Au sommet de sa courbe, tandis que le vent lui cinglait le visage, la sensation de légèreté lui retournait presque l'estomac. Un mélange d'excitation et de peur courait dans ses veines. Tally s'arracha à la contemplation de la terre silencieuse et risqua un coup d'œil vers David. Une longueur de bras plus loin, il la regardait, le visage radieux.

Elle lui sourit et retourna son attention vers le sol qui s'approchait de plus en plus vite. Comme elle l'avait calculé, ils allaient atterrir au beau milieu du périmètre. Tally commença à anticiper la secousse que leur infligeraient les gilets au moment de la chute.

Le sol grossit de plus en plus. Elle était prête à encaisser le choc. Alors, avec une violence brutale, les sangles de son gilet s'animèrent, mordant cruellement ses cuisses et ses épaules, chassant l'air de ses poumons, comme si une énorme bande de caoutchouc la broyait dans son étreinte. La terre battue se ruait vers elle, plate, compacte, *dure*.

La bande de caoutchouc invisible finit par s'étirer presque jusqu'à son point de rupture, et elle s'arrêta une fraction de seconde, à portée de main du sol. Tally ramena les bras en arrière pour éviter de le toucher. Ses globes oculaires lui donnaient l'impression de vouloir jaillir de leurs orbites. Puis sa chute s'inversa et elle repartit vers le haut, rebondissant cul par-dessus tête. Le ciel et l'horizon tournoyaient autour d'elle comme si elle se trouvait dans un tourniquet.

Tally n'avait aucune idée de l'endroit où était David. Ce saut était gigantesque ! Combien de rebonds lui faudrait-il pour s'immobiliser ?

Elle tomba de nouveau, et la terre battue fut cette fois remplacée par un bâtiment. Elle faillit toucher du pied le toit en terrasse mais rebondit encore.

Le bord du toit approcha d'elle une nouvelle fois : elle allait dépasser le bâtiment…

Se débattant dans ses sangles, elle se retrouva, impuissante, au-delà du toit. Alors, du bout des doigts, elle s'accrocha *in extremis* à une gouttière.

— Pfff… soupira-t-elle en regardant vers le bas.

Comme elle ne tombait plus, son gilet de sustentation s'éteignit de lui-même, et lui restitua ainsi son poids normal petit à petit. Elle lutta pour se hisser sur le toit, mais son sac à dos bourré de matériel l'entraînait vers le bas. Autant essayer de faire des tractions avec des semelles de plomb !

Elle était à court d'idées, tout près de lâcher.

Miracle : des bruits de pas s'approchèrent sur le toit, et un visage apparut. David.

— Un problème ?

Elle grogna en guise de réponse et le vit empoigner une lanière de son sac à dos. Tally put enfin se hisser en sécurité.

David se laissa tomber sur les fesses et secoua la tête.

— Et tu faisais ça pour le *plaisir* ?

— Pas tous les jours.

— Je me disais aussi… On peut souffler une minute ?

Elle inspecta le toit. Personne ne venait, aucune alarme n'avait retenti. Apparemment, les installations n'étaient pas conçues pour les détecter là-haut. Tally sourit.

— D'ac. Deux minutes, si tu veux. On dirait que les Specials ne s'attendaient pas que des visiteurs leur tombent du ciel.

DANS LA PLACE

Depuis le sommet de la colline, le toit du bâtiment des Special Circumstances avait paru plat et dégagé. Maintenant qu'ils étaient dessus, Tally distinguait plusieurs conduits de ventilation, des antennes, des trappes de maintenance et, bien sûr, la grande porte circulaire qu'avaient empruntée les aérocars. Pour l'instant, elle était fermée. C'était un miracle que ni David ni elle ne se soient rompu le cou en rebondissant dessus.

— Alors, comment entre-t-on ? demanda David.

— Commençons par là.

Elle indiqua la porte des aérocars.

— Dis-moi, ils ne risquent pas de s'apercevoir que nous ne sommes pas des aérocars, s'ils nous voient débouler par là ?

— Je pensais plutôt bloquer la porte. Au cas où d'autres Specials se montreraient, autant leur compliquer la tâche pour entrer derrière nous.

— Bonne idée.

David fouilla dans son sac à dos et en sortit une sorte de tube de gel pour les cheveux. Il en pressa le contenu – une substance collante blanche – sur tout le pourtour de la porte, en prenant garde à ne pas s'en mettre sur les doigts.

— Qu'est-ce que c'est ?

— Nanotech. Avec ça, tu peux coller tes chaussures au plafond et te suspendre la tête en bas.

Tally avait entendu parler des tours qu'on pouvait jouer avec de la colle nanotech, mais les Uglies n'avaient pas le droit d'en réquisitionner.

— Ne me dis pas que tu l'as déjà fait.

Fier de son effet, David sourit.

— Bon, comment descend-on ?

Tally sortit un cric électrique de son sac et pointa le doigt.

— On prend l'ascenseur.

La grande boîte métallique qui dépassait du toit ressemblait à une cabane à outils, mais sa porte à double battant et son lecteur oculaire la trahissaient. Tally s'assura que le lecteur ne la flashait pas, puis inséra son cric entre les battants. Ils se froissèrent comme du papier.

Derrière les portes, un puits obscur s'enfonçait dans le néant. Tally fit claquer sa langue ; d'après l'écho, la chute serait longue. Elle jeta un coup d'œil au voyant sur son col. Toujours au vert.

— Attends que je te siffle, dit-elle à David.

Et elle s'avança droit dans le vide.

S'enfoncer dans la cage d'ascenseur était bien plus effrayant que sauter de la résidence Garbo, ou s'envoler dans les airs du sommet de la colline. Les ténèbres n'offraient aucun indice sur la profondeur du puits, et Tally aurait aussi bien pu tomber à jamais.

Elle sentait les parois défiler de chaque côté. À tout moment, elle risquait de s'écraser contre la cloison. Elle eut la vision de son corps en train de rebondir d'un mur à l'autre, jusqu'à se disloquer.

La jeune fille garda les bras bien collés contre ses flancs.

Au moins, le gilet fonctionnerait sans problème. Les ascenseurs utilisant le même système d'aimantation magnétique que les planches, elle était sûre de trouver une lourde plaque métallique tout au fond.

Quand elle eut compté jusqu'à cinq, le gilet la retint. Elle rebondit deux fois, en haut, en bas, puis se réceptionna sur une surface dure. Le silence et l'obscurité y étaient absolus. Elle palpa les quatre murs qui l'entouraient. Rien ne correspondait aux contours d'une porte.

Tout en haut, Tally aperçut un minuscule carré de lumière, dans lequel le visage de David s'encadrait. Elle avança les lèvres pour siffler, puis se ravisa.

D'en bas, un son étouffé lui parvenait. Un bruit de conversation.

Elle s'accroupit, tâchant de distinguer les mots. Mais elle n'entendait que les accents grinçants de la voix d'un cruel Pretty. Le ton moqueur lui rappelait le docteur Cable.

Sans avertissement, le sol se déroba soudain sous ses pieds. Tally lutta pour conserver l'équilibre. Quand la cabine de l'ascenseur s'arrêta de nouveau, elle se tordit la cheville, mais réussit à ne pas tomber.

Les bruits de conversation s'estompèrent. Désormais une chose était certaine : le complexe n'était pas vide.

Tally leva la tête, siffla, puis se recroquevilla dans un coin du puits en se protégeant la tête avec les mains. Et elle compta.

Cinq secondes plus tard, deux pieds arrivèrent à sa hauteur puis remontèrent d'un coup ! Le pinceau de la torche de David se balançait follement dans tous les sens. Il finit par se poser à côté d'elle.

— Oh là ! Il fait super sombre, ici.

— Chut… siffla-t-elle.

David balaya la cage d'ascenseur avec sa torche. Une porte close se trouvait juste au-dessus d'eux. Debout sur la cabine, ils se situaient pile entre deux étages.

Tally entrelaça ses doigts et plaça ses mains en coupe afin de permettre à David de se dresser assez haut pour insérer le cric entre les battants. Avec un crissement métallique insupportable, la porte s'ouvrit. Tous deux se hissèrent par l'ouverture.

Le couloir était plongé dans le noir. Tally sortit sa propre lampe torche, qu'elle braqua sur les portes au fur et à mesure qu'ils parcouraient le couloir. De petites étiquettes brunes s'affichaient sur chacune.

— Radiologie. Neurologie. Imagerie magnétique, lut-elle à voix basse. Salle d'opération deux.

Elle jeta un coup d'œil à David. Celui-ci haussa les épaules et poussa la porte, qui s'ouvrit.

— Dans un bunker souterrain, il n'est pas nécessaire de tout fermer à clef, dit-il d'une voix douce. Après toi.

La pièce était vaste, avec des machines sombres et silencieuses qui s'alignaient le long des murs. Une cuve d'opération se tenait au centre, vide, tubes et électrodes gisant pêle-mêle dans une flaque qui stagnait au fond. Des scalpels et des vibroscies scintillaient sur une table métallique.

— Ça ressemble à des photos que maman m'a montrées, dit David. Ils doivent pratiquer l'opération ici.

Tally hocha la tête. Les chirurgiens ne vous plaçaient dans une cuve que pour les interventions les plus lourdes.

— C'est peut-être ici que les Specials deviennent… spéciaux, dit-elle.

Cette idée n'avait rien de rassurant.

Ils regagnèrent le couloir. Quelques portes plus loin, une étiquette annonçait la morgue.

— Veux-tu… ? commença Tally.

David secoua la tête.

— Non.

Ils explorèrent le reste de l'étage. Dans l'ensemble, l'endroit ressemblait à une petite clinique bien équipée. On n'y trouvait pas de salle de torture ni de cellules de prisonniers. Et aucune trace des Fumants.

— Et maintenant ?

— Ma foi, dit Tally, si tu étais le maléfique docteur Cable, où ferais-tu enfermer tes prisonniers ?

— Le maléfique… qui ?

— C'est ainsi que s'appelle la femme qui dirige cet endroit. On me l'a appris quand on m'a arrêtée.

David fronça les sourcils, et Tally se demanda si elle n'avait pas trop parlé.

Mais il se contenta de hausser les épaules.

— J'imagine que je les ferais jeter au fin fond d'un cachot.

— O.K. Alors, on descend.

Un escalier de secours s'arrêtait à l'étage juste en dessous. Ils semblaient parvenus au niveau le plus bas des Special Circumstances.

— Attention, chuchota Tally. Tout à l'heure, j'ai entendu des gens sortir de l'ascenseur. Ils ne doivent pas être loin.

Ce niveau-ci était éclairé par une bande lumineuse qui brillait doucement au milieu du couloir. Un frisson parcourut Tally quand elle découvrit les étiquettes sur les portes.

— Salle d'interrogatoire un. Salle d'interrogatoire deux. Salle d'isolement un, murmura-t-elle, tandis que le pinceau de sa lampe voletait sur les mots comme une luciole. Salle de désorientation un. Ils doivent être là, David.

Ce dernier poussa l'une des portes, qui résista. Il fit courir ses doigts le long du battant, à la recherche d'une prise pour son cric.

— Ne te laisse pas flasher par le lecteur oculaire, l'avertit Tally à voix basse. (Elle indiqua la petite caméra contre la porte.) S'il repère un œil, il fera une lecture de ton iris et consultera l'ordinateur central.

— Il n'aura aucun fichier sur moi.

— Et ça sèmera une belle panique. Ne t'approche pas ; le processus est automatique.

— O.K., dit David en hochant la tête. Ces portes sont trop lisses, de toute manière. Impossible d'y glisser le cric. Continuons.

Plus loin dans le couloir, une autre étiquette retint l'attention de Tally.

— Détention à long terme, lut-elle.

La pièce paraissait plus large que les autres. Tally y colla son oreille, et entendit une voix familière. Qui s'approchait.

— David ! siffla-t-elle en s'écartant de la porte pour se plaquer contre le mur.

David chercha désespérément du regard un endroit où se cacher. Tous deux se trouvaient à découvert.

La porte coulissa sur le côté, et la voix malveillante du docteur Cable leur parvint.

— C'est parce que tu n'insistes pas assez. Il te suffit de la convaincre que…

— Docteur Cable, dit Tally.

La femme pivota face à Tally, ses traits de rapace crispés par la surprise.

— Je voudrais me rendre.

— Tally Youngblood ? Comment…

Par-derrière, le cric de David s'abattit sur la tempe de la femme, qui s'effondra au sol.

— Est-ce que je l'ai… bredouilla David.

Il était livide.

Tally s'agenouilla et examina la tête du docteur Cable. Pas de sang, mais elle avait son compte. Les cruels Pretties avaient beau être de formidables adversaires, l'effet de surprise possédait toujours autant d'efficacité sur eux.

— Elle s'en tirera.

— Docteur Cable ? Que se passe-t-…

Tally se tourna vers la voix, et dévisagea la jeune femme qui se tenait devant elle.

Grande et élégante, elle avait des traits parfaits. Ses yeux – immenses, profonds, pailletés de cuivre et d'or – s'élargirent, manifestant un grand trouble. Ses lèvres généreuses s'entrouvrirent sans prononcer un mot, et elle leva une main gracieuse. Tally retint son souffle devant la beauté de sa confusion.

Puis une expression de reconnaissance emplit le visage de l'inconnue, son large sourire illumina le couloir et Tally sourit en retour. C'était agréable de rendre cette femme heureuse.

— Tally ! C'est bien toi.

Il s'agissait de Shay. Et elle était Pretty.

SAUVETAGE

— Shay…

— Tu t'en es sortie ! (Le sourire éblouissant de Shay s'estompa quand elle découvrit la forme inerte du docteur Cable.) Qu'est-ce qu'elle a ?

Tally était abasourdie par la transformation de son amie. La beauté de Shay parut étouffer tout ce qui bouillonnait en Tally : la peur, la surprise et l'excitation l'abandonnèrent pour laisser place à la stupeur.

— Tu as… changé.

— Sans blague, dit Shay. David ! Vous allez bien tous les deux.

— Heu, ouais. (Il avait la voix sèche, et ses mains tremblaient en agrippant le cric.) On va avoir besoin de toi, Shay.

— J'imagine. (Elle baissa de nouveau les yeux sur le docteur Cable et soupira.) Toujours aussi doués pour vous attirer des ennuis, à ce que je vois.

Tally détourna les yeux de la beauté de Shay, s'efforçant de se concentrer.

— Où sont passés les autres ? Les parents de David ? Croy ?

— Là-dedans. (Shay fit un geste par-dessus son épaule.) Bouclés à double tour. Le docteur C. était très remontée contre nous.

— Tirons-la à l'intérieur, suggéra David.

Il écarta Shay et traîna le corps. Tally aperçut une rangée de petites portes à l'intérieur de la grande salle, comportant chacune une vitre minuscule.

Shay lui adressa un sourire éclatant.

— Je suis si heureuse de te voir, Tally. Je t'imaginais, toute seule, en pleine nature… sauf que tu n'étais pas seule, évidemment.

En croisant le regard de Shay, Tally se sentit encore une fois bizarre.

— Qu'est-ce qu'ils t'ont fait ?

Shay sourit.

— En dehors de ce qui se voit ?

Tally secoua la tête, ne voyant pas comment demander à Shay si elle avait subi des dommages au cerveau.

— Est-ce que les autres aussi sont…

— Pretties ? Non. Je suis passée la première, parce que c'est moi qui leur donnais le plus de fil à retordre. Tu aurais dû me voir mordre et donner des coups de pied.

Shay gloussa.

— Ils t'ont obligée.

— Ouais, le docteur C. n'est pas commode. Je me sens quand même soulagée.

Tally déglutit.

— Soulagée…

— Je détestais cet endroit. Je suis là parce que le docteur C. voulait que je vienne parler aux Fumants.

— Tu vis à New Pretty Town, dit Tally d'une voix douce.

Elle tenta de voir au-delà de la beauté, de découvrir ce qui se cachait derrière les grands yeux parfaits de son amie.

— Et j'arrive d'une super-soirée.

Tally finit par se rendre compte à quel point le discours de Shay était brouillé. Elle était ivre. D'où son étrange comportement.

Mais elle avait appelé les autres « les Fumants ». Elle n'était plus des leurs.

— Tu vas à des soirées, Shay ? Alors que tous les autres sont enfermés ici ?

— Et alors ? protesta Shay. Je veux dire, ils iront aussi après l'opération. Une fois que le docteur Cable en aura fini avec sa petite crise d'autorité. (Elle contempla le corps inerte étendu au sol et secoua la tête.) Cela dit, elle sera d'une humeur de chien demain. Vous pouvez être fiers de vous.

Un bruit de métal écartelé leur parvint de la salle de détention. Tally entendit d'autres voix.

— J'ai l'impression que vous ne serez plus là pour en profiter, observa Shay. Alors, comment allez-vous tous les deux ?

Tally parvint à répondre :

— On va… bien.

— C'est super. Écoute, je m'excuse d'avoir pris tout ça aussi mal. Tu sais comment sont les Uglies. (Shay s'esclaffa.) Enfin, bien sûr que tu le sais !

— Tu ne m'en veux pas ?

— Ne sois pas ridicule, Tally !

— Ça fait plaisir à entendre.

Naturellement, l'indulgence de Shay n'avait aucune valeur. Ce n'était pas un vrai pardon, mais la simple conséquence des dommages cérébraux qu'elle avait subis.

— Tu m'as rendu un sacré service, en m'arrachant à La Fumée.

— Je n'arrive pas à croire que tu dises ça, Shay. Comment peut-on changer d'avis aussi rapidement ?

Shay éclata de rire.

— Ça m'a pris le temps d'une douche bien chaude. (Elle tendit la main et toucha les cheveux de Tally, crasseux et emmêlés par deux semaines de voyage et de camping.) À propos de douche, tu devrais songer à en prendre une.

Des larmes brûlantes vinrent aux yeux de Tally. Shay avait tellement désiré conserver son propre visage, mener une vie libre en dehors de la ville ! Et ce désir avait été anéanti.

— Je ne voulais pas… te trahir, dit-elle doucement.

Shay jeta un coup d'œil par-dessus son épaule, puis se retourna face à elle.

— Il ne sait pas que tu travaillais pour le docteur Cable, pas vrai ? Ne t'inquiète pas, Tally, murmura-t-elle en portant un doigt à ses lèvres. Ton vilain petit secret ne craint rien avec moi.

Shay avait-elle découvert toute la vérité ? Le docteur Cable avait peut-être raconté à chacun le rôle qu'elle avait joué.

Un bourdonnement se fit entendre. Sur la tablette de travail, un voyant clignotant signalait un appel.

Tally ramassa la tablette et la tendit à Shay.

— Réponds-leur !

Shay lui fit un clin d'œil, pressa un bouton et dit :

— Hé, c'est moi, Shay. Non, je regrette, le docteur Cable est occupée. À quoi ? Eh bien, c'est un peu compliqué… (Elle coupa le contact.) Tu ne devrais pas être en train de délivrer tes amis ou je ne sais quoi, Tally ? C'est bien pour ça que vous êtes ici, non ?

— Et toi, tu comptes rester là ?

— Tu rigoles ? Je m'amuse trop avec vous.

Tally l'écarta pour passer dans la salle. Les portes de deux cellules avaient été forcées, libérant la mère de David et un autre Fumant. Tous deux portaient des combinaisons orange. Ils avaient une expression ahurie et ensommeillée. David était à l'œuvre sur une troisième porte.

De l'autre côté d'une des minuscules vitres, Tally aperçut Croy qui écarquillait les yeux. Elle planta son cric électrique sous sa porte ; l'engin s'anima bruyamment, et le métal épais se replia en grinçant.

— David, ils savent qu'il se passe quelque chose ! lança-t-elle.

— On a presque terminé.

Le cric de Tally avait ouvert un petit trou sous la porte, pas assez large. Elle le remit en place, et le métal gémit de nouveau. Les journées qu'elle avait passées à récupérer des rails finirent par payer : le cric déchira un espace de la taille d'une grosse chatière.

Le bras de Croy apparut, puis sa tête ; il déchira sa combinaison en se tortillant à travers l'ouverture. Maddy lui attrapa les mains et le tira à l'extérieur.

— C'était le dernier, dit-elle. Allons-y.

— Et papa ! s'écria David.

— On ne peut plus rien pour lui.

Maddy s'élança dans le couloir.

Tally et David échangèrent un regard anxieux avant de lui emboîter le pas.

Maddy courait vers l'ascenseur en tirant Shay derrière elle par le poignet. Shay appuya sur le bouton d'appel de la tablette et dit :

— Attendez une seconde, j'ai l'impression qu'elle revient. Restez en ligne.

Elle gloussa et coupa la communication.

— Amenez Cable ! cria Maddy. On a besoin d'elle !

— Maman !

David courut rejoindre sa mère.

Tally regarda Croy, puis le corps inerte du docteur Cable. Chacun d'eux attrapa un poignet, et ils traînèrent la femme sur le sol lisse. Les chaussures antidérapantes de Tally crissaient doucement.

Quand ils atteignirent l'ascenseur, Maddy empoigna le docteur Cable par le col et la hissa devant le lecteur oculaire. La femme gémit une fois, faiblement. Maddy lui souleva la paupière avec douceur, et les portes de l'ascenseur s'ouvrirent en coulissant.

Aussitôt, Maddy récupéra la bague d'interface du docteur et laissa la femme retomber par terre. Elle poussa Shay dans la cabine. Tally et les autres Fumants suivirent, mais David refusa de bouger.

— Maman, où est papa ?

— On ne peut pas l'aider.

Maddy arracha la tablette des mains de Shay, la brisa contre la cloison, puis tira David à l'intérieur malgré ses protestations. Les portes se refermèrent. L'ascenseur demanda :

— Quel étage ?

— Le toit, dit Maddy, qui tenait toujours la bague d'interface.

L'ascenseur grimpa à toute vitesse.

— Comment avez-vous prévu de partir d'ici ? demanda sèchement Maddy.

— Heu, en planches, répondit Tally. On en a quatre.

Réalisant qu'elle ne l'avait pas encore fait, Tally régla ses bracelets anticrash pour les appeler.

— Oh, cool ! s'exclama Shay. Tu sais que je ne suis plus remontée sur une planche depuis que j'ai quitté La Fumée ?

— Nous sommes sept, compta Maddy. Tally, tu prends Shay. Astrix et Ryde, ensemble. Croy, tu pars de ton côté et tu les entraînes sur une fausse piste. Je monte avec David.

— Maman… l'implora David. S'il est redevenu Pretty, est-ce que tu ne peux pas le soigner ? Ou au moins essayer ?

— Ton père n'est pas Pretty, David, répondit-elle doucement. Il est mort.

ÉVASION

— Donnez-moi un couteau.

La mère de David tendit la main, ignorant le choc qu'elle venait d'infliger à son fils.

Tally fouilla avec hâte dans son sac. Elle tendit son couteau multilame à Maddy, qui en sortit la plus petite pour découper une bande dans la manche de sa combinaison. Quand l'ascenseur parvint au niveau du toit, ses portes s'écartèrent à demi avant de s'arrêter en crissant, révélant le trou irrégulier que Tally avait formé. L'un après l'autre, ils se faufilèrent à l'extérieur et coururent jusqu'au bord du toit.

À une centaine de mètres, Tally vit les planches traverser tranquillement le complexe, appelées par ses bracelets anticrash. Des alarmes retentissaient tout autour d'eux.

Tally chercha David du regard. Il se trouvait à l'arrière du groupe, les jambes flageolantes, le regard vague. Elle le saisit par les épaules.

— Je suis désolée, fit-elle.

— Je ne sais plus ce que je dois décider, Tally.

Elle lui prit la main.

— Il nous faut fuir. C'est tout ce qu'on peut faire pour l'instant. Va avec ta mère.

Il la regarda dans les yeux, l'air égaré.

— O.K.

Un crissement abominable se fit entendre : la porte des aérocars luttait contre la colle nanotech, faisant trembler le toit tout entier.

Maddy, la dernière à sortir de l'ascenseur, en avait bloqué les portes en position ouverte grâce au cric électrique. La cabine répétait sans cesse :

— Ascenseur demandé.

Mais il existait d'autres manières d'accéder au toit. Maddy se tourna vers son fils.

— Colle-moi ces trappes pour les empêcher de s'ouvrir.

Le regard de David s'éclaircit soudain, et il s'exécuta.

— Je m'occupe des planches, dit Tally comme elle s'élançait vers le bord du toit.

Elle bondit dans le vide, avec l'espoir que son gilet avait encore de la batterie.

Après un seul rebond, Tally se retrouva en train de courir au sol. Les planches détectèrent alors ses bracelets et accélérèrent dans sa direction.

— Tally ! Attention !

Le cri de Croy lui fit regarder par-dessus son épaule : une équipe de Specials fonçait vers elle, émergeant du rez-de-chaussée. Ils couraient à une vitesse inhumaine, avalant le terrain à longues foulées bondissantes.

Les planches lui touchèrent le mollet par-derrière, comme des chiens désireux de jouer. Tally sauta, vacillant un instant, un pied sur chaque paire de planches en sandwich. Piloter quatre planches à la fois, c'était une première ! Le cruel Pretty le plus proche n'était qu'à quelques pas.

Tally claqua des doigts et s'éleva dans les airs.

Le Special bondit à une hauteur prodigieuse, et ses doigts ripèrent sur l'avant des planches. Le contact fit vaciller Tally. Depuis le sol, les Specials guettaient sa chute.

Mais Tally parvint à conserver l'équilibre et se pencha en avant pour se diriger vers le bâtiment. Les planches prirent de la vitesse et quelques secondes plus tard, Tally sautait sur le toit, repoussant d'un coup de pied une paire de planches vers Croy.

— Allons-y, maintenant, dit Maddy. Tiens, emporte ça.

Elle tendit à Tally un bout d'étoffe orange qui comportait des circuits électroniques. Tally remarqua que Maddy avait découpé un morceau de manche sur toutes les combinaisons.

— Il y a un mouchard dans l'étoffe, expliqua Maddy. Lâche-le quelque part pour égarer la poursuite.

Tally acquiesça, cherchant David. Il accourait vers eux, le visage sombre, le tube de colle vide au creux de sa main.

— David... commença-t-elle.

— Allez ! cria Maddy alors qu'elle poussait Shay sur la planche derrière Tally.

— Heu... sans bracelets anticrash ? dit Shay, mal assurée sur ses jambes. Ce n'est pas ma première fête de la soirée, tu sais.

— Je sais. Accroche-toi, dit Tally avant de décoller du toit.

Elles vacillèrent un moment, faillirent perdre l'équilibre ; mais Tally se redressa, et sentit les bras de Shay se refermer autour de sa taille.

— Fais gaffe, Tally ! Ralentis !

— Contente-toi de t'accrocher.

Tally se pencha pour prendre un virage, étonnée par la molle réaction de sa planche. Les mouvements à contretemps de Shay freinaient sa course.

— Tu as oublié comment faire de la planche ?

— Mais non, Bigleuse ! protesta Shay. Je suis juste rouillée, c'est tout. Et je crois que j'ai un peu trop bu.

— Tâche de ne pas chuter. Tu te ferais mal.

— Hé ! Je n'ai pas demandé à ce qu'on me délivre !

— Ça c'est vrai, tu ne l'as pas demandé.

Tally baissa les yeux tandis qu'elles survolaient Uglyville, passant la ceinture de verdure pour se diriger droit vers le fleuve. Si Shay tombait à cette vitesse, elle ne survivrait pas.

— Shay, si tu dois tomber, fais-moi tomber avec toi.

— Quoi ?

— Accroche-toi à moi et ne me lâche pas, surtout. Je porte un gilet de sustentation et des bracelets anticrash.

— Tu n'as qu'à me donner tes bracelets, idiote.

Tally secoua la tête.

— Pas le temps de s'arrêter.

— J'imagine que non. Nos amis Specials doivent être drôlement furieux.

Shay resserra son étreinte.

Elles étaient presque arrivées au fleuve, et toujours aucun signe de poursuite derrière elles. La colle nanotech avait dû livrer une sacrée bataille. Mais les Special Circumstances disposaient d'autres aérocars – les trois qu'ils avaient vus partir plus tôt, au moins – et les gardiens ordinaires également.

L'eau scintilla sous elles, et Tally laissa tomber la bande d'étoffe orange en amorçant le virage. Le ruban voleta vers le fleuve. Le courant le ramènerait vers la ville, dans la direction opposée à leur voie d'évasion.

Tally et David étaient convenus de se retrouver très en amont, bien au-delà des ruines, dans une grotte que le jeune homme avait découverte des années plus tôt. L'entrée en était masquée par une cascade qui les dissimulerait aux détecteurs thermiques. De là, ils pourraient regagner les ruines à pied afin de récupérer le reste de leur équipement.

Bien entendu, ils pouvaient encore se faire prendre.

— Tu crois que c'est vrai ? cria Shay. Ce qu'a dit Maddy ?

Tally risqua un coup d'œil par-dessus son épaule. Le beau visage de Shay paraissait troublé.

— Je veux dire, Az avait l'air d'aller bien quand je suis passée les voir il y a quelques jours, poursuivit Shay. Je croyais qu'ils allaient le rendre Pretty. Pas le *tuer*.

— Je n'en sais rien.

Maddy ne leur mentirait pas sur un sujet pareil. Mais elle avait pu se tromper.

Tally se pencha en avant, rasant le fleuve à vive allure pour tâcher de se débarrasser du nœud qu'elle avait à l'estomac. L'écume les cingla au visage quand elles arrivèrent aux rapides. Shay avait retrouvé les bons réflexes et se penchait désormais aux passages des courbes du fleuve.

— Hé, j'ai l'impression que ça revient ! cria-t-elle.

— Y a-t-il autre chose dont tu te souviens ? beugla Tally par-dessus le grondement des eaux.

Shay s'abrita derrière son amie en traversant un mur d'écume.

— Bien sûr, idiote.

— Tu me détestais. Parce que je t'avais pris David et que j'avais trahi La Fumée. Tu te rappelles ?

Shay demeura silencieuse. Pendant un moment, on n'entendit plus que le rugissement des rapides et le vent qui sifflait autour d'elles. Enfin, elle se pencha sur Tally et lui glissa à l'oreille :

— Ouais. C'étaient des histoires de Uglies. Amours et jalousie, et puis le besoin de se rebeller contre la ville. Tous les gamins connaissent ça. Mais on grandit, tu sais ?

— C'est l'opération qui t'aurait fait grandir ? Tu ne trouves pas cela un peu bizarre ?

— Ce n'est pas grâce à l'opération.

— Grâce à quoi, alors ?

— J'étais contente de rentrer à la maison, Tally. J'ai pu alors comprendre à quel point cette histoire de Fumée était dingue.

— Je croyais que tu avais mordu et donné des coups de pied pour t'échapper ?

— Disons qu'il a fallu quelques jours pour que l'idée fasse son chemin.

— Avant ou après que tu fus devenue Pretty ?

Shay se replongea dans le mutisme. Tally se demanda si on pouvait amener quelqu'un à prendre conscience de ses dommages cérébraux.

Elle sortit un localisateur de sa poche. Les coordonnées de la grotte la situaient encore à une demi-heure de trajet. Un coup d'œil par-dessus son épaule ne lui révéla aucun aérocar. Si les quatre planches avaient réussi à rallier le fleuve par des voies différentes et à lâcher leurs mouchards dans quatre coins distincts, les Specials auraient du mal à les retrouver.

Sans oublier Dex, Sussy et Ann, et leur promesse de convaincre tous les Uglies un peu casse-cou qu'ils connaissaient de sortir en promenade. Il y aurait foule cette nuit au-dessus de la ceinture de verdure.

Lorsqu'elles parvinrent à une portion de fleuve plus calme, Shay reprit la parole.

— Tally ?

— Ouais ?

— Pourquoi veux-tu que je te déteste ?

— Je ne veux pas que tu me détestes, Shay. (Tally soupira.) Ou peut-être que si. Je t'ai trahie, et je m'en veux pour ça.

— La Fumée n'aurait pas duré éternellement, tu sais. Que tu nous aies livrés ou non.

— Je ne vous ai pas livrés ! s'écria Tally. Pas intentionnellement, en tout cas. Quant à David, c'était un accident. Je n'ai jamais voulu te faire de peine.

— Bien sûr que non. Tu ne sais plus où tu en es.

— *Je* ne sais plus où j'en suis ? geignit Tally. C'est toi qui…

Elle n'acheva pas sa phrase. Shay ne voyait-elle pas qu'elle avait été transformée par l'opération ? Qu'elle n'avait pas seulement reçu un visage, mais aussi… une mentalité de Pretty.

— Est-ce que tu l'aimes ? demanda Shay.

— David ? Heu, je… peut-être.

— C'est adorable.

— Ça n'a rien d'*adorable*. C'est réel !

— Dans ce cas, pourquoi en avoir honte ?

— Je n'ai pas... bredouilla Tally.

Un bref moment de déconcentration et l'arrière de la planche traîna un instant dans l'eau, soulevant une gerbe d'écume. Shay poussa un long hurlement et l'agrippa plus fort. Serrant les dents, Tally leur fit reprendre un peu de hauteur.

Quand Shay eut cessé de rire, elle lança :

— Et tu trouves que c'est moi qui ne sais plus où j'en suis ?

— Écoute, Shay, il y a au moins une chose dont je suis sûre : je ne voulais pas trahir La Fumée. On m'a forcée à le faire, et quand j'ai envoyé le signal aux Specials, c'était par accident, je le jure. Mais je suis désolée, Shay. Désolée d'avoir ruiné ton rêve.

Tally s'aperçut qu'elle pleurait.

— Je suis heureuse que vous ayez regagné la civilisation tous les deux, fit Shay d'une voix douce. Et je ne regrette absolument rien. Si ça peut t'aider à te sentir mieux.

Tally songea aux lésions dans le cerveau de Shay, à ces minuscules tumeurs, ou plaies, dont son amie n'avait même pas conscience. Elles étaient là, quelque part, modifiant sa façon de penser, dénaturant ses sentiments, tuant toute sa personnalité. Et l'amenant à pardonner.

— Merci, Shay. Mais non, ça ne m'aide pas.

SEULE DANS LA NUIT

Tally et Shay parvinrent les premières à la grotte.

Croy arriva quelques minutes plus tard sans s'annoncer : sa planche et lui crevèrent le rideau de la cascade en une brusque explosion d'éclaboussures et de jurons. Il roula sur le sol de pierre.

Depuis le fond de la grotte, Tally bondit, torche en main.

Croy grommela :

— Je les ai semés.

Tally regarda vers l'entrée de la grotte, où l'eau tendait un rideau solide contre la nuit.

— J'espère bien ! Où sont les autres ?

— Je n'en sais rien. Maddy nous a dit de nous séparer. Comme je volais en solo, j'ai fait le tour complet de la ceinture de verdure pour les entraîner sur une fausse piste.

Un localisateur tomba de ses mains.

— Dis donc ! Tu as dû foncer.

— Ne m'en parle pas. Et sans bracelets anticrash.

— Je connais ça. Au moins, tu avais tes chaussures, dit Tally. Est-ce qu'on t'a poursuivi ?

Il acquiesça.

— J'ai gardé mon mouchard aussi longtemps que j'ai pu. La plupart des Specials se sont lancés après moi. Mais il y avait un paquet de planchistes volant au-dessus de la ceinture. Tu sais, des gosses de la ville. Les Specials n'arrêtaient pas de nous confondre.

Tally sourit. Dex, Ann et Sussy avaient fait du bon travail.

— David et Maddy sont O.K. ?

— Je ne sais pas, fit-il. Mais ils ont décollé tout de suite après vous, et je n'ai pas eu l'impression qu'on les suivait. Maddy a annoncé qu'ils fileraient droit jusqu'aux ruines. On est supposés les retrouver là-bas demain soir.

— Demain ? répéta Tally.

— Maddy avait envie d'être un peu seule avec David, tu vois ?

Tally tâcha de se rappeler les derniers mots qu'elle avait adressés à David, en regrettant de n'avoir pu le réconforter mieux que ça. Elle n'avait même pas eu le temps de le serrer dans ses bras. Depuis l'assaut contre La Fumée, Tally ne s'était presque plus séparée de David, et voilà qu'elle ne le verrait pas pendant une journée entière.

— Je devrais peut-être les rejoindre dans les ruines. Je pourrais y aller à pied ce soir.

— Ne sois pas stupide, dit Croy. Les Specials sont toujours dehors en train de nous chercher.

— Au cas où ils auraient besoin de quelque chose…

— Maddy a dit que tu ne dois pas bouger d'un pouce.

Astrix et Ryde firent leur apparition une demi-heure après, effectuant une entrée plus réussie que celle de Croy. Eux aussi avaient eu des aérocars sur leurs traces. Heureusement, les Specials avaient été débordés par tout le remue-ménage de cette nuit-là.

— On n'a même pas eu chaud, reconnut Astrix.

Ryde secoua la tête.

— Il y en avait partout.

— C'est comme si on avait remporté une bataille, vous savez ? dit Croy. On les a vaincus dans leur propre ville. On les a fait passer pour des imbéciles.

— Peut-être que ce n'est plus la peine de nous cacher dans la nature, suggéra Ryde. Et qu'on peut révéler la vérité à la ville entière.

— Et si on se fait prendre, Tally viendra nous délivrer ! cria Croy.

Tally répondit par un sourire à leurs acclamations, mais elle savait qu'elle n'irait pas mieux avant de revoir David. Elle se sentait exilée, coupée de la seule personne qui comptait à ses yeux.

Shay s'était endormie dans une faille étroite de la grotte et Tally se coucha contre son amie, s'efforçant d'oublier les dégâts qu'on avait infligés à son cerveau. Le nouveau corps de Shay n'était plus osseux, mais doux et chaud dans la froidure humide du lieu. Serrée contre elle, Tally cessa de grelotter.

Pourtant elle mit longtemps à trouver le sommeil.

Elle se réveilla en sentant une odeur de PatThai.

Croy avait trouvé les sachets de nourriture et le purificateur d'eau dans son sac à dos et s'affairait à préparer le petit déjeuner avec de l'eau de la cascade, en essayant de calmer Shay.

— Une petite évasion, d'accord, mais je ne savais pas que vous alliez me traîner jusqu'ici. J'en ai marre de ces histoires de rébellion. J'ai la gueule de bois, et j'ai besoin de me laver la tête.

— Tu as une cascade juste là, fit observer Croy.

— Elle est glaciale ! Ras le bol de votre camping minable.

Tally rampa dans la partie principale de la grotte, les muscles raides. Le soir tombait à travers le rideau de la cascade. Réussirait-elle un jour à retrouver un cycle de sommeil normal ?

Accroupie sur une pierre, Shay piochait dans le PatThai en protestant qu'il n'était pas assez épicé à son goût. Crottée, ses habits sales et chiffonnés, les cheveux plaqués sur le visage, elle restait malgré tout d'une beauté éblouissante. Ryde et Astrix l'observaient sans rien dire, un peu intimidés. Tous deux étaient de vieux amis de Shay, partis pour La Fumée cette première fois où elle s'était dégonflée, si bien qu'ils n'avaient pas vu un beau visage depuis des mois. Chacun semblait s'accommoder de ses protestations.

L'un des avantages de la beauté, c'est qu'on vous pardonne plus facilement d'être insupportable.

— Salut, lança Croy. BoulSued ou RizLeg?

— Ce qui prendra le moins de temps.

Tally s'étira. Elle voulait partir pour les ruines le plus vite possible.

Quand la nuit fut là, Tally et Croy rampèrent à l'extérieur de la cascade. Aucun signe des Specials dans le ciel.

Ils firent signe aux autres que la voie était libre, et tous remontèrent le fleuve, jusqu'à une longue courbe qui les rapprochait des ruines. S'ensuivit une marche durant laquelle Shay, boudeuse, observa le silence. Le parcours semblait aisé pour elle. La forme physique qu'elle avait acquise à La Fumée ne s'était pas évaporée en deux semaines, sans compter que l'opération renforçait les muscles d'un jeune Pretty – pour un temps, tout au moins. Bien que Shay eût annoncé son désir de retourner à la maison, l'idée de rentrer seule ne parut pas lui avoir effleuré l'esprit.

Tally se demanda ce qu'ils allaient faire d'elle. Elle savait qu'il n'existait pas de remède miracle. Az et Maddy avaient travaillé vingt ans sur la question sans résultat. Mais ils ne pouvaient pas laisser Shay ainsi.

Bien sûr, à l'instant où elle serait guérie, sa haine envers Tally lui reviendrait.

Quelle situation était la pire: avoir une amie souffrant de lésions au cerveau, ou éprouver qu'elle vous déteste?

Ils atteignirent les ruines après minuit et se posèrent devant l'immeuble abandonné où Tally et David avaient déjà campé.

David les attendait à l'extérieur.

Il avait l'air épuisé. Mais il prit Tally dans ses bras à l'instant où elle descendit de sa planche, et elle lui rendit son étreinte.

— Ça va ? murmura-t-elle. (Elle se sentit bête.) Oh, David, bien sûr que ça ne va pas. Je suis désolée, je...

Il s'écarta d'elle en souriant.

Le soulagement envahit Tally.

— Tu m'as manqué, dit-elle.

— Toi aussi, tu m'as manqué.

Il l'embrassa.

— Vous êtes trop mignons tous les deux, dit Shay en se recoiffant tant bien que mal.

David lui adressa un sourire las.

— Salut, Shay. Vous avez l'air affamées, toutes les deux.

Shay l'écarta pour pénétrer dans l'immeuble. Il la suivit du regard sans la moindre trace d'émerveillement. On aurait dit qu'il était insensible à sa beauté.

— La chance nous a enfin souri, dit-il.

Tally contempla son visage creusé, fatigué.

— Vraiment ?

— On a réussi à faire fonctionner cette tablette, tu sais, celle que portait le docteur Cable. En voulant saboter le cellulaire pour qu'on ne puisse pas nous localiser, maman est tombée sur les notes de travail de Cable.

— À quel sujet ?

— Sur la manière de transformer les Pretties en Specials. Pas seulement au niveau des caractéristiques physiques, expliqua-t-il, mais aussi sur le fonctionnement des lésions cérébrales. Tout ce que mes parents n'avaient jamais appris quand ils étaient médecins !

Tally déglutit.

— Alors, Shay...

Il hocha la tête.

— Maman pense pouvoir trouver un remède.

SERMENT D'HIPPOCRATE

Ils restèrent à la lisière des Ruines rouillées.

De temps à autre, des aérocars survolaient la ville, tissant un motif de recherches méthodique à travers le ciel. Mais les Fumants connaissaient toutes les ficelles pour échapper à la détection satellite ou aérienne. Ils disséminaient des fausses pistes à travers les ruines – des bâtonnets lumineux chimiques qui dégageaient des poches de chaleur de taille humaine – et masquaient les fenêtres de leur bâtiment avec des feuilles de mylar noir. Enfin, bien sûr, les ruines étaient immenses ; retrouver sept personnes dans une ville qui en avait autrefois accueilli des millions n'était pas une mince affaire.

Chaque soir, Tally mesurait l'influence grandissante de « La Nouvelle-Fumée ». Bon nombre de Uglies avaient vu leur message en lettres de feu la nuit de l'évasion, ou en avaient entendu parler, et les pèlerinages nocturnes au lieu des ruines se multiplièrent, jusqu'à ce que des feux de Bengale brûlent tous les soirs au sommet des plus grands immeubles, de minuit à l'aube. Tally, Ryde, Croy et Astrix prirent contact avec les Uglies de la ville. Ils lancèrent de nouvelles rumeurs, leur apprirent toutes sortes de bêtises et leur donnèrent un aperçu des vieux magazines que le Boss avait sauvés de La Fumée. À ceux qui doutaient de l'existence des Special Circumstances, Tally montrait les bracelets en plastique qu'elle portait toujours aux poignets et les invitait à tenter de les couper.

Une nouvelle légende prit le pas sur tout le reste. Maddy avait décidé qu'on ne pouvait plus garder le secret sur les lésions cérébrales ; chaque Ugly avait le droit de savoir ce qu'impliquait vraiment l'opération.

Tous les Uglies ne voulurent pas croire à une révélation aussi énorme. Et quelques-uns se glissèrent de nuit à New Pretty Town pour parler en personne à leurs anciens amis, et se faire leur propre opinion.

Les Specials tentèrent bien de s'inviter à la fête, de tendre des pièges aux Nouveaux-Fumants, mais les fugitifs étaient toujours prévenus à temps, et un aérocar ne pouvait pas rattraper une planche dans le dédale des rues et des décombres. Les Nouveaux-Fumants apprirent à connaître les ruines comme leur poche ; bientôt, ils furent capables d'y disparaître en un clin d'œil.

Maddy travaillait sur un remède susceptible de guérir les lésions cérébrales, grâce à du matériel récupéré dans les ruines, ou que lui procuraient des Uglies en pillant hôpitaux et classes de chimie. Elle se montrait particulièrement froide envers Tally, qui se sentait coupable, maintenant que la mère de David était seule. Ils ne parlèrent jamais de la mort d'Az.

Shay demeura avec eux. Elle se plaignait sans cesse de la nourriture, des ruines, de l'état de ses cheveux ou de ses vêtements, et du désagrément d'avoir à contempler leurs visages moches. Mais elle ne semblait pas amère, juste agacée. Après les premiers jours, elle cessa même d'envisager son départ. Peut-être que les dommages subis par son cerveau la rendaient plus docile – ou était-ce qu'elle n'avait pas vécu bien longtemps à New Pretty Town ? Ryde et Astrix se pliaient à ses moindres caprices.

David aidait sa mère en fouillant les ruines à la recherche de matériel, quand il n'enseignait pas des principes de survie à tous les Uglies désireux d'apprendre. Mais au cours des deux semaines qui suivirent la mort de son père, Tally se prit à regretter la période où ils n'avaient été que tous les deux.

Vingt jours après le sauvetage, Maddy annonça qu'elle avait découvert un remède.

— Shay, je veux que tu m'écoutes très attentivement.

— Oui, Maddy.

— Quand tu as subi l'opération, on t'a fait quelque chose au cerveau.

Shay sourit.

— Je suis au courant. Tally n'arrête pas de me le répéter. Mais il y a un élément que vous autres ne comprenez pas.

Maddy croisa les mains.

— Quoi donc ?

— J'*aime* ma nouvelle apparence, insista Shay. Je suis plus heureuse dans ce corps. Vous voulez parler de dommages cérébraux ? Regardez-vous un peu, en train de vous cacher dans ces ruines en jouant aux petits soldats. À ruminer des stratagèmes et des rébellions, malades de peur et de paranoïa, et même de jalousie. Voilà ce que ça vous fait d'être Uglies.

— Et toi, Shay, comment te sens-tu ? demanda calmement Maddy.

— Au top. C'est super d'échapper à ses hormones. Bien sûr, je trouve un peu nul d'être coincée ici au lieu de m'amuser en ville.

— Personne ne te retient, Shay. Pourquoi restes-tu avec nous ?

Shay haussa les épaules.

— Je n'en sais rien... Je me fais du souci pour vous, je crois. C'est dangereux d'être ici, sans parler de la rage des Special Circumstances. Vous devriez le savoir mieux que personne, Maddy.

— Et tu as l'intention de nous protéger ?

Shay fit la moue.

— Je me sens coupable envers Tally. Si je ne lui avais pas parlé de La Fumée, elle serait Pretty à l'heure qu'il est, au lieu de vivre dans cette décharge. Je me dis qu'un jour, elle se décidera à grandir. Et qu'on rentrera ensemble.

— J'ai l'impression que tu ne veux pas décider par toi-même.

— Décider quoi ?

Shay prit Tally à témoin. Les deux amies avaient eu cette conversation des dizaines de fois, jusqu'à ce que Tally le comprenne : elle ne persuaderait jamais Shay que sa personnalité avait changé. Pour Shay, sa nouvelle attitude montrait simplement qu'elle avait su grandir, aller de l'avant, laisser derrière elle les émotions qui la submergeaient quand elle était Ugly.

— Tu n'as pas toujours été comme ça, Shay, intervint David.

— C'est vrai. Avant, j'étais moche.

Maddy lui sourit gentiment.

— Ces pilules ne changeront rien à ton visage. Elles n'affecteront que ton cerveau, en annulant les effets de l'intervention du docteur Cable. Ensuite, tu pourras décider par toi-même de l'apparence que tu veux avoir.

— Décider ? Une fois que vous m'aurez trafiqué le cerveau ?

— Shay ! protesta Tally. Ce n'est pas nous qui voulons te trafiquer le cerveau !

— Ben voyons, c'est *moi* qui suis cinglée ! Et pas vous, qui vivez dans un immeuble en ruine à la lisière d'une ville morte, en vous transformant peu à peu en monstres alors que vous pourriez être Pretties. Ouais, je dois être cinglée… pour vouloir vous aider !

Tally croisa les bras, réduite au silence par la sortie de Shay. Chaque fois qu'elles avaient cette conversation, la réalité se faussait légèrement, comme si Tally et les autres pouvaient en effet se tromper du tout au tout. Cela lui rappelait ses premiers jours à La Fumée, quand elle ne savait plus dans quel camp elle était.

— En quoi nous aides-tu, Shay ? voulut savoir Maddy.

— J'essaie de vous ouvrir les yeux.

— Comme quand le docteur Cable te faisait venir dans ma cellule ?

La confusion naquit sur le visage de Shay, comme si ses souvenirs de la prison souterraine ne cadraient pas avec le reste de son joli monde.

— Je sais que le docteur C. n'a pas été tendre avec vous, reconnut-elle. Les Specials sont des psychopathes – il n'y a qu'à les regarder. Mais ça ne veut pas dire que vous devez passer votre vie entière à fuir. Après votre opération, les Specials ne vous embêteront plus.

— Pourquoi cela ?

— Parce que vous ne causerez plus de problèmes.

— Et pourquoi donc ?

— Parce que vous serez *heureux* ! Comme moi.

Maddy ramassa les pilules sur la table devant elle.

— As-tu l'intention de les prendre, oui ou non ?

— Pas question. Vous dites vous-même qu'elles ne sont pas fiables.

— J'ai dit qu'elles présentaient un léger risque, c'est tout.

Shay rit.

— Vous me prenez vraiment pour une cinglée ! Pour ce que j'en vois, votre « guérison » consiste à retrouver une mentalité étriquée, de personne jalouse, prétentieuse et pleurnicharde. En fait, vous êtes pareilles, le docteur Cable et vous. Vous êtes toutes les deux persuadées de devoir changer le monde. Eh bien, je n'ai pas besoin de ça. Et je n'ai pas besoin de vos pilules non plus.

— Très bien. (Maddy rangea les pilules dans sa poche.) Je n'ai rien d'autre à ajouter.

— Que voulez-vous dire ? demanda Tally.

David lui pressa la main.

— On ne peut rien faire de plus, Tally.

— Quoi ? Vous disiez qu'on pouvait la guérir.

Maddy secoua la tête.

— Seulement si elle en a envie. Ce produit est expérimental, Tally. On ne peut pas l'administrer à quelqu'un sans son consentement.

— Mais elle souffre de lésions !

— Hé ho, leur rappela Shay. *Elle* est assise devant vous.

— Désolée, Shay, s'excusa calmement Maddy. Tally ?

Maddy écarta le rideau en mylar pour sortir sur ce que les Nouveaux-Fumants appelaient le balcon. En réalité, il s'agissait d'une partie du dernier étage dont le toit s'était effondré, dégageant une vue imprenable sur les ruines.

Tally la suivit. Derrière elle, Shay demandait déjà ce qu'il y avait au dîner. David les rejoignit un instant plus tard.

— Alors, on lui glisse les pilules en douce, c'est ça ?

— Non, dit Maddy d'un ton ferme. Impossible. Je ne vais pas me livrer à des expérimentations médicales sur un cobaye non volontaire.

— Des expérimentations médicales ?

— On ne peut pas prédire avec exactitude quels seront les effets de ce produit. Il y a une chance sur cent, mais ça pourrait lui bousiller définitivement le cerveau.

— Elle est déjà bousillée.

— Sauf qu'elle est heureuse, Tally. (David secoua la tête.) Et elle est libre de décider toute seule.

Tally contempla les ruines. Un feu de Bengale scintillait déjà au sommet de la plus haute tour – des Uglies, venus discuter.

— Pourquoi nous faut-il sa permission ? *Ils* ne lui ont rien demandé quand ils lui ont fait ça !

— C'est la différence entre eux et nous, répondit Maddy. Quand Az et moi avons découvert ce que cachait l'opération, nous avons compris que nous avions prêté la main à quelque chose d'horrible. Nous avions changé la mentalité des gens à leur insu. Or, en tant que médecins, nous avions fait le serment de ne jamais participer à rien de ce genre.

Tally regarda Maddy dans les yeux.

— Mais si vous n'aviez pas l'intention d'aider Shay, à quoi bon vous donner la peine de chercher un remède ?

— Si nous étions certains que le traitement est sans danger, nous pourrions le lui administrer et voir ce qu'elle en pense ensuite. Mais pour le tester, il nous faut un sujet volontaire.

— Où en dénicher un ? Tous les Pretties vont nous dire non.

— Pour l'instant, peut-être. Mais à force de faire des incursions en ville, nous finirons bien par en trouver un qui désire en sortir.

— Mais on *sait* que Shay est folle.

— Elle n'est pas folle, rétorqua Maddy. En fait, ses arguments sont pleins de bon sens. Elle est heureuse ainsi, et ne tient pas à courir un risque mortel.

— Sauf qu'elle n'est plus elle-même. On doit lui permettre de redevenir comme avant.

— C'est ce genre d'idées qui a fait mourir Az, déclara Maddy, la mine sombre.

— Quoi ?

David lui passa un bras autour des épaules.

— Mon père…

Il s'éclaircit la voix, et Tally attendit en silence. Il allait enfin lui raconter comment Az était mort.

Il prit une brève inspiration avant de continuer.

— Le docteur Cable voulait transformer tout le monde, mais elle craignait que maman et papa ne fassent courir des bruits sur les lésions, même après l'opération, puisqu'ils avaient creusé la question pendant si longtemps. (La voix de David tremblait, mais restait douce, comme s'il n'osait pas laisser transparaître la moindre émotion dans les mots qu'il prononçait.) Le docteur Cable travaillait déjà sur un moyen de modifier les souvenirs des gens, une manière d'effacer La Fumée des esprits. Ils sont venus chercher mon père pour l'opération, et il n'en est pas revenu.

— C'est affreux, murmura Tally.

Elle le prit dans ses bras.

— Az a été victime d'une expérimentation médicale, Tally, conclut Maddy. Je me refuse à faire subir la même chose à Shay. Sinon, elle aurait raison en ce qui concerne le docteur Cable et moi.

— Mais Shay s'est enfuie. Elle ne voulait pas devenir Pretty.

— Pas plus qu'elle n'a envie de servir de cobaye aujourd'hui.

Tally ferma les yeux. À travers la feuille de mylar, elle entendait Shay parler à Ryde de la brosse à cheveux qu'elle avait confectionnée. Depuis des jours, elle vantait fièrement à qui voulait l'entendre cette petite brosse faite d'éclats de bois fichés dans une boule d'argile. Comme si c'était la chose la plus importante qu'elle ait jamais accomplie.

Ils avaient pris de gros risques pour la sauver. Mais désormais Shay ne serait plus jamais la même.

Et tout cela par la faute de Tally. Depuis qu'elle s'était rendue à La Fumée et l'avait livrée aux Specials, Shay n'était plus qu'une belle écervelée, et Az était mort.

Elle prit une grande inspiration.

— O.K., vous avez votre cobaye.

— De qui veux-tu parler, Tally ?

— De moi.

CONFESSION

— Si tu supportes les pilules, Tally, cela ne prouvera rien, dit Maddy. Tu n'as pas les lésions.

— Je les aurai. Il me suffit de retourner en ville, de me faire prendre, et le docteur Cable m'imposera l'opération. Dans quelques semaines, vous viendrez me récupérer et vous m'administrerez le remède. Vous avez votre cobaye.

Tous trois demeurèrent muets un moment. Les mots étaient sortis tout seuls de la bouche de Tally.

— Tally… (David secoua la tête.) C'est complètement dingue.

— Pas du tout. Vous avez besoin d'un sujet volontaire. Quelqu'un qui accepte le traitement *avant* de devenir Pretty. C'est la seule manière.

— Tu ne peux pas te livrer ! s'écria David.

Tally se tourna vers Maddy.

— Vous disiez que vous étiez sûre de vos pilules à quatre-vingt-dix-neuf pour cent, pas vrai ?

— Oui. Mais le un pour cent d'incertitude restant peut te transformer en légume, Tally.

— Un pour cent ? Ce n'est rien du tout, en comparaison d'une effraction dans les locaux des Special Circumstances.

David l'empoigna par les épaules.

— Tally, arrête ça. C'est trop dangereux.

— David, tu peux t'introduire à New Pretty Town quand tu voudras. Les Uglies de la ville le font sans arrêt. Tu n'auras qu'à me sortir de ma résidence et me coller sur une planche. Je te suivrai, comme Shay nous a suivis. Ensuite, vous me guérirez.

— Et si les Specials décident de modifier ta mémoire ? Comme pour mon père ?

— Ils n'en feront rien, déclara Maddy.

David fixa sa mère d'un air surpris.

— Ils ne se sont pas donné tant de mal avec Shay. Elle se souvient parfaitement de La Fumée. Ils s'inquiétaient surtout à cause d'Az et de moi. Parce que nous avions passé la moitié de notre vie à nous focaliser sur les lésions, ils se disaient que nous continuerions à en parler, même une fois Pretties.

— Maman ! protesta David. Il n'est pas question que Tally s'en aille.

— Par ailleurs, continua Maddy, le docteur Cable ne ferait rien qui puisse mettre la vie de Tally en danger.

— Arrête d'en parler comme si ça allait arriver !

Tally regarda Maddy dans les yeux. La femme acquiesça. Elle savait.

— David, dit Tally. Il faut que je le fasse.

— Pourquoi ?

— À cause de Shay. C'est la seule solution pour que Maddy puisse la guérir.

— Tu ne dois rien à Shay, fit lentement David. Tu en as déjà fait assez pour elle. Tu l'as suivie à La Fumée, tu l'as sauvée des griffes des Special Circumstances !

— Eh oui, j'ai fait beaucoup pour elle. C'est à cause de moi qu'elle se retrouve comme ça, belle et sans cervelle.

David secoua la tête.

— De quoi parles-tu ?

Elle se tourna vers lui, lui prit la main.

— David, je ne suis pas venue à La Fumée afin de m'assurer que Shay était O.K. J'étais là pour la ramener en ville. (Elle soupira.) Pour la trahir.

Tally avait souvent imaginé avouer son secret à David, remâchant son discours presque tous les soirs.

— J'étais une taupe du docteur Cable. Voilà pourquoi je connaissais les Special Circumstances. Voilà comment les Specials ont trouvé La Fumée. Je portais un mouchard sur moi.

— Absurde ! protesta David. Tu t'es battue quand ils ont débarqué. Tu t'es enfuie. Tu m'as aidé à délivrer ma mère…

— Parce que j'avais changé d'avis. Je n'avais pas l'intention d'activer le mouchard, je te le jure. Je voulais vivre à La Fumée. Mais la nuit juste avant l'assaut, quand j'ai appris, pour les lésions… (Elle ferma les yeux.) Après qu'on s'est embrassés, je l'ai déclenché accidentellement.

— Quoi ?

— Le mouchard. Il était dans mon médaillon. Je voulais le détruire. Et c'est moi qui ai conduit les Specials jusqu'à La Fumée, David. C'est ma faute si Shay est Pretty. Et si ton père est mort.

— Tu racontes n'importe quoi ! Je ne vais pas te laisser…

— David ! intervint sèchement Maddy, réduisant son fils au silence. Elle ne ment pas.

Maddy dévisagea Tally avec tristesse.

— Le docteur Cable m'a raconté la manière dont elle t'avait manipulée, Tally. J'ai refusé de la croire, au début, mais la nuit où vous êtes venus nous délivrer, elle avait fait venir Shay pour confirmer son histoire.

Tally acquiesça.

— Shay avait compris que je vous avais trahis, à la fin.

— Elle s'en souvient encore, dit Maddy. Sauf que cela n'a plus d'importance à ses yeux. Voilà pourquoi Tally doit faire cela.

— Vous êtes folles toutes les deux! s'écria David. Écoute, maman, descends un peu de tes grands chevaux et donne ces pilules à Shay. (Il tendit la main.) J'y vais à ta place.

— David, il n'est pas question que je te laisse devenir un monstre. Et Tally a pris sa décision.

David les regarda toutes les deux, incapable de croire ce qu'il entendait. Enfin, il sembla comprendre :

— Tu étais une espionne ?

— Oui. Au début.

Il secoua la tête.

Maddy s'avança pour le prendre dans ses bras.

— Non !

Il se détourna et partit en courant, arrachant la feuille de mylar au passage.

Avant que Tally puisse le suivre, Maddy la retint fermement par le bras.

— Tu ferais mieux de partir pour la ville tout de suite.

— Ce soir ? Mais…

— Sinon, tu vas te persuader de renoncer. Ou David le fera.

Tally se dégagea.

— Il faut que je lui dise au revoir.

— Il faut surtout que tu t'en ailles.

Tally dévisagea Maddy et prit lentement conscience de la vérité. Bien que son regard contienne plus de tristesse que de colère, une lueur froide brillait dans ses yeux. David ne la tenait peut-être pas pour responsable de la mort d'Az, mais Maddy, si.

— Merci, fit Tally en s'obligeant à soutenir le regard de Maddy.

— De quoi ?

— De n'avoir rien dit. De m'avoir laissée lui avouer moi-même.

Maddy secoua la tête, et parvint à sourire.

— David avait besoin de toi ces deux dernières semaines.

Tally s'écarta en regardant vers la ville.

— Il a encore besoin de moi.

— Tally...

— Je vais partir ce soir, d'accord? Mais je sais que David viendra me sortir de là.

AU FIL DE L'EAU

Avant de s'en aller, Tally écrivit une lettre.

C'était Maddy qui lui avait demandé de coucher son consentement par écrit. Ainsi, même Pretty et incapable de comprendre pourquoi elle devrait se faire soigner le cerveau, Tally pourrait lire ses propres mots et savoir ce qui allait lui arriver.

— Si ça peut vous faire plaisir, dit Tally. Tant que vous jurez de me guérir, même si je proteste. Ne me laissez pas dans l'état où se trouve Shay.

— Je te guérirai, Tally. Je te le promets. Je veux juste avoir ton consentement écrit.

Maddy lui tendit un crayon et une précieuse petite feuille de papier.

— Je n'ai jamais appris à écrire, s'excusa Tally. Ça n'est plus nécessaire aujourd'hui.

Maddy secoua la tête avec tristesse et dit :

— O.K. Tu n'as qu'à dicter, j'écrirai.

— Pas vous. Shay peut s'en charger. Elle s'était entraînée, à l'époque où elle se préparait pour La Fumée.

Tally se souvint des indications pour atteindre La Fumée, griffonnées d'une écriture maladroite, mais lisible.

La lettre ne leur prit pas longtemps. Shay gloussa devant certaines formulations poignantes, mais écrivit ce qu'on lui dictait.

Il y avait quelque chose d'appliqué dans sa manière de déplacer son crayon sur le papier, comme chez une gamine qui apprend à écrire.

Lorsqu'elles eurent fini, David n'était toujours pas revenu. Il était parti sur une planche en direction des ruines. En préparant son sac, Tally ne cessait de jeter des coups d'œil vers la fenêtre, dans l'espoir de l'apercevoir.

Maddy avait probablement raison. Si Tally le revoyait, elle se persuaderait de rester. Ou bien David l'empêcherait de partir.

Ou pire encore, peut-être qu'il n'en ferait rien...

Mais peu importait ce que David dirait, il se souviendrait toujours de ce qu'elle avait commis. C'était la seule façon pour elle d'être certaine qu'il lui avait pardonné. S'il venait la chercher, elle saurait.

— Bon, allons-y, dit Shay lorsque tout fut prêt.

— Shay, je ne vais pas rester là-bas éternellement. Je préférerais que tu...

— Allez. J'en ai marre d'être ici.

Tally se mordit la lèvre. À quoi bon se livrer si Shay l'accompagnait ? Bien entendu, ils pourraient toujours retourner la délivrer. Une fois que le remède aurait prouvé son efficacité, ils seraient habilités à l'administrer à n'importe qui. Ou à tout le monde.

— La seule raison pour laquelle j'ai accepté de traîner dans cette décharge, c'était que je voulais te convaincre de revenir, dit Shay avant de baisser la voix. Tu sais, c'est de ma faute si tu n'es pas encore Pretty. J'ai tout fait rater en m'enfuyant. Je me sens coupable envers toi.

— Oh, Shay.

Tally sentit la tête lui tourner. Elle ferma les yeux.

— Maddy a toujours répété que je pouvais partir quand j'en avais envie. Tu ne voudrais pas me laisser rentrer toute seule, quand même ?

Tally essaya de se représenter Shay marchant seule au bord de la rivière.

— Non.

Elle regarda son amie et vit un pétillement dans ses yeux, une excitation sincère à l'idée de partir en balade avec Tally.

— Je t'en prie ! On va s'amuser comme des folles à New Pretty Town.

Tally capitula.

— O.K. Je ne peux pas t'empêcher de venir.

Elles montèrent sur la même planche. Croy les accompagna sur une autre, pour ramener les deux lorsqu'elles auraient atteint la limite de la ville.

Il ne prononça pas un mot durant le chemin. Les autres Nouveaux-Fumants avaient tous entendu la dispute, et appris ainsi ce qu'avait fait Tally. Ç'avait dû être encore pire pour Croy. Il regrettait probablement de ne pas avoir pu démasquer Tally avant qu'elle ait eu l'occasion de les trahir.

Quand ils parvinrent à la ceinture de verdure, il se força à la regarder.

— Qu'est-ce qu'ils t'avaient fait pour t'obliger à commettre un truc pareil ?

— Ils m'avaient dit que je ne bénéficierais jamais de l'opération, tant que je n'aurais pas retrouvé Shay.

Il détourna le regard, fixant les lumières de New Pretty Town qui scintillaient par cette froide nuit de novembre.

— Alors, tu vas enfin avoir ce que tu voulais.

— Tally va devenir Pretty ! dit Shay.

Croy l'ignora et se retourna de nouveau vers Tally.

— Merci d'être venus me délivrer, en tout cas. Un vrai exploit que vous avez réussi là. J'espère que… (Il haussa les épaules, puis secoua la tête.) On se reverra.

— Je l'espère.

Croy colla les planches l'une sur l'autre et repartit dans l'autre sens.

— Ça va être super ! s'enthousiasma Shay. J'ai hâte de te montrer tous mes nouveaux amis. Et tu pourras enfin me présenter Peris.

— D'accord.

Elles regagnèrent Uglyville à pied jusqu'au parc Cléopâtre. On arrivait à la fin de l'automne, et le sol était dur sous la semelle ; elles se serrèrent l'une contre l'autre pour se tenir chaud. Tally portait son sweat-shirt de La Fumée. Elle aurait voulu le confier à Maddy jusqu'à son retour, mais avait préféré lui laisser son blouson en microfibres à la place. Les vêtements de la ville étaient trop précieux pour quelqu'un qui retournait à la civilisation.

— Tu vas voir, j'étais déjà en train de devenir populaire, dit Shay. Avoir un passé criminel, c'est l'idéal pour se faire accepter dans les meilleures soirées. Je veux dire, tout le monde se fiche de savoir quels cours tu as suivis à l'école des Uglies.

Elle gloussa.

— On va faire un malheur, si je comprends bien.

— Tu parles. Attends un peu qu'on leur raconte comment tu m'as délivrée du quartier général des Special Circumstances. Ou la manière dont je t'ai convaincue d'échapper à cette bande de monstres. Mais il faudra broder un peu, Bigleuse. Personne ne voudra jamais croire la vérité !

— Non, je pense que tu as raison là-dessus.

Tally songea à la lettre qu'elle avait laissée à Maddy. Elle-même croirait-elle la vérité d'ici quelques semaines ?

Et comment verrait-elle David après avoir été entourée de beaux visages vingt-quatre heures sur vingt-quatre ? Se souviendrait-elle qu'on pouvait paraître beau sans recourir à la chirurgie ? Tally tenta de se représenter le visage de David, mais cela lui faisait trop mal.

Et combien de temps après l'opération David cesserait-il de lui manquer ? Il faudrait sans doute quelques jours avant que les lésions ne fassent effet, l'avait prévenue Maddy. Mais cela ne voulait pas dire que sa conscience changerait d'elle-même.

Si elle se focalisait suffisamment sur lui, peut-être continuerait-il à lui manquer, malgré l'opération. Au contraire de la plupart des gens, Tally *connaissait* l'existence des lésions. Cela l'aiderait-il à les surmonter ?

Une forme sombre les survola, l'aérocar d'un gardien. Tally se figea d'instinct. Les Uglies avaient dit qu'on voyait davantage de patrouilles ces derniers jours. Les autorités de la ville avaient fini par sentir que certaines choses étaient en train de changer.

L'aérocar s'immobilisa, puis se posa doucement sur le sol. La portière coulissa, et une lumière aveuglante s'alluma.

— Bon, les enfants, vous… Oh, pardon, mademoiselle.

La lumière venait d'éclairer le visage de Shay.

Elle se déplaça sur Tally.

— Qu'est-ce que vous êtes en train de… ? bafouilla le gardien.

Avait-on jamais entendu parler d'une chose pareille ? Une Pretty et une Ugly se promenant toutes les deux ?

Le gardien s'approcha. La confusion se lisait sur son visage de grand Pretty.

Tally sourit. Elle aurait causé des soucis aux autorités jusqu'au bout.

— Je suis Tally Youngblood, dit-elle. Faites de moi une Pretty.

Découvrez le nouveau roman
de Scott Westerfeld

Afterworlds

Ouvrage composé par
PCA - 44400 REZÉ

Cet ouvrage a été imprimé
en Espagne par

Industria Grafica Cayfosa
(Impresia Iberica)

Dépôt légal : mars 2015

MIXTE
Papier issu de
sources responsables
FSC® C003309

Pocket Jeunesse, une marque d'Univers Poche,
est un éditeur qui s'engage pour
la préservation de son environnement
et qui utilise du papier fabriqué à partir
de bois provenant de forêts gérées
de manière responsable.

www.pocketjeunesse.fr
PKJ • POCKET JEUNESSE

12, avenue d'Italie - 75627 PARIS Cedex 13